编著　李心机

U0129454

中医基础学科图表解丛书

伤寒论图表解

第2版

人民卫生出版社

**图书在版编目（CIP）数据**

伤寒论图表解/李心机编著．—2版．—北京：人民卫生出版社，2011.12

（中医基础学科图表解丛书）

ISBN 978-7-117-14978-5

Ⅰ.①伤…　Ⅱ.①李…　Ⅲ.①伤寒论-图解

Ⅳ.①R222.2-64

中国版本图书馆 CIP 数据核字（2011）第 208487 号

| 门户网：www. pmph. com | 出版物查询、网上书店 |
|---|---|
| 卫人网：www. ipmph. com | 护士、医师、药师、中医师、卫生资格考试培训 |

**伤寒论图表解**

第 2 版

编　　著：李心机

出版发行：人民卫生出版社（中继线 010-59780011）

地　　址：北京市朝阳区潘家园南里 19 号

邮　　编：100021

E - mail：pmph @ pmph. com

购书热线：010-59787592　010-59787584　010-65264830

印　　刷：北京铭成印刷有限公司

经　　销：新华书店

开　　本：710×1000　1/16　　印张：21　　插页：4

字　　数：385 千字

版　　次：2004 年 7 月第 1 版　　2023 年 11 月第 2 版第 10 次印刷

标准书号：ISBN 978-7-117-14978-5/R·14979

定　　价：36.00 元

打击盗版举报电话：**010-59787491**　　**E-mail：WQ @ pmph. com**

（凡属印装质量问题请与本社市场营销中心联系退换）

# 作者简介

**李心机**，1942 年生，原籍山东省蓬莱市，山东中医药大学教授。

1962 年考入山东中医学院六年制本科，1968 年毕业，从事医疗工作 10 年后于 1978 年考入山东中医学院，师从著名中医学家李克绍先生门下读硕士研究生，1981 年毕业，获医学硕士学位，留校从事教学与研究工作。致力于《伤寒论》理论与临床思路研究，提出把《伤寒论》置于中国传统文化大背景和医学文献历史背景

作者近照

中研究的新思路，倡导"让张仲景自己为自己作注释"、"让《伤寒论》自己诠解自己"的学术主张，引入人类文化学研究方法对《伤寒论》进行深入的考辨与阐释，运用人类文化学考察资料在比较与文化、学术背景的还原分析中，正本清源，寻求《伤寒论》的本义，"还《伤寒论》的本来面目"。曾任山东中医药大学中医药文献研究所所长，历任山东省第七、八、九届政协委员。

1999 年由人民卫生出版社出版《伤寒论疑难解读》，意在凸显《伤寒论》的疑难，重心是"点"，力在深度；本书曾获山东省科学技术进步三等奖，山东省教育厅科学技术进步一等奖，2009 年增订后又以崭新的面貌，推出第 2 版。2003 年由人民卫生出版社出版《伤寒论通释》，意在凸显系统，重心是"面"，力在广度；本书曾获中华中医药学会科学（著作）优秀奖。2007 年由人民卫生出版社出版《伤寒论图表解》，意在凸显直观，重心是"简"，力在通俗。发表学术论文百篇，累计发表文字 200 余万字。

# 第2版编写说明

　　《伤寒论图表解》出版于 2004 年 7 月,不久售罄,中间加印过一次。在此期间,我在台湾长庚大学讲学时,曾把它作为授课的底本。在讲学、读书和修订拙著《伤寒论疑难解读》的过程中,我又有些新的想法和认识。此次,借助再版的机会对上一版《伤寒论图表解》的不足及疏漏之处,做了必要的修正与补充。

　　我曾在《伤寒论疑难解读》再版序中说过:"《伤寒论》是经典,《伤寒论》难读。"那么《伤寒论》的难读之处到底在哪里呢? 我想,难就难在怎样把握和思索"张仲景是怎么想的"。后人往往按照自己的想法,想当然地去揣测张仲景的想法,按照后世人对药物的理解去解释张仲景用药。用"仲景认为:"的方式,在冒号后面,把自己的私货硬塞给张仲景,并传授给别人,尤其是传授给年轻的学子。这是误读,是曲解、误导。

　　《伤寒论图表解》遵循本人研究《伤寒论》的一贯原则——"让张仲景自己为自己作注释","让《伤寒论》自己诠解自己",求索《伤寒论》本意。本书对《伤寒论》条文中的理法方药进行疏理时,用结构图和表格的形式简明直观地表述了《伤寒论》条文的内在逻辑及意蕴,尽量把深奥的道理用图表逻辑化,同时坚持对原文的解释合乎事理,合乎医理,合乎文理,合乎义理。

　　本次修订,对第 1 版的体例进行了较大的改动。第 1 版对《伤寒论》原文分列 8 章;每章依原文基本内容和含义将条文分列到"发病与传变"、"病机与辨证"、"方证与治疗"各节。这种对条文的重新组合,虽然在发病、病机与辨证以及方证与治疗的阐释方面突出了重点,但不尽符合原文顺序,在阅读与检索方面显得不甚方便。本次修订以中医院校第 5 版《伤寒论》教材的基本术语为基础,借鉴第 2 版和第 6 版教材以《伤寒论》原文顺序为主线的特点,依赵开美翻刻宋版的原貌把《伤寒论》原文按辨太阳病脉证并治上、辨太阳病脉证并治中、辨太阳病脉证并治下、辨阳明病脉证并治、辨少阳病脉证并治、辨太阴病脉证并治、辨少阴病脉证并治、辨厥阴病脉证并治、辨霍乱病脉证并治、辨阴阳易差后劳复病脉证并治等顺序分列 10 章;每一条《伤寒论》原文,均列出【原文】、【提要】、【图解】、【按语】4 项;三阳三阴六病的文末均增加了小结。全书前增补了绪论,设伤寒三阴三阳分证示意图解、伤寒发病示意图解等内容。书末附有《伤寒论》方剂索引及条文索引。

本次再版,书中的《伤寒论》原文,文字仍以 1991 年人民卫生出版社出版的刘渡舟主编的《伤寒论校注》为底本,对于该书中《伤寒论》原文使用的繁体字、异体字、通假字、古今字等,径改为简体的规范用字,原文方后"右×味"之"右"字,径改为"上";文中中药名均据当今规范药名径改,如"芒消"改为"芒硝","黄檗"改为"黄柏","茵蔯"改为"茵陈";对《伤寒论》原文的标点符号,则依本人的认识标注;《伤寒论》条文的序号依 1955 年重庆人民出版社出版、重庆市中医学会新辑宋本《伤寒论》,在"〔 〕"内标记出数字并列于该条末行之尾。

全书的图号、表号的序号,均与所解释的《伤寒论》的条文序号一致。图表文本框内圆括号中的数字也为《伤寒论》条文的序号。

修订中,对上一版的 18 处明显疏漏、错误进行了修订;为使对条文内在逻辑和内容的表达更准确、更贴切,故对上一版的 399 幅图表中的 329 幅图表进行了完善、调整与整合,有 146 幅图表是重新构思、重新设计、重新制作的;调整了图表布局的疏密与动感。因此,与上一版相比,本版在图表方面变化较大。

尽管作者投入了很多的心思与精力对上一版进行了构思、修订与补充,但在形式与内容上仍感并非完美,欠妥之处敬请读者不吝指正。

李心机

于历下感佩居

2011 年 6 月 6 日

# 第1版编写说明

　　《伤寒论》作为中医学的经典,它所提出和阐述的问题对中医学理论和临床具有普遍意义。处在不同时期和条件下的中医从业人员,包括不同层次的中医在校学生、不同层次的中医临床医生、不同层次不同学科的中医基础和临床教师,都能从《伤寒论》中汲取智慧,包括自己需要的知识、理论、方法、经验和感悟。

　　但《伤寒论》不容易读懂,不容易理解,因此,教材和好的参考读物成为登门入室不可缺少的阶梯。

　　本书以中医院校五版教材为基础,借鉴二版与六版教材体例方面的特点,吸收各版优点,兼收并蓄,力图融会贯通;依赵刻宋版的原貌,按辨太阳病脉证并治、辨阳明病脉证并治、辨少阳病脉证并治、辨太阴病脉证并治、辨少阴病脉证并治、辨厥阴病脉证并治、辨霍乱病脉证并治、辨阴阳易差后劳复病脉证并治等的原有本例,把《伤寒论》398 条原文分列 8 章;每章依原文基本内容和含义列分为发病与传变、病机与辨证、方证与治疗 3 节(第 8 章不分);把论述发病与传变的条文归列在"发病与传变"节,把论述病机与辨证的条文归列在"病机与辨证"节,把有证有治有方的条文归列在"方证与治疗"节。尽量避免人为的主观划分。有一些条文论述的内容涉及多方面,根据其主要含义归并。

　　由于《伤寒论》文字古奥,或有生涩之处,且表述比较简练,因此,有相当多的内容使初学者难以理解,难以记忆。为此,本书以图文并用的形式,明晰条文的内在逻辑及蕴意,把深奥的道理尽量表述得浅显明白,直观活泼,形式新颖,符合当代青年学子的认知心理和认知过程;在一定程度上减少了学习《伤寒论》原文过程中的晦涩枯燥感。希望能为初学者提供入门的向导,为深造者提供由博返约的阶梯。

　　本书体现出作者 40 年来学习、研究、讲授《伤寒论》由博返约的提炼过程,可供中青年教师备课、讲授、板书、制作课件时参考与借鉴。

　　本书的原文以 1991 年人民卫生出版社出版,刘渡舟主编的《伤寒论校注》为底本。条文序号依 1955 年重庆人民出版社出版、重庆市中医学会新辑宋本《伤寒论》;在"[ ]"内标记于该条末行之尾列。应本丛书要求,原文方后"右×味"

之"右"字,径改为"上",明显的通假字,也改为本字。

《伤寒论》博大精深,要想理解它,首先必须熟悉它,在此基础上,不断地琢磨、思考,才能一步一步地深入。简单的图表虽有明晰、简捷、导读的优点,毕竟难以概全,且以图表的形式表述深奥的中医经典尚属探索与尝试,难免内容疏略或表述欠妥,尚需方家不吝教正。

李心机

于山东中医药大学

2004 年 3 月

# 目　录

# 伤寒卒病论集 *

论曰:余每览越人入虢之诊,望齐侯之色,未尝不慨然叹其才秀也。怪当今居世之士,曾不留神医药,精究方术,上以疗君亲之疾,下以救贫贱之厄,中以保身长全,以养其生。但竞逐荣势,企踵权豪,孜孜汲汲,惟名利是务,崇饰其末,忽弃其本,华其外而悴其内,皮之不存,毛将安附焉?卒然遭邪风之气,婴非常之疾,患及祸至,而方震慄。降志屈节,钦望巫祝,告穷归天,束手受败。赍百年之寿命,持至贵之重器,委付凡医,恣其所措。咄嗟呜呼!厥身已毙,神明消灭,变为异物,幽潜重泉,徒为啼泣。痛夫!举世昏迷,莫能觉悟,不惜其命,若是轻生,彼何荣势之云哉?而进不能爱人知人,退不能爱身知己,遇灾值祸,身居厄地,蒙蒙昧昧,蠢若游魂。哀乎!趋世之士,驰竞浮华,不固根本,忘躯徇物,危若冰谷,至于是也。

余宗族素多,向余二百,建安纪年以来,犹未十稔,其死亡者,三分有二,伤寒十居其七。感往昔之沦丧,伤横夭之莫救,乃勤求古训,博采众方,撰用《素问》、《九卷》、《八十一难》、《阴阳大论》、《胎胪药录》并《平脉辨证》,为《伤寒杂病论》合十六卷。虽未能尽愈诸病,庶可以见病知源。若能寻余所集,思过半矣。

夫天布五行,以运万类;人禀五常,以有五脏。经络腑腧,阴阳会通;玄冥幽微,变化难极。自非才高识妙,岂能探其理致哉!上古有神农、黄帝、岐伯、伯高、雷公、少俞、少师、仲文,中世有长桑、扁鹊,汉有公乘阳庆及仓公。下此以往,未之闻也。观今之医,不念思求经旨,以演其所知,各承家技,终始顺旧,省疾问病,务在口给,相对斯须,便处汤药,按寸不及尺,握手不及足,人迎跌阳,三部不参,动数发息,不满五十,短期未知决诊,九候曾无仿佛,明堂阙庭,尽不见察,所谓窥管而已。夫欲视死别生,实为难矣。

孔子云:"生而知之者上,学则亚之。多闻博识,知之次也。"余宿尚方术,请事斯语。

* 此文系张仲景原序。

# 绪　　论

## 一、伤寒三阴三阳分证示意图解

【图解】　见绪论图1。

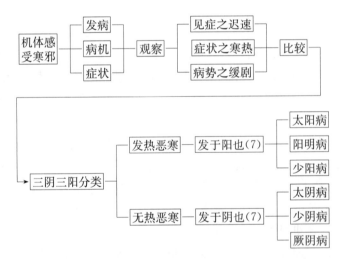

**绪论图1**

【按语】　把一阴分为三阴,把一阳分为三阳,从目前所能见到的文献来看,这是中医学的发明。这点在马王堆汉墓出土的《五十二病方》中可见雏形,在《内经》中已大量使用。它是中医学理论在阴阳二分法的基础上发展起来的三分法。

张仲景对自己临证所观察到的发病群体的发病过程、病机变化、症状特点等进行比较,从众多的发病个案中,同中求异,异中求同,并对伤寒发病的不同表现进行分类。

## 二、伤寒发病示意图解

### (一)太阳病发病示意图解

**【图解】** 见绪论图 2。

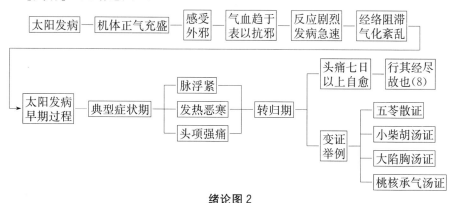

绪论图 2

**【按语】** 太阳发病多见于正气比较充盛之机体,机体感受了外邪,正邪抗争比较剧烈,发病比较急骤。"伤寒一日,太阳受之"(第 4 条),太阳病经过短暂的早期过程后,进入典型症状期,会出现脉浮、头项强痛等症状。进入转归期后,发病轻缓者可自愈,如"头痛至七日以上自愈者,以行其经尽故也"(第 8 条);或出现不同的变证,如五苓散证、大陷胸汤证等。

### (二)阳明病发病示意图解

**【图解】** 见绪论图 3。

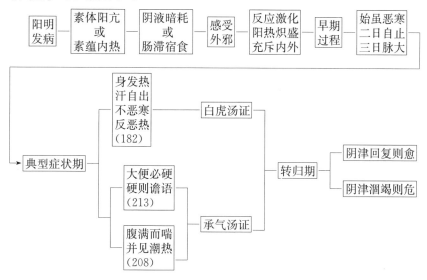

绪论图 3

【按语】　阳明病多发于素体阳亢者,机体感受外邪后,内热被外邪激化,阳热炽盛,典型病机是"胃家实"。发病早期可有轻微短暂的恶寒,旋即恶寒自止(第184条),随之"脉大"(第186条)。经过两三日早期过程,即进入典型症状期过程,可以表现为身热、汗自出、恶热(第182条),或表现为大便硬、谵语(第213条),腹满、潮热(第208条)等。进入转归期,病情轻缓者可愈,病势严重者则危笃。

(三)少阳病发病示意图解

【图解】　见绪论图4。

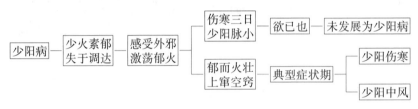

绪论图4

【按语】　气机失于条达,素体少火郁抑者,感受外邪,激荡郁火,火郁而壮,郁火上窜空窍,引发少阳为病。伤寒三日,脉不紧不小,则有发展为典型的少阳病的可能。少阳病进入典型症状期,出现口苦,咽干,目眩(第263条),在少阳伤寒则"脉弦细、头痛发热"(第265条);在少阳中风,则"两耳无所闻,目赤,胸中满而烦"(第264条)等。

(四)太阴病发病示意图解

【图解】　见绪论图5。

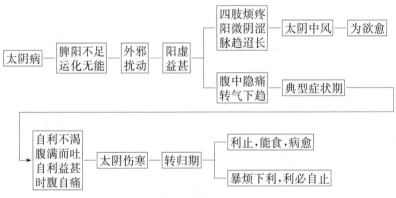

绪论图5

【按语】　素体脾阳不足,感受外邪之后,脾阳益虚。伤寒四五日,腹中痛,转气下趋少腹,欲自利。感邪后,经过四五日早期过程,即进入典型症状期,出现

"自利,不渴"(第277条)等症状。进入转归期,下利止,而能食则病愈;或"虽暴烦下利,日十余行,必自止"(第278条)。

（五）少阴病发病示意图解

**【图解】**　见绪论图6。

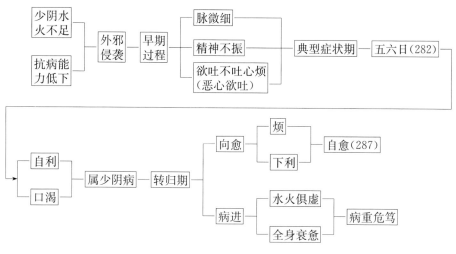

绪论图6

**【按语】**　少阴水火不足者,外邪侵袭,显现一派虚寒衰惫之象,如论中第282条所言:"少阴病,欲吐不吐,心烦,但欲寐,五六日自利而渴者,属少阴也。"经过五六日早期过程后,进入典型症状期,则会出现自利而渴,"脉微细,但欲寐"等症状(第281条),形成典型少阴病。进入转归期,虽有向愈的一面,但病势多危笃。

（六）厥阴病发病示意图解

**【图解】**　见绪论图7。

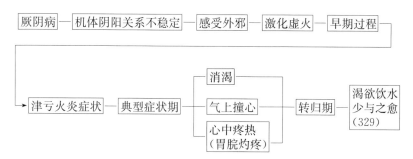

绪论图7

5

【按语】　厥阴寓阴中有阳之象,阴阳之间的关系趋于不稳定状态,机体感受外邪,激化浮动虚火而发为厥阴病。

典型的厥阴病是火灼津液,如第326条所言:"厥阴之为病,消渴,气上撞心,心中疼热,饥而不欲食"。其转归则"渴欲饮水者,少少与之愈"(第329条);在厥阴中风,则"脉微浮为欲愈,不浮为未愈"(第327条)。

# 第一章　辨太阳病脉证并治上

合一十六法,方一十四首

【原文】

太阳之为病,脉浮,头项强痛而恶寒。 [1]

【提要】 典型的太阳伤寒的主要脉象和症状。

【图解】 见图1。

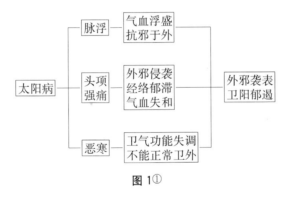

图1①

【按语】 风寒侵袭机体,气血趋向体表以抗邪,表现在脉象上是脉浮,反映在症状上则是发热。在典型的太阳病中,只要见有脉浮,发热这个症状最终是会出现的。

头项部强痛,强,音僵,不和顺貌,提示头不仅痛而且不舒展;项不仅强,而且痛。风寒袭表,卫气功能失调,不能正常温分肉、充皮肤,不能正常卫外,症见恶寒。

后世有人把本条称之为"太阳病提纲",但它却不是所谓的对"太阳病的高度概括",因为它概括不了太阳病的全部。张仲景在此是以"之为病"的形式,举其

---

① 以后各章的图号,均与《伤寒论》条文的序号一致。如图1表达和解释的是《伤寒论》第1条条文的内容。

典型或要点以比照其他,是对太阳病要点的提示,以达到举一而类推的目的。用"之为病"的形式表述,在《伤寒论》中凡七见,义皆同此。

【原文】

太阳病,发热,汗出,恶风,脉缓者,名为中风。　　　　　　　　　　[2]

【提要】　典型太阳中风的脉症特点。

【图解】　见图2。

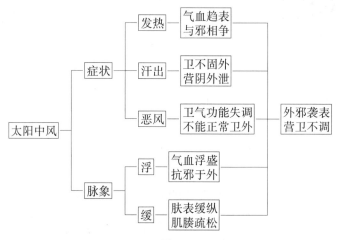

图 2

【按语】　本证是太阳病的重要类型之一,仲景命之曰中风,它的特点是汗出和脉缓。本证的发热与第1条所述脉浮病机相同,发热与脉浮是同步出现的。本条虽只讲脉缓,但缓中必显浮象。

本证之恶风与前条的恶寒,其病机是相同的,但在表现上却有不同。虽然都是怕冷,但恶寒是持续的怕冷,怕冷难以自持,严重时可以出现寒战。而恶风则是阵阵的冷感,有如风之阵阵袭来(详见第12条)。

脉缓与脉紧相对应,"紧"若弓之张,"缓"如弦之弛。缓,缓纵之状;本证脉缓,不是后世所说的迟缓。太阳中风脉缓纵,反映出全身肤表缓纵、肌腠疏松。汗出与脉缓、肌腠疏松不仅存在着某种因果关系,而且病机也是一致的。

在太阳病发病过程中,发热与恶寒或恶风并见属表证,而汗出与脉浮缓并见,则是太阳中风的特点。

【原文】

太阳病,或已发热,或未发热,必恶寒,体痛,呕逆,脉阴阳俱紧者,名为伤寒。　　　　　　　　　　[3]

【提要】　典型太阳伤寒的脉症特点。

**【图解】**　见图 3。

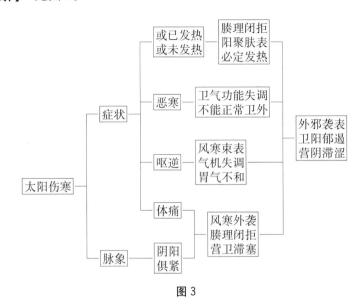

图 3

**【按语】**　本条所述是太阳病的又一重要类型,仲景命之曰伤寒,此乃后世所言的狭义伤寒。它的症状特点是身痛、脉紧,而其脉浮则在不言之中。

本证之恶寒与前述第 2 条之恶风病机相同。本证突出肢体疼痛,这是风寒外袭,腠理闭拒,营卫滞塞不通所致。这样的病机反映在脉象上,则是寸口脉浮紧。在寸口脉,关前为阳,关后为阴,"脉阴阳俱紧"是言寸、关、尺三部俱紧。

脉紧与腠理、肤表紧束、闭拒在病机上是一致的。"或已发热,或未发热",在语意上强调是一定要发热。机体感受风寒的即时反应是肤表紧束,腠理闭拒,症见恶寒、体痛、脉紧。随之而来,机体阳气趋于肤表,以与外邪抗争,阳气郁聚于肤表不得宣泄,因而形成肤表阳郁。这时的病机重点,已由寒邪束表转化为肤表阳郁,症见发热、恶寒、脉浮紧而数,其时发热已成为主要症状之一。

**【原文】**

伤寒一日,太阳受之,脉若静者,为不传;颇欲吐,若躁烦,脉数急者,为传也。

[4]

**【提要】**　机体感受寒邪,是否能发展为太阳病,可从"脉静"或"脉数急"来判断。

**【图解】**　见图 4。

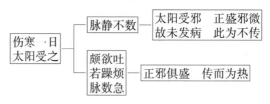

图 4

【按语】　本条之"伤寒"是广义伤寒,在语意上和形式上,均源于《素问·热论》。伤寒一日,太阳受邪,本应如《素问·热论》所云:"人之伤于寒也,则为病热"。而本条所述则是太阳虽受邪,却因正盛邪微,所以在脉象上的反应是不数、不急,此即所谓"脉静";在症状上的表现是不躁、不烦、不热;故虽"伤于寒",却未"病热",虽感受外邪,却未发病。对此,条文中称之为"不传"。

若机体感受寒邪,正邪俱盛,必变化为"热病",此即"传"而为热。感受外邪,外则风寒束表,内则阳气郁遏,脉象必紧而数急,症状则烦热而躁动。这样的病机,必发为太阳病而出现第1条所述之症状——脉浮、头项强痛而恶寒,这就是条文中所说的"传"。

【原文】

伤寒二三日,阳明、少阳证不见者,为不传也。　　　　　　　　　　[5]

【提要】　判断机体感邪后是否发展为阳明病或少阳病,是以症状为依据的。

【图解】　见图 5。

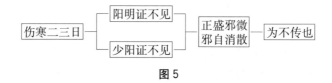

图 5

【按语】　本条在语义和表述形式上,均源于《素问·热论》伤寒"二日阳明受之"、伤寒"三日少阳受之"之语。机体感受寒邪,或二日阳明发病,或三日少阳发病,这只是一种可能性,发病或是不发病,这主要取决于机体对外邪的反应。

本条所论,机体虽感受外邪,但二日不见阳明病脉症,三日不见少阳病脉症,说明正盛邪微,其"邪"尚未至于"传"而为"热"的程度,因此不能发展为阳明病或少阳病。此等微微之邪,仅能自消自散于肤表。

【原文】

太阳病,发热而渴,不恶寒者为温病。若发汗已,身灼热者,名风温。风温为病,脉阴阳俱浮,自汗出,身重,多眠睡,鼻息必鼾,语言难出。若被下者,小便不利,直视失溲。若被火者,微发黄色,剧则如惊痫,时瘛疭,若火熏之。一逆尚引日,再逆促命期。　　　　　　　　　　　　　　　　　　　　　　　　［6］

【提要】　太阳温病的特点及治疗后的变证。

【图解】　见图6。

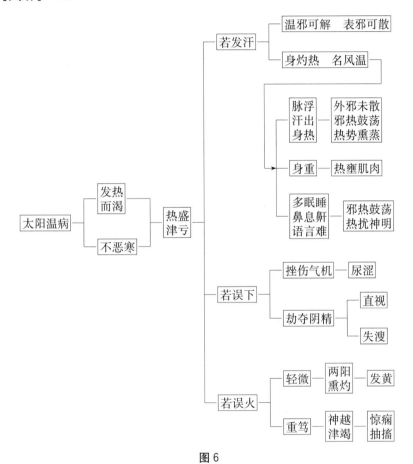

图 6

【按语】　本条指出太阳温病与太阳伤寒、太阳中风的不同。发热而渴不恶寒,突出了热盛津亏的病机特点。在仲景时代及其以前的认识中,温病是伤寒的一部分。《内经》中的温病与本条的温病,以及后世明、清时期发展起来的温病学说之温病,虽有渊源关系,但不尽相同。本条之太阳温病,证以发热而渴、不恶寒为特点,不能用明清以后的温病概念去框套。

本条所述之温病,未讲治法,从条文中"若发汗已"可知,本证发汗可有两种可能:一是"若发汗已",温热之邪外散,温病表邪可解(参见第113条);一是"若发汗已",温热之邪不仅不解,反而益加鼓荡,致使身热如灼,出现变证,对此变证,仲景称之曰"风温"。在本条文意中,"风温"是指本证温病之坏病,非温病之外又有风温,更不是明、清之后发展起来的温病学之风温。

**【原文】**

病有发热恶寒者,发于阳也;无热恶寒者,发于阴也。发于阳,七日愈;发于阴,六日愈。以阳数七、阴数六故也。

[7]

**【提要】**　以发热恶寒与无热恶寒对外感发病进行分类。

**【图解】**　见图7。

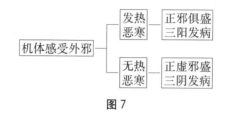

**图 7**

**【按语】**　仲景为了认识外感发病规律,首先对外感进行了分类,其分类的基础,是对外感若干症状的认识。在外感发病过程中,发热恶寒与无热恶寒是两个最常见、最具有普遍意义的症状。本条按阴阳属性,对外感进行分类。发热恶寒是正邪俱盛,属表证、热证、实证,见于三阳发病。无热恶寒,后世称为畏寒,是正虚邪盛,属里证、寒证、虚证,见于三阴发病。

条文中"发于阳,七日愈;发于阴,六日愈,以阳数七、阴数六故也",是以"计日"的方法对疾病的发展及预后进行判断。而用"计日"的方法判断疾病预后及死生,则是仲景时代及其以前的流行作法,这在《内经》和《伤寒论》中多有记载,似源于五行生克或象数之学。本条以七为阳数、以六为阴数判断病愈,有其一定的历史和文化背景,或属古之筮法。

**【原文】**

太阳病,头痛至七日以上自愈者,以行其经尽故也。若欲作再经者,针足阳明,使经不传则愈。

[8]

**【提要】**　以头痛为例阐明太阳病七日为一过程。

**【图解】**　见图8。

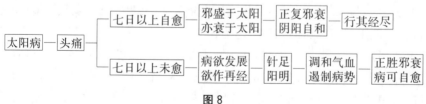

**图 8**

【按语】　疾病不治自愈,这是古人在实践中,早已发现的疾病变化规律之一。本条以头痛为例,阐明太阳病有自愈倾向。

自成无己注云"六日传遍,三阴三阳之气皆和"以来,日传一经之说盛行,以致谬误流传。关于"经"字,王朴庄有云:"经者,常也","若过一经未愈,则为作再经,又当以六七日为期也。"近人章太炎先生亦有论述:"若其云'过经不解'、'使经不传'、'欲作再经者',此以六日、七日为一经,犹女子月事以一月为经,乃自其期候言,非自其形质言矣。"

"若欲作再经者",系言太阳病经过七日未能自愈,且仍有发展之势,此时可针刺足阳明经的穴位。由于阳明经多气多血,故针刺足阳明经的穴位,可调诸经之气血。

【原文】

太阳病欲解时,从巳至未上。　　　　　　　　　　　　　　　　　　〔9〕

【提要】　太阳病将解未解之际,将解于午前午后阳气隆盛之时。

【图解】　见图9。

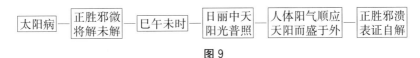

图9

【按语】　人体的阳气随天阳的变化而变化,不论是正常的生理活动,还是发病以后的病机变化,人体的阳气都随天阳或以年、月、日为周期,或以一日之中的时辰为周期,而出现不同的变化。

本条指出,当太阳病正胜邪微,将解未解之际,将解于巳至未上。巳至未上是上午9时至下午3时,这段时间(3个时辰,即6小时)正是午前午后,日丽中天,阳光普照,是一日中阳气最盛之时。太阳病解于此时,是人体阳气顺应天阳而盛于外,亦犹太阳病得麻黄桂枝可以助阳解表之意。①

【原文】

风家,表解而不了了者,十二日愈。　　　　　　　　　　　　　　　　〔10〕

【提要】　外感病虽表证已解,但若仍有不爽慧之感,俟气血和顺则愈。

【图解】　见图10。

图10

---

①　李克绍.六经病欲解时的机理及其临床价值//伤寒论医学の继承と发展.东京:东洋学术出版社(日),1983:115.

**【按语】**　本条以"风"概言表邪,风家即指感受外邪而有表证的一类病人。外感病人中有表证虽已似解,但仍不爽慧者,此属病情迁延之象。外感病表证已解,本应自愈(见第8条)。本条所述,是指发病虽已经过了七日,表邪已解,但仍未尽愈。不了了,谓表邪虽然已解,而阴阳之气仍稍有不和,故身体仍有不爽慧之感,须再待一候(五日),俟气血和顺则愈。七日加五日为十二日,故曰十二日愈。古人五日为一候,一年七十二候。

**【原文】**

病人身大热,反欲得衣者,热在皮肤,寒在骨髓也;身大寒,反不欲近衣者,寒在皮肤,热在骨髓也。　　　　　　　　　　　　　　　　　　　　　[11]

**【提要】**　寒热真假的辨证。

**【图解】**　见图11。

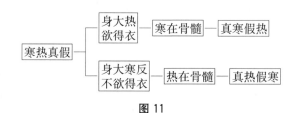

**图 11**

**【按语】**　本条以皮肤和骨髓分立表里两极,对寒热真假的症状进行描述,极为典型,表与里、寒与热、真与假的反差极大,从而形成鲜明的对比。因此,不能把这些看成是临床上寒热真假症状的具体描述,而是对临床上寒热真假、复杂疑似表现的大大简化和抽象化,用极明显的对比,勾勒出寒热真假的反差,从而突出寒热真假的临床特点。

**【原文】**

太阳中风,阳浮而阴弱,阳浮者,热自发,阴弱者,汗自出,啬啬恶寒,淅淅恶风,翕翕发热,鼻鸣干呕者,桂枝汤主之。方一。　　　　　　　　　　　[12]

桂枝三两,去皮　芍药三两　甘草二两,炙　生姜三两,切　大枣十二枚,擘

上五味,㕮咀三味,以水七升,微火煮取三升,去滓。适寒温,服一升。服已须臾,啜热稀粥一升余,以助药力。温覆令一时许,遍身漐漐微似有汗者益佳,不可令如水流漓,病必不除。若一服汗出病差,停后服,不必尽剂。若不汗,更服依前法。又不汗,后服小促其间,半日许,令三服尽。若病重者,一日一夜服,周时观之。服一剂尽,病证犹在者,更作服。若汗不出,乃服至二三剂。禁生冷、粘滑、肉面、五辛、酒酪、臭恶等物。

**【提要】**　太阳中风的脉症及治疗方药。

**【图解】**　见图 12。

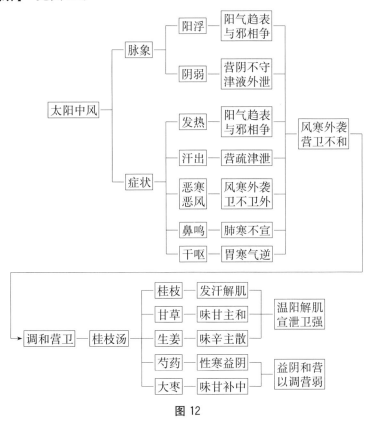

图 12

**【按语】**　"阳浮而阴弱",此处之阴、阳是指尺、寸部位而言的。寸脉浮,反映出阳气趋于肤表,表现在症状上是发热。阴脉弱,则反映出营不能内守,必津液外泄,表现在症状上则是自汗出。第95条对本证的病机进行了概括,"此为荣弱卫强"。"荣弱卫强"恰切地诠释了脉象"阳浮阴弱"的病机。

啬啬,蜷缩不展貌。寒性收引,凝敛紧束。啬啬恶寒,谓持续憎寒,肢体蜷缩不展。淅,洒也,寒冷貌。淅淅恶风,言时时肤粟毛耸,宛若风之阵阵袭来。啬啬恶寒与淅淅恶风并列,是言病人怕冷而肢体蜷缩的同时,且又阵阵肤粟毛耸。

恶风与恶寒不得以轻重论,若以轻重言恶风、恶寒,那么则是当病情轻而仅恶风时,必不至恶寒的程度;而当病情较重已至恶寒的程度时,则必已不恶风,而本条恰恰是恶寒与恶风并见。

翕翕发热,言微微发热,发热不甚。第192条有云:"翕翕如有热状"。一个"如"字,突出了其热势之轻微。

外邪侵袭,肺气不利,故鼻塞、鼻鸣。鼻鸣,是指感受风寒后之鼻音声重。风寒袭表,寒气犯胃,胃气上逆,故其人恶心、呕无所出,此为干呕。

本证病机,后世归纳为"营卫不和",其意出自第 95 条"荣弱卫强"和第 53 条之"荣卫和则愈"。桂枝汤的作用是"解肌"。与"腠理"比较,"肌"显得更深层一些。桂枝汤解肌散邪,则营卫自和。后世人把这个过程称之为"调和营卫"。

用桂枝汤解肌祛邪,必须温覆、啜热稀粥,使胃气敷布药力以为汗。若不温覆,不啜热稀粥,即使桂枝汤重用桂枝,更加桂二两,也是不发汗的(如第 117 条桂枝加桂汤)。

【原文】

太阳病,头痛发热,汗出恶风,桂枝汤主之。方二。用前第一方。　　　　〔13〕

【提要】　太阳病桂枝汤证的主要症状。

【图解】　见图 13。

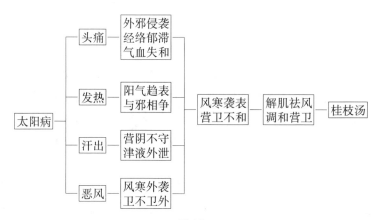

图 13

【按语】　本条重点突出了头痛、发热、汗出、恶风,省略了脉浮缓,此是对第 12 条内容的进一步概括和强调。

在太阳病,汗出为中风,不汗出为伤寒。本条所述太阳病汗出,当是中风无疑。太阳病汗出,反映出腠理疏松的病机,所以表现在脉象上,是阳浮而阴弱,不可能是浮紧,而只能是浮缓。

【原文】

太阳病,项背强几几,反汗出恶风者,桂枝加葛根汤主之。方三。　　　〔14〕

葛根四两　麻黄三两,去节　芍药二两　生姜三两,切　甘草二两,炙　大枣十二枚,擘　桂枝二两,去皮

上七味,以水一斗,先煮麻黄、葛根,减二升,去上沫,内诸药,煮取三升,去滓。温服一升,覆取微似汗,不须啜粥,余如桂枝法将息及禁忌。臣亿等谨按,仲景本论,太

阳中风自汗用桂枝,伤寒无汗用麻黄,今证云汗出恶风,而方中有麻黄,恐非本意也。第三卷有葛根汤证,云无汗、恶风,正与此方同,是合用麻黄也。此云桂枝加葛根汤,恐是桂枝中但加葛根耳。

【提要】　不典型的太阳中风,项背强几几的证治。

【图解】　见图 14。

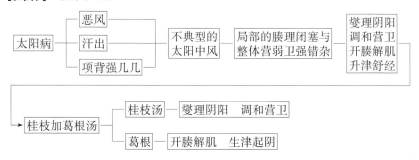

图 14

【按语】　本证突出了项背强几几的特点,属不典型的太阳中风。与头项强痛不同,本证不仅项强而且背亦强。"几几"当读为 jīn jīn(紧紧),拘紧貌。[1] 项背强几几,反映出风寒外袭,不仅项部肌腠闭塞而强痛,而且背部肌腠亦板滞紧楚。

本条突出背部的拘紧不舒,反映出项背局部气血滞塞更加严重。本证局部腠理闭塞,以至项背拘紧板楚,本当无汗,但本证却有汗。项背强几几和汗出并见,反映出局部的腠理闭塞与全身性的营弱卫强错杂的病机特点。体现在治法和用药方面,则以整体上的燮理阴阳、调和营卫为基础,兼顾对项背局部以开腠理、舒展拘紧。

桂枝加葛根汤,林亿按语指出当无麻黄,可从。

【原文】

太阳病,下之后,其气上冲者,可与桂枝汤,方用前法。若不上冲者,不得与之。四。　　　　　　　　　　　　　　　　　　　　　　　[15]

【提要】　太阳病误下后,气上冲逆的证治。

【图解】　见图 15。

图 15

---

① 钱超尘．伤寒论文献通考．北京:学苑出版社,1991:464.

【按语】　太阳病，病机趋势向上向外，发汗解表属正治之法。本证误用了下法，正气向上向外的趋势受到顿挫，但表邪尚未至于内陷，中焦尚未受邪，故病人自感胸中有气冲逆，此属受挫之气机郁而求伸之象。胸中有气上冲，说明表邪未陷，病机仍有向上向外之势。对其治疗当因势利导，外解表邪，方用桂枝汤。

若误下之后，病人无"气上冲逆"的感觉，说明正气受挫比较严重，无力求伸，病机已无向上向外之势，脉必由浮变为不浮，在这种情况下，表邪已有内陷之势，不宜再投桂枝汤。

【原文】

太阳病三日，已发汗，若吐、若下、若温针，仍不解者，此为坏病，桂枝不中与之也。观其脉症，知犯何逆，随证治之。桂枝本为解肌，若其人脉浮紧，发热汗不出者，不可与之也。常须识此，勿令误也。五。　　　　　　　　　　［16］

【提要】　太阳病误治之后，引发坏病的治疗原则。

【图解】　见图16。

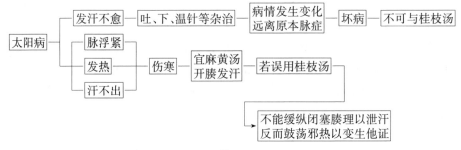

图 16

【按语】　本证太阳病三日，发汗不愈，且又用吐、下、温针杂治，致使病情发生根本变化，论中把此称之为"坏病"。坏，毁也。坏病，几经杂治，病情已经远离原本的脉症。在这种情况下，不宜再服用桂枝汤，所以文中强调"桂枝不中与之也"。中，可也。不中，即不可也。如此，应当根据脉症变化，随证治之。

桂枝本为解肌。此处"桂枝"是指桂枝汤而言。肌肉与腠理相对应，肌深腠浅。桂枝汤发汗是一个氤氲过程，比麻黄汤要和缓得多，欲发汗，必须啜热稀粥，以助药力。而对比之下，开腠理则是一个较急骤的过程。解肌与开腠相对应，解肌谓缓纵肌肉之紧张；开腠理，谓开启腠理之闭塞。

"其人脉浮紧，发热，汗不出者"，是对太阳伤寒脉症的表述。典型的太阳伤寒，其正治之法是开腠发汗，方用麻黄汤。若误投桂枝汤，不仅不能缓纵腠理之闭塞以泄汗，反而氤氲鼓荡邪热以致变生他证，故条文中告诫"勿令误也"。后世有人对此句话断章取义，称"无汗不可用桂枝"，这是不正确的。

**【原文】**

若酒客病,不可与桂枝汤,得之则呕,以酒客不喜甘故也。　　　　　　　[17]

**【提要】**　酒客多湿热,不可径与桂枝汤。

**【图解】**　见图17。

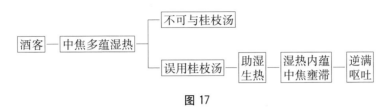

**图 17**

**【按语】**　嗜酒者,中焦多湿热。桂枝汤味甘而性辛热,因此,嗜酒者虽罹患太阳中风,亦不可径服桂枝汤,若误用,必助湿生热。湿热内蕴,中焦壅滞,故可引发逆满呕吐之症。

仲景通过具体的、看似孤立的病例,总结出酒客多湿热的病机,虽具有普遍意义,但却并不是说酒客服桂枝汤都必定会作呕。

**【原文】**

喘家作桂枝汤,加厚朴杏子佳。六。　　　　　　　　　　　　　　　[18]

**【提要】**　喘家感受寒邪,具有桂枝汤证,用桂枝汤加厚朴、杏子疗效更好。

**【图解】**　见图18。

**图 18**

**【按语】**　"喘家作桂枝汤",作,用也。本条所述之喘家,之所以要用桂枝汤加厚朴、杏子,主要是因为这位喘家感受了外邪,具有桂枝汤的适应证。喘家感受外邪容易引发喘息,但不是必发喘息。本条之喘家只是代表既往有喘息病史的一类病人,并非是指其一定具有现症的喘息。

就本条所述而言,本证病人只有桂枝汤证,而并未发作喘息,因此本证用桂枝汤的目的主要在于解表,之所以要加用厚朴、杏仁,这是因为本证病人素有喘息宿疾,加厚朴、杏子降气以防宿疾发作,有未病先防之意,所以文曰"桂枝汤加厚朴杏子佳"。

与此对比,第43条的主要症状是"微喘",病机是"表未解",用桂枝加厚朴杏子汤的目的是解表平喘。同时,桂枝加厚朴杏子汤所治之喘也只能是表证未解的"微喘",而喘家发作之喘息却绝不仅仅只是"微喘"。因此,对喘家发作之喘,仅仅用桂枝汤加厚朴、杏子绝不会是"佳"。桂枝汤加厚朴、杏子，在仲景看来，这只是一种最"佳"的选择，而不是唯一的选择。根据条文所述，本证喘家的证候表现，仅仅是一个桂枝汤证，因而若选用桂枝汤治疗，也绝非误治，只是尚不属于最"佳"罢了。

**【原文】**

凡服桂枝汤吐者，其后必吐脓血也。　　　　　　　　　　　　　　　　[19]

**【提要】**　肺痈早期表证，误服桂枝汤，由咳喘浊沫变生咳吐脓血。

**【图解】**　见图19。

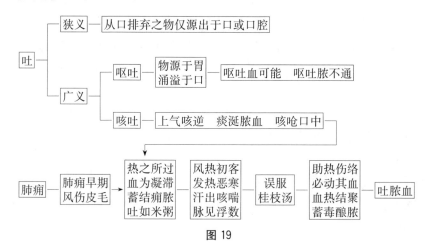

图 19

**【按语】**　吐，在《伤寒论》论中可有广义、狭义之分。所谓狭义之吐是指从口排弃之物仅源出于口或口腔；而所谓广义之吐，则包括呕吐和咳吐。

呕吐是指有声有物，排弃之物源于胃，由于胃气上逆，胃内容之物涌溢于口。在仲景书中，有时也把呕吐简称为"吐"。

咳，《金匮要略》曰："息引胸中上气者，咳。"若伴随上气咳逆而有痰涎、脓血咳呛于口中，则必须吐出，这就是咳吐。

在仲景书中，经常以"吐"来泛指呕吐和咳吐。本条"凡服桂枝汤吐者，其后必吐脓血也"，多误释为呕吐脓血。结合临床，呕吐"血"可通，而呕吐"脓"则不通。《金匮要略》所论肺痈早期表现是"风伤皮毛"，恶寒发热，时时振寒，汗出，咽燥口干，咳喘，多唾浊沫，脉浮（微）而数。从中可见，"肺痈"的早期症状与太阳中风桂枝汤证是有许多相似之处的。

"凡服桂枝汤吐者，其后必吐脓血也"所表述的过程，当是肺痈早期"风伤皮毛"的阶段，被误诊为太阳中风而误服桂枝汤所引发的咳吐脓血。《金匮要略》曰："热之所过，血为之凝滞，蓄结痈脓，吐如米粥。"此风热初客，发热恶寒、汗出、咳喘、脉浮数之早期肺痈,若误服桂枝汤,必助其热,热伤脉络,则必动其血,加速血热结聚、蓄毒酿脓之过程。所以肺痈"风伤皮毛"之证,若误服桂枝汤,咳吐脓血当是必然。"凡服桂枝汤吐者"之"凡"字,作发语辞解义胜。

【原文】

太阳病,发汗,遂漏不止,其人恶风,小便难,四肢微急,难以屈伸者,桂枝加附子汤主之。方七。 [20]

桂枝三两,去皮　芍药三两　甘草三两,炙　生姜三两,切　大枣十二枚,擘　附子一枚,炮,去皮,破八片

上六味,以水七升,煮取三升,去滓。温服一升。本云,桂枝汤今加附子。将息如前法。

【提要】　太阳病发汗太过,卫阳虚的证治。

【图解】　见图20。

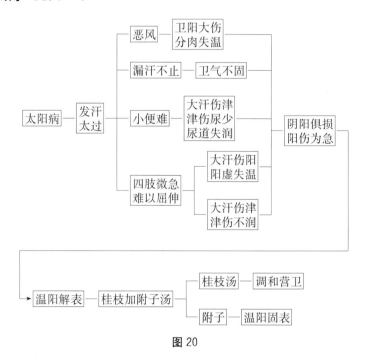

图20

【按语】　太阳病发汗太过,卫阳大伤,不能温分肉,故症见恶风;卫气不能正常地卫外为固,故漏汗不止;大汗伤津,汗尿同源,不仅尿少,而且尿道失润,故排尿短少且艰涩。大汗伤阳,阳虚则失于温煦;大汗伤津,津伤则不得濡润,故四肢筋脉时有拘急、屈伸不利。

本证虽然阴阳俱伤,但伤阳为急,根据阳生阴长之理,在治疗上当以温阳为

急。方用桂枝加附子汤,用桂枝汤氤氲以调营卫,加附子温阳固表。

**【原文】**

**太阳病,下之后,脉促,胸满者桂枝去芍药汤主之。方八。促,一作纵。** [21]

桂枝三两,去皮 甘草二两,炙 生姜三两,切 大枣十二枚,擘

上四味,以水七升,煮取三升,去滓。温服一升。本云,桂枝汤今去芍药。将息如前法。

**【原文】**

**若微寒者,桂枝去芍药加附子汤主之。方九。** [22]

桂枝三两,去皮 甘草二两,炙 生姜三两,切 大枣十二枚,擘 附子一枚,炮,去皮,破八片

上五味,以水七升,煮取三升,去滓。温服一升。本云,桂枝汤今去芍药加附子。将息如前法。

**【提要】** 太阳病误下后,胸阳受挫,表证未解或阳虚恶寒的证治。

**【图解】** 见图21、图22(合)。

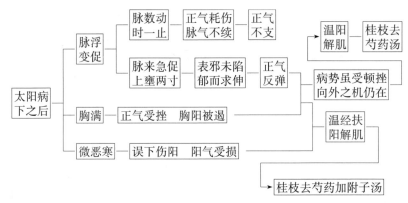

图 21、图 22(合)

**【按语】** 太阳病表证不解,若误用下法,轻则挫伤正气,重则导致表邪内陷。

本条太阳病误下,脉象由原来的浮脉变为促脉。此处之促脉可有两方面的含义。

一是指脉来急促,上壅两寸,这是太阳病虽经误下而表邪未陷之象。其义如同第34条、第140条,脉促,反映出病势郁而求伸之机。

二是此促脉也包括了后世所说的"脉数动而时一止"之象,在此,脉促反映出误下后,正气耗伤,脉气不续之机。前者为下后正气反弹,后者则属下后正气不支。

误下之后,虽表邪未陷,但正气已显示出不同程度的受挫,机体正气向上向

外之趋势受到反扯,胸阳因受制而症见胸满。胸满与脉促并见,说明机体阳气向上向外之趋势虽受顿挫,但其郁而求伸、向上向外之机仍在。所以本证的基本病机是表邪未解,表证依然。故对其治疗仍当解表。方用桂枝去芍药汤。

本证因下后正气受挫,胸阳受损,而芍药性寒,且有开破之性,证非所宜,故去之,以利于桂枝、生姜、大枣温阳以解散其未陷之表邪。

若在前证的基础上,又症见"微寒",这是误下伤阳的程度比前证更为严重一些。由于表证仍在,所以仍当解表,但仅用桂枝去芍药汤,其温阳之力已显不足,所以,在前方的基础上,再加用附子以强化其温阳之力。

**【原文】**

太阳病,得之八九日,如疟状,发热恶寒,热多寒少,其人不呕,清便欲自可,一日二三度发,脉微缓者,为欲愈也。脉微而恶寒者,此阴阳俱虚,不可更发汗、更下、更吐也。面色反有热色者,未欲解也,以其不能得小汗出,身必痒,宜桂枝麻黄各半汤。方十。 [23]

桂枝一两十六铢,去皮　芍药　生姜切　甘草炙　麻黄各一两,去节　大枣四枚,擘　杏仁二十四枚,汤浸,去皮尖及两仁者

上七味,以水五升,先煮麻黄一二沸,去上沫,内诸药,煮取一升八合,去滓。温服六合。本云,桂枝汤三合,麻黄汤三合,并为六合,顿服。将息如上法。臣亿等谨按,桂枝汤方,桂枝、芍药、生姜各三两,甘草二两,大枣十二枚。麻黄汤方,麻黄三两,桂枝二两,甘草一两,杏仁七十个。今以算法约之,二汤各取三分之一,即得桂枝一两十六铢,芍药、生姜、甘草各一两,大枣四枚,杏仁二十三个零三分枚之一,收之得二十四个,合方。详此方乃三分之一,非各半也,宜云合半汤。

**【提要】**　太阳伤寒八九日,邪虽衰而表未解的证治,中间夹叙阴阳俱虚之脉症,以做对比和警示。

**【图解】**　见图23。

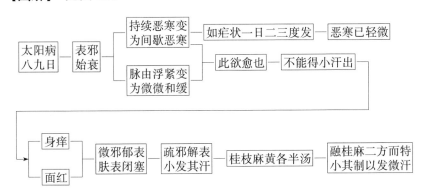

图23

**23**

**【按语】**　太阳病已八九日,病虽未愈,但表邪始衰,因此,虽仍发热恶寒,但恶寒已轻微,表现为由原来持续的发热恶寒,变化为间歇的发热恶寒,其特点是"如疟状,一日二三度发"。脉象也比原来的浮紧显得略微缓和,此所谓"脉微缓"。脉症合参,此属太阳伤寒表邪将解之象,此时,本当以小发汗之法,一疏即解。然而,因为失于小发汗,致使微邪郁表,故出现面色红赤之象;此为阳气佛郁在表,虽表邪有将解之势,但尚未解,故病人出现身痒。对此,仍当疏邪解表。尽管是微邪郁表,邪虽"微",但其肤表却仍有闭塞之势,所以仅用桂枝汤难以启表;而麻黄汤虽能启表,但微邪又不耐峻汗,所以仲景创意桂枝麻黄各半汤,融合桂枝、麻黄二方而又特小其制,扬长避短以小发其汗。

"其人不呕",是特别指出病尚未转入少阳(第226条)。"清便欲自可",排除了病入阳明。

本证发热恶寒发作时,呈太阳伤寒腠理闭塞之状;不发作时,只是身痛不休,营卫失调,呈周身违和之状。当此之时,不可不汗,亦不可过汗。不汗则腠理难以启闭,且阳气佛郁在表,此非桂枝汤所能为;过汗则伤正气,邪微已至一日二三度发,又非麻黄汤原方所宜,此等态势,是由太阳伤寒迁延日久而形成的。所以仲景在麻桂二方中斟酌,在温服的一次量——六合药物之中,桂枝汤和麻黄汤仅仅各占三合,可见其用药量之轻。从而达到发作时意在开其腠理,不发作时意在调其营卫,其过程均在氤氲之中。

"脉微而恶寒者,此阴阳俱虚,不可更发汗、更下、更吐也"。从临床上看,由实证急速转化为虚证,由阳证急速转化为阴证,是可以见到的,这是邪盛正虚,正不胜邪,在邪正相搏交争过程中,正气被迅速耗伤所致,脉症可见四肢厥冷,面色苍白或冷汗淋漓,脉至微弱,此属阴阳俱虚,亡阳在即。但从本条表述所见,在本证的整体变化过程中,不存在形成这种转归的动因。这就是说太阳病,经过八九日,由持续的发热恶寒,变化为一日二三度发,且热多寒少,这样一个太阳病过程,根本不存在向"脉微而恶寒者,此阴阳俱虚"转化的可能性。"脉微而恶寒者,此阴阳俱虚,不可更发汗、更下、更吐也"是自注句,是对前文"脉微"的进一步阐释。在表述方式上是夹叙夹议。这样理解,既符合条文本义,也符合临床。

**【原文】**

太阳病,初服桂枝汤,反烦不解者,先刺风池、风府,却与桂枝汤则愈。十一。用前第一方。　　　　　　　　　　　　　　　　　　　　　　　　　　　　［24］

**【提要】**　太阳病邪滞经络,经气不畅,"初服"桂枝汤,反烦不解的证治。

【图解】　见图24。

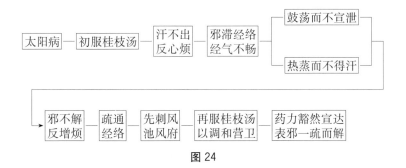

图24

【按语】　第12条方后注:桂枝汤"煮取三升,去滓,适寒温,服一升",此谓之"初服",若"一服"汗出病瘥,停后服。若不汗更服。本证"初服"桂枝汤,不仅不汗出,反而出现心烦,这是邪滞经络,经气不畅,此既妨碍药力宣达,又阻滞表邪疏散,致使桂枝汤鼓荡而不得宣泄,热蒸而不得为汗,故烦。

刺风池、风府意在疏通经络,此属《内经》古法。

【原文】

服桂枝汤,大汗出,脉洪大者,与桂枝汤如前法。若形似疟,一日再发者,汗出必解,宜桂枝二麻黄一汤。方十二。　　　　　　　　　　　　　　　　　[25]

桂枝一两十七铢,去皮　芍药一两六铢　麻黄十六铢,去节　生姜一两六铢,切　杏仁十六个,去皮尖　甘草一两二铢,炙　大枣五枚,擘

上七味,以水五升,先煮麻黄一二沸,去上沫,内诸药,煮取二升,去滓。温服一升,日再服。本云,桂枝汤二分,麻黄汤一分,合为二升,分再服。今合为一方,将息如前法。臣亿等谨按,桂枝汤方,桂枝、芍药、生姜各三两,甘草二两,大枣十二枚。麻黄汤方,麻黄三两,桂枝二两,甘草一两,杏仁七十个。今以算法约之,桂枝汤取十二分之五,即得桂枝、芍药、生姜各一两六铢,甘草二十铢,大枣五枚。麻黄汤取九分之二,即得麻黄十六铢,桂枝十铢三分铢之二,收之得十一铢,甘草五铢三分铢之一,收之得六铢,杏仁十五个九分枚之四,收之得十六个。二汤所取相合,即共得桂枝一两十七铢,麻黄十六铢,生姜、芍药各一两六铢,甘草一两二铢,大枣五枚,杏仁十六个,合方。

【提要】　太阳病服桂枝汤后出现的两种不同的转归与证治。

【图解】　见图25。

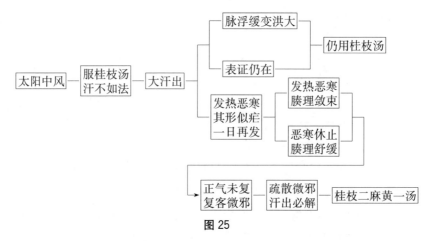

图 25

【按语】　从文首至"如前法"为第一节。太阳中风服用桂枝汤,必须遵循第12条的服用方法,若大汗"如水流漓,病必不除",因发汗太过,鼓荡阳气,故其脉由浮缓变化为洪大。虽然脉象已显洪大,但若太阳中风表证仍在,则仍当治以桂枝汤。

从"若形似疟"至文末为第二节。典型的桂枝汤证,由于服药不如法,大汗出,致使表证不解,病情出现变化。其表现由典型的桂枝汤证,变化为发热恶寒,一日再发,形似疟。若从病机与病情变化上分析,本证从太阳中风发病至大汗出的过程中,始终不存在应用麻黄汤的指征。而仲景对本证的治疗,却应用桂枝二麻黄一汤,在这里,尽管麻黄汤用量极少,但它终究是麻黄汤,这也说明仲景认为本证在病机上,有必须应用麻黄汤之动因。

太阳中风桂枝汤证,服桂枝汤不论如法还是不如法,愈还是不愈,都不存在任何致使腠理闭塞的病机,哪怕是最轻微的表闭。

"形似疟,一日再发",在病机上所存在的一定程度的腠理闭塞,这是大汗之后,将息失宜,风寒复闭所致,亦即大汗之后,旋即表闭无汗,此是一种轻微的复感,属旧邪未去,复感新邪。只有这样理解,才符合仲景之桂枝汤后无用麻黄汤法的用药规律。

本证除了具有发热恶寒症状之外,还有一个特点是"无汗"。本证的"无汗"是由大汗出而变为"无汗"的,这是一个被忽略而又非常重要的过程。由于大汗后,肌腠疏松,复感微邪,肌腠旋即闭拒,导致肌腠整体弛张失调,故当发热恶寒时,肌腠处于一定程度的紧敛、闭拒状态;而当发热恶寒休止时,则肌腠闭拒缓解,周身又呈违和不适状态,于是出现形似疟,一日再发之状。

【原文】

服桂枝汤,大汗出后,大烦渴不解,脉洪大者,白虎加人参汤主之。方十三。

［26］

知母六两　石膏一斤,碎,绵裹　甘草炙,二两　粳米六合　人参三两

上五味,以水一斗,煮米熟汤成,去滓。温服一升,日三服。

【提要】　服桂枝汤大汗出后,大烦渴,脉洪大之白虎加人参汤证治。

【图解】　见图26。

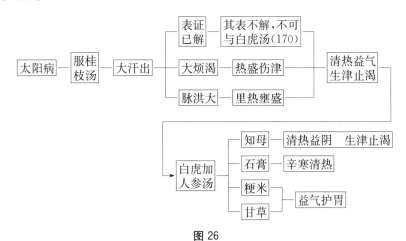

图 26

【按语】　本条与第25条都是服桂枝汤后,大汗出,都是脉洪大,一用桂枝汤,一用白虎加人参汤,其辨证根据,一不是渴之有无,二不是脉洪大与否,而是表证之解与未解。第12条方后注云:服桂枝汤当"遍身漐漐微似有汗者益佳,不可令如水流漓,病必不除"。第25条所言是大汗后,因表证仍在,故复与桂枝汤。而本条所言则是大汗后,伤阴耗津,表邪传而为热,表证已去,症见"大烦渴",故选用白虎加人参汤。

"大烦渴"虽反映出里热已盛,且已开始伤津,但重点是表证已解;若表证不解,即使症见大烦渴,也仍然不能用白虎加人参汤,对此,第170条特别予了强调。

【原文】

太阳病,发热恶寒,热多寒少,脉微弱者,此无阳也,不可发汗,宜桂枝二越婢一汤。方十四。　　　　　　　　　　　　　　　　　　　　　　[27]

桂枝去皮　芍药　麻黄　甘草各十八铢,炙　大枣四枚,擘　生姜一两二铢,切

石膏二十四铢,碎,绵裹

上七味,以水五升,煮麻黄一二沸,去上沫,内诸药,煮取二升,去滓。温服一升。本云,当裁为越婢汤、桂枝汤合之,饮一升。今合为一方,桂枝汤二分,越婢汤一分。臣亿等谨按,桂枝汤方,桂枝、芍药、生姜各三两,甘草二两,大枣十二枚。越婢汤方,麻黄二两,生姜三两,甘草二两,石膏半斤,大枣十五枚。今以算法约之,桂枝汤取四分

之一,即得桂枝、芍药、生姜各十八铢,甘草十二铢,大枣三枚。越婢汤取八分之一,即得麻黄十八铢,生姜九铢,甘草六铢,石膏二十四铢,大枣一枚八分之七,弃之。二汤所取相合,即共得桂枝、芍药、甘草、麻黄各十八铢,生姜一两三铢,石膏二十四铢,大枣四枚,合方。旧云,桂枝三,今取四分之一,即当云桂枝二也。越婢汤方,见仲景杂方中,《外台秘要》一云起脾汤。

**【提要】**　太阳病微热微寒,热多寒少,阳郁几微的证治。

**【图解】**　见图27、表27。

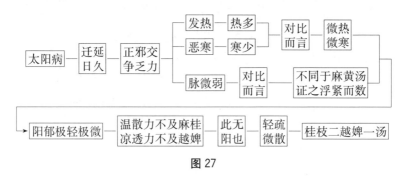

图 27

表 27

| | 麻黄 | 桂枝 | 石膏 | 生姜 | 大枣 | 甘草 | 杏仁 | 芍药 |
|---|---|---|---|---|---|---|---|---|
| 大青龙汤 | 六两 | 二两 | 如鸡子大 | 三两 | 十枚 | 二两 | 四十个 | |
| 麻黄汤 | 三两 | 二两 | | | | 一两 | 七十个 | |
| 桂枝汤 | | 三两 | | 三两 | 十二枚 | 二两 | | 三两 |
| 越婢汤 | 六两 | | 半斤 | 三两 | 十五枚 | 二两 | | |
| 桂枝二越婢一汤 | 十八铢 | 十八铢 | 二十四铢 | 一两二铢 | 四枚 | 十八铢 | | 十八铢 |
| 桂枝麻黄各半汤 | 一两 | 一两十六铢 | | | 一两 | 四枚 | 一两 | 二十四枚 | 一两 |
| 桂枝二麻黄一汤 | 十六铢 | 一两十七铢 | | | 一两六铢 | 五枚 | 一两二铢 | 十六个 | 一两六铢 |

**【按语】**　遵循仲景用桂枝汤后无用麻黄法之原则,本条所言之太阳病只能是太阳伤寒,而不可能是太阳中风。本证太阳伤寒,发热恶寒,热多寒少,从字面上看与第23条表述的是同一含义,但若从方药用量上看,则本证的症状是极轻微的。桂枝二越婢一汤由桂枝汤与越婢汤按比例合成,或称合方。

大青龙汤证由于阳气郁闭较重,以至于出现烦躁。麻黄汤证的阳气郁闭程度虽然比较重,但与大青龙汤证对比是轻缓的。桂枝汤证在病机上也属阳郁,但与麻黄汤证对比,桂枝汤证阳气郁闭的程度更轻些。

由桂枝汤二分、越婢汤一分合成的桂枝二越婢一汤,按林亿所云"今以算法约之,桂枝汤取四分之一,即得桂枝、芍药、生姜各十八铢,甘草十二铢,大枣三枚。越婢汤取八分之一,即得麻黄十八铢,生姜九铢,甘草六铢,石膏二十四铢,大枣一枚八分之七,弃之。二汤所取相合,即得桂枝、芍药、甘草、麻黄各十八铢,生姜一两三铢,石膏二十四铢,大枣四枚,合方。"按《汉书·律历志》定二十四铢为一两,十六两为一斤,即得桂枝、麻黄均不足一两,石膏恰合一两。

从上述可见,桂枝二越婢一汤,麻黄、桂枝各十八铢,石膏一两,此与麻黄六两、桂枝二两、石膏鸡子大(56 克,东汉 3.58 两)[1]的大青龙汤,与麻黄三两、桂枝二两的麻黄汤,与麻黄六两、石膏八两的越婢汤相比较,不难看出,其发越郁阳之力,不可等同而语。因此,可以得出这样一个结论:桂枝二越婢一汤根本就不是发汗剂,而只是一个轻疏微散之平剂。通过上述比较,可以对桂枝二越婢一汤方证具备一个基本的认识。本证当是感邪之后,迁延日久,至八九日之多,正邪交争乏力,与大青龙汤证、麻黄汤证、桂枝汤证比较,症见微热微寒,其曰"热多寒少"乃是相对比而言。所谓"无阳",即是言这种阳郁几微的状态,这种"阳郁几微"的病机,反映在脉象上,亦不同于大青龙汤证、麻黄汤证之浮紧而数,相比之下,是"微弱"之象。

"无阳"是本条的疑点和难点。明白了"无阳"的含义,那么本条也就不难理解了。正因为本证病机是阳郁几微,所以"不可发汗",只宜选用温散力不及麻桂,凉透力不及越婢,并非汗剂的桂枝二越婢一汤平散之。

**【原文】**

服桂枝汤,或下之,仍头项强痛,翕翕发热,无汗,心下满微痛,小便不利者,桂枝去桂加茯苓白术汤主之。方十五。　　　　　　　　　　　　　　　　[28]

芍药三两　甘草二两,炙　生姜切　白术　茯苓各三两　大枣十二枚,擘

上六味,以水八升,煮取三升,去滓。温服一升,小便利则愈。本云,桂枝汤今去桂枝,加茯苓、白术。

**【提要】**　表证兼水饮内停,经服桂枝汤后,表虽解而水气未散的证治。

**【图解】**　见图 28。

---

① 柯雪帆.伤寒论选读.上海:上海科学技术出版社,1996:207.

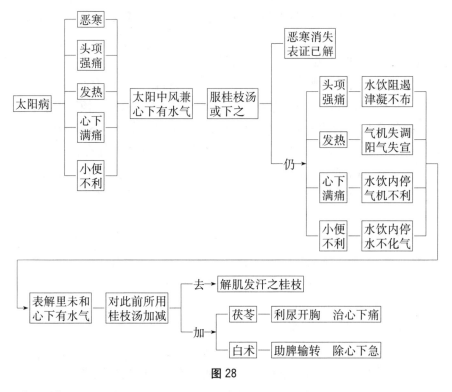

图28

**【按语】** 原文是记叙仲景对本证的治疗过程，反映出仲景的临床思路。从文字表述上看，本条是治疗过程的如实记录。文中用一个"或"字和一个"仍"字，勾勒出本病的治疗全过程，清楚地表述了治疗的先后顺序，并对治疗前后的症状进行了对比。方后注中的"小便利则愈"，是治疗后的记述，它记录了治疗后的病情变化，包含有讨论和总结病情之意。从"仍头项强痛，翕翕发热，无汗，心下满微痛，小便不利"中的"仍"字，可以看出，这些症状在服桂枝汤之前就已经存在。

与第12条对照，可以领悟，本条在服用桂枝汤之前，有一个极为重要的症状，这就是"恶寒"。恶寒在《伤寒论》中，对诊断表证具有决定性的意义。对本条来说，正是因为"恶寒"这个极重要的症状被忽略，才导致了八百多年来的无端争纷。条文明言，服桂枝汤，其后仍头项强痛、翕翕发热等，在详细罗列的一系列症状中，没有"恶寒"这一症状，这是因为服用桂枝汤之后表证已解，恶寒已经消失了。

由此可见，本条所述，初始服用桂枝汤之前的证，既有发热、恶寒、头项强痛的表证，又有心下满、微痛、小便不利之里证，这是一个太阳中风兼心下有水气之证。服桂枝汤之后，不再恶寒，说明表证已解，此时之证当属"表解里未和"。而"心下满、微痛、小便不利"虽属里证，但下后诸症仍在，说明治不得法，属于误治。至此，调整思路，认识到此时之证是水饮内停。服桂枝汤以后，已不再恶寒，说明其表已解；而其仍"头项强痛,翕翕发热"则已不属表邪所致,而是水饮阻遏,气机失调引起的。

对此,仲景在此前所运用的桂枝汤的基础上进行药物调整,加减斟酌,去解肌发汗之桂枝,加用主治心下结痛、利小便、开胸腑的茯苓(见《神农本草经》《名医别录》)和消痰水、除心下急满之白术(见《名医别录》),服汤后,小便得利,水饮去则病愈。

桂枝去桂加茯苓白术汤的命名具有特点。桂枝汤去了桂枝而仍以桂枝命名,在今本仲景书中尚有两处。一是本论第174条之桂枝附子去桂加白术汤。桂枝附子去桂加白术汤不论其组成还是命名,都是建立在先前所应用的桂枝附子汤的基础上。若没有先前所应用的桂枝附子汤,那么其后的去桂加白术汤也就无从说起。二是《金匮要略》之桂苓五味甘草去桂加姜辛夏汤。若没有先前的桂枝茯苓五味甘草汤,那么其后的桂苓五味甘草去桂加姜辛夏汤不论其方或名也都无从说起。

与此同理,在本条所述的治疗过程中,若没有先前服用桂枝汤这一环节,那么就不可能有其后的桂枝去桂这一思维过程。

**【原文】**

伤寒脉浮,自汗出,小便数,心烦,微恶寒,脚挛急,反与桂枝欲攻其表,此误也;得之便厥,咽中干,烦躁,吐逆者,作甘草干姜汤与之,以复其阳;若厥愈足温者,更作芍药甘草汤与之,其脚即伸;若胃气不和,谵语者,少与调胃承气汤;若重发汗,复加烧针者,四逆汤主之。方十六。　　　　　　　　　　[29]

甘草干姜汤方

甘草四两,炙　干姜二两

上二味,以水三升,煮取一升五合,去滓。分温再服。

芍药甘草汤方

白芍药　甘草各四两,炙

上二味,以水三升,煮取一升五合,去滓。分温再服。

调胃承气汤方

大黄四两,去皮,清酒洗　甘草二两,炙　芒硝半升

上三味,以水三升,煮取一升,去滓,内芒硝,更上火微煮令沸。少少温服之。

四逆汤方

甘草二两,炙　干姜一两半　附子一枚,生用,去皮,破八片

上三味,以水三升,煮取一升二合,去滓。分温再服。强人可大附子一枚、干姜三两。

**【原文】**

问曰:证象阳旦,按法治之而增剧,厥逆,咽中干,两胫拘急而谵语。师曰:言

夜半手足当温,两脚当伸。后如师言,何以知此? 答曰:寸口脉浮而大,浮为风,大为虚。风则生微热,虚则两胫挛。病形象桂枝,因加附子参其间,增桂令汗出。附子温经,亡阳故也。厥逆,咽中干,烦躁,阳明内结,谵语烦乱,更饮甘草干姜汤,夜半阳气还,两足当热;胫尚微拘急,重与芍药甘草汤,尔乃胫伸;以承气汤微溏,则止其谵语,故知病可愈。　　　　　　　　　　　　　　　　　　　　　[30]

【提要】　伤寒表兼里虚,误用桂枝汤后的变证及救误过程。

【图解】　见图29、图30(合)。

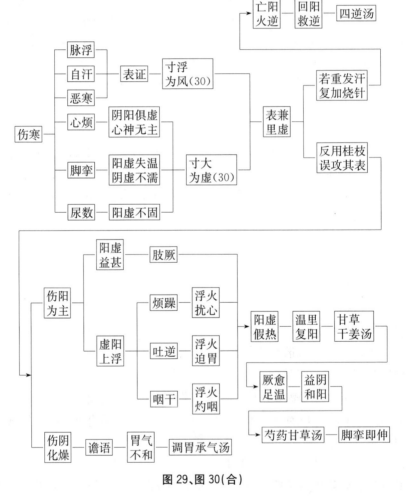

图 29、图 30(合)

【按语】　本证伤寒脉浮,自汗出,小便数,心烦,微恶寒,脚挛急。仲景在第30条中解释说"寸口脉浮而大,浮为风,大为虚。风则生微热,虚则两胫挛",虽然"病形象桂枝",但却不是桂枝汤证。故与桂枝汤"欲攻其表,此误也"。本证脉浮,"浮为风","风",寓指表邪,故自汗出、恶寒与脉浮并见,此属表证。

"大为虚","虚则两胫挛"。虚,意指阴阳俱虚。阴虚则心无所主,阳虚则神无所依,故心烦。阳虚不固,故小便数长。阳虚不得温煦,阴虚不得濡润,故两胫痉挛拘急。脚,胫也。本证属里虚兼表,却径用桂枝汤攻表,一则误汗伤阳为主,里阳更虚,症见四肢厥冷;虚阳上浮,益加扰心,故由心烦而至烦躁不宁;虚阳上浮,浮游之火迫胃则吐逆,结于咽部,则津燥咽干,此属阳虚假热之象。仲景用甘草干姜汤温里以复其阳。甘草干姜汤温热而不燥烈,温阳而不伤阴。俟阳复厥愈而"两足当热"之时,两胫自当舒缓而伸。若"胫尚微拘急"而不伸,此属阴不柔筋,当用芍药甘草汤,以益阴气布阳和。阴复阳和,其两胫即伸。二则误汗伤阴化燥为主,症见胃气不和而谵语。仲景以调胃承气汤少与之以和胃气,意在本证属阴虚化燥,而非大热大燥之证,故仅微和之。本证若径用发汗峻剂且又复加烧针,必犯亡阳火逆之戒,上述诸法已力不能及,仲景选用四逆汤以回阳救逆。

第30条对第29条作进一步的解释,并对病机进行补充。

证"象"阳旦,必肯定不是阳旦证。阳旦证另见《金匮要略·妇人产后病脉证并治》,林亿等原注"即桂枝汤"。后世徐彬、沈明宗、尤在泾以及《医宗金鉴》认为阳旦汤系桂枝汤加黄芩,魏荔彤则认为是桂枝汤加附子。其说俱无的据。文中既曰"证象阳旦",且又曰"病形象桂枝",故林亿所注为是。

虽然"象(像)"桂枝汤证,但毕竟不是桂枝汤证,所以与桂枝汤"按法治之而增剧",出现一系列变证:厥逆、咽中干、两胫拘急而谵语。难点在"病形象桂枝,因加附子参其间,增桂令汗出,附子温经,亡阳故也。"根据第29条和本条,似可以断定,"病形象桂枝,因加附子参其间"是对第29条的第一段和本条第一句的进一步阐释,即病形虽像桂枝汤证,但却不是桂枝汤证,而是桂枝加附子汤证。其中"增桂令汗出,附子温经",是对前一句的自注文,即"增桂令汗出"是阐述"病形象桂枝","反与桂枝,欲攻其表"误治的后果。"附子温经"是说明"因加附子参其间"的目的,因为"亡阳故也"。

"厥逆,咽中干,烦躁,阳明内结,谵语烦乱"一句,是对前条甘草干姜汤证、芍药甘草汤证和调胃承气汤证的若干症状的罗列、归纳。结合第29条和本条前半部分,可以知道在上述若干症状中,还应当有"脚挛急"或"两胫拘急"。文中甘草干姜汤、芍药甘草汤与调胃承气汤并列,与前半条文字中罗列的若干症状,它们之间的关系在语法上称之为"下文分承上文",是分别对应关系。即"厥逆,咽中干,烦躁"者,甘草干姜汤主之,而"夜半阳气还"、"两足当热";若"胫尚微拘急,重与芍药甘草汤,尔乃胫伸";"阳明内结,谵语烦乱"是对第29条之"胃气不和"的进一步阐释,当"以承气汤微溏,则止其谵语"。

# 第二章 辨太阳病脉证并治中

合六十六法,方三十九首,
并见太阳阳明合病法

**【原文】**

太阳病,项背强几几,无汗恶风,葛根汤主之。方一。 [31]

葛根四两　麻黄三两,去节　桂枝二两,去皮　生姜三两,切　甘草二两,炙　芍药二两　大枣十二枚,擘

上七味,以水一斗,先煮麻黄、葛根,减二升,去白沫,内诸药,煮取三升,去滓。温服一升,覆取微似汗,余如桂枝法将息及禁忌。诸汤皆仿此。

**【提要】**　不典型的太阳伤寒,项背强几几的证治。

**【图解】**　见图31。

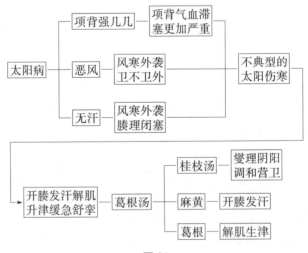

图 31

**【按语】**　本条虽是太阳病,但与第1条所述之太阳病头项强痛不同,而是项背强几几。"几几",音,紧紧(参见第14条)。本证与第1条太阳病,虽有轻重之别,但其病机性质却基本相同,惟风寒郁闭的程度更重一些,更突出了背部的板滞紧束。

由于项背肌腠更为紧束,所以项背强几几;文中虽未言及发热,但发热则是必有症状。故仲景在桂枝汤的基础上调整用量,加葛根、麻黄以增大开腠、发汗、解肌的力度。

桂枝加葛根汤证与葛根汤证对比,同是项背强几几,但从中可以看出,无汗加麻黄,有汗去麻黄。

**【原文】**

太阳与阳明合病者,必自下利,葛根汤主之。方二。用前第一方。一云用后第四方。 [32]

**【原文】**

**太阳与阳明合病,不下利,但呕者,葛根加半夏汤主之。方三。** [33]

葛根四两　麻黄三两,去节　甘草二两,炙　芍药二两　桂枝二两,去皮　生姜二两,切　半夏半升,洗　大枣十二枚,擘

上八味,以水一斗,先煮葛根、麻黄,减二升,去白沫,内诸药,煮取三升,去滓。温服一升,覆取微似汗。

**【提要】** 太阳与阳明合病下利及不下利但呕的证治。

**【图解】** 见图32、图33(合)。

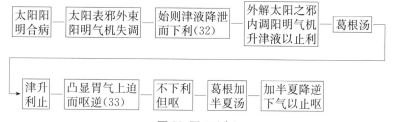

图32、图33(合)

**【按语】** 太阳阳明合病,可有多种表现,如第36条之"喘而胸满",而下利只是其表现形式之一。所谓"必自下利","必",在此不是一定之辞,而是假设之辞。本证太阳阳明合病是以高热、恶寒、下利为特征;其下利,是由于太阳表邪外束,阳明气机失调,津液下迫所致,故治以葛根汤。重用葛根至四两。本方用葛根一方面意在配麻黄、桂枝以开腠发汗,解肌和表,宣透泄热;另一方面,用其"起阴气"、升津,在外可开太阳之肌腠以泄热,在内可升阳明下迫之津液。

服葛根汤后,津升而利止,继而凸显为以呕吐为主要症状,故在此前服用葛根汤的基础上再加半夏以止呕。非气逆则不呕,太阳阳明合病,表邪外束,里气不和,气机逆乱;始则阴气(津液)降泄而下利,继则胃气上迫而呕逆。故仲景先治以葛根汤外解太阳之邪,内调阳明气机,起阴气、升津液以止利,继则加半夏降

逆下气以止呕。

**【原文】**

太阳病,桂枝证,医反下之,利遂不止,脉促者,表未解也,喘而汗出者,葛根黄芩黄连汤主之。方四。促,一作纵。　　　　　　　　　　　　　　　　　　　　[34]

葛根半斤　甘草二两,炙　黄芩三两　黄连三两

上四味,以水八升,先煮葛根,减二升,内诸药,煮取二升,去滓。分温再服。

**【提要】**　太阳病桂枝汤证被误下后的脉症变化、诊断以及治疗方药。

**【图解】**　见图34。

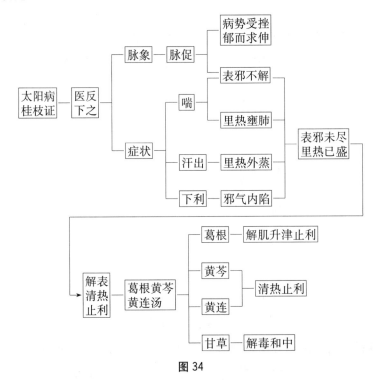

图 34

**【按语】**　太阳病桂枝证,医反误下,出现新的脉症:一是下利,二是喘,三是脉促。本证更突出的是在下利的同时,表邪呈内陷化热之势,一方面,未陷之邪仍居表不解,另一方面,已陷之邪热势炽盛。

表邪未解,反映在脉象上是脉来急促,其势上壅,这是桂枝汤证向上向外之病势受到阻逆后,在脉象上的郁而求伸的反应。故文曰"脉促者,表未解也"。

对本证之喘应从两方面理解:一是与第43条桂枝加厚朴杏子汤证比较,有相似之处。此处之喘,是太阳病下后,其向上向外之病势受到阻逆后的一种变相反应。二是与第63条麻黄杏仁甘草石膏汤证比较,有相似之处。此处之喘,与

汗出并见,寓有里热壅肺之势。从上述两方面可见,本证之喘,其病机是表邪未解与里热壅肺相互交错所致。

汗出,本见于始发的太阳病桂枝汤证,但误下后,与下利、喘并见的汗出,已不同于桂枝汤证的汗出,此有里热外蒸之势。

本证表邪未尽,里热已盛,故治以葛根黄芩黄连汤,仲景用本方,意在解表清热止利。

【原文】

太阳病,头痛发热,身疼腰痛,骨节疼痛,恶风无汗而喘者,麻黄汤主之。方五。 [35]

麻黄三两,去节　桂枝二两,去皮　甘草一两,炙　杏仁七十个,去皮尖

上四味,以水九升,先煮麻黄,减二升,去上沫,内诸药,煮取二升半,去滓。温服八合,覆取微似汗,不须啜粥,余如桂枝法将息。

【提要】　典型太阳伤寒的证治。

【图解】　见图35。

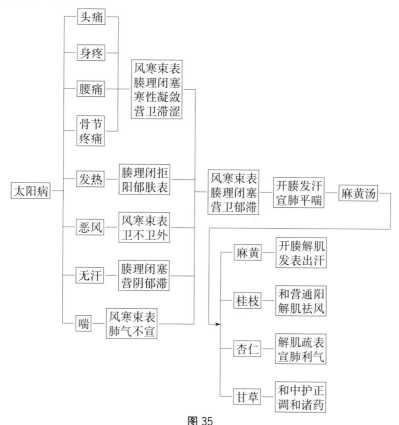

图 35

【按语】　与第3条对比,本条所述之证是太阳伤寒。太阳伤寒可表现为若干个不同的证,除了本条所述之麻黄汤证之外,还有大青龙汤证、小青龙汤证、葛根汤证等,因此不可把太阳伤寒与麻黄汤证等同起来。

本条虽未讲恶寒,但与第3条合看,恶寒则是必有症状。不得以轻重分恶寒与恶风,或认为恶风与恶寒是互文,第12条中,恶风与恶寒同时并见,啬啬恶寒与淅淅恶风并列对举,是说在持续恶寒、肢体蜷缩不展的过程中,同时出现阵阵肤栗毛耸。

太阳伤寒,无汗是应用麻黄汤最重要的指征。它是风寒束表,腠理闭塞形诸于外的最突出的表现。当这种病机持续而不转化时,必致肺气不宣而微喘。

与第3条第52条合看,太阳伤寒麻黄汤证的主要症状,应当是发热恶寒恶风,无汗头痛身疼或喘或呕逆,脉浮紧而数,当然这些症状不会同时都出现;其病机是腠理闭塞,营卫郁滞。仲景治以麻黄汤,该方有开腠发汗,宣畅营卫之效。

【原文】

**太阳与阳明合病,喘而胸满者,不可下,宜麻黄汤。六。用前第五方。**　　　［36］

【提要】　太阳阳明合病,喘而胸满的证治。

【图解】　见图36。

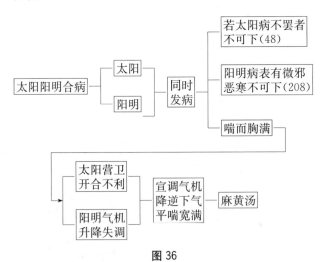

图 36

【按语】　本证不可下,主要不是针对"喘而胸满",而是针对"太阳阳明合病"之太阳病未解。

所谓太阳阳明合病,就是太阳与阳明同时发病。本证具有太阳病与阳明病同时并存的发病过程,此时,病虽已至阳明,但却仍与太阳合病。第48条云:"若太阳病证不罢者,不可下,下之为逆。"从中可见《伤寒论》关于下法的指征,即使有明确的可下之征,但若"其表不解者",仍"不可下"。

本证喘而胸满是太阳气机不利,麻黄汤宣调太阳气机,既可解散表邪以除太阳寒热,又可降逆下气平喘而宽胸满。

【原文】

太阳病,十日以去,脉浮细而嗜卧者,外已解也。设胸满胁痛者,与小柴胡汤。脉但浮者,与麻黄汤。七。用前第五方。　　　　　　　　　　　　[37]

小柴胡汤方

柴胡半斤　黄芩　人参　甘草炙　生姜各三两,切　大枣十二枚,擘　半夏半升,洗

上七味,以水一斗二升,煮取六升,去滓,再煎取三升。温服一升,日三服。

【提要】　太阳病日久的三种变化,一是邪衰而正气待复,二是邪结胁下,三是外邪依然敛束于表。

【图解】　见图37。

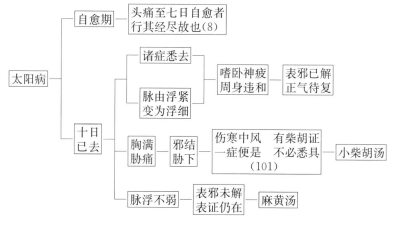

图 37

【按语】　典型的太阳病,其自愈期如第8条所云。本条所述之证不是七日自愈,而是"十日以去",上述诸症悉去,惟脉由浮紧变为浮细,且伴有嗜卧;嗜卧,是神疲、周身违和之象,此即第10条所云"风家,表解而不了了者",表邪已解而正气待复。表虽解,但脉仍浮;脉虽不紧,但却变细;脉细,属正气待复之象,说明其脉仍未达到"和"的程度,反映出表解而嗜卧、不了了者的营卫气血状态。

在上述状态下,若症见"胸满胁痛",此为太阳病邪结胁下,治以小柴胡汤。设,假设之辞。设"脉但浮者",是与上文"脉浮细"对比而言。太阳病,虽十日已去,但其脉仍浮者,说明表邪未解,表证仍在,故仍与麻黄汤。

**【原文】**

太阳中风,脉浮紧,发热恶寒,身疼痛,不汗出而烦躁者,大青龙汤主之。若脉微弱,汗出恶风者,不可服之,服之则厥逆,筋惕肉瞤,此为逆也。大青龙汤方。八。　　　[38]

麻黄六两,去节　桂枝二两,去皮　甘草二两,炙　杏仁四十枚,去皮尖　生姜三两,切　大枣十枚,擘　石膏如鸡子大,碎

上七味,以水九升,先煮麻黄,减二升,去上沫,内诸药,煮取三升,去滓。温服一升,取微似汗。汗出多者,温粉粉之。一服汗者,停后服。若复服,汗多亡阳遂一作逆虚,恶风烦躁,不得眠也。

**【提要】**　太阳伤寒重证,症见烦躁的证治。

**【图解】**　见图38。

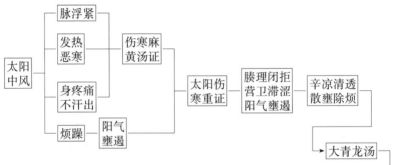

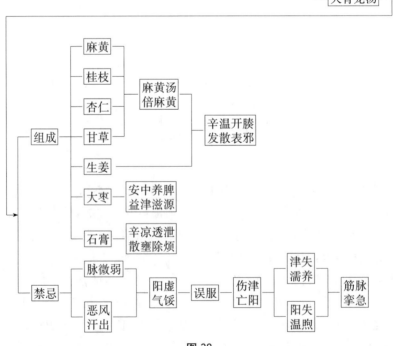

图 38

【按语】 "脉浮紧,发热恶寒,身疼痛,不汗出"本是太阳伤寒麻黄汤证,但由于有"烦躁"这个症状,所以反映出本证在病机方面,腠理闭拒、营卫滞涩、阳气郁遏的程度比麻黄汤证更为严重。如果把麻黄汤证看成是典型的太阳伤寒,那么,本条所述之证应当是太阳伤寒的重证。由于本证的特点是烦躁,所以要散其壅滞而除烦,麻黄汤不仅力不能及,反有鼓荡邪热之虞。所以仲景在麻黄汤的基础上,加石膏之凉透。

"若脉微弱,汗出恶风者"以下是仲景自注文,告诫虚证不可服用大青龙汤,若误服则可引发大汗,伤津亡阳,筋惕肉瞤。筋惕,筋肉抽搐,可引申为四肢挛急。肉瞤,肌肉跳动。大青龙汤麻黄的用量是麻黄汤的一倍,故发汗力较大。大青龙汤则不仅不需啜粥,而且也不需温覆,且"汗出多者,温粉粉之。

【原文】

伤寒,脉浮缓,身不疼、但重,乍有轻时,无少阴证者,大青龙汤发之。九。用前第八方。 [39]

【提要】 大青龙汤证之重型。

【图解】 见图 39。

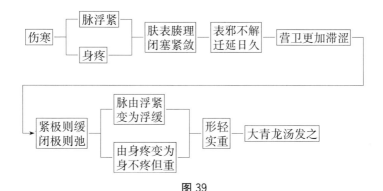

图 39

【按语】 本证虽与前证不同,但治法与方药相同。前条之脉浮紧、身疼,是机体感邪之后,肤表腠理骤然闭塞、紧敛的结果,此属其常;但若治疗不及时,表邪不解,迁延日久,由于肤表腠理持续闭塞、敛束,致使紧极则缓,闭极则弛,在症脉上表现为脉由浮紧逐渐变为浮缓,身疼逐渐变为身重,在病机上表现为营卫更加滞涩不通,症见"脉浮缓,身不疼,但重",这是太阳伤寒大青龙汤证之变型。如果把第38条看做是太阳伤寒重证的急性过程,那么,第39条可以理解为太阳伤寒重证的慢性过程或亚急性过程,实属形"轻"而实重,症"轻"而病重。

在《伤寒论》研究史上，几乎所有的注家都认为第38条之证是因为有烦躁而用大青龙汤，所以第39条之证用大青龙汤，其症状中也必有烦躁这个症状，这样就把大青龙汤牢牢地钉在"烦躁"这个症状上。而清代尤在泾在解释第39条时，不但没有把"烦躁"症状强塞进去，而且对本条"伤寒脉浮缓"、"身不疼但重，乍有轻时"作出了合理的解释。他说："伤寒脉浮缓者，脉紧去而成缓，为寒欲变热之证，经曰，脉缓者多热是也，伤寒邪在表则身疼，邪入里则身重，寒已变热而脉缓，经脉不为拘急，故身不疼而但重，而其脉犹浮，则邪气在或进或退之时，故身体有乍重乍轻之候也。"①从尤在泾的论述中，可以领悟出本证营卫更加滞涩，表邪已有顽固难拔之势。这就不是麻黄汤证，而必须改用大青龙汤。

李克绍先生指出，第39条强调"大青龙汤发之"，"发之"两字不用在第38条，而用在第39条，这就说明第39条脉症是非"发之"而不能除。他认为，第39条的证候特点是"身重"，要宣散滞涩日久之营卫，就必须加大发越力量，条文中以"发之"来表达治法的立意，所以在麻黄汤中，倍加麻黄以增加开腠、发越之力，与此同时，为防止大剂量麻黄辛热之弊，又佐石膏以监制之。② 前者立意于"烦躁"，后者立意于"身重"，只有理解这一点，才能把大青龙汤的应用从"烦躁"的束缚中解脱出来。

伤寒、中风作为疾病的分类方法，在《伤寒论》中得到比较广泛的应用。《伤寒论》之"伤寒"与"中风"如同《内经》中的阴、阳一样，是古代的两分法辩证逻辑在医学领域中的应用。中风与伤寒可见于三阳三阴各病，它反映的是疾病的状态和过程的对立统一。这种对立统一是以涵括疾病整体属性的"象"为基础的，简化之，则是动者属阳，属中风，静者属阴，属伤寒。第38条，症见烦躁，病势属动，故称之曰"中风"；第39条，病势属"静"，强调必须与少阴病相鉴别（无少阴证者），而少阴病是"脉微细，但欲寐"，可见其"静"已至何种程度，故仲景把本证称之为"伤寒"。

【原文】

伤寒表不解，心下有水气，干呕，发热而咳，或渴，或利，或噎，或小便不利、少腹满，或喘者，小青龙汤主之。方十。　　　　　　　　　　　　[40]

麻黄去节　芍药　细辛　干姜　甘草炙　桂枝各三两，去皮　五味子半升　半夏半升，洗

① 尤在泾.伤寒贯珠集.上海：上海科学技术出版社，1959：23.
② 李克绍.伤寒解惑论.济南：山东科学技术出版社，1978：51

上八味,以水一斗,先煮麻黄,减二升,去上沫,内诸药,煮取三升,去滓。温服一升。若渴,去半夏,加栝楼根三两;若微利,去麻黄,加荛花,如一鸡子,熬令赤色;若噎者,去麻黄,加附子一枚,炮;若小便不利、少腹满者,去麻黄,加茯苓四两;若喘,去麻黄,加杏仁半升,去皮尖。且荛花不治利,麻黄主喘,今此语反之,疑非仲景意。臣亿等谨按,小青龙汤,大要治水。又按《本草》,荛花下十二水,若水去,利则止也。又按,《千金》,形肿者应内麻黄,乃内杏仁者,以麻黄发其阳故也。以此证之,岂非仲景意也。

【提要】　伤寒表不解,心下有水气的证治。

【图解】　见图40(1)、图40(2)。

【按语】　本证的病机是"伤寒表不解,心下有水气",此属表里同病。除了表证之外,条文所列其他症状都是水气内停的表现。水气虽属阴寒凝滞之邪,但在外邪的引动下,变动不居,涉及上中下三焦。或然症从不同侧面反映出病机的变化,但本证病机重点偏于上焦,故"咳"为水气为患的主要症状。

小青龙汤解表散水化饮,其加减用药极有特点:

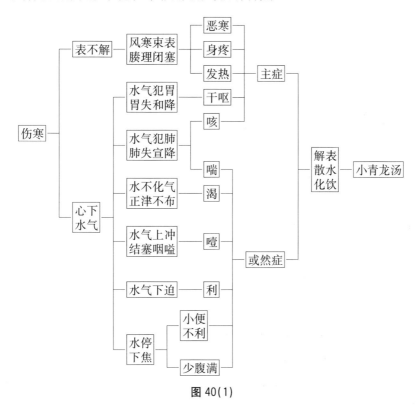

图40(1)

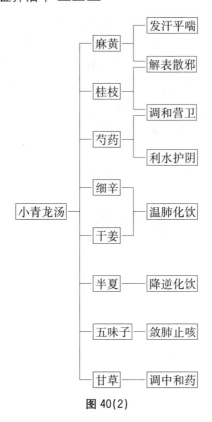

图 40(2)

渴去半夏加栝楼根。半夏麻辣涩燥,故渴去之,加栝楼根甘润止渴。微利加莞花。莞花,下十二水,利水道,治痰饮咳嗽,仲景用其行水,水去则利止。噎加附子。本证噎,属下焦阳虚,水寒之气上逆所致,此乃阳虚之象,加附子温阳制水,以平抑水寒冲逆之气。本方加附子,实蕴含真武汤扶阳镇水变制之意。

仲景运用小青龙汤,根据病情需要而去麻黄,这是仲景的临证体验。小青龙汤虽具解表化饮之功效,但发越阳气,对下焦阳虚的下虚上实之证,能引致虚阳冲逆。"伤寒表不解,心下有水气"的底面是下焦阳气不足,麻黄发其阳,故去之。

**【原文】**

伤寒,心下有水气,咳而微喘,发热不渴。服汤已渴者,此寒去欲解也。小青龙汤主之。十一。用前第十方。　　　　　　　　　　　　　　　　　　　　[41]

**【提要】**　补述小青龙汤证的病机、症状与治疗。

**【图解】**　见图41。

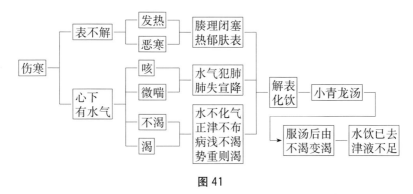

图 41

【按语】　水气属阴寒之性,其发病,若病势轻浅,则应当不渴。但,若病势趋向深重,一方面水不化气,气不化津,津液匮乏,另一方面水气内停,阻遏正津不布,这双重因素都可引致口渴,甚至口渴难忍。因此,在小青龙汤证,渴与不渴都是或然症状,这是水气为病的两个侧面。

本证如果原本不渴,服小青龙汤之后反而渴,这是水气已去,津液不足之象。水气和津液都是人体内的水液,只是存在的形式不同,水气(水饮)骤去,可导致津液暂时、局部不足。因此,这里的口渴只是相对而言。若水气内停严重,既不能化生津液,且又阻遏正津布散,故而可出现口渴难忍,而一旦水气去却,则又会由口渴变为不渴,这是相对而言。

【原文】

太阳病,外证未解,脉浮弱者,当以汗解,宜桂枝汤。方十二。　　　　[42]

【提要】　不论太阳中风还是太阳伤寒,只要是表证未解,脉浮弱,都当用桂枝汤汗解。

【图解】　见图 42。

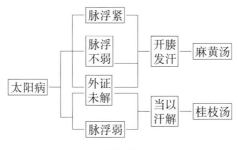

图 42

【按语】　本条指出,不论太阳中风还是太阳伤寒,只要是表证未解,脉浮弱,都当用桂枝汤汗解。

仲景对典型的太阳病的治疗,不外麻黄汤与桂枝汤二方,本条言"宜桂枝汤"是针对"脉浮弱"提出来的,"脉浮弱"是与麻黄汤证之脉浮紧相对而言的。

典型的太阳伤寒麻黄汤证的脉象应当是浮紧。第51条又提出脉浮而不紧也可以用麻黄汤。这样,在运用麻黄汤时,对脉象的要求就由"浮紧"放宽为单浮不紧。那么,不"紧"到什么程度,还仍然可以应用麻黄汤呢? 从本条"脉浮弱","宜桂枝汤"中可见,麻黄汤证对脉象的最基本的要求是"浮而不弱"。若"脉浮弱",只能用桂枝汤而不能用麻黄汤。

典型的"太阳伤寒",在未下、未汗之前,其脉象当是浮紧,或浮而不弱。如果伤寒已经发汗,已经误下,而表证仍在,由于正气受到不同程度的挫伤,故其脉必由"紧"而变为"不紧",由"不弱"而变为"弱"。在这样的情况下,不论有汗还是无汗,只要是表证未解,脉浮弱者,只能用桂枝汤而不能用麻黄汤。

【原文】

太阳病,下之,微喘者,表未解故也,桂枝加厚朴杏子汤主之。方十三。[43]

桂枝三两,去皮　甘草二两,炙　生姜三两,切　芍药三两　大枣十二枚,擘　厚朴二两,炙,去皮　杏仁五十枚,去皮尖

上七味,以水七升,微火煮取三升,去滓。温服一升,覆取微似汗。

【提要】　太阳病下后,微喘的病机与证治。

【图解】　见图43。

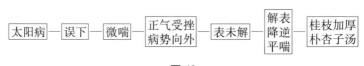

**图 43**

【按语】　本证太阳病误下,症见微喘,此喘与第15条"太阳病,下之后,其气上冲者",虽症状表现不同,但在病机上却有相似之处,都属于太阳病表证未解,误用下法,虽正气受挫,但病势仍有向上向外之机。因此,本证之"喘"是气上冲的另一种表现形式,故仲景指出"表未解故也"。表未解,故仍当解表,方用桂枝汤,因其气上冲是以喘的形式表现,故又在桂枝汤的基础上加厚朴、杏子以降气平喘。

【原文】

太阳病,外证未解,不可下也,下之为逆,欲解外者,宜桂枝汤。十四。用前第十二方。[44]

【提要】　太阳病,外证未解,不可下;若误下后,仍有外解之机,当用桂枝汤

解外。

【图解】　见图44。

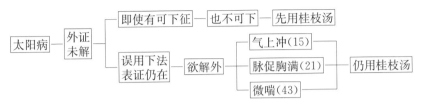

图 44

【按语】　太阳病未解,外证仍在,尽管有可下之征但不可下,当先用桂枝汤解表(第106条)。若误用下法,仲景称之为"逆"。

太阳病虽误用下法,但机体气血仍有向上向外之机,对此,仲景指出,"欲解外者,宜桂枝汤"。在《伤寒论》中,不论是麻黄汤证还是桂枝汤证,如果误用下法,机体正气受挫,尽管表证仍在,但只能用桂枝汤而不可用麻黄汤。

【原文】

太阳病,先发汗不解,而复下之,脉浮者不愈。浮为在外,而反下之,故令不愈;今脉浮,故在外。当须解外则愈,宜桂枝汤。十五。用前第十二方。　　　　[45]

【提要】　重申太阳病外证未解不可下;若误下后,脉浮,其表不解,仍当解表。

【图解】　见图45。

图 45

【按语】　本条太阳病发汗不解,或方不对证,或汗不得法。"浮为在外"是说本条太阳病原本脉浮,概言其表证俱在。"今脉浮",是对"脉浮者不愈"而言,强调本太阳病,虽经先汗后下,但表证仍在。遵循第44条的原则,故仍当解外,方用桂枝汤。

【原文】

太阳病,脉浮紧,无汗发热,身疼痛,八九日不解,表证仍在,此当发其汗。服药已微除,其人发烦目瞑,剧者必衄,衄乃解。所以然者,阳气重故也。麻黄汤主之。十六。用前第五方。　　　　[46]

【提要】　太阳病日久,阳气郁闭过重,服麻黄汤后,可见发烦目瞑或衄。

【图解】　见图46。

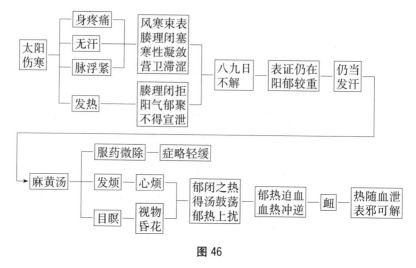

图 46

**【按语】**　本条太阳病,虽已至八九日,但其证仍见脉浮紧,无汗,发热,身痛,此属太阳伤寒麻黄汤证。尽管本证病程较长,但按例,只要表证仍在,则仍当发其汗,故仍用麻黄汤。

服麻黄汤后,本当汗出而解。但由于本证持续八九日不解,阳气郁闭的程度较论中第 35 条之典型的麻黄汤证要严重一些,此即所谓“阳气重”。故服麻黄汤之后,不是即时而解,而是出现一些变化,对此,条文以自注句进行了补充说明。“服药已微除”至“阳气重故也”属仲景自注句,是对这种变化的病机及预后进行阐释。

若服麻黄汤后,仅仅是原有症状略有轻缓,反而出现心烦、视物昏花等症状,这是郁闭之邪热,得麻黄汤之鼓荡,郁热上扰所致。若郁热迫血,则可导致血热冲逆而衄。若衄而热随血泄,则表邪可随之得以疏解而病愈。

**【原文】**

太阳病,脉浮紧,发热,身无汗,自衄者,愈。　　　　　　　　　　[47]

**【提要】**　太阳伤寒,阳气郁闭,邪热冲逆,可衄血热泄而自愈。

**【图解】**　见图 47。

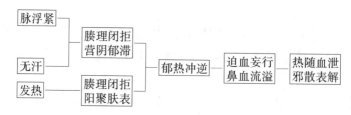

图 47

**【按语】**　本条可以看做是一个病案记录,"自衄者愈",只是一个具体的发病过程。太阳伤寒自衄而愈者,虽或有之,但并非太阳伤寒都发生衄,也并非衄后都能够自愈,此属仲景所见太阳伤寒发病过程之个例。

太阳病,若衄而不解,则是因为虽然衄血,但热未得泄,或虽泄而未能尽;表证不解,故仍当用麻黄汤(如第55条)。

**【原文】**

二阳并病,太阳初得病时,发其汗,汗先出不彻,因转属阳明,续自微汗出,不恶寒。若太阳病证不罢者,不可下,下之为逆,如此可小发汗。设面色缘缘正赤者,阳气怫郁在表,当解之熏之。若发汗不彻,不足言,阳气怫郁不得越,当汗不汗,其人躁烦,不知痛处,乍在腹中,乍在四肢,按之不可得,其人短气但坐,以汗出不彻故也,更发汗则愈。何以知汗出不彻?以脉涩故知也。　　[48]

**【提要】**　二阳并病,太阳病转属阳明的过程、病机及证治。

**【图解】**　见图48。

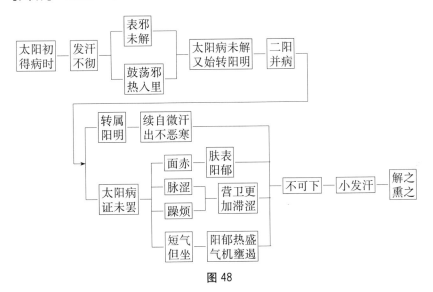

**图 48**

**【按语】**　并病,在本论是指三阳三阴六病之中,一病未愈,又出现另一病症状。本条二阳并病是指太阳病未愈,又出现阳明病症状。

太阳病,本当汗出而愈,但本证发汗,汗出不透畅,这样不仅不能解表驱邪,反而鼓荡邪热入里。其证由发热、无汗、恶寒,变化为发热、汗出、不恶寒,病由太阳转属阳明。

若太阳初得病时,发汗不彻,虽证显阳明病症状,但太阳病证仍在,"设面色缘缘正赤者,阳气怫郁在表",此称之为并病。仲景指出,"如此可小发汗","当解之熏之"。

太阳病,若发汗不彻,汗不足以解散表邪,肤表郁阳不得泄越,营卫更加滞涩,故症见脉涩、躁烦、肢体不知所措。"不知痛处,乍在腹中"一句是对"躁烦"的补述。躁烦即烦躁。"短气但坐"属胸满气逆之象,反映出本证已有阳郁热盛,气机壅遏之势。

**【原文】**

脉浮数者,法当汗出而愈。若下之,身重、心悸者,不可发汗,当自汗出乃解。所以然者,尺中脉微,此里虚,须表里实,津液自和,便自汗出愈。　　　　[49]

**【提要】**　太阳伤寒下后,出现暂时的轻微里虚之象,可有津液自和,汗出自愈之转机。

**【图解】**　见图49。

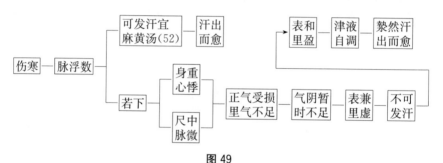

**图 49**

**【按语】**　脉浮主表,反映出气血向上向外之机;脉数主热,反映出肤表阳郁之势(第52条),方用麻黄汤。

本证误用下法,出现暂时性的身重、心悸、尺中脉微等脉症,对其病机,文曰:"此里虚";对其治法,文曰:"不可发汗,当自汗出乃解"。本证下后,一方面有虚的因素,另一方面表证仍在。其证已由原来典型的太阳病麻黄汤证,变化为表兼里虚证。"此里虚"是指气阴暂时轻微不足,故有"须表里实,津液自和,便自汗出愈"的可能。若阳气虚或营血虚而兼表证,仅仅依靠"津液自和,便自汗出"是不能愈的,条文中之"尺中脉微",只是与脉浮数对比而言,不能理解为真正的脉微。

**【原文】**

脉浮紧者,法当身疼痛,宜以汗解之。假令尺中迟者,不可发汗。何以知然?以荣气不足,血少故也。　　　　[50]

**【提要】**　脉虽浮紧,身疼痛,但尺中脉微、营虚血少者,不可发汗。

**【图解】**　见图50。

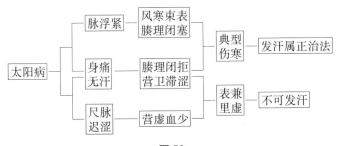

图 50

【按语】　太阳伤寒脉浮紧、身疼痛、无汗，此属其常，发汗属正治之法；但如果尺脉不紧，而是迟涩，则反映出本证营血虚的一面，其证属表兼里虚，故文中强调"不可发汗"。

【原文】
脉浮者，病在表，可发汗，宜麻黄汤。十七。用前第五方，法用桂枝汤。　　　　[51]

【提要】　伤寒脉浮而不弱者，可与麻黄汤发汗。

【图解】　见图 51。

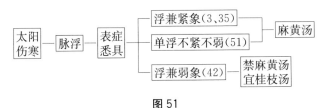

图 51

【按语】　大抵脉浮主表，脉沉主里，脉浮反映气血趋向肤表，病势向上向外，必表现出相应的症状。本证脉浮，选用麻黄汤，可与第 42 条对比，文曰："太阳病，外证未解，脉浮弱者，当以汗解，宜桂枝汤。"彼脉浮弱者，宜桂枝汤，那么，既然此处脉浮者，宜麻黄汤，其脉浮即使不是浮紧，也必定是浮而不弱。

【原文】
脉浮而数者，可发汗，宜麻黄汤。十八。用前第五方。　　　　　　　　[52]

【提要】　在太阳伤寒的典型过程中，脉数是麻黄汤证。

【图解】　见图 52。

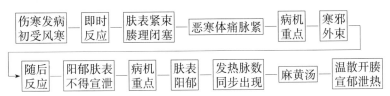

图 52

【按语】 通过第 3 条、第 35 条概括出来的麻黄汤证,并不能算是完整的麻黄汤证。一个完整的、典型的麻黄汤证还应涵括本条所表述的脉象"脉浮而数"。

伤寒发病早期,初受风寒,机体即时反应是肤表紧束,腠理闭塞,症见恶寒、体痛、脉紧。随之,机体阳气趋于肤表以与邪抗争,由于阳气郁聚肤表,不得宣泄,因而形成肤表阳郁之势,此时病机重点已由寒邪外束而转化为肤表阳郁,发热已成为其主要症状之一,反映在脉象上,必定是浮紧而数。因此,在太阳伤寒的典型过程中,发热与脉数是相对应的,是同步出现的。

对太阳伤寒典型过程的治疗,欲泄热,必开腠,欲开腠,必温散,麻黄汤是首选方药。

【原文】

病常自汗出者,此为荣气和,荣气和者,外不谐,以卫气不共荣气谐和故尔。以荣行脉中,卫行脉外。复发其汗,荣卫和则愈,宜桂枝汤。十九。用前第十二方。

[53]

【提要】 "卫弱"引起营卫不和常自汗出,当以桂枝汤发汗。

【图解】 见图 53。

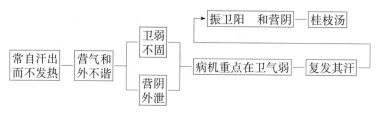

图 53

【按语】 本证虽常自汗出,但不发热。文中指出其病机是"外不谐","以卫气不共荣气谐和故尔",病机重点在卫气。虽然是卫气司开合功能失调,是卫气开而不合,但与典型的太阳中风的病机却有不同。典型的太阳中风,发热汗出,是阳浮阴弱,卫强营弱,发热是阳浮或卫强所致。本证仅自汗出,而不发热,说明本证病机虽是"外不谐",是"卫气不共荣气谐和故尔",但却不是阳浮,不是卫强。如果是阳浮,则必发热。今自汗出而不发热,此属卫弱,不能卫外为固。由此可见,卫强与卫弱,虽病机不同,但都能引起营卫不和。本证虽"荣气和",但由于卫气弱,不能卫外为固,卫气开而不和,营阴难以自守,故自汗出。从发病过程看,所谓"荣气和"只是与"外不谐"对比而言,并不是绝对的。治宜桂枝汤,温振卫阳以调和营卫。

"以荣行脉中,卫行脉外",属仲景自注句,以对"荣气和者,外不谐,以卫气不共荣气谐和故尔"一句,作进一步深入解释。

【原文】

病人脏无他病,时发热自汗出而不愈者,此卫气不和也,先其时发汗则愈,宜桂枝汤。二十。用前第十二方。　　　　　　　　　　　　　　　　　　　　　[54]

【提要】　病人在脏无他病的前提下,时发热自汗出是卫气浮,其时当急发其汗。

【图解】　见图54。

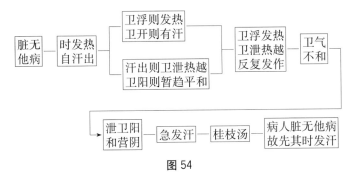

图 54

【按语】　本证特点是发热、汗出时作时止。在"脏无他病"的前提下,发热反映卫阳外浮。本证卫阳稍有亢浮,阳浮者,热自发;卫阳亢浮导致司开合功能失调,卫失于合,则必汗出,故症见发热、汗出。汗出则亢浮之卫阳得以泄越,而热退身凉;卫阳则暂时得以平隐、固秘,故表现为阶段性的不发热、不汗出。故卫浮而有热,卫开则有汗;汗出则卫泄热越,卫阳又暂时趋向平和;之后,卫阳又浮而有热。如此,"发热自汗出",时而发作,作后即止。仲景对其病机概括为"卫气不和"。

本证的治疗,文曰"先其时发汗"。因为本证发热汗出时作时止,故难以确定发热汗出其"时",其"时"不定,何谈其"先"!

本条之所以能够提出"先其时"之法,是因为病人已经被确定是"脏无他病",这是一个重要的前提,若没有这个前提,"先其时"则无从说起。而对病人作出"脏无他病"的结论,则是经过了一个过程。仲景在已作出"病人脏无他病","此卫气不和也"的诊断基础上,提出了"先其时发汗",此所谓"先其时",不是"发热汗出"之先,而是"发热汗出"已露端倪之际,其时径先发汗,放手大胆应用桂枝汤,而免除了"按寸必及尺"、"握手必及足"、"人迎、趺阳三部必参"、"动数发息必满五十"(《伤寒论》序)等诊病常规之序。此"先其时发汗",可谓仲景"急汗之法"。

【原文】

伤寒,脉浮紧,不发汗,因致衄者,麻黄汤主之。二十一。用前第五方。　　　　[55]

【提要】　伤寒阳郁而衄,衄而不解,宜麻黄汤开腠泄热。

【图解】　见图55。

图 55

【按语】　伤寒,脉浮紧,属典型的麻黄汤证。"不发汗,因致衄",此属失汗,致阳郁伤络而衄血。太阳伤寒,脉浮紧,诸症悉具者,既可以出现衄,也可以不出现衄。衄则属于阳气郁闭过重,但阳气郁闭过重却不一定衄。因此,太阳伤寒,衄或不衄只是一种可能性。

本证伤寒,脉浮紧,衄而不解,此因虽衄但热未得泄,故必须再服麻黄汤,开腠泄热。

【原文】

伤寒,不大便六七日,头痛有热者,与承气汤。其小便清者,一云大便青。知不在里,仍在表也,当须发汗。若头痛者,必衄。宜桂枝汤。二十二。用前第十二方。　　　　　　　　　　　　　　　　　　　　　　　　　　　　　　　　[56]

【提要】　伤寒虽不大便六七日,但其小便清者,不可与承气汤,宜桂枝汤。

【图解】　见图56。

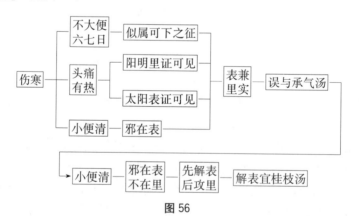

图 56

【按语】　本条是一个医案,是治疗过程的记录。"头痛有热"既可见于太阳病表证,又可见于阳明病里证。伤寒"不大便六七日",似属可下之征,与头痛有热并见,似属里证,故有用承气汤之误。"小便清"说明了本证尽管"不大便六七日",但病机重点依然在"表"。从条文中"其小便清者,知不在里,仍在表也"一句可知,"小便清"这个症状,不是仅见于用承气汤之后,而是早见于用承气汤之前。不大便六七日,头痛有热,与"小便清"并见,证属表兼里实,用承气汤属误治。

本证虽不大便六七日,头痛有热,但尚不属典型的阳明病。即使是阳明病,对其表证的治疗仍有麻桂之用,如第 234 条、第 235 条所论。文中径言"宜桂枝汤",而不用麻黄汤,则是误用承气汤妄下,正气受损,按例不得再用麻黄汤,而只能选用桂枝汤。

"若头痛者,必衄",是对预后的判断。若虽不大便六七日,但无所苦,而以头痛症状尤为突出,此属阳气郁闭过重,邪热冲逆而有可能鼻衄,其病机如同第 55 条之衄。是仲景自注句。

【原文】

伤寒,发汗已解,半日许复烦,脉浮数者,可更发汗,宜桂枝汤。二十三。用前第十二方。[57]

【提要】　伤寒虽发汗已解,若新虚更袭邪风,复烦、脉数,更发汗,只宜用桂枝汤。

【图解】　见图 57。

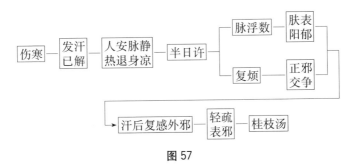

图 57

【按语】　始发伤寒,"发汗已解",说明已人安脉静,热退身凉。"半日许复烦",是言经过短暂的时间后,症状又"复"现。此属旧邪得汗已去,汗后不慎,新虚更受邪风,重新又复中。

本证始发病是伤寒,按例当以麻黄汤发汗。"半日许复烦,脉浮数者"虽仍是伤寒,但因此前已发过汗,津液已有耗伤,故不得再投麻黄汤,按仲景用药例,只能用桂枝汤。(参见第 16 条)

【原文】

凡病,若发汗、若吐、若下,若亡血、亡津液,阴阳自和者,必自愈。[58]

【提要】　伤寒中风,虽汗、吐、下伤津耗血,但若阴阳自和,必当自愈。

【图解】　见图 58。

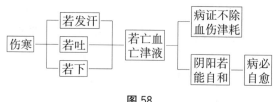

图 58

【按语】　凡病,在此泛指广义伤寒。汗吐下不当,不仅病证不除,而且还有伤血耗津之虞。亡,丢失之意,可引申为耗伤,非大出血之谓。

"阴阳自和者,必自愈",寓假设之意。即言虽治疗失当,耗血伤津,但如果阴阳能够自和,那么病必自愈。"阴阳自和"只是一种可能性。

【原文】

大下之后,复发汗,小便不利者,亡津液故也。勿治之,得小便利,必自愈。

[59]

【提要】　下后复汗,津液轻微耗伤,病情轻缓者,得小便利则愈。

【图解】　见图 59。

图 59

【按语】　本证因津液轻微耗伤,病情轻缓,仅小便不利。虽云"亡津液",但不可以辞害义。亡,丢失。"亡津液",谓津液耗损。轻微的津液耗损,可以通过机体阴阳自和而恢复,故云"勿治之"、"必自愈"。津液恢复的见证是小便由不利而变为畅利。

【原文】

下之后,复发汗,必振寒,脉微细。所以然者,以内外俱虚故也。 [60]

【提要】　伤寒中风,先下后汗,阳虚阴弱的脉症。

【图解】　见图 60。

图 60

【按语】《伤寒论》本条"下之后,复发汗"之前,本是太阳病,症见发热、恶寒,脉浮。由恶寒而变化为振寒,由脉浮而变化为脉微细,而且从中还可知其证由发热变化为不发热，这是先下后汗误治所致。本证虽表证已消失，但病证未愈，此属坏病。无热、振寒系误治后之阳虚，脉微细乃阳虚阴弱之象，证属阴阳俱虚，故仲景概括为"内外俱虚"。

【原文】

下之后，复发汗，昼日烦躁不得眠，夜而安静，不呕，不渴，无表证，脉沉微，身无大热者，干姜附子汤主之。方二十四。 [61]

干姜一两　附子一枚，生用，去皮，切八片

上二味，以水三升，煮取一升，去滓。顿服。

【提要】　伤寒中风，先下后汗，阳气骤衰，虚阳欲脱的证治。

【图解】　见图61。

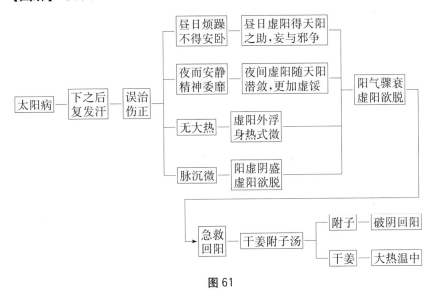

图61

【按语】　昼日烦躁不得眠，注家们几乎都认为是昼日烦躁不得安眠。实际上，人昼日即使不烦躁也是不睡眠的，况且在汗下之后烦躁的状态下，岂得安眠！因此，把此处之"不得眠"解为"不得睡眠"不妥。眠，作"卧"、"偃卧"、"卧息"解为是。

人体的阳气与天阳相通，本证先下后汗，阳气骤虚，阳虚阴盛，昼日虚阳得天阳之助，妄与阴邪相争，故昼日烦躁不得安卧。所谓"夜而安静"，是与"昼日烦躁"对比而言，此"安静"是神靡之状。此缘夜间人体阳气随天阳的潜敛而显得更加虚馁之故。

脉沉微，是阳虚阴盛，虚阳欲脱之象，与"昼日烦躁不得眠，夜而安静"的病机一致。所谓"无大热"，是与本证误下误汗之前的大热对比而言。原本是大热，经过误下误汗之后，由表证之大热而变为虚阳外浮之微热。"不呕，不渴，无表证"，本不是症状,而是通过望、闻、问、切,概括地排除了少阳病、阳明病、太阳病等三阳病之热证,从而对"昼日烦躁不得眠"的病机作出进一步的廓清。综合脉症,本证已至虚阳外越,阳气大有外亡之势。

由于本证属阳气骤然锐衰,故仲景选用干姜附子汤。本方用大热回阳之附子,佐以大热温中之干姜,一次服用量至一升,其特点是急速回阳以救其危。

**【原文】**

**发汗后,身疼痛,脉沉迟者,桂枝加芍药生姜各一两人参三两新加汤主之。方二十五。**　　　　　　　　　　　　　　　　　　　　　　　　　[62]

桂枝三两,去皮　芍药四两　甘草二两,炙　人参三两　大枣十二枚,擘　生姜四两

上六味,以水一斗二升,煮取三升,去滓。温服一升。本云,桂枝汤今加芍药、生姜、人参。

**【提要】**　汗伤营血,阴虚血少身痛的证治。

**【图解】**　见图62。

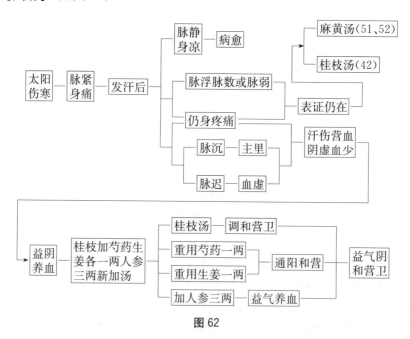

图62

**【按语】**　本条汗后之身疼痛与脉沉迟并见,其脉沉主里,迟即涩意,主血虚;其身疼痛是由汗伤营血,阴虚血少所致。仲景在桂枝汤的基础上加芍药、生姜各一两以强化通阳和营之力,重用人参三两意在补五脏、益气阴以复营血。

**【原文】**

发汗后,不可更行桂枝汤,汗出而喘,无大热者,可与麻黄杏仁甘草石膏汤。方二十六。 ［63］

麻黄四两,去节　杏仁五十个,去皮尖　甘草二两,炙　石膏半斤,碎,绵裹

上四味,以水七升,煮麻黄,减二升,去上沫,内诸药,煮取二升,去滓。温服一升。本云,黄耳杯。

**【提要】**　太阳病发汗后,喘而汗出的证治。

**【图解】**　见图 63。

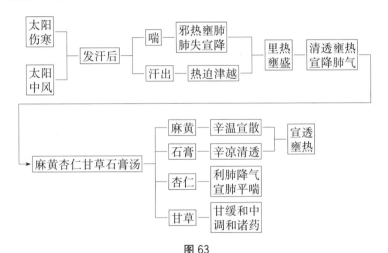

图 63

**【按语】**　本证之所以"不可更行桂枝汤",是因为原本的太阳伤寒或太阳中风,发汗以后出现的症状"汗出而喘",已经不是桂枝汤证。所谓"无大热",是与发汗前太阳病表证之发热对比而言。

本证喘与汗出并见,持续汗出,热随汗泄,虽可见发热,但却不会是大热,故文曰"无大热"。

仲景治以清透壅热、宣降肺气的麻黄杏仁甘草石膏汤。本方属辛凉重剂,清凉甘寒;清而能宣,凉而不凝,意在轻清发散,宣透达邪。

**【原文】**

发汗过多,其人叉手自冒心,心下悸,欲得按者,桂枝甘草汤主之。方二十七。 ［64］

桂枝四两,去皮　甘草二两,炙

上二味,以水三升,煮取一升,去滓。顿服。

**【提要】**　太阳病发汗后,汗伤心阳,心下悸的证治。

**【图解】** 见图 64。

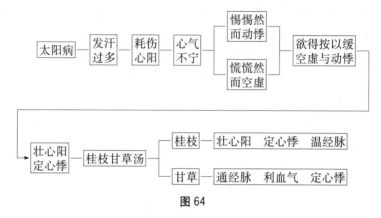

图 64

**【按语】** 汗为心液,发汗过多,若伤及心阳,心阳虚则心不宁,心惕惕然而动悸,慌慌然而空虚,故"欲得按"以求缓解空虚与动悸。桂枝甘草汤壮心阳以定心悸。

**【原文】**

发汗后,其人脐下悸者,欲作奔豚,茯苓桂枝甘草大枣汤主之。方二十八。[65]

茯苓半斤 桂枝四两,去皮 甘草二两,炙 大枣十五枚,擘

上四味,以甘澜水一斗,先煮茯苓减二升,内诸药,煮取三升,去滓。温服一升,日三服。作甘澜水法:取水二斗,置大盆内,以杓扬之,水上有珠子五六千颗相逐,取用之。

**【提要】** 发汗不当,心肾阳虚,脐下悸,欲作奔豚的证治。

**【图解】** 见图 65。

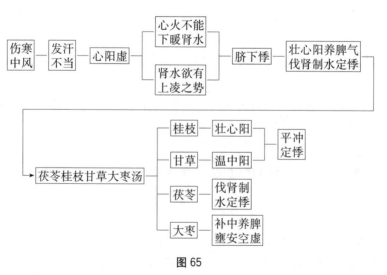

图 65

【按语】　本证的特征是脐下悸，在病机上，脐下悸比心下悸更为深重。心主火，肾主水，心火下暖肾水，使肾水行而不泛；肾水上济心火，使心火热而不亢。发汗后，若心下悸，此仅为心阳虚，而脐下悸，则不仅心阳虚，而且心阳已虚至心火不能下暖肾水的程度，致使肾水涌动而有上凌之势。

奔豚，古证候名。豚，小猪。奔豚，意象气从少腹上冲心胸，宛若豚之奔。又，豚为水畜，应象病机系水邪为患。本证虽只云"脐下悸"，但，因心阳虚甚，故心下悸已在不言中。实际上是悸在心下而连动及脐下，这反映出心肾关系的失调。不论什么原因和病机，心，当被伤及到一定程度，必心伤于上，而动悸于脐间。

茯苓桂枝甘草大枣汤，桂枝用至四两，有平冲气之意，茯苓至半斤，意在伐肾制水以定脐下悸。

【原文】

**发汗后，腹胀满者，厚朴生姜半夏甘草人参汤主之。方二十九。**　　　　[66]

厚朴半斤，炙，去皮　　生姜半斤，切　　半夏半升，洗　甘草二两　人参一两

上五味，以水一斗，煮取三升，去滓。温服一升，日三服。

【提要】　发汗不当，汗伤中阳，脾虚气滞的证治。

【图解】　见图66。

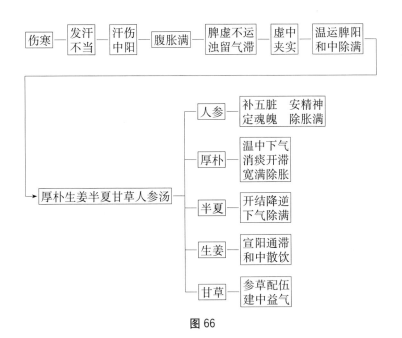

图66

【按语】　本证腹胀满虽见于发汗后,但仅从"腹胀满"难以确定是实证还是虚证。《金匮要略》有云:"病者腹满,按之不痛为虚,痛者为实。"本条是一个对发病过程、症状及治疗方药的记录,可以把它作为一个病案,从用药入手进行研究。

本证之腹胀满,属汗伤中气,脾虚不运,浊留气滞,系虚中夹实之证。厚朴生姜半夏甘草人参汤消补相兼,行消中兼以补益。

【原文】

伤寒,若吐、若下后,心下逆满,气上冲胸,起则头眩,脉沉紧,发汗则动经,身为振振摇者,茯苓桂枝白术甘草汤主之。方三十。　　　　　　　　　　[67]

茯苓四两　桂枝三两,去皮　白术　甘草各二两,炙

上四味,以水六升,煮取三升,去滓。分温三服。

【提要】　伤寒吐下后,心脾阳虚,水饮内停的证治。

【图解】　见图67。

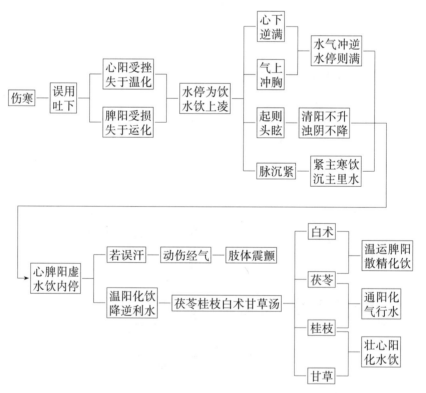

图 67

【按语】　伤寒吐下后,心下逆满,气上冲胸,此误治伤及心脾。心阳受挫,则失于温化;脾阳受损,则失于运化。脾不散精,水停为饮;心阳不足,水饮才有上

凌之机,故症见心下满而逆;水停则满,气冲则逆。饮停于中,既阻浊阴不降,又碍清阳不升,故清窍昏蒙,起则头目眩晕。起,立也,动也。脉沉主里、主水,脉紧主寒、主饮,沉紧乃停饮之象。此心脾阳虚、水饮内停之证。治宜健补心脾阳气,平冲降逆利水。"发汗则动经"一句系自注文,指出若误汗,必动伤经气,经气自虚,必肢体振颤不能自持。

茯苓桂枝白术甘草汤功在温阳化饮,利小便。茯苓配桂枝,通阳化气行水;桂枝平冲气以降逆,配甘草壮心阳以温化水饮。白术性升散,健脾除湿,温固中气;白术配茯苓,温脾阳以运化水饮。本方温阳利水,是化饮要方。

本方与茯苓桂枝甘草大枣汤在用药上仅一味之差,但立意不同。苓桂甘枣汤证重在脐下悸,欲作奔豚,病势在下,故重用茯苓至半斤,意在伐肾制水;大枣质厚,味甘性腻,安中养脾,填补脐间之空虚,二者配伍,其势下趋以定悸。苓桂术甘汤证重在心下逆满,气上冲胸,病势居中,茯苓仅用四两,白术虽健脾除湿,但其性升散,故不用白术,意在降泄。可见苓桂术甘汤治水气,意在和而散之,化而利之;苓桂甘枣汤治水气,意则在伐而平之,镇而制之。

**【原文】**

**发汗,病不解,反恶寒者,虚故也,芍药甘草附子汤主之。方三十一。** [68]

芍药 甘草各三两,炙 附子一枚,炮,去皮,破八片

上三味,以水五升,煮取一升五合,去滓。分温三服。疑非仲景方。

**【提要】** 太阳病发汗后,阴阳俱虚,无热恶寒的证治。

**【图解】** 见图68。

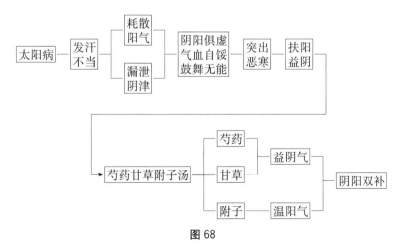

图68

**【按语】** 汗后病不仅不解,反恶寒有加,文中一个"反"字,突出了恶寒这个症状在本证中的意义。本条可看作是一个病案,从用药入手分析。

本证之"反恶寒",已不仅仅是阳虚之象,而反映出阴阳俱虚的病机。本证汗后,阴阳俱虚,原来的表证不解自消,其证由实转虚,以致恶寒独甚,此已属无热恶寒之列。

**【原文】**

发汗,若下之,病仍不解,烦躁者,茯苓四逆汤主之。方三十二。　　　[69]

茯苓四两　人参一两　附子一枚,生用,去皮,破八片　甘草二两,炙　干姜一两半

上五味,以水五升,煮取三升,去滓。温服七合,日二服。

**【提要】**　太阳病汗下误治,症见烦躁,阴阳有离决之势的证治。

**【图解】**　见图69。

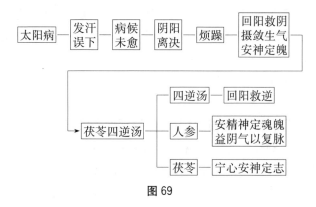

图69

**【按语】**　烦躁,不同的证表现出不同的特点,仅从文字上进行比较毫无意义。本条仲景运用茯苓四逆汤治疗的烦躁,乃是近乎于阴阳离决的烦躁。

茯苓四逆汤实为四逆加人参汤又加茯苓。四逆加人参汤仲景用于霍乱吐利阳亡阴脱,意在回阳救阴,摄敛生气。本证烦躁又在四逆加人参汤的基础上再加茯苓,此处参苓配伍,意在安精神,定魂魄,以安抚阴阳离散之心神不宁。病已至此,已不可能有表证。

**【原文】**

发汗后,恶寒者,虚故也。不恶寒,但热者,实也,当和胃气,与调胃承气汤。方三十三。《玉函》云,与小承气汤。　　　[70]

芒硝半升　甘草二两,炙　大黄四两,去皮,清酒洗

上三味,以水三升,煮取一升,去滓,内芒硝,更煮两沸。顿服。

**【提要】**　同是太阳病发汗后,由于素体阳气有偏胜之异,故有恶寒与不恶寒的不同。

【图解】　见图 70。

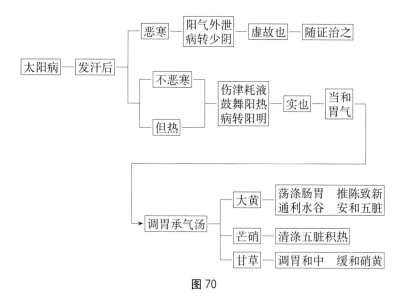

图 70

【按语】　同为太阳病发汗后,可见到恶寒和不恶寒但热两种不同变化,这是由疾病的内在病机决定的。

"发汗后,恶寒者,虚故也",此句同第 68 条所述,系素体阳气偏虚者患太阳病,发汗后,阳气外泄,病候转属少阴。

太阳病发汗后,"不恶寒,但热者",系素体阳气偏盛者患太阳病,发汗,一则伤津耗液,二则鼓舞阳热,病候转属阳明,此如同本论第 248 条:"太阳病三日,发汗不解,蒸蒸发热者,属胃也,调胃承汤主之。"

【原文】

太阳病,发汗后,大汗出,胃中干,烦躁不得眠,欲得饮水者,少少与饮之,令胃气和则愈。若脉浮,小便不利,微热,消渴者,五苓散主之。方三十四。即猪苓散是。　　　　　　　　　　　　　　　　　　　　　　　　　　　　[71]

猪苓十八铢,去皮　泽泻一两六铢　白术十八铢　茯苓十八铢　桂枝半两,去皮

上五味,捣为散。以白饮和服方寸匕,日三服。多饮暖水,汗出愈。如法将息。

【提要】　太阳病大汗出后的两种转归,重点论述表未尽除,而津液布散失调的水停三焦证治。

【图解】　见图 71。

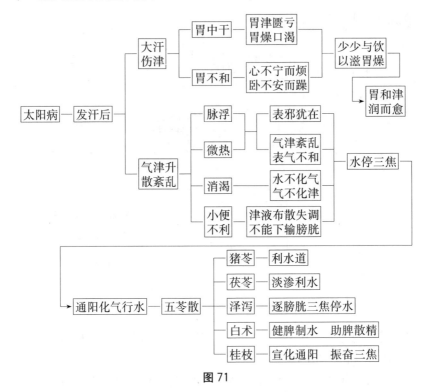

**图 71**

【按语】　本条太阳病,发汗后大汗出,引发两种不同的病情变化。

一是大汗伤津,胃中干,"欲得饮水","烦躁不得眠"。仲景指出其病机是"胃中干"。"胃中干"不是病人的感觉,不是症状,而是概括大汗后,胃中津液暂时性匮乏,产生渴欲饮水这个症状的病机。本证"欲得饮水"仅"少少与饮之",即可"令胃气和则愈",从中可知,本证病情轻缓。

"烦躁不得眠",不可以辞害义,认为烦躁至不得眠的程度,果若如此,本证之烦躁绝不可能仅"少少与饮之"即可"令胃气和"而愈。本证因大汗出而暂时胃燥口渴。胃气不和,则心不宁而烦,卧不安而躁。从本证的病机、病情、治疗看,本条之"不得眠"解作不得卧义胜。本证病机、病情、症状俱轻缓,故"少少与饮之"以润胃燥,胃气和则胃不干,心宁神定则不烦不躁。

二是大汗出,表未解而气津升散紊乱,津布失调,水停三焦。脉浮、发热,一方面说明邪犹在表,另一方面也与气津升散紊乱,表气不和有关。水停三焦,不能下输膀胱,则小便不利。水不化气,气不化津,则口渴欲饮。仲景治以通阳化气行水,重在化气。

消渴即口渴严重,饮不解渴。仲景书中之"消渴"不同于今人对消渴的理解,不同于后世所谓"三消"之消渴。在仲景书中,消渴意义宽泛,凡是严重的口渴均被称之为消渴,在仲景的认识中,"消渴"是泛指一切渴思饮水,饮不解渴之病状。

五苓散,内通三焦、外达皮腠、通阳化气、行水散精,从而使三焦停滞之水由"静"而"动"。服后"多饮暖水",鼓荡药力以助汗,水精四布而烦渴解,输精皮毛而汗自出。

**【原文】**

发汗已,脉浮数,烦渴者,五苓散主之。三十五。用前第三十四方。[72]

**【提要】** 太阳病发汗后,气津升降紊乱,水停三焦的证治。

**【图解】** 见图72。

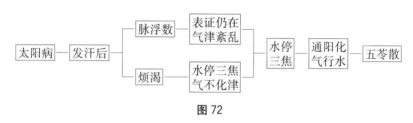

图 72

**【按语】** 太阳病发汗后,脉浮数与烦渴并见,仲景治以五苓散,说明本证病机是水停三焦。

"脉浮数"一方面反映表证仍在,同时也是发汗后气津升散紊乱,水停三焦的反映。"烦渴"不是指因渴而烦或渴甚而烦。"烦"在这是形容口渴非常严重、苦恼难忍貌。烦字的这种用法还见于烦疼、烦热等,此处的"烦"字不应当理解为心烦或烦躁。烦渴,即同前条之消渴,此由水停三焦,气不化津所致。

**【原文】**

伤寒,汗出而渴者,五苓散主之;不渴者,茯苓甘草汤主之。方三十六。[73]

茯苓二两　桂枝二两,去皮　甘草一两,炙　生姜三两,切

上四味,以水四升,煮取二升,去滓。分温三服。

**【提要】** 通过与五苓散证的比较,以论述茯苓甘草汤证治。

**【图解】** 见图73。

**【按语】** "伤寒,汗出而渴者,五苓散主之",并没有对五苓散证提出新的认识,仅是以此比照茯苓甘草汤证。

文曰:"不渴者,茯苓甘草汤主之。""渴"是症状,而"不渴"则不是症状,因此不能以"不渴"作为应用茯苓甘草汤的指征。历来注家多认为"不渴"是属胃中停水,津液尤能上达云云,或根据第356条中"伤寒,厥而心下悸,宜先治水,当服茯苓甘草汤"的论述,认为本条"汗出下,当有'心下悸'三字"。

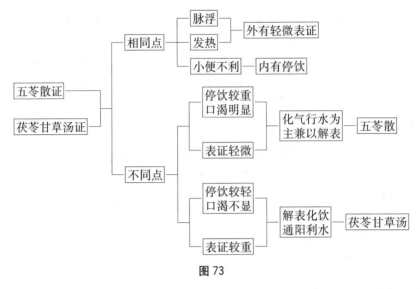

图 73

本条是用对比的方法，通过讨论五苓散证与茯苓甘草汤证的不同，重点突出茯苓甘草汤方证的特点。其方法是忽略五苓散证与茯苓甘草汤证相同的症状，从而突出渴与不渴的反差，用渴与不渴鉴别五苓散证与茯苓甘草汤证的不同。由此可以得出结论，茯苓甘草汤证的基本症状应当是脉浮、发热、小便不利。

【原文】

中风发热，六七日不解而烦，有表里证，渴欲饮水，水入则吐者，名曰水逆，五苓散主之。三十七。用前第三十四方。　　　　　　　　　　　　　　　　　　　　　　[74]

【提要】　太阳中风经过六七日的自汗，表证未解，水停三焦，水入则吐的证治。

【图解】　见图 74。

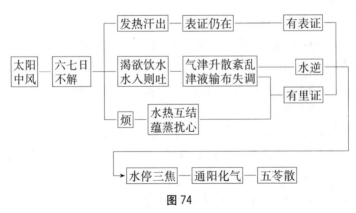

图 74

【按语】 本条所述之五苓散证是太阳中风,经过六七日的发热、自汗出而引发的。可见,不论是发汗还是自汗,都有导致津液输布失调的可能。

本证太阳中风经过六七日的自汗,不仅发热、汗出、恶风等表证仍在;而且由于自汗绵绵,持续七八日之久,从而引致气津升散紊乱,津液输布失调,水停三焦,症见渴欲饮水,水入则吐,故文曰"有表里证"。

水逆,是仲景书的专用术语,指水停三焦,津液不能正常输布,虽渴欲饮水,但水入后机体却不受纳,随即当做宿水排斥,格拒于外,即水入则吐。

本证水逆之"烦",是太阳中风历经六七日之郁热与三焦停水互结,水热蕴蒸而扰心所致。心烦不宁,并伴水入即吐,在病机方面,表现得比此前的五苓散证更为深重。

【原文】

未持脉时,病人手叉自冒心,师因教试令咳而不咳者,此必两耳聋无闻也。所以然者,以重发汗,虚故如此。发汗后,饮水多必喘,以水灌之亦喘。　　　〔75〕

【提要】 重汗伤阳,心悸耳聋的证治;指出汗后恣饮灌濯,必喘息气逆。

【图解】 见图 75(1)、图 75(2)。

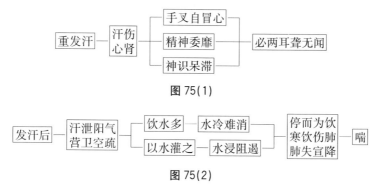

图 75(1)

图 75(2)

【按语】 前半节文曰:"未持脉时,病人手叉自冒心,师因教试令咳而不咳者,此必两耳聋无所闻也。"结合第 64 条可知,本证病人,除了"手叉自冒心"之外,更突出的是精神委靡或神识呆滞之状。这反映出第 64 条"发汗过多"仅伤及心阳,而本证"重发汗"则不仅伤及心阳,同时已伤及肾阳,心肾交惫,故表现在局部是耳聋不闻,表现在全身则是精神委顿,精力衰竭。病已至此,已非桂枝甘草汤所可胜任,当在少阴病中求治。

后半节言发汗后,一不可恣饮,二不可灌濯。发汗后,津液暂时耗伤而口渴,属正常现象,但由于汗泄阳气,故虽渴也只能徐徐然化气以布津。若饮水急骤且量多,则必化气不及,水冷难消,停为寒饮。

发汗后,汗泄阳气,营卫空疏,以水灌濯,水浸阻遏,停而为饮;寒饮伤肺,肺失宣降,必气逆而喘。治当温肺化饮。

**【原文】**

发汗后,水药不得入口为逆,若更发汗,必吐下不止。发汗、吐下后,虚烦不得眠,若剧者,必反复颠倒,音到,下同。心中懊憹,上乌浩、下奴冬切,下同。栀子豉汤主之;若少气者,栀子甘草豉汤主之;若呕者,栀子生姜豉汤主之。三十八。 [76]

栀子豉汤方

栀子十四个,擘 香豉四合,绵裹

上二味,以水四升,先煮栀子,得二升半,内豉,煮取一升半,去滓。分为二服,温进一服,得吐者,止后服。

栀子甘草豉汤方

栀子十四个,擘 甘草二两,炙 香豉四合,绵裹

上三味,以水四升,先煮栀子、甘草,取二升半,内豉,煮取一升半,去滓。分二服,温进一服,得吐者,止后服。

栀子生姜豉汤方

栀子十四个,擘 生姜五两 香豉四合,绵裹

上三味,以水四升,先煮栀子、生姜,取二升半,内豉,煮取一升半,去滓。分二服,温进一服,得吐者,止后服。

**【提要】** 发汗后,胃失和降而吐逆及汗吐下后,热郁胃脘,恶心嘈杂欲吐的证治。

**【图解】** 见图76。

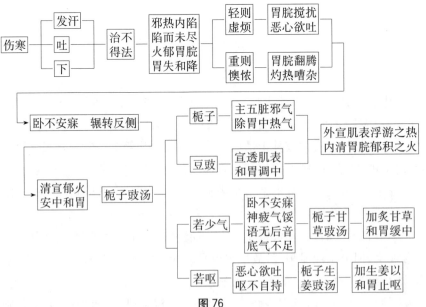

图76

【按语】　本条在内容上分为两节。前一节论述汗伤胃气,胃失和降而引发吐逆的变证。

汗后胃阳受损,一不受纳,二不和顺,水药不得入口,入则即吐,故谓之逆。若误以表证未解,再误用汗法,则必更伤中阳,气机逆乱,从而引致吐下不止。

后一节论述发汗、吐、下后热郁胃脘,引发恶心、嘈杂欲吐的证治。该节所述是发汗、吐、下后,轻则引发虚烦不得眠,重则引发反复颠倒,心中懊恼。

近世多认为"虚烦"是"吐下后余热所致的烦躁"或"指阳邪内陷,郁结心胸,而无痰、水等实邪所致的心烦懊恼等证",把虚烦讲成烦躁,实际上仍然没有讲清楚什么是"虚烦"。

第375条讲:"按之心下濡者,为虚烦也"。在此,仲景单单切按"心下",这是根据问诊,病人主诉心下不适。按之濡,谓胃脘部不硬,对比之下有空虚感。此处的"按之心下濡"与第221条之"胃中空虚"互为对应,所以文曰"为虚烦也"。虚烦,一不是虚,二不是烦,不是所谓的神志症状,而是胃失和降,受纳腐熟功能失调。关于虚烦,成无己有一段论述讲得比较清楚:"虚烦之状,心中温温然欲吐,愦愦然无奈,欲呕不呕,扰扰乱乱,是名烦也,非吐则不能已也。"[①]一句"非吐则不能已",点出了此处之"烦",是恶心,是胃脘搅扰。

概言之,虚烦是胃脘部搅扰纠结,饥饿空虚,欲吐不吐,恶心之感。因胃失和降,故卧不安寐而"不得眠"。恶心这个术语,《内经》及仲景书中未见,没有这个术语,并不能说那个时代不存在这个症状。在仲景书中,"心烦"这个术语,在特定的场合下,有时是对"恶心"的表述。烦,在仲景书中可有三义。它的最一般的含义就是心烦,或心里烦躁;其次是表述苦恼难忍、程度严重的意思,如论中的"烦渴"、"疼烦"等;其三是表述恶心,"心烦"是指胃脘搅扰恶心欲吐之状。心,是指胃脘部,如"心中饥"、"心中疼热"等。

后世人多把"懊恼"讲成"烦闷殊甚,难以名状";或"心里烦郁特甚,使人有无可奈何之感";或"心中烦郁至甚,扰乱不宁,莫可言喻";或"心中烦乱不安至甚"云云。这些解释都把懊恼讲成是心中烦躁至甚,是神志方面的症状。但是本论第238条云"心中懊恼而烦",仲景把"懊恼"与"烦"并列对举,说明在仲景的理论思路中,"懊恼"并无"烦"意。因此,可以得出结论:懊恼不是烦乱不宁及其类同的说法。

《金匮要略·黄疸病脉证并治》在"酒疸"条下有一个症状为"心中如啖蒜齑状",尤在泾释为"一如懊恼之无奈也";赵以德释曰"味变于心,咽作嘈杂,心辣如

①　成无己．伤寒明理论．上海:上海科学技术出版社,1959:19.

唉蒜齑状"。《金匮要略·五脏风寒积聚病脉证并治》云:"心中寒者,其人苦病心如唉蒜状"。周扬俊释曰:"其苦病如唉蒜状,正形容心中懊侬,不得舒坦,若为辛浊所伤也"①。对此,尤在泾进一步诠解为:"心中如唉蒜者,寒束于外,火郁于内,似痛非痛,似热非热,懊侬无奈,甚者心背彻痛也"②。从中可见,仲景书中的"心中如唉蒜状",亦即"懊侬",也就是赵以德所言之"嘈杂"。

在本论第221条中,"心中懊侬"与"胃中空虚"并列,第228条"心中懊侬"与"饥不能食"并列,这反映出在仲景的理论思路中,"懊侬"和胃的联系。许叔微深得仲景要旨,他说:"伤寒懊侬意忡忡,或实或虚在胃中"③,把"懊侬"这个症状定位于胃,无疑是正确的。

实际上,《伤寒论》本身已经对"懊侬"作出了自己的注解,《伤寒论·辨不可发汗病脉证并治》有云:"伤寒头痛,翕翕发热,形象中风,常微汗出,自呕者,下之益烦,心懊侬如饥"。本条亦见于《金匮玉函经》和《脉经》。这一句"心懊侬如饥"讲清楚了两个问题:一是能引发饥饿感的当是胃,所以此处之"心"是指"胃"而言;二是"懊侬"的感觉是"如饥"。胃脘部的"懊侬如饥",只能是"嘈杂"感,而不可能是所谓的烦躁不宁或其他什么症状。由于胃失和降,卧不安寐,故"反覆颠倒"实属"不得眠"之甚者。

栀子豉汤方后注云:"得吐者,止后服",故后世注家多有指认本方为吐剂,认为能吐"胸中邪气"云云。非是。本证虚烦乃胃脘搅扰纠结、恶心欲吐之感;懊侬乃虚烦之甚,系胃脘灼热嘈杂,欲吐不吐之感。在此状态下,得栀子豉汤偶有呕吐,则是非常合乎病情变化的。火郁胃脘、灼热嘈杂之证,服栀子豉汤得吐后,病情必得缓解,在此情况下"止后服",在法理之中。

由于胃脘搅扰纠结不舒,故卧不安寐,病人精神疲惫,语言声低气馁无力,此谓之"少气"。"少气"既不是短气,也不是气息微弱,而是气不足以言,语无后音,底气不足,故加炙甘草,其意主要不在补气,而是和胃缓中。本证始终有恶心呕吐倾向,若呕不能自持时,则加生姜以和胃止呕。

**【原文】**

发汗,若下之,而烦热、胸中窒者,栀子豉汤主之。三十九。用上初方。　[77]

**【提要】**　汗下之后,火郁胃脘,胃脘嘈杂,恶心欲吐,胸膈窒塞的证治。

**【图解】**　见图77。

---

①　赵以德,周扬俊.金匮玉函经二注·卷十五.

②　尤在泾.金匮要略心典·卷中.

③　许叔微.许叔微伤寒论三种.北京:人民卫生出版社,1993:69.

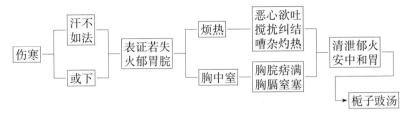

图 77

**【按语】**　本条承前条而来。发汗或下之，表证虽已不存在，但无形之火郁于胃脘，胃脘搅扰纠结，恶心欲吐，尤以嘈杂灼热至甚。"烦热"，既不是因烦而热，也不是因热而烦，而是言胃脘有灼热感，即虚烦懊侬之意，突出了嘈杂与灼热感。若胃脘之郁火上壅，则可引发胸膈不利。

胸中窒，是病人的自我感觉，一是胸膈有痞满感，欲嗳气而不能，二是胸膈有窒塞感，吞咽不舒。在病机上虽比前条所述有所偏重，但仍以火郁胃脘为本，故仍治以栀子豉汤，清泄郁火，安中和胃。

**【原文】**

伤寒五六日，大下之后，身热不去，心中结痛者，未欲解也，栀子豉汤主之。四十。用上初方。　　　　　　　　　　　　　　　　　　　　　　　　　[78]

**【提要】**　伤寒大下之后，邪陷未尽，心中结痛的证治。

**【图解】**　见图 78。

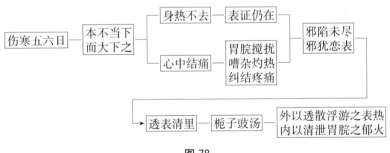

图 78

**【按语】**　本条"伤寒"尽管已五六日，尽管历经"大下"，但表证仍在，故"身热不去"。然而，虽"身热不去"，表证未解，但并非说"大下"之后对本证没有影响，恰恰相反，"大下"之后，引发出的"心中结痛"，反映出本证表邪已有内陷之势。

本证"结痛"之"心"，不是"心动悸"之"心"，而是"心中饥"之"心"，是指胃脘而言。"心中结痛"这个症状，在病人的自我感觉和病机方面，都比虚烦和懊侬更严重。胃脘部不仅搅扰纠结、嘈杂灼热，而且还有疼痛的感觉。尽管本证"心中结痛"与第 77 条之证比较，已出现"痛"的症状，但"身热不去"，又说明表邪陷而未尽,故仲景仍治以栀子豉汤,外以透散浮游之表热,内以清泄胃脘之郁火。

**【原文】**

伤寒下后,心烦腹满,卧起不安者,栀子厚朴汤主之。方四十一。　　　　［79］

栀子十四个,擘　厚朴四两,炙,去皮　枳实四枚,水浸,炙令黄

上三味,以水三升半,煮取一升半,去滓。分二服,温进一服,得吐者,止后服。

**【提要】**　伤寒下后,火郁胃脘,胃脘嘈杂、灼热,腹满的证治。

**【图解】**　见图79。

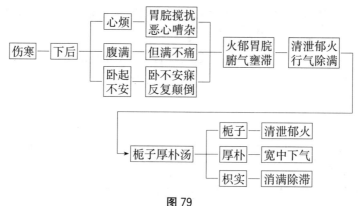

图79

**【按语】**　本条承接前几条,言伤寒下后火郁胃脘,虚烦腹满。本条之“心烦”同前条之虚烦。“卧起不安”即前文之“反复颠倒”,乃虚烦之剧者,必“心中懊恼”。本证轻则胃脘搅扰恶心而腹满,重则胃脘嘈杂、灼热而腹满。

本证在病机上比前条“胸中窒”、“心中结痛”更为深重,故仲景用栀子豉汤去轻浮之香豉,加“破结实、消胀满”除“心下急、痞痛逆气”之枳实和“消痰下气”疗“腹痛胀满”之厚朴。(《名医别录》)

注家多以栀子豉汤为吐剂,认为豆豉轻薄味腐令人恶心,然栀子厚朴汤方中无香豉,方后注仍云“得吐者,止后服”,说明服了栀子豉汤得吐与服了栀子厚朴汤得吐,皆因于病机,而非方药所致。

**【原文】**

伤寒,医以丸药大下之,身热不去,微烦者,栀子干姜汤主之。方四十二。

　　　　　　　　　　　　　　　　　　　　　　　　　　　　　　［80］

栀子十四个,擘　干姜二两

上二味,以水三升半,煮取一升半,去滓。分二服,温进一服,得吐者,止后服。

【提要】　伤寒以丸药大下,伤脾邪陷,火郁胃脘,表邪未尽,恶心下利,身热的证治。

【图解】　见图80。

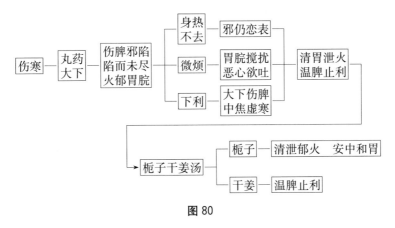

图80

【按语】　本条承前几条而言。微烦,同前证虚烦,只是略轻微而已。本证病人至仲景诊治时,其症状是以下利为主,同时伴有微热和轻微虚烦。仲景通过问诊得知本证病人发病之初,是伤寒发热、恶寒,后经"医以丸药大下之",才引发下利、微烦等现症。"医以丸药大下之",是通过问诊,病人所言。病人只知道服用"丸药"之后出现大泄,而并不知道是什么药,故仅告之曰"丸药"。实际上,仲景也不确切知道"丸药"中含有什么药。后世王肯堂言,丸药"所谓神丹甘遂也,或作巴豆",似无确切依据。

【原文】

凡用栀子汤,病人旧微溏者,不可与服之。　　　　　　　　　　　　　[81]

【提要】　栀子苦寒,伤脾滑肠,平素大便溏薄者,虽虚烦、懊恼,也不可径用。

【图解】　见图81。

图81

【按语】　"病人"是指具有栀子豉汤证的病人。"旧微溏者",是指既往大便溏薄的人。平素大便溏薄者,往往脾虚不运,尽管也可能具有虚烦、懊恼等栀子豉汤证,但由于栀子苦寒泻火,伤脾滑肠,故不宜服用栀子豉汤。前条栀子干姜汤可参。

**【原文】**

太阳病发汗,汗出不解,其人仍发热,心下悸,头眩,身𥆧动,振振欲擗一作僻。地者,真武汤主之。方四十三。　　　　　　　　　　[82]

茯苓　芍药　生姜各三两,切　白术二两　附子一枚,炮,去皮,破八片

上五味,以水八升,煮取三升,去滓。温服七合,日三服。

**【提要】**　太阳病发汗,耗伤肾阳,阳虚不能制水,水气上泛的证治。

**【图解】**　见图82。

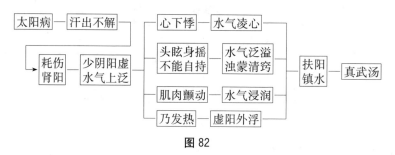

图 82

**【按语】**　本条太阳病发汗,汗出不解,除了汗不得法之外,与素禀阳虚有关。素禀阳虚有程度的不同,素禀阳虚较突出的机体,感受外邪只能发为少阴病,而不能发为太阳病。而素禀阳虚比较轻微者,感受外邪之后,有可能发为太阳病(如第92条)。这样的太阳病,由于其人有阳虚的潜在因素,所以若发汗不慎,则会显露出少阴里虚的底面。

肾主水,水行而不泛,一靠心火下暖肾水,二靠肾阳固镇其水。汗伤肾阳,肾阳虚不能制水,水气上泛。水气上泛凌心则心悸。身𥆧动,谓肌肉蠕然颤动,为水气浸润所致。头眩,谓天旋地转、眩晕目黑;振振欲擗地,形容头眩,身体摇动,不能自持,站立不稳。擗,倒也。头眩而至站立不稳,摇动欲倒,此是水气泛溢,浊阴上蒙清窍所致。本证一派虚寒之象,故仲景选用真武汤,扶阳镇水。其证本当无热恶寒,而"其人仍发热",只能是虚阳外浮之发热,但还未至亡阳的程度。

**【原文】**

咽喉干燥者,不可发汗。　　　　　　　　　　[83]

**【提要】**　咽喉干燥属阴气不足津液亏虚之象,故不可发汗。

**【图解】**　见图83。

图 83

【按语】 发汗一则耗伤津液甚至损及阴气,二则耗伤阳气。

本证咽喉干燥,属阴气不足、津液亏虚之象,故不可发汗;若强发其汗,轻则夺津,重则伤血,更严重的则可鼓荡虚火,虚火冲逆。

【原文】

淋家,不可发汗,发汗必便血。 [84]

【提要】 淋病,不论新病久病,虽有表证,亦不可发汗。

【图解】 见图84。

图84

【按语】 不论新病、久病,对于现有的表证来说,都属于既往的病证。此处以及其后若干条文中的"疮家"、"衄家"等之"家",均是流辈之意。

淋病,不论新病久病,其发病,或湿热下注,或肾阴亏虚,其人虽有表证,亦不可发汗。若发汗,或鼓荡邪热,热伤络脉,血溢脉道,小便涩痛尿血;或煽动虚火,虚火灼络,小便滴涩夹血。

【原文】

疮家,虽身疼痛,不可发汗,汗出则痉。 [85]

【提要】 不论外伤金疮或是肌肤疮痍,气血俱损,虽有表证,亦不可发汗。

【图解】 见图85。

图85

【按语】 疮,包括金疮和疮痍。不论是伤于外之金疮或发于肌肤之疮痍,不论新病久病,其外亡之鲜血和浊脓败血均为气血所化。这一类病人轻则气血暗耗,重则阴阳气血俱损,即使感受外邪而有表证,症见身体疼痛,也不可以径直发汗。痓(zhì),痉之讹。

【原文】

衄家,不可发汗,汗出必额上陷脉急紧,直视不能眴,音唤,又胡绢切,下同,一作瞬。不得眠。 [86]

【提要】 衄家必阴血暗耗,即使有表证,也不可径直发汗,若误汗必阴血骤虚而陡变。

**【图解】** 见图86。

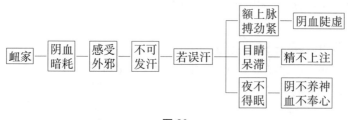

图 86

**【按语】** 以衄为证候的一类病人,不论新病、久病,必伤阴耗血。这类病人即使有表证,也不可径直发汗,若发汗则阴血更虚,出现一系列阴亏血虚的症状。

额上陷脉急紧,有注家句读为"额上陷,脉急紧"。钱潢云,"额骨坚硬,岂得即陷",言之有理。此节句读,当是"额上陷脉急紧"。额上陷脉,指额上两侧凹陷处搏动之脉。陷脉,见于《灵枢》。阴亏血虚的病人,误汗后,阴血陡虚,反映在局部,额上两侧之脉,搏动急剧劲紧,此属亡阴之象。"直视不能眴"之眴,目摇也,谓目睛转动。"不能眴"谓目睛呆滞,转动不灵活,两目无神,此属阴精不能上注于目。

**【原文】**

亡血家,不可发汗,发汗则寒栗而振。　　　　　　　　　　　　　[87]

**【提要】** 失血的病人,不可径直发汗,误汗则重伤阳气,必振栗而寒。

**【图解】** 见图87。

图 87

**【按语】** 亡血家泛指患有失血一类病证的人。称之为"亡血",即不是一般性的出血,当是指崩漏、产后、痔疮以及外伤等较严重的出血。这一类病人,不论新病、久病,其阴血虚的程度都比较严重,所以即使有可汗之表证,也绝对不可径直发汗,若误汗,虽会阴阳俱损,但由于阴亡则阳无以附,故而更突出表现为伤阳;汗出损阳,阳衰里寒,必寒自内生,寒栗而振。

**【原文】**

汗家,重发汗,必恍惚心乱,小便已阴疼,与禹余粮丸。四十四。方本阙。　[88]

**【提要】** 汗家必暗耗心阴心阳,重发其汗,再伤津液,则神思游移,尿少涩痛。

【图解】　见图88。

图 88

【按语】　汗出过多一类的病人,必阴阳失调。汗为心液,汗出过多,必暗耗心阴心阳。此类病人,即使有伤寒表证,亦不可径直发汗。禹余粮丸方,仲景书阙如。

【原文】
病人有寒,复发汗,胃中冷,必吐蛔。一作逆。　　　　　　　　　　　　[89]

【提要】　素有阴寒痼冷,即使有表证,也不宜径直发汗,若误汗,必中焦虚寒益盛。

【图解】　见图89。

图 89

【按语】　本证病人既往有阴寒痼冷,即使有表证,也不可以径直发汗,应当先温里,后解表。若误发其汗,必直斫其阳,使原本的阴寒之证更加虚寒。病人自述"胃中冷",是中焦虚寒之象。阴寒内盛,肠胃不安,若胃寒气逆,则症见恶心欲吐;若既往肠道有蛔虫,则可随气逆呕吐而吐蛔。

【原文】
本发汗,而复下之,此为逆也;若先发汗,治不为逆。本先下之,而反汗之,为逆;若先下之,治不为逆。　　　　　　　　　　　　[90]

【提要】　先汗后下与先下后汗两种不同的治疗原则。

【图解】　见图90。

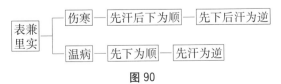

图 90

【按语】　本条论述表证与里实证同在,其最基本的原则是先解表后攻里,若汗下颠倒则属误治。若表里同病而里证特别急者,则应当先攻里,如第124条抵当汤证,虽然"表证仍在",但依然用抵当汤下之。在今本仲景书中,下法不仅仅指三承气汤的应用,而大柴胡汤、大黄牡丹皮汤、大黄附子汤、大黄甘遂汤等的应用,也都属下法之列。下瘀血的方法在仲景书中列属为下法,如第126条:"为有血也,当下之,不可余药,宜抵当丸。"

【原文】

伤寒,医下之,续得下利,清谷不止,身疼痛者,急当救里;后身疼痛,清便自调者,急当救表。救里宜四逆汤,救表宜桂枝汤。四十五。用前第十二方。　　[91]

【提要】　表兼里虚里寒者,应以温阳为急。

【图解】　见图91。

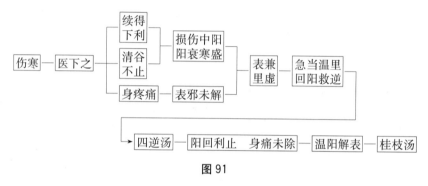

图91

【按语】　太阳伤寒误用下法,损伤中阳,引发表证未解,身痛未除,而中焦虚寒下利又起之表兼里虚证。对此,仲景提出先温里,后解表的法则。以温阳为急,若误用汗法,必更虚其阳而变证丛生。对此,仲景治以四逆汤,温阳止利。"清便自调",谓大便正常。清,通圊。服四逆汤后,若利止便调,其人仍身疼痛,说明表邪依然未解,故又当以解表为急,方用桂枝汤。

【原文】

病发热头痛,脉反沉,若不差,身体疼痛,当救其里。四逆汤方。　　[92]

甘草二两,炙　干姜一两半　附子一枚,生用,去皮,破八片

上三味,以水三升,煮取一升二合,去滓。分温再服。强人可大附子一枚、干姜三两。

【提要】　太阳病虽发热头痛,但脉不浮而沉,反映出潜在的阳虚因素,当以救里为急。

【图解】　见图92。

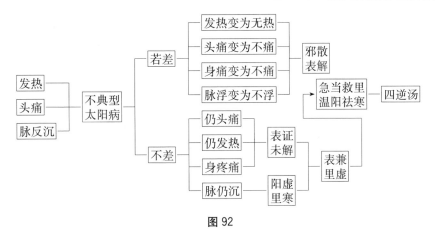

图 92

【按语】 "病发热头痛",属表证。典型的太阳病,其脉当浮,本证脉反沉,不当沉而沉故曰"反",此属太阳病一个具体的、特殊的发病过程。

不论是经过治疗或是自愈过程,病由发热变为不发热,头由痛变为不痛,脉由浮变为不浮,对比"浮"而言,不"浮"曰"沉";此虽曰"沉",而实为平脉,故其病当"差"。"若不差"是假设之辞。若头痛、发热、脉沉的过程持续存在,且"身体疼痛"症状更加突出,那么,本证则是表兼里虚里寒,治当急温其里,方宜四逆汤。

【原文】

太阳病,先下而不愈,因复发汗,以此表里俱虚,其人因致冒,冒家汗出自愈。所以然者,汗出表和故也。里未和,然后复下之。 [93]

【提要】 太阳病先下后汗引致"冒"的病机和冒家汗出自愈的机制。

【图解】 见图 93。

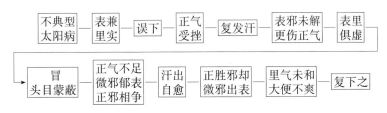

图 93

【按语】 本太阳病因为有"里未和"之象,所以证属表兼里实。此本应先解表,后攻下,但医误下之,邪虽未至内陷,但正气却已受挫。"复发汗",属误下之后,又发其汗;误下后,病情已变,故虽发汗,而表邪依然不解,反而更伤正气,故曰"以此表里俱虚"。

81

"其人因致冒"之冒,覆也,若无所见,意谓头目蒙蔽;此属"表里俱虚",正气不足,微邪郁表;不足之正气奋与微邪相争,清阳、精气上注不继,此乃正邪相争弱势之象。

冒家汗出,系正胜邪却,正气终于驱微邪外出,故表和而自愈。若里实之征仍在,证显"里未和",则当依法下之。

【原文】

太阳病未解,脉阴阳俱停,一作微。必先振栗汗出而解。但阳脉微者,先汗出而解。但阴脉微一作尺脉实者,下之而解。若欲下之,宜调胃承气汤。四十六。用前第三十三方,一云用大柴胡汤。 ［94］

【提要】　太阳病脉阴阳俱停的病机,及汗出而解与下之而解的脉象特点。

【图解】　见图94。

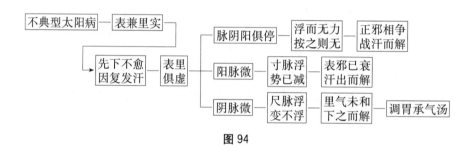

图94

【按语】　典型的太阳病,其脉象是浮数,且或紧或缓;而本条的太阳病,脉象由"浮数"变为"阴阳俱停",且战汗而解,根本原因是其人本虚。

本证太阳病未解,脉阴阳俱停,战汗,其人必定有虚的因素。从"下之而解"和"若欲下之,宜调胃承气汤"可知,本太阳病原本属表兼里实之证;若与第93条对看,本条"太阳病未解"当是"太阳病,先下而不愈,因复发汗"而不解,且"以此表里俱虚",其人脉阴阳俱停。脉阴阳俱停,是指寸、关、尺三部浮而无力,按之则无,无,其象为"停"。

"但阳脉微者,先汗出而解",言本太阳病表兼里实之证,虽经先下后汗,正气受挫,但表邪未陷,故仍有自愈的可能,此如同第58条所言,"阴阳自和者,必自愈"。

所谓"阳脉微",是言寸脉浮势已减,表邪已衰,故自汗出而解。所谓"阴脉微"是言表解之后,尺脉由浮变为不浮,故曰"微"。虽文曰"下之而解",但仅凭"阴脉微"或尺脉不浮尚不足以用下法,还必须有"里未和"之象。何以知"里未和"? 文曰"若欲下之",而"若欲下之"之征,正是里未和之象。

**【原文】**

太阳病,发热汗出者,此为荣弱卫强,故使汗出,欲救邪风者,宜桂枝汤。四十七。方用前法。 ［95］

**【提要】** 太阳中风,营弱卫强的证治。

**【图解】** 见图95。

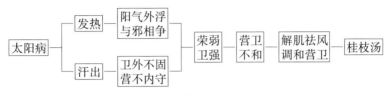

**图95**

**【按语】** 发热汗出的太阳病是太阳中风。太阳中风的脉象是阳浮而阴弱,阳浮者,热自发,阴弱者,汗自出(参见第12条),反映出营卫失和之病机。卫为阳,卫外而主固密。卫强,强,盛也,言卫气为邪所引,浮盛于外。卫气浮盛于外,故发热。营为阴,内守而主濡养。营卫和则各司其职。今卫浮于外而发热,营弱于内,不能内守而外泄,故汗出。本证属太阳中风,营卫不和。

"欲救邪风",救,治也。风,意寓疏泄之象,在此涵括营弱卫强之病机和发热汗出之症状。治疗太阳中风,当首选桂枝汤。

**【原文】**

伤寒五六日,中风,往来寒热,胸胁苦满,嘿嘿不欲饮食,心烦喜呕,或胸中烦而不呕,或渴,或腹中痛,或胁下痞硬,或心下悸、小便不利,或不渴、身有微热,或咳者,小柴胡汤主之。方四十八。 ［96］

柴胡半斤　黄芩三两　人参三两　半夏半升,洗　甘草炙　生姜各三两,切　大枣十二枚,擘

上七味,以水一斗二升,煮取六升,去滓,再煎取三升。温服一升,日三服。若胸中烦而不呕者,去半夏、人参,加栝楼实一枚;若渴,去半夏,加人参合前成四两半、栝楼根四两;若腹中痛者,去黄芩,加芍药三两;若胁下痞硬,去大枣,加牡蛎四两;若心下悸、小便不利者,去黄芩,加茯苓四两;若不渴,外有微热者,去人参,加桂枝三两,温覆微汗愈;若咳者,去人参、大枣、生姜,加五味子半升、干姜二两。

**【提要】** 在伤寒、中风发病过程中,邪结胁下的小柴胡汤证治。

**【图解】** 见图96。

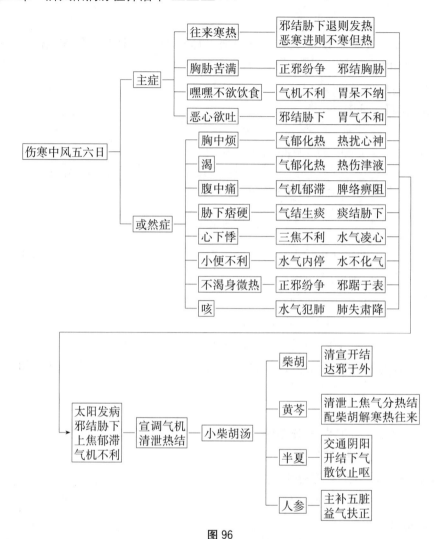

图 96

【按语】 太阳病是一个过程，在其变化过程中，可以形成若干个不同的证，如五苓散证、大陷胸汤证、十枣汤证等。

本证伤寒或中风经过五六日，出现往来寒热、胸胁苦满、嘿嘿不欲饮食、心烦喜呕等一系列症状，这是太阳伤寒或太阳中风发病过程中所形成的小柴胡汤证。本条小柴胡汤证是太阳病的一个具体过程，不是少阳病。

伤寒或中风五六日，由发热恶寒变化为寒热往来。所谓寒热往来，是指虽医生切其肌肤而觉发热，但"病人自己感觉"却是身体寒冷，不感觉发热，此属发热、恶寒阶段；而当"病人自己感觉"身体发热时，则又不感觉寒冷，此属发热、不恶寒阶段，这种（发热）恶寒与发热（不恶寒）的交替，即形成了寒热往来状态。这是因为伤寒发病经过五六日，邪气进一步深入，邪结胁下，与正气相搏，正邪纷争于"半在里半在外"（见第148条），互为进退，邪退于"半在外"则发热恶寒，邪进于"半在里"则不恶寒、但发热。正邪纷争，气机不利，邪逆气结于胸胁，故胸胁苦满，意谓胸胁胀满难忍。苦，苦闷、困扰、难受。满，胀满。气机不利，寒热邪气结聚，邪迫于胃，则胃气不和，故胃呆不纳，嘿嘿不欲饮食。嘿嘿，形容病人不欲饮食的样子，意谓对饮食反应淡漠，没有食欲。

心烦喜呕。心，此处指胃脘部。心，在仲景书中有两个含义，一是指主神明之"心"，一是指胃或胃脘部。本证之"心烦"，是言胃中搅扰纠结，恶心欲吐之状。此处之"烦"，搅扰纠结貌（见第76条）。喜呕，喜，多也，非言主观的喜好，如第237条，"阳明证，其人喜忘"。太阳病邪结胁下，阴阳不交，气机不利，胃气不和，故胃中搅扰纠结，恶心多呕。

本证属太阳病邪结胁下，阴阳不交，上焦郁滞，气机不利。小柴胡汤，以柴胡为主药；黄芩柴胡配伍，清泄上焦气分热结，以解寒热之往来。

邪结胁下，处于或进或退之势；气机失调，则在或动或静之间。气机失调，或化热，或停水，或聚痰，其变多端，故本证有较复杂的或然症状。

"或胸中烦而不呕"。胸中烦，在本条才是指真正的"心烦"，即属于神志症状的心中烦躁。若气机不利，郁而为热，热扰心神则胸中烦。"不呕"不是症状，在此，是与前句"喜呕"作对比，说明此时病机虽热扰心神，但尚未干于胃，故去辛燥开结、下气止呕的半夏，去益气的人参，加开胸利膈、清热解郁之栝楼实。

若气郁化热，热伤津液则渴，故去辛燥麻辣之半夏，加益气养阴的人参、凉润生津止渴的栝楼根。若气机郁滞，脾络痹阻则腹中痛，故去苦寒凝敛的黄芩，加具有开破之性、疏通络脉的芍药以止痛。气结生痰，痰结胁下则胁下痞硬，故去壅滞的大枣，加咸寒软坚消痰散结的牡蛎。若气机郁滞，影响三焦水道不利，则水气内停，水不化气则小便不利，水气凌心则心下动悸，故去苦寒伤气的黄芩，加渗利水邪、定惊邪恐悸的茯苓。水气犯肺，肺失肃降则咳，故去补益壅满的人参、大枣，加温通、宣发生阳，退阴翳水寒之气的干姜与敛肺止咳的五味子。

"若不渴、身有微热"。"不渴"，不是症状，与微热对举，是言此"微热"不是里热而是表热。本证原有往来寒热，而在或然症中又突出微热，说明若外有微热时，其证只能是有轻微的发热恶寒，而已不可能是往来寒热，所以去补益恋邪的人参，加解表通阳的桂枝，且温覆微汗出，此反映出正胜邪衰，邪出太阳之表。

【原文】

血弱气尽，腠理开，邪气因入，与正气相搏，结于胁下。正邪分争，往来寒热，休作有时，嘿嘿不欲饮食。脏腑相连，其痛必下，邪高痛下，故使呕也。一云脏腑相连,其病必下,胁膈中痛。小柴胡汤主之。服柴胡汤已,渴者,属阳明,以法治之。四十九。用前方。　　　　　　　　　　　　　　　　　　　　　　　[97]

**【提要】**　进一步论述太阳病邪结胁下之小柴胡汤证治。

**【图解】**　见图97。

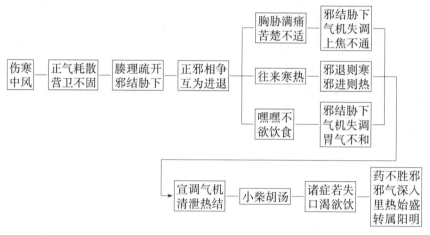

图97

**【按语】**　从小柴胡汤用人参、大枣,可见本证有虚的因素。在太阳伤寒、中风的发病过程中,由于病人正气耗散,即条文中所谓,"血弱气尽"(按,"血弱气尽",在此是泛指机体抗病能力减退),营卫不固,故腠理疏开,而邪气由表深入,与正气相争。由于正气已显不足,无力抗邪于表,故致使邪结胁下。

此条往来寒热、嘿嘿不欲食的病机与第96条同。邪结胁下,气机失调,上焦不通,故在上则胸胁胀满难忍,在下则"痛"。痛,在此泛指苦楚、不适,包括呕、渴、小便不利等等,非仅指疼痛。"故使呕也",是以呕示例。

"藏府相连",是对本证若干或然症病机的阐释。或然症看起来是或然的,但它与主症在总的病机方面,在动态变化和整体联系上,则是不能间断、不可分离的。因此,本证尽管就某一个具体症状来说可能是或然的,或出现或不出现,然而这些或然症状作为病机上的一个相关联整体,或然症与或然症、或然症与主症的关系却不是或然的,而是具有内在的必然的联系。对这种联系,仲景用"藏府相连"来概括。因此,这里的"藏府",非指具体的某脏某腑,而是泛指、概括脏腑乃至经络之间的整体联系。

小柴胡汤宣调气机,清泄热结,开发上焦;服后胁下结邪散越于外,上焦得通,气机宣畅,则诸症悉解而病愈。若服小柴胡汤后,虽诸症若失,但症见口渴欲饮,则是药不胜邪,邪气深入,里热始盛,病已有转属阳明之势。随着病势的发展,阳明病的若干症状将会逐渐出现,当观其脉症,随证治之。

**【原文】**

得病六七日,脉迟浮弱,恶风寒,手足温。医二三下之,不能食,而胁下满痛,面目及身黄,颈项强,小便难者,与柴胡汤,后必下重。本渴饮水而呕者,柴胡汤不中与也。食谷者哕。　　　　　　　　　　　　　　　　　　　　　　　[98]

**【提要】**　伤寒兼有里阳虚,误下表热内陷,湿热发黄者,不可用小柴胡汤。

**【图解】**　见图98。

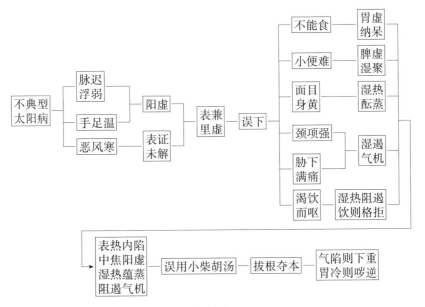

**图 98**

**【按语】**　本证是一个不典型的热病。如果是典型的太阳病,其脉应当浮,即使浮弱,也不应当有迟象;其证应当是恶风寒、身热、手足热,而不应当是手足温。手足温,是与手足冷对比而言的。脉迟与手足温并见,提示本证病人有阳虚因素。

本证原本是太阳病表兼里虚,治之当视其病情,或先温里再驱表邪以解外,但医反二三下之。这样一个表兼里虚之证,误下以后,一方面表热内陷,一方面耗伤中焦阳气,胃虚纳呆则不能食,脾虚不运则湿从内生,内湿停聚则小便不利,湿与内陷之热相合、酝酿、郁蒸,则濡染而黄化,黄垢泛于肤表、面目则发黄。湿热酝蒸,胶结难解,必阻遏气机。气滞于颈项,经脉不利,则颈项板滞拘紧;气滞于胁下,则胁下满痛;湿热阻遏,渴不欲饮,饮则格拒而呕。此属误下表热内陷,中焦阳虚而致湿热发黄兼气机阻遏之证。

纵观误下过程和症状表现,证属寒热错杂、虚实相兼。此本应以健中化湿、清热退黄为治,而误投小柴胡汤。小柴胡汤虽能调节气机,但重于宣发升散,本证中焦阳气已虚,故用之有拔根夺本之弊。下重而不里急,乃气陷之象。胃中虚冷,食谷不化,故谷入则哕逆。

【原文】

伤寒四五日,身热恶风,颈项强,胁下满,手足温而渴者,小柴胡汤主之。五十。用前方。
[99]

【提要】　伤寒四五日,正气始显不足,邪结胁下的证治。

【图解】　见图99。

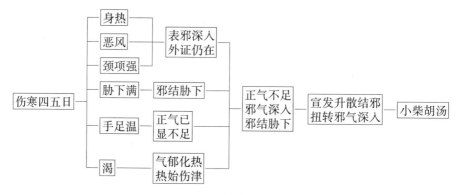

图 99

【按语】　本证伤寒四五日,正气始显不足,邪气逐渐深入,邪结胁下,故既有身热恶风、颈项强等外证,又见邪结胁下之胁下满症状;由于气郁有化热之势,热始伤津,故口渴。

手足温,在三阳病属阳气不达或里热尚未(已不)炽盛,故温而不热;在三阴病属阳气虽衰但尚未至重笃(或阳气来复),故不冷而温。本证手足温而不热,反映出正气已有不足。小柴胡汤意在宣发、升散结邪,以扭转邪气深入之势,希冀邪气仍从表散。

【原文】

伤寒,阳脉涩,阴脉弦,法当腹中急痛,先与小建中汤,不差者,小柴胡汤主之。五十一。用前方。
[100]

小建中汤方

桂枝三两,去皮　甘草二两,炙　大枣十二枚,擘　芍药六两　生姜三两,切　胶饴一升

上六味,以水七升,煮取三升,去滓,内饴,更上微火消解。温服一升,日三

服。呕家不可用建中汤,以甜故也。

【提要】 腹中急痛可见于中焦化源不足与邪滞脾络,当观其脉症,随证治之。

【图解】 见图100。

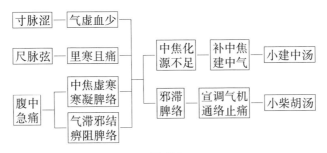

图 100

【按语】 太阳伤寒脉见寸涩、尺弦,则说明此不是典型的太阳伤寒,而是其证已由实转虚,由表趋里。寸脉涩,主气虚血少;尺脉弦,主里寒、主痛。腹中急痛,急,拘急、痉挛。这其中既含有气虚血少,中焦虚寒,寒凝脾络,脾络不通之因素,也可能同时包含气滞邪结,痹阻脾络,脾络滞塞之因素。

仲景分两步治疗,先以小建中汤补中焦、建中气。小建中汤由桂枝汤加芍药三两、饴糖一升而成,功在建中。小建中汤用芍药,意在益阴气以缓急,通脾络以止痛。

饴糖,《神农本草经》谓其味甘主补虚乏,止渴去血。本方中,一方面用其补虚建中,同时以其一升之量冲和了六两芍药的开破之性。小建中汤补中焦,滋化源,温而不燥,燮理阴阳,补气生血。

本证若仅属中焦虚寒,气虚血少,服小建中汤则痛止而病差。若服小建中汤后,病仍不差者,非是药不中病,而是本证伤寒一方面中焦虚寒,而另一方面又兼气滞邪结。故服小建中汤补虚温寒,虽中焦健运,气血化生,寸脉不涩而平,但尺脉仍弦,弦主气滞、主痛,邪滞脾络,脾络仍然不通,故仍腹中急痛,此属小柴胡汤证。方用小柴胡汤,遵方后加减,去黄芩加芍药三两,宣调气机,开发上焦,通脾络以止痛。

【原文】

伤寒中风,有柴胡证,但见一症便是,不必悉具。凡柴胡汤病证而下之,若柴胡证不罢者,复与柴胡汤,必蒸蒸而振,却复发热汗出而解。 [101]

【提要】 太阳病发展过程中,只要出现能反映小柴胡汤证病机的症状,此便是小柴胡汤证。指出柴胡汤证虽下之而不罢者,当复与柴胡汤。

【图解】 见图 101。

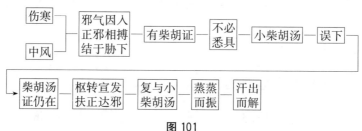

图 101

【按语】 小柴胡汤虽然能够治少阳病,但小柴胡汤证却不同于少阳病。小柴胡汤证与少阳病是两个不同的概念。有关小柴胡汤证的论述,散见于太阳病篇、阳明病篇、少阳病篇、厥阴病篇以及阴阳易差后劳复病篇中。后世注家多把小柴胡汤证误称或混同于少阳病,这种认识在《伤寒论》研究史上颇有影响。这种混淆当始于方有执和喻昌,此后,注家们多把有关小柴胡汤应用的条文移窜于少阳病篇内。由此在《伤寒论》研究史上,注家们多根据自己的理解,把有关柴胡汤证的条文和少阳病篇的条文混编在一起,认为柴胡证就是少阳病,少阳病就是柴胡证。这种认识背离了仲景书的原旨。(参见第 263 条)

本条第一节自条文始首至"不必悉具",表述运用小柴胡汤的活法。从《伤寒论》原文可见,在太阳病发病过程中,可以自发地形成桂枝汤证(第 12 条)、葛根汤证(第 31 条)、麻黄汤证(第 35 条)、大青龙汤证(第 38 条)、小青龙汤证(第 40 条)、五苓散证(第 74 条)、大陷胸汤证(第 135 条)等,同样在太阳病的发病过程中,也可以自发地形成小柴胡汤证,如第 96 条、第 103 条、第 104 条、第 148 条、第 149 条等所述。

因此,本条文曰"伤寒中风,有柴胡证",是言在太阳伤寒或太阳中风的发病过程中,出现柴胡汤证;是太阳病,"邪气因入,与正气相搏,结于胁下"而形成柴胡证。所谓"有柴胡证,但见一症便是,不必悉具",是指太阳病"有柴胡证",而不是少阳病有柴胡证。本条所言是在太阳伤寒或太阳中风的发病过程中,只要有一个小柴胡汤的适应症状,就可以治以小柴胡汤,而不必小柴胡汤的症状悉具。"但见一症便'是'","是"柴胡汤证,而不是少阳病,此条与少阳病无涉。

"有柴胡证,但见一症便是,不必悉具"。要了解"一症"的含义,还需从什么是"悉具"入手。小柴胡汤证的具体症状多而杂,如果这些症状都必须具备,这既不符合疾病规律,也是完全不可能的。在一个具体病人身上,不仅"不必悉具",更主要的是根本就不存在所谓的"悉具"。由此可以得出结论,"悉具"只是认识上理想化的追求,是不存在的。"不必悉具"是仲景对"悉具"的否定,是告诫不要寻求"悉具"。

诊断一个小柴胡汤证,虽然让所有的具体症状都具备是不可能的,但几个症状并存却是常见的,如第 96 条;然而,伤寒、中风在其发展过程中,形成小柴胡汤证,不可能都与第 96 条一样,这就提出了一个问题:应当怎样确定小柴胡汤证。对此,仲景提出了一个原则:"有柴胡证,但见一症便是"。这里的"一症",不是一个具体的症状,而是仲景提供的一个方法、一个活法,即这个症状不是孤立存在的,而是在病人的若干个症状中能反映小柴胡汤证病机的症状,这个症状在一定程度上具有不确定性。

因此,"伤寒中风,有柴胡证,但见一症便是",是言在伤寒或中风发病过程中,在由若干症状组成的特定背景下,其中能反映小柴胡汤证病机的症状,即为"一症"。

第二节从"凡柴胡汤病证而下之"至本条结束,讨论柴胡汤证下后之变。以"但见一症便是"而被确诊为小柴胡汤证者,对其治疗只能因势利导,用小柴胡汤以枢转解外,而不能用下法。若误用下法,可有两种变证:一是"柴胡汤证罢,此为坏病。知犯何逆,以法治之"(第 267 条);二是若柴胡汤证仍在者,"此虽已下之,不为逆"(第 149 条),"若柴胡证不罢者,复与柴胡汤"。此虽不为逆,柴胡证仍在,但正气不可避免地受到顿挫,正气驱邪乏力,故"复与柴胡汤"时,虽枢转宣发,扶正达邪,且能够汗出而解,但却"必蒸蒸而振"。所谓蒸蒸者,言热自内发之势。振,谓振栗战汗貌。

**【原文】**

伤寒二三日,心中悸而烦者,小建中汤主之。五十二。用前第五十一方。 [102]

**【提要】**　虚人外感,中焦化源不足,二三日即心中悸而烦的证治。

**【图解】**　见图 102。

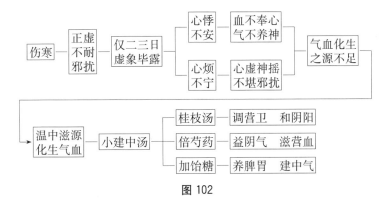

图 102

**【按语】**　本条可以看作是仲景的病案记录,应当从治疗与用药上进行分析。小建中汤建中焦,补中气。中焦乃气血化生之源,中焦建则气血自生,营卫自和。本证选用小建中汤,说明本证伤寒二三日,心中悸而烦,既不是心阳虚、水气凌心而悸,也不是里热盛、热扰心神而烦,乃是中焦气血化生之源不足。本证实属虚人外感,机体对外邪的反应不敏,故其证,虽发热,但热不盛;虽恶寒,但寒不甚。感邪仅二三日即暴露出虚象。小建中汤温中滋源,燮理阴阳,外则调营卫而表邪自解,内则补气血,心安神宁而悸烦自平。

**【原文】**

太阳病,过经十余日,反二三下之,后四五日,柴胡证仍在者,先与小柴胡。呕不止,心下急,一云呕止小安。郁郁微烦者,为未解也,与大柴胡汤,下之则愈。方五十三。　　　　　　　　　　　　　　　　　　　　　　　　　　　　[103]

柴胡半斤　黄芩三两　芍药三两　半夏半升,洗　生姜五两,切　枳实四枚,炙　大枣十二枚,擘

上七味,以水一斗二升,煮取六升,去滓再煎。温服一升,日三服。一方加大黄二两;若不加,恐不为大柴胡汤。

**【提要】**　太阳病迁延日久,误下而柴胡证仍在者,与小柴胡汤;病势偏里,心下急、微烦者,治以大柴胡汤。

**【图解】**　见图103。

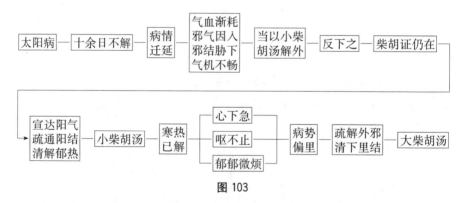

图 103

**【按语】**　此处之"经"字,历来注家有解为经络者,非是。"经"字在此,指有规律性的时间或过程之意,如第8条、第105条、第114条、第123条、第217条、第384条等等。在这里,经,常也。意指伤寒发病,其病机以六日为一过程,具有规律性。

本证太阳病六七日,乃至十余日不解,病情迁延多日,气血逐渐耗损,邪气因入,邪结胁下,气机郁而不畅,柴胡汤证具。本应与小柴胡汤解外,却反屡用下

法,但下后四五日,柴胡证仍在,"仍在",言误下以前柴胡证已具。"二三下之",也说明本证确有可下之征,但根据先解外,后攻下的原则,在柴胡汤证具的状况下,而用下法则属误治,故文中曰"反"。

"先"与小柴胡汤是治分两步,意在先解外。服汤后,虽寒热已解,但呕吐症状仍在,且见心下急,急,本意为拘急、痉挛,在此尚有痞硬、满痛之意。"心下急"比"胸胁苦满"之病势更为偏里。"郁郁微烦",郁郁,闭结、沉闷貌,虽貌似"微烦",却烦在深处,心中沉闷难言,比小柴胡汤证"胸中烦"在病势上更为偏里。故先服小柴胡汤之后,再与大柴胡汤,一则再疏解未尽之外邪,二则兼下里实。大柴胡汤是小柴胡汤加减而制,以枳实、芍药,或加大黄为辅,意在降泄,其势偏里,功在宣降通下,枢转并开心下结气。

**【原文】**

伤寒,十三日不解,胸胁满而呕,日晡所发潮热,已而微利。此本柴胡证,下之以不得利,今反利者,知医以丸药下之,此非其治也。潮热者,实也。先宜服小柴胡汤以解外,后以柴胡加芒硝汤主之。五十四。 [104]

柴胡二两十六铢　黄芩一两　人参一两　甘草一两,炙　生姜一两,切　半夏二十铢,本云五枚,洗　大枣四枚,擘　芒硝二两

上八味,以水四升,煮取二升,去滓,内芒硝,更煮微沸。分温再服,不解更作。臣亿等谨按,《金匮玉函》方中无芒硝。别一方云,以水七升,下芒硝二合,大黄四两,桑螵蛸五枚,煮取一升半,服五合,微下即愈。本云,柴胡再服,以解其外,余二升加芒硝、大黄、桑螵蛸也。

**【提要】** 太阳病小柴胡汤证向阳明病转属之初始的证治。

**【图解】** 见图104。

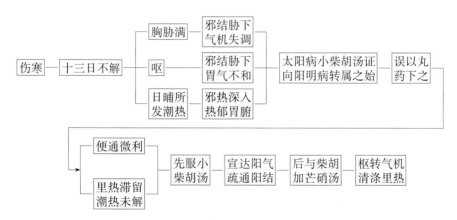

图104

**【按语】** 伤寒十三日不解,病情迁延日久,初则邪结胁下,气机失调则胸胁满,胃气不和则呕逆;渐则邪热深入,热郁胃腑则症见日晡所潮热。此属小柴胡汤证兼阳明里热,证系太阳病小柴胡汤证向阳明病转属之始。当先用小柴胡汤枢转其外邪,再清阳明里热。

"已而微利",言"胸胁满而呕,日晡所发潮热"症状出现之后不久,随即又出现"微利"。仲景以自注句的形式解释曰"此本柴胡证",即使应用大柴胡汤,"下之以不得利"。而"今反利者",是前医以"丸药"下之所致。从下后出现的症状看,"丸药"虽通便但却不泄热。此属误治,故仲景曰"此非其治也"。

"此本柴胡证"至"此非其治也"是自注句。"潮热者,实也",与"日晡所发潮热,已而微利"相贯。潮热,成无己释云:"潮热,若潮水之潮,其来不失其时也。一日一发,指时而发者,谓之潮热。若日三五发者,即发热也。"此说非是。

日晡,申时,下午四时前后。所,通许,不定之辞。今人解潮热为"定时发热,如潮水之汛定时而至"或"发热如大海涨潮一样,多于午后定时而发",也非是。潮热,除本条之外,还见于第 137 条、第 201 条、第 208 条、第 209 条、第 212 条、第 214 条、第 215 条、第 220 条、第 229 条、第 231 条等,从中可知:①潮热不等于发热,即发热时,不一定有潮热现象,故有"其热不潮"之说;②不论有无潮热现象,这些病证都有发热症状。即潮热是在发热症状持续存在状况下的一种特殊的发热现象;③虽文中多处提到日晡所发潮热,但日晡所发热并非都是潮热,潮热也并非都发于日晡所,而且潮热也不是定时而发。所谓"必潮热发作有时",并非说发热定时发作就是潮热,而是言潮热现象有时发作,有时不发作。潮热并不是表述发热如大海涨潮,午后定时而发。潮热不含有发热与时间的关系,而是表述病人发热的感觉,即在持续发热的同时,一阵阵地有如潮水上涌的烘热感,其时病人发热加重,反映里热外蒸之病势。这种发热现象,可以不定时地出现,而由于天人相应关系的影响,以午后四时前后尤为明显。在杂病、阴虚火旺的病人也可见于夜间潮热。

本证原属太阳病柴胡证而兼有阳明里热,本可用大柴胡汤枢外清内,一举而病解。由于误用"丸药"攻下,侥幸柴胡证仍在,"胸胁满而呕"未去;虽便通微利,但里热滞留,故日晡所发潮热,仲景先用小柴胡汤以解外,再用柴胡加芒硝汤以清里。柴胡加芒硝汤系小柴胡汤小剂(约原方三分之一量),以枢转气机向外,再加芒硝二两意在涤热,清阳明里热以折其外蒸上涌之势。

**【原文】**

伤寒十三日,过经谵语者,以有热也,当以汤下之。若小便利者,大便当硬,而反下利,脉调和者,知医以丸药下之,非其治也。若自下利者,脉当微厥,今反和者,此为内实也,调胃承气汤主之。五十五。用前第三十三方。 [105]

**【提要】** 太阳病迁延日久,谵语内实,误用丸药下之,虽泻大便,但里热滞留,治以调胃承气汤涤其热。

**【图解】** 见图105。

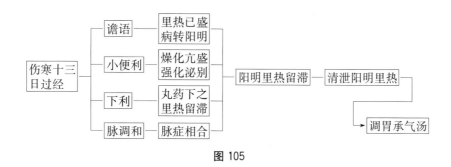

图 105

**【按语】** 伤寒六日为一经,七日为过经。本证伤寒已十三日,故属"过经"之列,其时症见谵语,此是邪热入里,文曰"以有热也",谓里热已盛,病已转属阳明,治当清热荡实,"当以汤下之"。谵语,谵,多言,神志不清状态下的胡言乱语,且声高气粗,系里热炽盛,上扰神明所致。

阳明病,热盛津枯肠燥,燥化亢盛,强化水液泌别,故小便利,大便硬。今大便不仅不硬,反而下利,此与谵语、小便利病机不符,说明本证中,"下利"这个症状不是阳明里热所致。仲景通过分析指出:"知医以丸药下之,非其治也"。本证原本大便硬,医误以丸药下之,导致大便虽泻,但里热留滞。若此"下利"是因虚寒所致,那么,其脉当"微厥",厥,逆也,不顺也,言其脉当显虚象。今其脉象与谵语之热象相符合。和,平也,知其病机仍属阳明里热,故与调胃承气汤以清肠胃之里热。

**【原文】**

太阳病不解,热结膀胱,其人如狂,血自下,下者愈。其外不解者,尚未可攻,当先解其外;外解已,但少腹急结者,乃可攻之,宜桃核承气汤。方五十六。后云,解外宜桂枝汤。 [106]

桃仁五十个,去皮尖  大黄四两  桂枝二两,去皮  甘草二两,炙  芒硝二两

上五味,以水七升,煮取二升半,去滓,内芒硝,更上火,微沸下火。先食温服五合,日三服。当微利。

**【提要】** 太阳病热结膀胱,其人如狂可有两种转归。

【图解】　见图106。

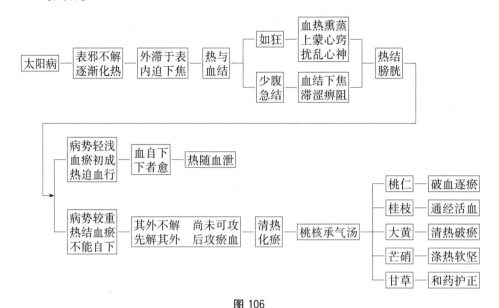

图106

【按语】　太阳病不解,表邪逐渐化热,可形成外滞于表,内迫于下焦膀胱之势。若热结膀胱,热势鸱张,热与血互结,血热熏蒸,上蒙心窍,扰乱心神,则神志迷乱如狂。血结下焦,滞涩痹阻,则必少腹拘急、硬满、疼痛。

若病势尚属轻浅,虽血热互结,然血瘀之势初成,炽热有迫血下行之势;若下血,血热并泄,则病有自愈倾向。

若热结血瘀已至不能自下的程度,则治当清热化瘀。文中告诫,当遵循先解表后攻里的原则,外解已,乃可攻里,方用桃核承气汤。

【原文】

伤寒八九日,下之,胸满烦惊,小便不利,谵语,一身尽重,不可转侧者,柴胡加龙骨牡蛎汤主之。方五十七。　　　　　　　　　　　　　　　[107]

柴胡四两　龙骨　黄芩　生姜切　铅丹　人参　桂枝去皮　茯苓各一两半半夏二合半,洗　大黄二两　牡蛎一两半,熬　大枣六枚,擘

上十二味,以水八升,煮取四升,内大黄,切如棋子,更煮一两沸,去滓。温服一升。本云,柴胡汤今加龙骨等。

【提要】　伤寒迁延日久,误下邪陷,三焦阻滞,热扰心神的证治。

【图解】　见图107。

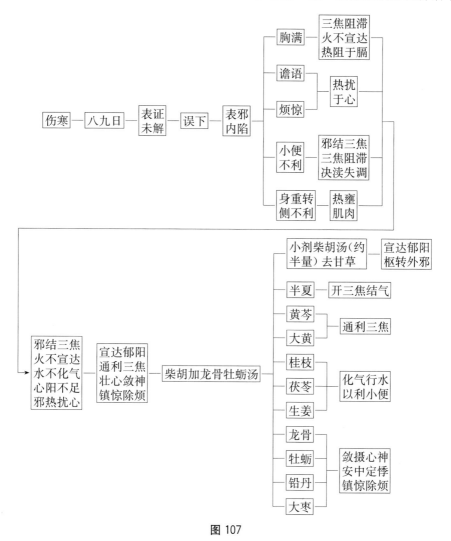

图 107

【按语】　伤寒虽已八九日,但表证未解,故下后出现变证。误下一方面使正气受挫,另一方面导致表邪内陷。下后心阳已虚,本不耐邪扰,由于表邪内陷,热更扰于心,故当神志清醒时,症见心烦;而当神识昏蒙时,则症见谵语;心不敛神,心神游移浮越,则惊怖不宁。三焦为水火之通路,表邪内陷,邪结三焦;三焦阻滞,决渎失调,则小便不利;三焦阻滞,火不宣达,热阻于膈,则胸满;热壅于肌肉,则身重、转侧不利。本证水火失调,虚实错杂,故治以宣达郁阳、通利三焦、壮心敛神、镇惊除烦,方用柴胡加龙骨牡蛎汤。本方达外安内,散收并用,清补兼施。

【原文】

**伤寒,腹满谵语,寸口脉浮而紧,此肝乘脾也,名曰纵,刺期门。五十八。** ［108］

97

**【提要】**　伤寒,肝旺伐脾,腹满谵语的证治。

**【图解】**　见图108。

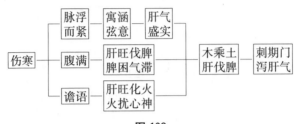

图 108

**【按语】**　腹满、谵语并见,脉不沉实而是浮紧,说明本证不是阳明病。谵语是神志不清状态下的语言错乱,且声高气粗,此乃是邪热扰心所致。

本证脉浮而紧,若伴有发热恶寒,必是表证未解,今仲景诊断为"肝乘脾也",说明本证已没有恶寒症状,已无表证。

今伤寒虽脉紧,但不恶寒,故此"紧"寓涵弦意,此正合《辨脉法》所云"脉浮而紧者,名曰弦也"。弦为肝脉,本证属肝气盛实困脾,已成木乘土之势,仲景命之曰"纵"。纵,顺也,意即病机循五行相克顺序克伐。故肝旺伐脾,脾困气滞则腹满;肝旺化火,火扰心神则谵语,火势燎原则发热。期门,肝的募穴,刺期门泻肝气以治其本。

**【原文】**

伤寒发热,啬啬恶寒,大渴欲饮水,其腹必满;自汗出,小便利,其病欲解。此肝乘肺也,名曰横,刺期门。五十九。 [109]

**【提要】**　伤寒,肝旺侮肺,恶寒腹满,小便不利的证治。

**【图解】**　见图109。

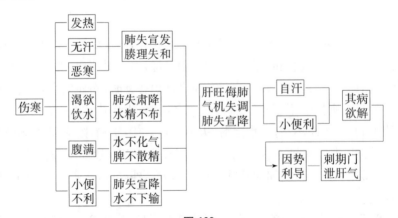

图 109

【按语】　从条文中"自汗出，小便利，其病欲解"可知，本证除了发热恶寒、大渴欲饮水、腹满之外尚有无汗、小便不利两个症状。发热、恶寒、无汗，本属太阳伤寒表证，但伤寒表证，不当大渴欲饮水、腹满、小便不利。从"自汗出，小便利，其病欲解"可知，本证的自愈倾向是缘于气机条达。由此亦可见，本证病机当是气机失调，故仲景诊断为肝乘肺，命之曰"横"。横，逆也，谓肝木与肺金处于五行中的逆向戕伐关系。

气机失调的原因是肝气旺，反侮肺金。肺主皮毛，功在宣发与肃降。肺失宣降，脾不散精，故诸症丛生。

五脏依五行之序生克不息，全赖机体自稳调节，五脏依五行之序乘侮变异，也是依靠机体自稳调节。本证若由无汗而变化为自汗出，必发热恶寒自解，由小便不利而变化为小便利，必渴饮止而腹自安，说明肺的宣发肃降功能正在逐渐自调，反映出肝木与肺金的关系由失序而逐渐恢复为有序。刺期门，以泄肝气，调整肝木与肺金的关系，从而加速病愈的进程。

【原文】

太阳病二日，反躁，凡熨其背而大汗出。大热入胃，一作二日内，烧瓦熨背，大汗出，火气入胃。胃中水竭，躁烦必发谵语；十余日，振栗自下利者，此为欲解也。故其汗从腰以下不得汗，欲小便不得，反呕，欲失溲，足下恶风，大便硬，小便当数，而反不数及不多。大便已，头卓然而痛，其人足心必热，谷气下流故也。

　　　　　　　　　　　　　　　　　　　　　　　　　　　　　　　［110］

【提要】　太阳病已有化热之势，反以火迫汗，引发坏病的过程和病机。

【图解】　见图 110。

【按语】　从"太阳病二日"至"大汗出"为一节，言太阳病发病伊始，发热恶寒等表证俱在，本不当烦躁，而今出现烦躁，说明发病虽仅至二日，其病势却已有化热倾向。对此，本应当解表，但却多次用烧瓦熨其背以发汗，此属误治。凡，常也，屡也。

"大热入胃"至"此为欲解也"为一节。熨其背，大汗出，寒虽去，但火热入里，邪热伤津则渴。阴伤热炽，热扰心神，必神志不宁，故症见烦躁谵语。病势虽似急，但熨热入里，经过十余日之久，其热势渐减，正气渐复，机体调动正气，与邪相争，故症见"振栗自下利"；此"振栗"是正邪相争之征，此"自下利"是正气驱邪外出之象。伴随自利，热随便泄，阴阳遂逐渐趋向自和，故其病有欲解之势。

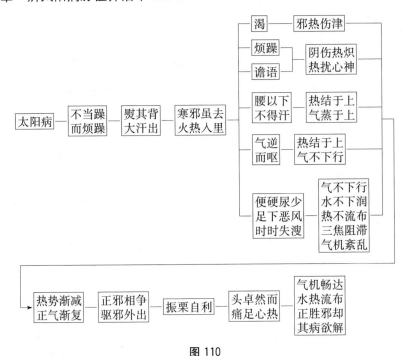

图 110

"故其汗从腰以下不得汗"至"而反不数及不多"为一节，是对前文"熨其背"变证的补述。熨其背，大汗出，火热入里内结，三焦功能失调，气机紊乱，水火通道阻滞。热结于上，蒸于外，故腰以上出汗而下身无汗；热结于上，气不下行，故气逆而呕。三焦决渎不力，气机失调，气不下行，水不下润，热不流布，故大便硬而不畅，足下恶风；虽大便硬，但小便却不数且量少；虽欲小便，却不得尿，但又时时失溲。此属三焦阻滞，气机紊乱。

"大便已"以下为一节，在文意上与前文"振栗自下利者"相贯，表述"振栗自下利"后的病情变化。一旦硬便"自下利"而下，宛若气塞顿除，气机霍然而畅，气、水、热然而下，故头巅骤然沉坠而空痛，卓，沉也；其人由足下恶风，而变为足心发热。此乃气、水、热等谷食之气，流布使然。正胜邪却，气机趋向畅达，故其病欲解。

【原文】

太阳病中风，以火劫发汗，邪风被火热，血气流溢，失其常度。两阳相熏灼，其身发黄，阳盛则欲衄，阴虚小便难，阴阳俱虚竭，身体则枯燥，但头汗出，剂颈而还，腹满微喘，口干咽烂，或不大便。久则谵语，甚者至哕，手足躁扰，捻衣摸床；小便利者，其人可治。　　　　　　　　　　　　　　　　　　[111]

【提要】　太阳中风，以火劫发汗引发坏证的病机、症状及预后。

**【图解】**　见图 111。

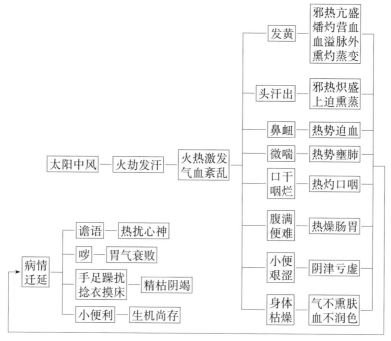

图 111

**【按语】**　"太阳病中风"至"失其常度"为一节。本证原本是太阳中风,阳气郁于肤表,症见发热恶寒,却误以火法发汗,火热激发郁阳,以热得热,鼓动气血,气血运行紊乱,故文曰"血气流溢,失其常度"。

"两阳相熏灼"至"或不大便"为一节,表述火劫发汗后即时出现的若干症状。"风"为阳邪,太阳中风之热病,误用熨法,"邪风被火热",以热得热,此即"两阳相熏灼"之意。邪热亢盛,燔灼营血,迫血妄行,血溢脉外而成离经之血,离经之血经两阳熏灼,蒸变为黄色,则病人身目发黄。邪热炽盛,上迫熏蒸则但头汗出,剂颈而还,剂,限也。

"久则谵语"至"其人可治"为一节,表述本证病情迁延而出现的若干症状。病久热扰心神,神识昏蒙,则可出现胡言乱语之象。若病势进一步发展,胃气衰败,则哕声频频,声音低馁。哕,呃忒,呃逆。若脏衰、精枯、阴竭,则出现手足躁扰不宁、幻觉幻视、撮空理线、摆弄衣角、循摸床边等无意识动作或症状,此属危候。若其人"小便利",言尚有小便,说明气化虽衰竭,但还有一线转机;若其人无尿,则生机垂败,危在即刻。

**【原文】**

伤寒脉浮，医以火迫劫之，亡阳必惊狂，卧起不安者，桂枝去芍药加蜀漆牡蛎龙骨救逆汤主之。方六十。

[112]

桂枝三两，去皮　甘草二两，炙　生姜三两，切　大枣十二枚，擘　牡蛎五两，熬　蜀漆三两，洗去腥　龙骨四两

上七味，以水一斗二升，先煮蜀漆，减二升，内诸药，煮取三升，去滓。温服一升。本云，桂枝汤今去芍药加蜀漆、牡蛎、龙骨。

**【提要】** 太阳伤寒，以火法劫汗，心神浮越，焦虑惊狂的证治。

**【图解】** 见图112。

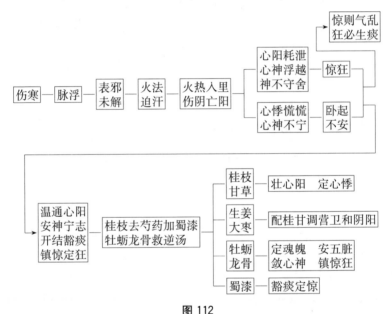

图 112

**【按语】** 火劫迫汗，火热入里，伤阴亡阳。心阳耗泄，心神浮越，故心神焦虑，卧起不安、不眠，甚者神志迷乱而惊狂。仲景一方面温通心阳以安神宁志，同时开结豁痰以定惊狂，治以桂枝去芍药加蜀漆牡蛎龙骨救逆汤。

**【原文】**

形作伤寒，其脉不弦紧而弱，弱者必渴。被火必谵语。弱者，发热脉浮，解之当汗出愈。

[113]

**【提要】** "形作伤寒"而非伤寒的温病，汗出可愈，若被火必谵语。

**【图解】** 见图113。

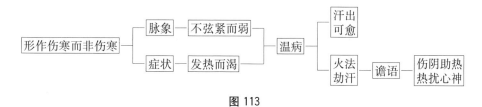

图 113

【按语】　虽有表证，"形作伤寒"，但不是伤寒。其脉不弦紧而弱，弱，是对比而言，是对脉象"不弦紧"的概括，寓涵"单浮不紧"之象，故文曰"弱者，发热脉浮"。本证"形作伤寒"而又不是伤寒，是因其脉浮而不紧，其症发热而渴、不恶寒，根据脉症，当属温病。

第 6 条："太阳病，发热而渴，不恶寒者为温病"。仲景云"解之，当汗出愈"，反映了那个时代对温病治疗的认识。"当"汗出愈，说明了"汗出"而"愈"只是一种可能，第 6 条又云"若发汗已，身灼热者，名风温"，从一个"若"字可见，"发汗已，身灼热"只是一种假设或可能，显而易见，另一种可能则是表解病愈。与本条对照可见，温病发汗，有"愈"与"不愈"两种可能。

"被火必谵语"，属仲景自注句，以告诫温病不可妄用火法。

【原文】

太阳病，以火熏之，不得汗，其人必躁，到经不解，必清血，名为火邪。　［114］

【提要】　太阳病以火熏之迫汗，烦躁便血的病机。

【图解】　见图 114。

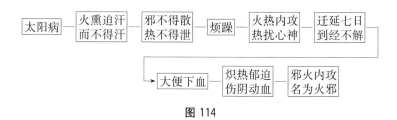

图 114

【按语】　本证太阳病，医以火熏之迫汗而不得汗，邪不得散，热不得泄；火熏之热内攻，以热得热，热扰心神，心不得安，神不得宁，故其人烦躁。

所谓"到经不解"是言本证虽已病至七日，但仍不解。病情迁延，火热炽盛郁迫，郁火伤阴动血，故症见清血。清，同圊，厕也。清血，即大便下血。本证虽原本为太阳病，但以火熏之，不得汗，故变证蜂起。从发病言，缘于火熏，故"名为火邪"；从病机言，缘于邪火内攻，故火邪即邪火。

【原文】

脉浮热甚,而反灸之,此为实,实以虚治,因火而动,必咽燥吐血。　　　　[115]

【提要】　脉浮热甚而属温病者,误用灸法,火热伤津动络,必咽燥吐血。

【图解】　见图115。

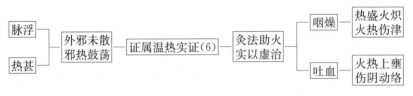

图 115

【按语】　脉浮主表,"热甚"必不恶寒。参照"太阳病,发热而渴,不恶寒者,为温病"经文,知本证当属温热实证。灸法温阳散寒属治虚寒之法;温病而用灸法,犯实实之诫,故文曰"实以虚治"。其证以热得热,必热盛火炽,火热伤津,故咽燥渴甚;火热上壅,伤阴动络,故症见吐血。

【原文】

微数之脉,慎不可灸,因火为邪,则为烦逆。追虚逐实,血散脉中,火气虽微,内攻有力,焦骨伤筋,血难复也。脉浮,宜以汗解,用火灸之,邪无从出,因火而盛,病从腰以下必重而痹,名火逆也。欲自解者,必当先烦,烦乃有汗而解。何以知之? 脉浮,故知汗出解。　　　　[116]

【提要】　温病误火,表邪未解,火热之邪伤阴的病机、脉症及预后。

【图解】　见图116。

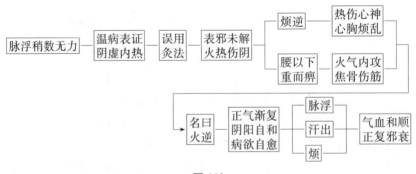

图 116

【按语】　从文首至"则为烦逆"为第一节。"微数之脉",微,不是微脉,而是对数脉脉形、脉率的描述,即脉数而无力,且仅稍数而已,此属阴虚内热。灸法适用于阳虚里寒之证,故仲景指出本证"慎不可灸"。若误用灸法,艾灸之热,化为火邪而内攻,阴虚内热而复得热,必愈加伤阴阴更虚,内热得热热益甚,故热伤心神,心胸烦乱而逆满。

"追虚逐实,血散脉中,火气虽微,内攻有力,焦骨伤筋,血难复也"为第二节,属自注句,是对前文"因火为邪,则为烦逆"的注文,是对火逆的病机作进一步的阐释。"追虚逐实","虚"谓阴虚,"实"谓内热。火邪追逐阴虚则阴更虚,火邪追逐内热则热益甚。血本行于脉中,所谓"血散脉中",此乃形容火邪内攻,血游溢流散而不濡养。"火气虽微,内攻有力",乃言艾灸之火热,虽似不足以盛大,但热聚力猛,内攻有力。

下文"脉浮,宜以汗解",在文气上与"因火为邪,则为烦逆"相贯。

第三节从"脉浮,宜以汗解"至"名火逆也"。若将"脉浮,宜以汗解"与"微数之脉,慎不可灸"合看,则可见本条所述,其脉象当是浮而稍数无力,证属温病。温病误火,表邪未解,火热之邪伤阴。脉浮主表,"宜以汗解,用火灸之,邪无从出"。此处之"宜以汗解"与"用火灸之"是对比之言,是针对脉浮而言。若误用灸法,表邪不从表出而内入,温热之邪得艾火之助,热势炽盛,则"内攻有力,焦骨伤筋"。病至"焦骨伤筋",必已伤及肝肾,肝肾精血亏损,腰、腿、足因痹而重。痹,麻木。此证因误用火灸而发,故名之曰"火逆"。上述火逆证,阴虚火盛,病至"焦骨伤筋"的程度,虽属难治之证,但机体阴阳气血通过自身内在的调节,正气逐渐恢复,仍有自愈的趋势。

第四节从"欲自解者"以下,是对自愈过程的描述。"欲自解者",欲,言"自解"仅是一种可能。病至"焦骨伤筋"且"病从腰以下必重而痹",其脉已必不浮。当脉由不浮而变为脉浮,症见周身烦热,伴随烦热,身濈然汗出而病解,这是正气恢复,阴阳自和,气血和顺的表现。"自解",是一个过程,通过阴阳气血的不断调节,病由"欲解"而逐渐向愈。

**【原文】**

烧针令其汗,针处被寒,核起而赤者,必发奔豚。气从少腹上冲心者,灸其核上各一壮,与桂枝加桂汤,更加桂二两也。方六十一。　　　　　　　　[117]

桂枝五两,去皮　芍药三两　生姜三两,切　甘草二两,炙　大枣十二枚,擘

上五味,以水七升,煮取三升,去滓。温服一升。本云,桂枝汤今加桂满五两。所以加桂者,以能泄奔豚气也。

**【提要】**　烧针劫汗,引发奔豚的证治。

**【图解】**　见图117。

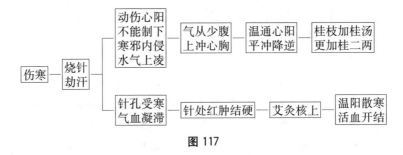

图 117

【按语】 烧针劫汗,将息不善,动伤心阳,引动下焦水寒之气上凌,病人自觉有气从少腹上冲心胸,谓之为奔豚。仲景先用艾炷灸其针孔红赤结核处,以温局部寒凝,活血散结。再治以桂枝加桂汤,和营卫,壮心阳,平冲降逆。

【原文】

火逆。下之,因烧针烦躁者,桂枝甘草龙骨牡蛎汤主之。方六十二。 [118]

桂枝一两,去皮 甘草二两,炙 牡蛎二两,熬 龙骨二两

上四味,以水五升,煮取二升半,去滓。温服八合,日三服。

【提要】 先下虚其里,后烧针迫其内,火逆烦躁的证治。

【图解】 见图 118。

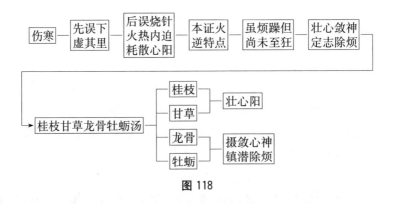

图 118

【按语】 "下之,因烧针烦躁者",是自注文,是对"火逆"的注释。正文是"火逆,桂枝甘草龙骨牡蛎汤主之"。此与《金匮要略》"火邪者,桂枝去芍药加蜀漆牡蛎龙骨救逆汤主之"同例。

本证"火逆"是先下之后,而又用烧针引发的,其症状表现是"烦躁"。下后先虚其里气,中焦阳气已显虚馁,再误以烧针,虽火热内迫,耗散心阳,但却无以热得热之势,故只能引发烦躁,而不至于引发其"狂"。仲景治以桂枝甘草龙骨牡蛎汤。

【原文】

太阳伤寒者,加温针必惊也。 [119]

【提要】　太阳伤寒,误用温针可引发惊怖恐惧之证。

【图解】　见图119。

图 119

【按语】　火法虽能逼汗,但属自外而内的劫迫,易引发火热内攻,耗阴损阳,尤其易伤心阳。心阳浮越,神不守舍,轻则烦躁,重则惊狂。另外,火针、温针从视觉和感觉方面,易引发惊怖恐惧而气乱,气乱则心神不宁,轻则心悸不安,重则惊恐神越。

【原文】

太阳病,当恶寒发热,今自汗出,反不恶寒发热,关上脉细数者,以医吐之过也。一二日吐之者,腹中饥,口不能食;三四日吐之者,不喜糜粥,欲食冷食,朝食暮吐,以医吐之所致也。此为小逆。 [120]

【提要】　太阳病误用吐法,重伤胃气引发坏病的过程及其表现。

【图解】　见图120。

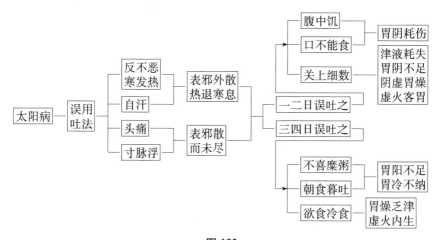

图 120

【按语】　太阳病,本当恶寒发热,今病人现症是"自汗出,反不恶寒发热,关上脉细数",根据什么来判断本证是由太阳病而不是其他病证变化来的呢?从发病与脉症分析,本证还应当有"头项痛"和"脉浮",否则就难以确定本证原本是太阳病。

另外,本证的脉象,条文中只表述为"关上脉细数",而"关上脉细数"却不是本证脉象的全部,此仅突出脉象特点;寸脉和尺脉文中未讲,根据病情,只有"脉浮"才符合病机变化和本条文义。

本证病人现有症状应当是头痛,自汗出,脉浮而关上细数,以及腹中饥、口不能食,或者不喜糜粥,欲食冷食,朝食暮吐。根据头痛、脉浮,可以确定本证原本是太阳病。根据关上脉细数,自汗出,不恶寒发热,以及腹中饥、口不能食,或者不喜糜粥、欲食冷食、朝食暮吐,可以确定本证是由太阳病误用吐法所致。

太阳病,用吐法虽属误治,但吐法能引邪上越,宣导正气,且在吐的过程中伴有汗出,故吐法寓有散邪之效。本证误用吐法,虽表邪外散,伴随汗出而热退寒息。但表邪散而未尽,故仍头痛,寸脉仍有浮象。吐法虽能宣导正气,但涌吐力峻,易伤胃气。

本证伤寒,在发病早期一二日间,误用吐法,大量涌吐,旋即胃阴耗伤,故症见腹中饥、口不能食。其脉关上细数,关主脾胃,细主津液耗失、胃阴不足;数主阴虚胃燥、虚火客胃。故其人虽腹中饥,但不能食,此为虚中有热之象。

伤寒三四日邪正交争之际,误用吐法必伤正气。一方面,重伤胃气则胃阳不足,胃冷不纳,故不喜糜粥,朝食暮吐。另一方面,吐则胃燥乏津,虚火自生,故又欲食冷食,此属虚寒虚热错杂。与火逆和下法对比,吐法引发的变证尚属轻微,故"为小逆"。

本条前有"以医吐之过也",后有"以医吐之所致也",文理复沓。"一二日吐之者"至"以医吐之所致也"是对前文"以医吐之过也"的自注文,指出不同日期的误吐,可导致不同的变证。

【原文】
太阳病吐之,但太阳病当恶寒,今反不恶寒,不欲近衣,此为吐之内烦也。

[121]

【提要】　太阳病吐后伤津,化燥化热的病机。

【图解】　见图121。

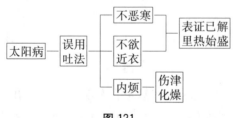

图 121

【按语】 本太阳病误用吐法,表证虽解,但伤津化燥,里热始盛,其人不恶寒,不欲近衣,近衣则因热而烦。此为吐后伤津化燥化热,虽"烦"显现于外,而因却源于内,故仲景云"此为吐之内烦也"。

【原文】

病人脉数,数为热,当消谷引食,而反吐者,此以发汗,令阳气微,膈气虚,脉乃数也。数为客热,不能消谷。以胃中虚冷,故吐也。　　　　　　　　[122]

【提要】 伤寒发汗不当,引发胃中虚冷,虚热脉数、呕吐的病机。

【图解】 见图122。

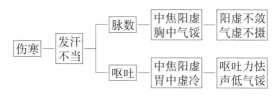

图 122

【按语】 数脉最常见的病机是"热",如果是热在中焦,胃热亢盛,其人当消谷善饥,胃纳多食,其脉必数而有力。今病人症见呕吐,则是因为发汗过多,伤及中焦阳气与膈气,"令阳气微",所谓膈气即胸中阳气。中焦阳虚,胸中气馁,阳虚则脉迟,气虚则脉微,此属其常。而当中焦阳气与膈气虚到一定程度时,则阳虚失于敛束,气虚失于摄持,其时脉既不迟也不微,而是数且无力,此属其变;此时,病人呕吐力怯,语言声低,没有底气。

数本主热,而本证的脉数,与病机对照,其脉数只是一种暂时的"假热"之象。此"脉数",曲折、间接地反映了中焦阳气与膈气大虚的病机。本证数脉作为暂时的"假象",不可能持久持续存在,仲景把此时此证的数脉所主称为"客热",故文曰"不能消谷"。条文最后以"胃中虚冷"概括出本证的病机。

【原文】

太阳病,过经十余日,心下温温欲吐,而胸中痛,大便反溏,腹微满,郁郁微烦。先此时自极吐下者,与调胃承气汤。若不尔者,不可与。但欲呕,胸中痛,微溏者,此非柴胡汤证,以呕故知极吐下也。调胃承气汤。六十三。用前第三十三方。　　　　　　　　[123]

【提要】 太阳病大吐大下后,胃气失和、肠道热滞的证治。

【图解】 见图123。

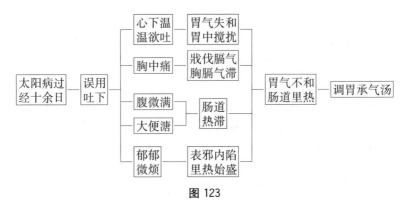

图 123

【按语】　病人现症是"心下温温欲吐,而胸中痛,大便反溏,腹微满,郁郁微烦",仲景是通对问诊,对发病过程中的症状、时间进行分析,从而诊断原发病为"太阳病",且已"过经十余日",表证已解。通过问诊,得知本证病人此前曾用过下法和吐法,故病人现证属太阳病误用吐法与下法引发的坏病。

大吐伤胃,胃气失和,胃中搅扰不宁,故温温欲吐。温通愠,温温谓恶心、愦闷状。

胸中痛、恶心欲吐与郁郁微烦、腹满便溏并见,证属胃气不和,肠道里热。故治以调胃降气、清泻肠道里热,方用调胃承气汤。

由于本证的特定病机,即太阳病吐下后胃气失和、肠道热滞,故方用调胃承气汤。若离开本证的特定发病过程,则不可以用调胃承气汤,如"心下温温欲吐"、"腹微满"、"郁郁微烦"等,也可见于太阳病发病过程中的小柴胡汤证、大柴胡汤证以及柴胡加芒硝汤证。本证"心下温温欲吐"、"大便溏"治用调胃承气汤,前提是"先此时自极吐下"的特定过程,故文曰"若不尔者,不可与"。

"但欲呕,胸中痛,微溏者,此非柴胡汤证,以呕故知极吐下也",是自注句,指出但欲呕、胸中痛、微溏者虽似柴胡证,但在本证中,却不是柴胡证。

【原文】
太阳病六七日,表证仍在,脉微而沉,反不结胸,其人发狂者,以热在下焦,少腹当硬满,小便自利者,下血乃愈。所以然者,以太阳随经,瘀热在里故也,抵当汤主之。方六十四。

[124]

水蛭熬　虻虫各三十个,去翅足,熬　桃仁二十个,去皮尖　大黄三两,酒洗
上四味,以水五升,煮取三升,去滓。温服一升,不下更服。

【提要】　太阳病瘀热在里,热结下焦,少腹硬满的证治。

【图解】　见图 124。

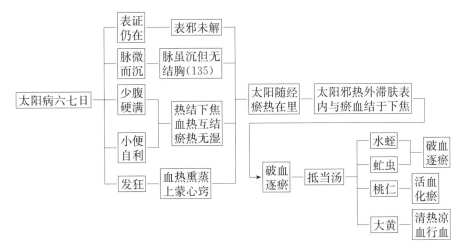

图 124

【按语】　太阳病六七日,表证仍在,其脉当"浮",而本证却脉微而沉。虽脉沉,但未见"膈内拒痛"、"心下痛,按之石硬",说明其病未发结胸(参见第 135条)。

其人发狂、少腹硬满、小便自利,仲景诊断为"热在下焦";而此下焦之热是"太阳随经,瘀热在里故也"。表邪之热能够随"经"入里,故此处之"经"是指经络而言。太阳病表证仍在,太阳之邪热循经络深入下焦,与血互结于少腹,故少腹硬满。少腹硬满,还常见于热与湿互结于下焦,如第 125 条所论。同为少腹硬,若"小便不利",则属热与湿结于下焦,"为无血也",此属无形之气病;若"小便自利",则属热与血结于下焦,为"血证谛也",此为有形之血病。本证太阳邪热外滞于肤表,内结于下焦,热血互结,血热熏蒸,上蒙心窍,扰乱心神,故神志迷乱而发狂。本证血与热互结的病机较第 106 条桃核承气汤证略重。

由于本证是太阳病的一个急性过程,并且表证仍在,太阳邪热外滞于肤表,内与血结于下焦,故其"脉微而沉"不可能是"沉滞不起",而是与原本太阳病脉浮有力或浮数对比而言,即其脉由原本的浮变为不浮,似显略沉伏。由脉浮变为不浮,这是脉位上的变化;而此处的"脉微",则是对本证浮脉之脉势的描述。

抵当汤为破血逐瘀之峻剂。本证发病急,病情较重,故尽管表证仍在,仍急用抵当汤攻下瘀血。瘀血去,热随血泄,此正合第 90 条"若先下之,治不为逆"之意。

【原文】
太阳病,身黄,脉沉结,少腹硬;小便不利者,为无血也;小便自利,其人如狂

者,血证谛也,抵当汤主之。六十五。用前方。　　　　　　　　　　　　[125]

【提要】　补述抵当汤证的脉症特点,强调"小便自利"对于诊断血结下焦的意义。

【图解】　见图 125。

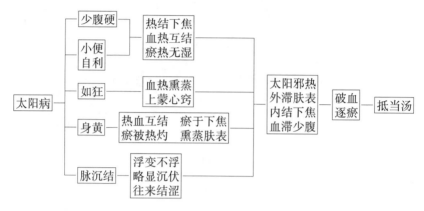

图 125

【按语】　本太阳病,症见身黄、少腹硬,其人如狂,其脉由浮而变为不浮,略似显沉,且往来结涩,这是太阳病邪热外滞于肤表,内结于下焦,血与热互结于少腹所致。

本证热与血互结,瘀于下焦,"瘀"被热灼,熏蒸于肤表,变蒸为黄色。黄色与紫色、青色、黑色都是血之变色,都是不同条件下的"瘀"之外征,只是表现形式不同。

由于本证病机的重点在血分,尚未影响及膀胱"津液藏焉",故"气化则能出矣"而小便自利。热与血互结,血热熏蒸,上蒙心窍,扰乱心神,故神志迷乱,其人如狂。本证是如狂,前证是发狂,表达出证的轻缓与急剧。

本证的脉"沉结"是与原本的太阳病脉"浮"对比而言。太阳病其脉由浮变为不浮,略显沉伏,且有往来结涩感,反映出本证邪热外滞于肤表,内结于下焦血分的病机。

"小便不利者,为无血也"是仲景自注句。从文气上,"小便自利"与"少腹硬"更加相贯。自注句"小便不利者,为无血也",是对"身黄,脉沉结,少腹硬"作进一步的阐释,指出上述三个症状,不仅见于热与血互结于下焦,而且还见于热与湿互结于下焦。若证属湿热,则少腹硬、小便不利是膀胱气化失调所致;身黄是邪热蒸湿,湿热酝酿,濡染黄化而流于肤表、面目;脉沉结则是湿热互结于下焦。条文强调小便自利对于诊断血结下焦的重要意义。

【原文】

伤寒有热,少腹满,应小便不利,今反利者,为有血也,当下之,不可余药,宜

抵当丸。方六十六。 [126]

水蛭二十个,熬　虻虫二十个,去翅足,熬　桃仁二十五个,去皮尖　大黄三两

上四味,捣分四丸。以水一升,煮一丸,取七合服之,晬时当下血,若不下者,更服。

**【提要】**　太阳病瘀热在里,少腹满,小便利的证治。

**【图解】**　见图126。

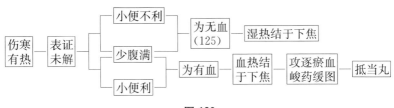

图 126

**【按语】**　"伤寒有热"是表证未解,若"少腹满"与"小便不利"并见,此属湿与热结于下焦,病在气分,"为无血也"。今"少腹满"与"小便利"并见,则是热与血结于下焦,病在血分,故仲景文曰"为有血也",治以抵当丸。

与抵当汤证对比,本证只是少腹满,还未至"硬"的程度,故改抵当汤为丸,并对药物用量进行调整;其中主用的破血逐瘀之水蛭、虻虫各减为二十个,桃仁增加为二十五个以增强其赋型黏着力,大黄用量不变。各味药物,和合分制四丸,以水一升,煮一丸,取七合服之;以一次的服用量计算,抵当丸一丸所用的水蛭、虻虫相当于抵当汤一升的二分之一;对比药物用量、用法以及服用量,抵当丸比抵当汤的药力要和缓一些。

**【原文】**

太阳病,小便利者,以饮水多,必心下悸;小便少者,必苦里急也。 [127]

**【提要】**　太阳病,饮水过多,能引致小便量多与心下悸。

**【图解】**　见图127。

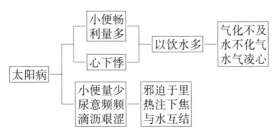

图 127

**【按语】** 太阳病，发热恶寒，小便通利者，此属其常（第 56 条），说明其证属表。今太阳病，一方面小便畅利且量多，一方面心下悸，此"以饮水多"所致。以，因也。因为饮水过多，虽气化正常，小便畅利且量多，然终因气化不及，导致一时性的水不化气，水气凌心，引发一过性的心下悸。

太阳病，其证在表，应小便利，若"小便少"与"里急"并见，则是太阳病邪迫于里，热注下焦与水互结，故小便少，虽尿意频频，但滴沥艰涩，症见尿频、尿急且痛，其证"苦"在"里急"。里急，在大便作"里急后重"，在小便则作"里急滴沥"。

# 第三章　辨太阳病脉证并治下

合三十九法,方三十首,
并见太阳少阳合病法

**【原文】**

问曰:病有结胸,有脏结,其状何如? 答曰:按之痛,寸脉浮,关脉沉,名曰结胸也。

[128]

**【提要】** 结胸的脉症特点。

**【图解】** 见图128。

图 128

**【按语】** 结胸即胸结,症状特点是胸脘结硬板痛,且按之疼痛。结胸可在太阳病发病过程中自然形成,病机是邪热逐渐入里与水结于胸膈,此属渐变过程,其脉由浮紧变为沉紧,如第135条所言。结胸亦有在太阳病发病过程中,因误下而引致表邪内陷,与水结于胸膈而形成者,此属突变过程,如第131条所述。

结胸,胸是部位,结是病机。第136条云,结胸"热结在里","无大热","但头微汗出","此为水结在胸胁也"。因"热"与"水"结在胸胁,故结而必痛,且按之痛甚。

本证脉象是关以下沉,沉主里。由于病情、病机突变,其脉由"浮"变"沉"是动态过程,所以虽"关"脉以下显"沉",反映出邪热入里之病机,而"寸"脉仍显"浮"象,此属太阳病浮脉的残留迹象。

**【原文】**

何为脏结? 答曰:如结胸状,饮食如故,时时下利,寸脉浮,关脉小细沉紧,名曰脏结。舌上白苔滑者。难治。

[129]

【提要】　脏结的脉症特点。

【图解】　见图129。

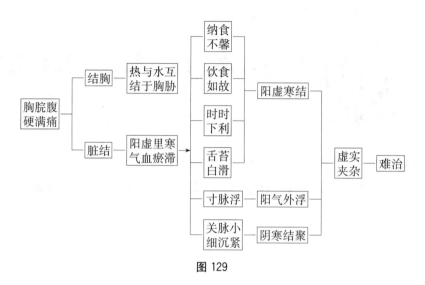

图 129

【按语】　脏结,脏是部位,结是病机,是邪结脏间。脏结不是一个具体的病,而是一类病证,其共同特点是或胸或脘或腹或少腹痛胀、硬满,且有按痛。所谓"如结胸状",是言在硬痛、胀满方面与结胸有相似之处。

结胸如第134条所言。与结胸的急性发病过程相比,脏结发病是积渐缓慢过程,证为阳虚里寒,如第130条:"脏结无阳证"。由于脾阳虚衰,故时时下利;虽纳食不馨,但饮食如故。

"脏结无阳证",其脉本当沉微弦紧,今寸脉显浮,此属阴寒结聚于里,阳气上浮于外。"关脉小细沉紧","小细"属虚脉,似难以与"紧"象同显,故小、细、沉、紧当属或然脉象,由于脏结是"一类"病证,故阴寒结聚,寒痰水饮结于不同的部位或脏腑,可有不同的表现,可显不同的脉象,"小细沉紧"乃是泛指能反映阴寒结聚的一切脉象。

"脏结无阳证",属阴寒结聚,故舌苔白滑。脏结属阴寒痼疾,其证虽结而不得径攻,虽虚而不宜纯补,虚实夹杂,故仲景叹为"难治"。

【原文】

脏结无阳证,不往来寒热,一云寒而不热。其人反静,舌上苔滑者,不可攻也。

[130]

【提要】　续言脏结的病机、症状及治疗原则。

【图解】　见图130。

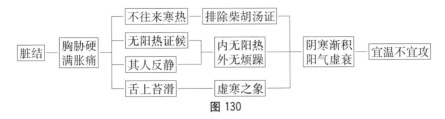

图 130

【按语】　"脏结无阳证",一方面讲脏结的病机特点是阳虚里寒,阴寒结聚;另一方面指出脏结外无阳热症状,同时"不往来寒热",排除了太阳病柴胡汤证。

"其人反静,舌上苔滑"是对"无阳证"的进一步补述,且有与结胸证对比之意。脏结则内无阳热,外无烦躁,"其人反静"且见"苔滑",一派虚寒之象。由于脏结属阴寒渐积,阳气虚衰,故前条曰"难治",本条又曰"不可攻"。

【原文】

病发于阳,而反下之,热入因作结胸;病发于阴,而反下之,一作汗出。因作痞也。所以成结胸者,以下之太早故也。结胸者,项亦强,如柔痉状,下之则和,宜大陷胸丸。方一。 [131]

大黄半斤　葶苈子半升,熬　芒硝半升　杏仁半升,去皮尖,熬黑

上四味,捣筛二味,内杏仁、芒硝,合研如脂,和散。取如弹丸一枚,别捣甘遂末一钱匕,白蜜二合,水二升,煮取一升。温顿服之,一宿乃下,如不下,更服,取下为效。禁如药法。

【提要】　结胸证与痞证成因、病机之异同,论述结胸证颈项强的证治。

【图解】　见图 131。

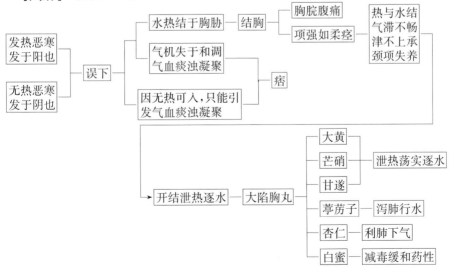

图 131

【按语】　发热恶寒者，发于阳也。病发于阳者，属阳证，若误下之，既可能引发邪热内陷，与水互结于胸胁，发为结胸证；又可能引发气机失调，气血痰浊凝聚，而发为痞证。由于结胸证是热与水结，故只能发于阳而不能发于阴。

无热恶寒者，发于阴也。病发于阴者，属阴证，若误下，因无热可入，只能引发气血痰浊凝聚形成痞证，而不可能引发"热入"与水互结的结胸证

"所以成结胸者，以下之太早故也"是仲景自注文，强调病发于阳，表证未解，虽有里证亦不可下，若下之太早，表邪内陷，则有引发结胸的可能。

"结胸者，项亦强，如柔痉状"表述结胸证除了胸、脘、腹疼痛或按痛外，由于邪结高处，还可见颈项强症状。此为热与水结，气滞不畅，津液上承不继，颈项局部肌腠、经络失养所致。仲景治以大陷胸丸以开结泄热逐水。痉，痉字之误。

大陷胸丸由大陷胸汤加味改丸而成。本方虽曰大黄半斤、葶苈半升、芒硝半升、杏仁半升，然仅取弹丸一枚，并非用其全量。且甘遂末与白蜜合煮，煎煮时间较长，意在峻药缓攻，以利于开泄高位之水热结邪。

【原文】

**结胸证，其脉浮大者，不可下，下之则死。**　　　　　　　　　［132］

【提要】　结胸证脉浮，属气虚外浮之象，不可下。

【图解】　见图132。

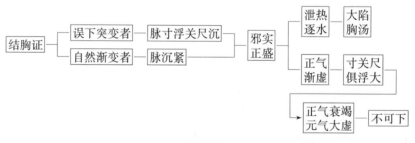

图 132

【按语】　结胸证其脉由反映邪实的沉紧，变化为反映正虚的寸关尺俱见"浮大"，说明正气日渐衰竭，元气大虚。脉"浮大"属气虚外浮之象，此属邪实正虚，其时不能径攻，只宜益气扶正祛邪。若误用下法，必戕伐正气。

【原文】

**结胸证悉具，烦躁者亦死。**　　　　　　　　　　　　　　　［133］

【提要】　结胸证至极期，诸症悉具，烦躁属阴阳离决之象。

【图解】　见图133。

图 133

【按语】　结胸证在发病过程中,可见烦躁,如第134条之"短气躁烦",属正邪交争。而结胸证至极期,诸症悉具,正邪相搏相持,此时若烦躁益甚,则属正不胜邪,正气溃败,邪气鸱张,阴阳离散在即,故病至危重。

【原文】

太阳病,脉浮而动数,浮则为风,数则为热,动则为痛,数则为虚,头痛发热,微盗汗出,而反恶寒者,表未解也。医反下之,动数变迟,膈内拒痛,一云头痛即眩。胃中空虚,客气动膈,短气躁烦,心中懊憹,阳气内陷,心下因硬,则为结胸,大陷胸汤主之。若不结胸,但头汗出,余处无汗,剂颈而还,小便不利,身必发黄。大陷胸汤。方二。　　　　　　　　　　　　　　　　　　　　　　　　　　　[134]

大黄六两,去皮　芒硝一升　甘遂一钱匕

上三味,以水六升,先煮大黄,取二升,去滓,内芒硝,煮一两沸,内甘遂末。温服一升,得快利,止后服。

【提要】　太阳病误下,无形散漫之热与有形之水互结而成结胸的病机与证治。

【图解】　见图134。

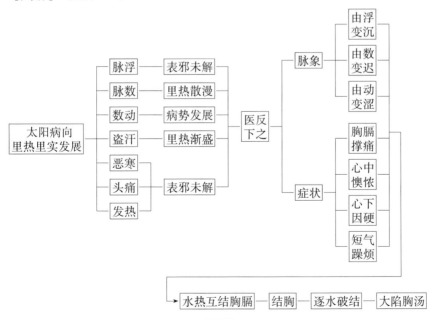

图 134

【按语】　自文首至"表未解也"为第一节，指出本证原本是不典型的太阳病。

本证太阳病，脉浮而动数，头痛发热，微盗汗出，而反恶寒，为太阳病由典型的脉症表现向里热、里实发展，从而变得不典型。太阳病，脉浮数，属其常，而"动"则为其变。

"浮则为风，数则为热，动则为痛，数则为虚"属自注句，意在解析脉象的病机。风泛指外邪，脉浮言表邪未解。太阳病不论典型还是不典型，或热郁肤表，或表热深入里热渐积，反映在脉象上都是数。由于脉数仅仅反映表热或散漫之里热，证尚未至"里实"的程度，故文曰"数则为虚"，"虚"是对比之言。若与第135条对比，则"脉沉而紧"为实，若与第208条对比，则"脉迟"为实。"动则为痛"与"动数变迟"对看，"医反下之，动数变迟"之后，才"膈内拒痛"，因此可以断言，"动则为痛"之"痛"，非结胸之痛。动是对数脉形态的描述，即脉数而躁动坚急，此主变。故"动则为痛"寓病机由表入里，由浅积深，病情由缓而急，由轻变重之态势。痛，甚也，其"痛"泛指症状加剧。

太阳病，本不盗汗，今脉动、微盗汗出，则属里热渐盛而尚未至甚。若里热已盛，则不当恶寒，而今恶寒，与脉浮数、头痛发热并见，则属表邪将解而未解。

"医反下之"至"大陷胸汤主之"为第二节，表述原本不典型的太阳病，误下后表邪内陷而形成结胸的动态过程。

由于对太阳病由表入里的过程辨析不明，医误用下法，故引发变证。脉由浮变沉，由数变迟，由躁动、快利、坚急变为艰涩迟滞，反映出表邪内陷，无形散漫之热与有形之水互结的病机，即文中所言"客气动膈"、"阳气内陷"。

"膈内拒痛"，膈内谓胸中。拒痛，注家都把"拒"讲成"格拒"，或讲成"拒按"，非是。拒，推而向外之意，"膈内拒痛"中，拒，当训为支，可引申为撑、胀。拒痛，即是表述由内向外的支痛、撑痛或胀痛。

"胃中空虚"，既是病机又是症状。医反下之，泄胃伤气，胃因泄而空虚，邪热乘虚内陷，与水互结，上结于胸膈，则胸膈内支撑胀痛，下滞于胃脘，则心下痞硬，心中懊恼；热与水结，气机阻遏，则短气而烦躁。所谓症状是说，病人自觉胃脘空虚，有饥饿感。胃中空虚与心中懊恼并见，心中即胃脘，心中懊恼即胃脘部的嘈杂感。（参见第76条栀子豉汤证）。

本证胸痛、短气、烦躁、心下痞硬、胃脘嘈杂，其病机乃是误下引发热与水结于胸膈，"阳气内陷，心下因硬"，仲景命之为结胸，治以大陷胸汤。

"若不结胸"以下为第三节，指出太阳病，医反下之，热入而成结胸，仅是一种可能，而不是必然。如果阳气内陷，热郁于里，不得外越，郁热上蒸，则症见头汗出，剂颈而还，余处无汗；而其并见小便不利，则是水湿不得外泄。"但头汗出"与"小便不利"并见，反映出湿热蕴蒸之病机。若湿热酝酿、蒸化,濡染黄化,流于肤表、面目,则症见发黄。

**【原文】**

伤寒六七日,结胸热实,脉沉而紧,心下痛,按之石硬者,大陷胸汤主之。三。用前第二方。　　　　　　　　　　　　　　　　　　　　　　　　　[135]

**【提要】**　伤寒六七日,外邪由表入里,由浅而深,无形之热与水互结而成结胸的证治。

**【图解】**　见图135。

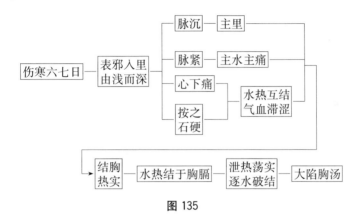

**图 135**

**【按语】**　伤寒未经误下,外邪由表入里由浅而深,也可能逐渐由表热演变为"热实"。此"热"为无形之热,"实"则为有形之水邪;热与水结,则为"热实";结于胸膈则为结胸。

结胸已成,虽不言胸痛,而胸因"结"则必痛。邪高痛下,胸痛牵及脘腹;本证热与水结于里,反映在脉象上,则是"沉而紧"。方用大陷胸汤泄热逐水。

**【原文】**

伤寒十余日,热结在里,复往来寒热者,与大柴胡汤;但结胸,无大热者,此为水结在胸胁也,但头微汗出者,大陷胸汤主之。四。用前第二方。　　　　　　[136]

大柴胡汤方

柴胡半斤　枳实四枚,炙　生姜五两,切　黄芩三两　芍药三两　半夏半升,洗

大枣十二枚,擘

上七味,以水一斗二升,煮取六升,去滓,再煎。温服一升,日三服。一方加大黄二两,若不加,恐不名大柴胡汤。

**【提要】**　伤寒十余日热结在里,可有多种转归,对大柴胡汤证与大陷胸汤证进行比较。

**【图解】**　见图136。

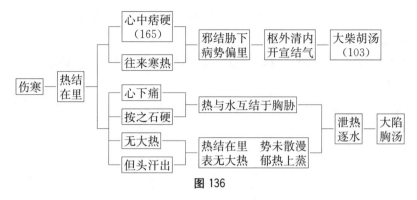

图 136

**【按语】**　伤寒热结在里,可以结在胁下,如第96条之小柴胡汤证;而柴胡汤证之病势又有偏外、偏里之两歧,故有第103条之"呕不止,心下急,郁郁微烦"和第165条之"心中痞硬,呕吐而下利"之大柴胡汤证。本证伤寒十余日,热结在里,往来寒热,其证属无形之邪热结于胁下之偏里,故仲景治以大柴胡汤。

伤寒热结在里,也可以热与水结于胸胁,症见"心下痛,按之石硬"、"膈内拒痛"等。由于热结在里,热势未呈散漫或外蒸,故表无大热;由于郁热仅上蒸于头面,故头微汗出。仲景治以逐水泄热,方用大陷胸汤。

**【原文】**

太阳病,重发汗而复下之,不大便五六日,舌上燥而渴,日晡所小有潮热,一云,日晡所发心胸大烦。从心下至少腹,硬满而痛不可近者,大陷胸汤主之。五。用前第二方。　　　　　　　　　　　　　　　　　　　　　　　　　　　　[137]

**【提要】**　太阳病重发汗,复下之,水热互结,气血滞塞更加深重的结胸证治。

**【图解】**　见图137。

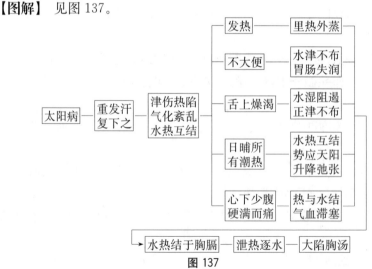

图 137

【按语】　本条太阳病,先重发汗,继以复下之,从而引致津伤热陷,三焦气化紊乱,水津不布与内陷之热互结。里热外蒸,故其证发热。水津不布,下不濡润胃肠,则大便干,故五六日不大便;上不滋养口舌,则舌上燥而渴。停水之证,轻则水湿上泛,故舌润苔滑;重则水湿阻遏,正津不布,故口舌干燥。

水热结于里,其热势应天时阳气之升降而弛张,故下午四时前后,病人自觉热势自胸部上涌头面,有轻微的阵阵烘热感,此所谓小有潮热(第104条)。本证"不大便"、"舌上燥而渴"、"日晡所小有潮热",虽似阳明病,而实非阳明病。

本证"从心下至少腹,硬满而痛不可近",属水热互结,比第135条之"心下痛,按之石硬"的硬痛的范围更广,反映出水热互结、气血滞塞的病机更加深重。治以大陷胸汤。

【原文】

**小结胸病,正在心下,按之则痛,脉浮滑者,小陷胸汤主之。方六。** 　　　〔138〕

黄连一两　半夏半升,洗　栝楼实大者一枚

上三味,以水六升,先煮栝楼,取三升,去滓,内诸药,煮取二升,去滓。分温三服。

【提要】　痰热互结,心下痛,脉浮滑之小结胸证治。

【图解】　见图138。

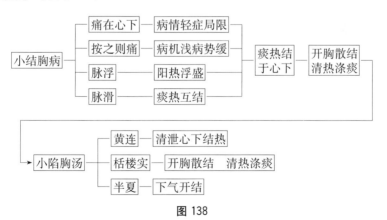

图 138

【按语】　与前证对比,本证病机浅,病势缓,病情轻,症状局限。本证是"正在心下","按之则痛"。"正在心下","正",是与大陷胸汤证上至颈项胸脘、下至少腹之症状广泛对比而言,本证症状较局限,并非言疼痛症状真正恰好在心下。"按之则痛"不是说不按不痛,而是意在与"膈内拒痛"、"痛不可近"对比,本证比大陷胸汤证轻缓。其脉浮滑,浮主阳热浮盛,滑主痰热互结。其病机与大陷胸汤证之热与"水结在胸胁"对比,则是痰与热结于心下,仲景治以小陷胸汤。

**【原文】**

太阳病,二三日,不能卧,但欲起,心下必结,脉微弱者,此本有寒分也。反下之,若利止,必作结胸;未止者,四日复下之,此作协热利也。 [139]

**【提要】** 太阳病素有寒饮,表证未解,若误下,可引发结胸或协热利。

**【图解】** 见图139。

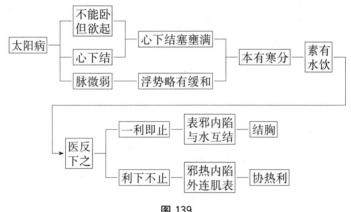

图 139

**【按语】** 自"太阳病"至"此本有寒分"为第一节。太阳病,表证未解,不应当有"不能卧,但欲起"这样的症状。本证不能仰卧,是因为其人心下结塞壅满,故仲景推测曰"心下必结"。

太阳病,二三日即出现不能仰卧的症状,且其脉微弱,"微",是副词,谓脉浮之势略有弱象,病证的这种变化必有其因,结合心下结塞壅满,仲景诊断为"此本有寒分"。所谓"脉微弱"不是脉微而弱,仅就"本有寒分"病机而言,其脉象还不至于到脉微而弱的程度,而是言太阳病原本脉象的浮势略有缓和。

寒分,寒,水饮也;分,别也,类也,谓水饮之类而别于其他者也。"此本有寒分",是指其人素有水饮。本太阳病,二三日,外邪引动宿有之水饮,结于心下,故心下结塞壅满,以至于不能仰卧。表现在脉象上,则由太阳病始发之浮盛而逐渐变为浮弱之势,反映出太阳病表证未解,里阳不足,水不化气之病机。

"反下之"以下为第二节。本当温阳解表化饮之证,医以"心下结"而反下之,此属误治。误下后,若一利即止者,为引发表邪内陷,与宿水互结于胸胁而成为结胸;若利下不止,且持续数日,属引发邪热内陷于大肠、外连于肌表之协热利。

"四日复下之",复,又,仍;下,利也。谓三日之后,仍下利不止,表里不解,热势下注,遂成协热利。

**【原文】**

太阳病,下之,其脉促,一作纵。不结胸者,此为欲解也。脉浮者,必结胸。脉紧者,必咽痛。脉弦者,必两胁拘急。脉细数者,头痛未止。脉沉紧者,必欲呕。脉沉滑者,协热利。脉浮滑者,必下血。 [140]

**【提要】** 太阳病,表证未解,若误下则变证诸多。

**【图解】** 见图140。

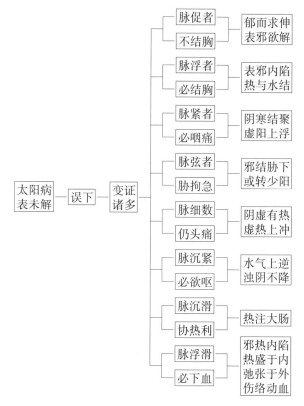

图 140

**【按语】** 太阳病,误下可引发若干变证。若误下,虽正气受挫,但侥幸未至于结胸,其脉促,此属表邪有欲解之势。误下后,脉象由原来的"浮"变为"促",此时之促脉，不是后世所说的脉数动而时一止之象，而是脉来急促上壅两寸，反映出太阳病误下后，气血仍有向上、向外之机，此属郁而求伸，表邪未陷欲解之象。（第21条、第34条可参）

若误下，寸脉浮，关脉沉，则属表邪内陷，热与水结而成结胸（第128条）；若咽痛，则是误下重伤阳气，下焦阳虚，阴寒结聚，"脉阴阳俱紧"，此属少阴病虚阳上浮之咽痛（第283条）。

若下后，其脉弦，两胁拘急，此属太阳病邪结胁下（见第103条），或太阳病转属少阳（见266条）。

若下后，脉细数，细为阴虚，数为有热，虚热上冲则头痛，故虽曰"头痛未止"，但此头痛与原本之头痛病机迥异。若下后，其脉沉紧，沉主里，紧主水，其证可见心下逆满，气上冲胸，属浊阴不降，其人必欲呕（第67条可参）。

若下后，脉沉滑，沉主里，滑为有热，热势下注大肠，则成协热利。若下后，邪热内陷，热盛于内则脉滑，弛张于外则脉浮，邪热伤络动血则利下兼血。

**【原文】**

病在阳，应以汗解之，反以冷水潠之，若灌之，其热被劫不得去，弥更益烦，肉上粟起，意欲饮水，反不渴者，服文蛤散；若不差者，与五苓散。寒实结胸，无热证者，与三物小陷胸汤。用前第六方。白散亦可服。七。一云与三物小白散。　　[141]

文蛤散方

文蛤五两

上一味为散，以沸汤和一方寸匕服，汤用五合。

五苓散方

猪苓十八铢，去黑皮　白术十八铢　泽泻一两六铢　茯苓十八铢　桂枝半两，去皮

上五味为散，更于臼中治之。白饮和方寸匕服之，日三服，多饮暖水，汗出愈。

白散方

桔梗三分　巴豆一分，去皮心，熬黑，研如脂　贝母三分

上三味为散，内巴豆，更于臼中杵之。以白饮和服，强人半钱匕，羸者减之。病在膈上必吐，在膈下必利，不利，进热粥一杯，利过不止，进冷粥一杯。身热，皮粟不解，欲引衣自覆，若以水潠之、洗之，益令热却不得出，当汗而不汗则烦。假令汗出已，腹中痛，与芍药三两如上法。

**【提要】**　太阳病潠灌之后，水遏热郁，肉上粟起与水寒凝结，寒实结胸的证治。

**【图解】**　见图141。

126

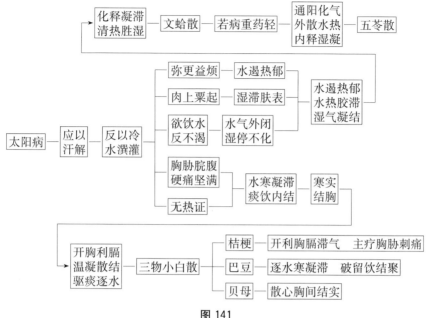

图 141

**【按语】** "病在阳",是言病在太阳,太阳病,本当发汗解表,反以冷水潠之。潠,以口含水喷之;或灌之,灌,浇也。不论是"潠"还是"灌",用冷水径直喷浇太阳病发热恶寒之躯体,虽可暂退其热,但热势旋即复来。故文曰"其热被劫不得去"。弥、更、益烦,强调其"烦"比原来更加严重。

太阳病,以发热恶寒为主要症状,虽或有烦的症状,但并不突出;若与下文"肉上粟起"对看,现症之"烦",属水遏热郁,湿滞肤表,故引致"肉上粟起"而苦楚难忍。水气外闭,湿停不化,故意欲饮水,反不渴。此属水遏热郁,水热胶滞,湿气凝结肤表之轻证,仲景治以文蛤散。文蛤,咸凉,化释凝滞,清热胜湿。若病重药轻而不差,仲景又治以五苓散,意在振奋三焦,通阳化气,外散郁闭之水热,内释胶凝之湿滞。

寒实结胸,"寒实"是病机,言本证是胸阳不振,水寒凝滞,痰饮内结。结胸在此既是病名又是症状,涵指胸胁脘腹硬痛坚满。既为"寒实",故必"无热证"。仲景治以三物白散。开胸利膈行气,温凝散结,驱痰逐水。本方为开逐寒痰留饮之峻剂。

"三物小陷胸汤,白散亦可服",《金匮玉函经》《千金翼方》并作三物小白散,可从。"小陷胸汤"四字似属衍文。

**【原文】**

太阳与少阳并病,头项强痛,或眩冒,时如结胸,心下痞硬者,当刺大椎第一间、肺俞、肝俞,慎不可发汗。发汗则谵语、脉弦,五日谵语不止,当刺期门。八。
[142]

【提要】 太阳少阳并病头项强痛,时如结胸,心下痞硬的证治。

【图解】 见图 142。

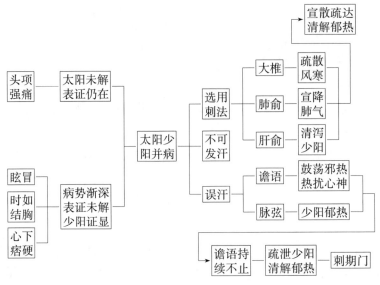

图 142

【按语】 本条太阳少阳并病,头项强痛,属太阳病未解,表证仍在;时如结胸,若时有胸胁胀痛,且与眩冒、心下痞硬并见,此属少阳病症状已显。眩冒,眩,视物昏黑;冒,视物蒙蔽(见第93条)。此是太阳发病过程中,病势逐渐深入,表证尚未解,而又初显少阳病症状,如第266条"本太阳病不解,转入少阳者"的中间过程。仲景告诫,"慎不可发汗",而选用刺法。

大椎第一间,位于第七颈椎棘突下,刺之,疏散风寒,泻太阳表邪,以除头项强痛。肺俞,位于第三胸椎棘突下旁开1.5寸,刺之,宣降肺气以和表。肝俞,位于第九胸椎棘突下旁开1.5寸,刺之,泻少阳邪气,以除眩冒、时如结胸及心下痞硬。三穴并刺,外而宣散,内而疏达,热清郁解,则太少两愈。

若误汗,则鼓荡邪热,热扰心神则谵语;太少邪热交炽,病势愈进,遂显少阳脉象,故见脉弦。若谵语持续不止,反映病势继续深入,刺期门意在疏泄少阳经气,清解少阳郁热。郁热疏解,则谵语自止。

【原文】

妇人中风,发热恶寒,经水适来,得之七八日,热除而脉迟、身凉,胸胁下满,如结胸状,谵语者,此为热入血室也。当刺期门,随其实而取之。九。
[143]

**【提要】**　妇人中风,经水适来,热入血室,胸胁下满的证治。

**【图解】**　见图143。

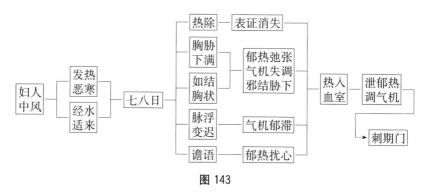

图 143

**【按语】**　妇人患太阳中风,发热恶寒,其脉必浮。其时经水恰好按期或不期而至,表邪乘血室空虚之际,而下陷于血室。一方面,发热恶寒之表证消失而热除身凉。另一方面,血室郁热弛张,气机失调,邪结胁下,症见胸胁下满,如结胸状;其脉由浮而变为迟,迟,滞涩不利,反映出气机郁滞之病机;血室郁热循冲脉上扰心神,则可见谵语。

仲景把上述的发病过程、症状和病机称之为热入血室,选用刺法治疗。期门,肝的募穴,刺之以泄郁热,调气机。

**【原文】**

妇人中风七八日,续得寒热发作有时。经水适断者,此为热入血室,其血必结,故使如疟状,发作有时,小柴胡汤主之。方十。　　　　　　　　　　　[144]

柴胡半斤　黄芩三两　人参三两　半夏半升,洗　甘草三两　生姜三两,切　大枣十二枚,擘

上七味,以水一斗二升,煮取六升,去滓,再煎取三升。温服一升,日三服。

**【提要】**　本条论述妇人中风,经水适断,寒热发作有时如疟状的证治。

**【图解】**　见图144。

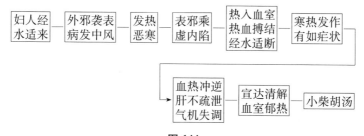

图 144

【按语】　若与第143条比照,本证当恰是在妇人中风之前,经水适来。中风之后,始则发热恶寒,继则表邪乘虚内陷,热入血室,热血搏结,经水适断。血热循冲脉与肝经上逆,致肝不疏泄,气机失调,至中风七八日,由发热恶寒而逐渐变化为寒热发作有时,如疟状。本证妇人中风,不是七八日续得寒热,而是七八日续得"寒热发作有时",即寒热如疟状。

"经水适断者,此为热入血室,其血必结,故使如疟状,发作有时"。这里的一个"故"字把因果关系说得很明白,"经水适断"反映出热入血室病机的存在。而"热入血室"病机一旦形成,它的热型就会从发热恶寒逐渐变化为"寒热发作有时",反映出正邪分争的病势。寒热发作有时,如疟状,即是往来寒热。故仲景选用小柴胡汤,宣达、清解血室郁热。

【原文】

妇人伤寒,发热,经水适来,昼日明了,暮则谵语,如见鬼状者,此为热入血室。无犯胃气及上二焦,必自愈。十一。
　　　　　　　　　　　　　　　　　　　　　　　　　　[145]

【提要】　妇人伤寒,经水适来,热入血室,暮则谵语,幻觉幻视的证治。

【图解】　见图145。

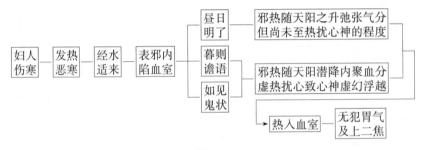

图 145

【按语】　妇人伤寒,发热恶寒,其时经水适来,表邪乘血室之虚而下陷,邪热入于血室。内陷于血室之热,随天阳之升降而变化,白昼邪热随天阳之升而弛张于气分,但尚未至热扰心神的程度,故昼日神志尚显清晰。暮则谵语,暮日落之时,邪热随天阳之潜降而内聚于血分。由于经泄血虚,邪热入潜,故引致血分虚热亢浮,上扰心神,心神虚幻浮越,神志迷蒙,故症见谵语,幻觉、幻视如见鬼状。谵语、幻视,证虽似重,但热随经泄,热泄血和,故有自愈的可能。仲景特别告诫"无犯胃气及上二焦","无犯胃气及上二焦",泛指不可滥治,以免戕伐正气。

血室,仲景亦称子脏(见《金匮要略·妇人妊娠病脉证并治》),即子宫。子宫一辞,似初见于《神农本草经》紫石英条。

**【原文】**

伤寒六七日,发热,微恶寒,支节烦疼,微呕,心下支结,外证未去者,柴胡桂枝汤主之。方十二。 [146]

桂枝去皮　黄芩一两半　人参一两半　甘草一两,炙　半夏二合半,洗　芍药一两半　大枣六枚,擘　生姜一两半,切　柴胡四两

上九味,以水七升,煮取三升,去滓。温服一升。本云,人参汤作如桂枝法,加半夏、柴胡、黄芩,复如柴胡法。今用人参作半剂。

**【提要】**　伤寒表证未解,外邪深入,气机不利,心下支结的证治。

**【图解】**　见图146。

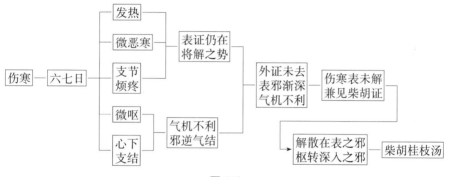

图 146

**【按语】**　伤寒六七日,正处于经尽自愈之际,故虽发热、支节疼痛严重(烦疼)等表证仍在,但恶寒已"微",说明表证有将解之势。然症见微呕、心下支结,则说明表邪不是外散,而是在逐渐深入,但尚未至胁下。与第96条小柴胡汤证对比,本证的微呕还不到心烦(恶心)喜呕的程度;心下支结,支撑满闷,还不到胸胁苦满的程度。此系表邪深入,气机不利,邪逆气结所致。

本证属伤寒表证未解而又兼见柴胡汤证,仲景称之为"外证未去","外证"既包括伤寒表证又包括柴胡汤证。仲景取桂枝汤和小柴胡汤各半,名之曰柴胡桂枝汤,一则解散在表之邪,二则宣发、枢转深入之邪。

**【原文】**

伤寒五六日,已发汗而复下之,胸胁满微结,小便不利,渴而不呕,但头汗出,往来寒热,心烦者,此为未解也,柴胡桂枝干姜汤主之。方十三。 [147]

柴胡半斤　桂枝三两,去皮　干姜二两　栝楼根四两　黄芩三两　牡蛎二两,熬　甘草二两,炙

上七味,以水一斗二升,煮取六升,去滓,再煎取三升。温服一升,日三服,初服微烦,复服汗出便愈。

【提要】 伤寒发汗复下,邪结胁下,气机不利,三焦失调,阳郁水停的证治。

【图解】 见图 147。

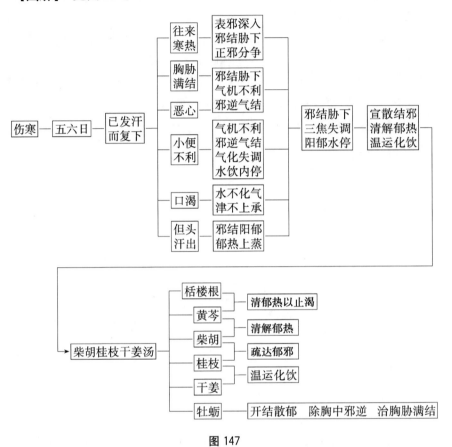

图 147

【按语】 伤寒五六日,发汗不解,复又误下,导致表邪深入,邪结胁下,气机不利,邪逆气结,故症见胸胁满、微结,虽恶心而尚未至于喜呕。心烦谓胃脘搅扰恶心(同第 96 条心烦喜呕);方后注云,"初服微烦",此"微烦"才是精神症状之轻微烦躁。

表邪深入,邪结胁下,正邪分争,故往来寒热。气机不利,邪逆气结,引发三焦气化失调,水饮内停,故小便不利。水不化气,津不上承,故症见口渴。邪结阳郁,郁热上蒸,故但头汗出。本证属邪结胁下,三焦失调,阳郁水停,仲景选用柴胡桂枝干姜汤,宣散结邪,清解郁热,温运化饮。本方系由小柴胡汤加减而成,由于郁结难开,郁热伸而未散,故初服微烦;复服药力接续,郁热散,水饮开,故汗出便愈。

**【原文】**

伤寒五六日,头汗出,微恶寒,手足冷,心下满,口不欲食,大便硬,脉细者,此为阳微结,必有表,复有里也。脉沉,亦在里也。汗出为阳微,假令纯阴结,不得复有外证,悉入在里,此为半在里半在外也。脉虽沉紧,不得为少阴病。所以然者,阴不得有汗,今头汗出,故知非少阴也,可与小柴胡汤。设不了了者,得屎而解。十四。用前第十方。　　　　　　　　　　　　　　　[148]

**【提要】** 阳微结,必有表,复有里,与小柴胡汤。

**【图解】** 见图148。

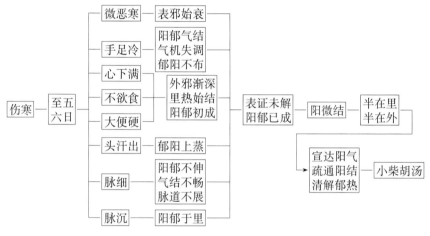

图 148

**【按语】** 从"伤寒五六日"至"必有表,复有里也",为第一节。伤寒本当发热、恶寒、无汗、脉浮或浮紧,至五六日,症见恶寒已微,说明表邪始衰。手足冷、心下满、口不欲食、大便硬、脉细,俱不属伤寒表证。心下满、口不欲食、大便硬三个症状并见,说明外邪开始逐渐深入,里热始结,阳郁初成。

阳郁气结,气机失调,郁阳不达四末,故手足冷;郁阳上蒸,则症见头汗出;阳郁不伸,气结不畅,故脉道不展,脉细滞而有力,同时,由于阳郁于里,故其脉必沉,此所谓"阳微结"。仲景概括为"必有表,复有里",意即表证未解,阳郁已成。

从"脉沉,亦在里也"至本条结束,为第二节,对"阳微结"作进一步的辨证,以与"纯阴结"进行比较。前文曰"脉细者,此为阳微结",因为阳郁于里,故其脉必沉。"脉沉,亦在里也",里,指少阴病,此与后文"脉虽沉紧,不得为少阴病"互为对应;紧,细滞有力。脉沉亦主少阴病,典型的少阴病,属阴寒结聚,只能是无热恶寒,故文曰"假令纯阴结,不得复有外证"。本证头汗出,而少阴病不得有汗,汗出属亡阳(第283条)。故本证尽管有微恶寒,手足冷,以及脉沉细或脉沉紧,但因为"头汗出"，所以不可能是少阴病。仲景把本证的病机又概括为"此为半在里半在外也"，亦即"必有表，复有里"之意。

表证未解，阳郁气结，仲景选用小柴胡汤，宣达阳气，疏通阳结，清解郁热。服汤，上焦得通，津液得下，则表邪自解，阳结散而郁热清。若诸症虽除，但郁热未净，身仍违和而不了了，当和胃通腑，使阳结余热从下分消。本条作为病案，反映出仲景的辨证过程。

**【原文】**

伤寒五六日，呕而发热者，柴胡汤证具，而以他药下之，柴胡证仍在者，复与柴胡汤。此虽已下之，不为逆，必蒸蒸而振，却发热汗出而解。若心下满而硬痛者，此为结胸也，大陷胸汤主之。但满而不痛者，此为痞，柴胡不中与之，宜半夏泻心汤。方十五。

[149]

半夏半升，洗　黄芩　干姜　人参　甘草炙，各三两　黄连一两　大枣十二枚，擘

上七味，以水一斗，煮取六升，去滓，再煎取三升。温服一升，日三服。须大陷胸汤者，方用前第二法。一方用半夏一升。

**【提要】**　呕而发热属外邪深入，气机郁结，当用小柴胡汤；若误下，可出现若干变证；重点论述误下后心下痞的证治。

**【图解】**　见图 149。

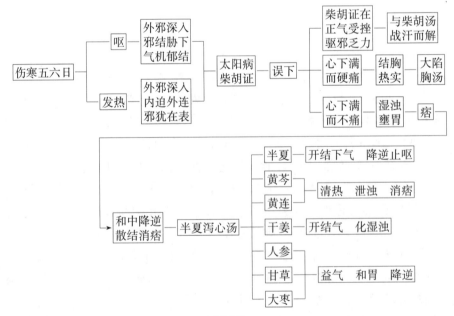

图 149

【按语】 伤寒至五六日，"呕"成为突出的症状，说明其基本病机发生了变化，此是外邪逐渐深入，有邪结胁下之趋势，因气机不利，故气逆而致呕。

呕与发热并重，既反映外邪深入的过程，又反映气机郁结，内迫外连的态势。此属太阳病发病过程中的小柴胡汤证，而不是少阳病，仅凭呕与发热是不能诊断为少阳病的。此本应予小柴胡汤宣发郁阳，达邪于外，但却误用下法，文中列举了误下后的三种不同的转归。

误下后，柴胡汤证虽然仍在，但正气受到顿挫，故复与小柴胡汤，宣发郁阳、达邪于外时，尽管仍然能够发热汗出而解，但却蒸蒸而振。蒸蒸，言热自内发之势。振，振栗战汗貌。说明了正邪交争，正气驱邪乏力。

误下之后，若出现胃脘满而硬痛，此属气机紊乱，邪陷水停，太阳之邪热内陷而成结胸证，当治以大陷胸汤。误下之后，若出现胃脘但满而不痛，此属气机紊乱，升降失调，胃虚气逆，湿浊壅聚胃脘，仲景称之为痞。痞，心下满，气隔不通。

半夏泻心汤散结消痞，心，胃脘之谓。本方从药物组成看，可看做是小柴胡汤去柴胡加黄连，以干姜易生姜。

【原文】
太阳少阳并病，而反下之，成结胸，心下硬，下利不止，水浆不下，其人心烦。

[150]

【提要】 太阳少阳并病不可下，若下之，可成结胸而水浆不下之危证。

【图解】 见图150。

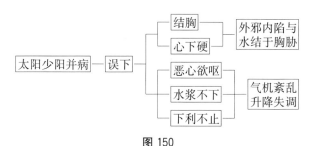

图150

【按语】 本证太阳少阳并病，而反下之，一方面外邪内陷与水结于胸胁而成结胸，症见胸胁下满，心下硬痛；另一方面，气机紊乱，脾胃升降失调，症见恶心欲呕，水浆不下，下利不止。心烦，心指胃脘部；烦，搅扰纠结貌。心烦谓胃脘搅扰翻腾难忍，恶心欲吐之状（参见第76条、第96条）。本证当以调理气机，和顺脾胃，清泄水热为急。

【原文】
脉浮而紧，而复下之，紧反入里，则作痞。按之自濡，但气痞耳。

[151]

【提要】　气痞的成因及脉症特点。

【图解】　见图151。

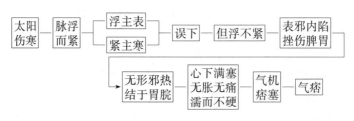

图 151

【按语】　本证脉浮而紧属太阳伤寒,而反下之,必挫伤脾胃正气。"紧反入里",是以脉象揭示误下后病机的变化,以阐述表邪内陷之病势;而不言"浮"反入里,是因为当无形之热结聚于胃脘而成"痞"时,其脉象则仍是"关上浮"(见第154条)。痞,心下满塞妨闷,无胀无痛,但按之濡而不硬。

"按之自濡,但气痞耳",是以"濡"释"气",言气无形而空虚;以"气"定"痞",言此痞与结胸证之胸、胁、膈、脘、腹硬痛不同,与第149条半夏泻心汤证、第157条生姜泻心汤证、第158条甘草泻心汤证之满而"痞硬"亦不同。

【原文】

太阳中风,下利,呕逆,表解者,乃可攻之。其人漐漐汗出,发作有时,头痛,心下痞硬满,引胁下痛,干呕短气,汗出不恶寒者,此表解里未和也,十枣汤主之。方十六。　　　　　　　　　　　　　　　　　　　　　　　　　　　　[152]

芫花熬　甘遂　大戟

上三味,等分,各别捣为散。以水一升半,先煮大枣肥者十枚,取八合,去滓,内药末。强人服一钱匕,羸人服半钱,温服之,平旦服。若下少,病不除者,明日更服,加半钱。得快下利后,糜粥自养。

【提要】　太阳中风,胸胁停水的证治。

【图解】　见图152。

【按语】　本证一方面具有太阳中风的病机和症状特征,另一方面又有心下痞硬满、引胁下痛等可攻之水饮内停之征。

对中风表证未解又兼有水停胸胁之证,文中告诫,应当"先解表,后攻里"。"汗出不恶寒者,此表解里未和也"之"里未和",即是指水停胸胁之征。

本证是有形之水客居胸胁,引胁下痛,病急证重,非攻逐不能克伐,所以重在逐水,仲景选用十枣汤。本方属逐水峻剂,下气泄水,重则泄人真元,轻则致表邪内陷,所以必须在无表证的情况下方可应用。

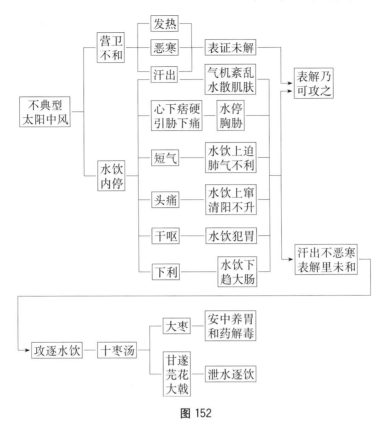

图 152

【原文】

太阳病,医发汗,遂发热恶寒,因复下之,心下痞,表里俱虚,阴阳气并竭,无阳则阴独。复加烧针,因胸烦,面色青黄,肤瞤者,难治。今色微黄,手足温者,易愈。 [153]

【提要】　太阳病先汗复下,脾虚不运,阳衰阴盛,复加烧针,引发变证的过程。

【图解】　见图 153。

【按语】　太阳病原本发热恶寒,今发汗后,遂发热恶寒。遂,进也,谓发热恶寒症状更加严重。此因大汗出,卫阳虚张于外,故表热不退而恶寒益甚。

"复下之",此为误治,导致中焦阳虚,脾虚不运,气机壅塞而为痞。先汗伤表,"复下"伤里,故文曰"表里俱虚"。所谓"阴阳气并竭",系泛指正气虚衰。本证先汗而后下,阳气虚衰,阴寒内盛,故其证必由发热恶寒,而变为无热恶寒。所谓"无阳则阴独",是对阳虚寒盛,正气衰败的概括。从本证的症状和病机看,虽正气已衰,但尚未至真正"无阳"和"阴独"的程度,故此处之"无阳则阴独",属形容之辞。

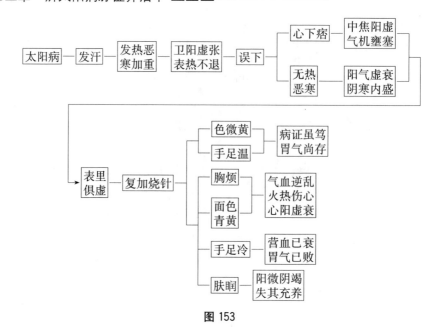

图 153

阳气虚衰,阴寒内盛,本当以温阳祛寒为治,而医"复加烧针"。烧针虽能温阳祛寒,但易引发气血逆乱,火热易伤心阳,心阳虚则心悸胸烦。"面色青黄"谓面无血色而枯槁,此与手足冷并见,属营血已衰,胃气已败。肌肤瞤动属阳微阴竭,失其充养。故总结以上判断为"难治"。

烧针后,若其人手足由冷转温,面色不是"青黄"而是"微黄",说明病势虽严重,但胃气尚存,故文曰"易愈"。"易愈",仅是比较而言。

【原文】

**心下痞,按之濡,其脉关上浮者,大黄黄连泻心汤主之。方十七。**　　[154]

大黄二两　黄连一两

上二味,以麻沸汤二升渍之,须臾,绞去滓。分温再服。臣亿等看详大黄黄连泻心汤,诸本皆二味。又后附子泻心汤,用大黄、黄连、黄芩、附子,恐是前方中亦有黄芩,后但加附子也。故后云附子泻心汤,本云加附子也。

【提要】　无形之邪热壅滞胃脘,郁遏于心下而成痞的证治。

【图解】　见图154。

【按语】　"心下",谓胃脘部。痞,气隔不通,心下满闷不舒。濡通软。"痞"而按之濡,谓虽心下满塞不通,但按之空虚、软而不硬。"濡"有与第135条之"石硬"比较之意。

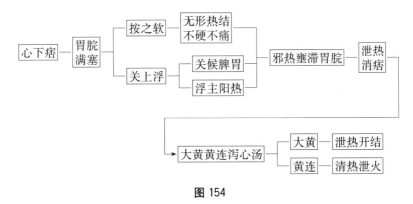

图 154

其脉"关上浮",关主脾胃,关脉显"浮"象,此浮主热。"关上浮",反映出无形之邪热壅滞于胃脘,郁遏于心下而成痞的病机。

大黄黄连泻心汤,大黄苦寒,平胃下气,除心腹胀满;黄连苦寒清热。以滚沸如麻之汤渍之须臾而不煎煮,绞汁去滓,意在取其无形轻薄之气,而不注重厚汁浓味,故其功在泄热而不致泻。其消痞之功,实寓泄热之中;壅热得泄,则满消痞散。

林亿注文关于方中当有黄芩之说,可从。

**【原文】**

心下痞,而复恶寒汗出者,附子泻心汤主之。方十八。　　　　　[155]

大黄二两　黄连一两　黄芩一两　附子一枚,炮,去皮,破,别煮取汁

上四味,切三味,以麻沸汤二升渍之,须臾,绞去滓,内附子汁。分温再服。

**【提要】**　邪热壅遏心下之痞,兼见阳虚卫气不固的证治。

**【图解】**　见图 155。

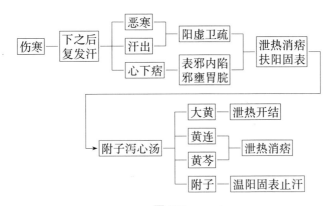

图 155

**【按语】**　本条所言，当是误下之后，复发其汗，误下导致表邪内陷，邪热壅滞胃脘，郁遏心下而致痞；复发其汗则误伤阳气，阳虚卫疏，故汗出、恶寒。本证属邪热壅遏心下之痞，兼阳虚卫气不固，此系寒热错杂之证。

附子泻心汤，大黄、黄连、黄芩以滚沸如麻之汤渍之而不煎煮，绞汁去滓，取其轻薄之气，消痞而不致泻。

**【原文】**

本以下之，故心下痞。与泻心汤，痞不解。其人渴而口燥烦，小便不利者，五苓散主之。十九。一方云，忍之一日乃愈。用前第七证方。　　　　　　　　　　[156]

**【提要】**　误下重创三焦，气化失调，水停心下，心下痞满的证治。

**【图解】**　见图156。

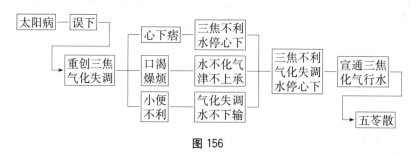

图 156

**【按语】**　本证病机在三焦不利，气化失调，故治以五苓散，宣通三焦，化气行水。水气布散，津液上承，则口渴自解；水津下输，则小便自利；而心下抟聚之痞满，随水散气调而不治自消。

"与泻心汤，痞不解"是自注句。本证心下痞，属水停三焦，气化失调，故单据心下痞，而径用泻心汤，则其痞必不得解。

"一方云，忍之一日乃愈"系大字注文，非林亿所云。若病情轻微，忍渴不饮以待三焦自和，气机调顺，俟水饮一升，上承下输，其痞亦可自消。但若病情严重，病重法拙，难以自愈。

**【原文】**

伤寒，汗出解之后，胃中不和，心下痞硬，干噫食臭，胁下有水气，腹中雷鸣下利者，生姜泻心汤主之。方二十。　　　　　　　　　　[157]

生姜四两，切　甘草三两，炙　人参三两　干姜一两　黄芩三两　半夏半升，洗　黄连一两　大枣十二枚，擘

上八味，以水一斗，煮取六升，去滓，再煎取三升。温服一升，日三服。附子泻心汤，本云加附子。半夏泻心汤，甘草泻心汤，同体别名耳。生姜泻心汤，本云理中人参黄芩汤，去桂枝、术，加黄连，并泻肝法。

【提要】　伤寒发汗后，胃呆脾困，湿热壅遏，心下痞硬的证治。

【图解】　见图157。

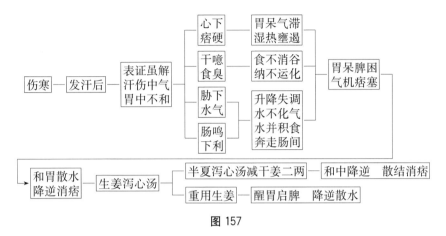

图 157

【按语】　本证伤寒，发汗后，虽表证已解，但却汗伤中气，继发中气不和。胃呆气滞，则郁而化热；脾困不运，则湿自内生；湿热壅遏胃脘，故心下痞硬。

胃呆不纳，脾困不运，则食不消谷，纳不运化，积食沤腐，故食臭冲逆，嗳气频频。干噫，干，空也；噫，嗳也。胃呆脾困，升降失调，水不化气，奔走肠间，肠居胁下，沥沥有声，此所谓"胁下有水气"。水并积食、腐气下趋少腹，腹中肠鸣而泄利。

生姜泻心汤即半夏泻心汤减干姜二两，加生姜四两而成。

【原文】

伤寒中风，医反下之，其人下利，日数十行，谷不化，腹中雷鸣，心下痞硬而满，干呕心烦不得安，医见心下痞，谓病不尽，复下之，其痞益甚。此非结热，但以胃中虚，客气上逆，故使硬也。甘草泻心汤主之。方二十一。　　　　[158]

甘草四两，炙　黄芩三两　干姜三两　半夏半升，洗　大枣十二枚，擘　黄连一两

上六味，以水一斗，煮取六升，去滓，再煎取三升。温服一升，日三服。臣亿等谨按，上生姜泻心汤法，本云理中人参黄芩汤，今详泻心以疗痞。痞气因发阴而生，是半夏、生姜、甘草泻心三方，皆本于理中也。其方必各有人参，今甘草泻心中无者，脱落之也。又按《千金》并《外台秘要》，治伤寒䘌食，用此方皆有人参，知脱落无疑。

【提要】　伤寒中风下后，邪热内陷，胃呆脾困，湿热壅遏，心下痞硬，奔迫暴泻的证治。

【图解】　见图158。

141

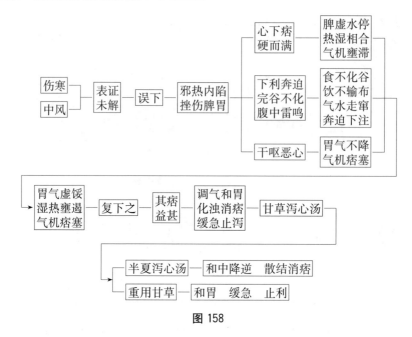

图 158

【按语】　伤寒中风,医反下之,一则邪热内陷,二则损伤脾胃之气。胃纳不顺,脾运失调,水湿内停;内陷之热与湿相合,湿热壅遏于胃脘,故心下痞硬而满。胃虚不纳,脾虚不运,脾气不升,则食不化谷,饮不输布,故腐气与积水窜走肠间,沥沥肠鸣,下趋少腹,奔迫暴泻,乃至日数十行,且完谷不化。

胃气不降则干呕、心烦。按,心烦:心,指胃脘部;烦,搅扰纠结貌。心烦与干呕并列对举,谓恶心欲吐(参见第 96 条)。恶心欲呕频作,故其人不得安。医见心下痞硬而满,误认为是攻下不彻,有形之"结热"未去,故复下之,致使痞硬更加严重。"此非结热",并非言本证无邪热,若无邪热,何以用芩连? 此是对"复下之"而言。医"复下之"的目的,是下胃肠道有形之"结热"积聚以消痞,但本证之痞不是有形之"结热"积聚,而是胃气虚,湿热壅遏所致。客气,气指邪气;正气为主,邪气为客。此客气意指壅遏于胃脘之湿热。

甘草泻心汤,调气和胃,化浊消痞,缓急止泻。甘草泻心汤即半夏泻心汤重用甘草至四两,意在缓急。林亿按语可从。

【原文】

伤寒服汤药,下利不止,心下痞硬。服泻心汤已。复以他药下之,利不止;医以理中与之,利益甚。理中者,理中焦,此利在下焦,赤石脂禹余粮汤主之。复不止者,当利其小便。赤石脂禹余粮汤。方二十二。　　　　　　　　　［159］

赤石脂一斤,碎　太一禹余粮一斤,碎

上二味,以水六升,煮取二升,去滓。分温三服。

【提要】　伤寒屡下,下焦虚寒,滑脱不止,当固涩止利;复不止,当利小便以实之。

【图解】　见图159。

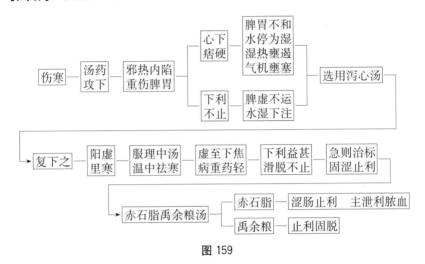

图 159

【按语】　文中所谓"服汤药"乃属攻下之剂,致使邪热内陷,且重伤脾胃。脾气不升,胃气不降,水停为湿,湿热壅遏,故心下痞满而硬。脾虚不运,水湿下注,则下利不止。本证视其病情,本当选用生姜泻心汤或甘草泻心汤,且服之当愈。

"服泻心汤已",为仲景自注句,属假设之辞。已,停止、消除之意。

复以他药下之,复,是对初服汤药,下利不止而言。其用下药的目的,是"医见心下痞,谓病不尽",故复下之。下后,阳气大伤,"利不止",造成阳虚里寒之势,虽用理中汤温中祛寒,但其阳虚里寒已不在中焦,而深及下焦,因病势又进,药不对证,故其"利益甚"。虚寒下利,病至下焦,已成滑脱不禁之势,急则治标,故仲景选用赤石脂禹余粮汤固涩止利。

【原文】

伤寒吐下后,发汗,虚烦,脉甚微,八九日心下痞硬,胁下痛,气上冲咽喉,眩冒,经脉动惕者,久而成痿。　　　　　　　　　　　　　　　　　　[160]

【提要】　伤寒误治后,胃虚恶心欲吐,脾虚停饮胁痛,心下痞硬,久而成痿的脉症。

【图解】　见图160。

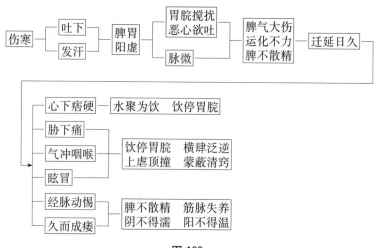

图 160

【按语】 "伤寒吐下后,发汗,虚烦",虚烦,不是因虚而烦。虚是指胃中空虚,按之心下濡。烦,犹搅动。虚烦是胃脘部搅扰纠结,饥饿空虚感,欲吐不吐,恶心之状(见第 76 条)。

本证经过吐下、发汗,脾胃阳气大虚,故反映在脉象上,呈现微脉。胃气大伤,则胃中空虚,按之濡,欲吐不吐,搅扰恶心。脾气大伤,则运化不力,脾不散精,迁延八九日,水聚为饮,饮停胃脘,故致心下由按之濡而渐至痞硬。

【原文】

伤寒发汗,若吐,若下,解后,心下痞硬,噫气不除者,旋覆代赭汤主之。方二十三。

[161]

旋覆花三两　人参二两　生姜五两　代赭一两　甘草三两,炙　半夏半升,洗　大枣十二枚,擘

上七味,以水一斗,煮取六升,去滓,再煎取三升。温服一升,日三服。

【提要】 伤寒误治后,脾胃受戕,痰饮壅遏胃脘,心下痞硬,噫气不除的证治。

【图解】 见图 161。

【按语】 伤寒,汗不得法,或误用吐、下杂治,虽侥幸表邪未至内陷,但脾胃之气却大伤。脾气不升,胃气不降,升降失调,则气机阻滞,水停为饮,饮聚为痰。本证因虚而生痰,因痰而致痞,因痞塞而噫气。旋覆代赭汤功在健脾和胃,化痰散饮,开结消痞,降逆除噫。

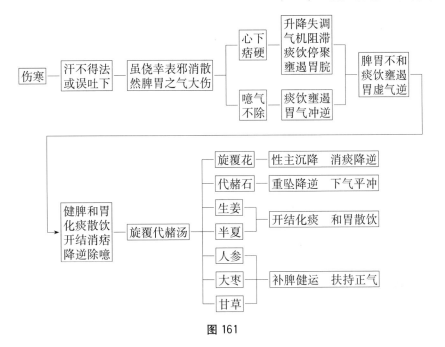

图 161

**【原文】**

下后,不可更行桂枝汤,若汗出而喘,无大热者,可与麻黄杏子甘草石膏汤。方二十四。[162]

麻黄四两　杏仁五十个,去皮尖　甘草二两,炙　石膏半斤,碎,绵裹

上四味,以水七升,先煮麻黄,减二升,去白沫,内诸药,煮取三升,去滓。温服一升。本云黄耳杯。

**【提要】**　太阳病误下后,表邪内陷,邪热壅肺,汗出而喘的证治。

**【图解】**　见图 162。

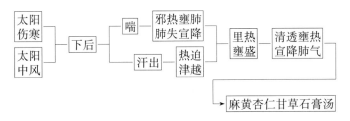

图 162

**【按语】**　本条所言之"不可更行桂枝汤"是因为症见"汗出而喘,无大热"。伤寒、中风表证未解,误用下法,致表邪内陷,郁而化热。里热蒸迫,汗出续续,虽热随汗泄,但邪热难以透越,故其证热而不甚,此即所谓"无大热"。

本证与第63条所述之证病机相同,治法相同,惟发病的初始原因不同,此属误下,而彼则为汗不如法。

【原文】

太阳病,外证未除,而数下之,遂协热而利,利下不止,心下痞硬,表里不解者,桂枝人参汤主之。方二十五。　　　　　　　　　　　　　　　　　　　[163]

桂枝四两,别切　甘草四两,炙　白术三两　人参三两　干姜三两

上五味,以水九升,先煮四味,取五升,内桂,更煮取三升,去滓。温服一升,日再夜一服。

【提要】　太阳病屡用攻下,寒凝气滞,心下痞硬,外持表热内迫下注之协热利证治。

【图解】　见图163。

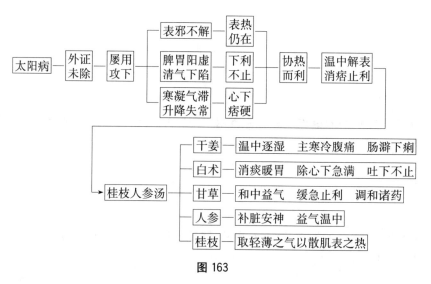

图163

【按语】　太阳病,外证未除,本当解表,而反数下之,引致表邪不解,而脾胃阳气大虚,利下不止,病发协热利。协,《金匮玉函经》、《脉经》、《千金翼方》作挟。协,和、同也。挟,挟持。协热利另见第139条、第140条。

本证因太阳病屡屡误下,一方面损伤脾胃阳气,寒凝气滞,而引致心下痞硬,下利不止;另一方面,外证未除,表热仍在;从而形成以脾胃寒凝为主,外持表热,内迫下注,下利不止之协热利。仲景治以桂枝人参汤。

【原文】

伤寒大下后,复发汗,心下痞,恶寒者,表未解也。不可攻痞,当先解表,表解乃可攻痞。解表宜桂枝汤,攻痞宜大黄黄连泻心汤。二十六。泻心汤用前第十七方。　[164]

【提要】　内有邪热壅滞之痞满,外有残留之表邪,当先解表,表解乃可攻痞。

【图解】　见图 164。

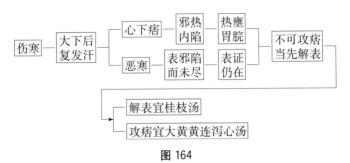

图 164

【按语】　本证是伤寒下后,复发汗,一方面,邪热内陷,无形之邪热壅聚于胃脘而成痞;另一方面,表邪陷而未尽,表证仍在,"恶寒者,表未解也"。本证虽内有邪热壅聚之痞满,但外有残留之表邪,故不可径攻其痞;若妄攻,残留之表邪大有内陷之虞,故仍当遵循先解表后攻里的原则,先与桂枝汤解散表邪,再与大黄黄连泻心汤泻热消痞。

【原文】

伤寒发热,汗出不解,心中痞硬,呕吐而下利者,大柴胡汤主之。二十七。用前第四方。　　　　　　　　　　　　　　　　　　　　　　　　　　　[165]

【提要】　本条论述伤寒热壅中焦外连肌表而发热,内迫胃脘而痞硬的证治。

【图解】　见图 165。

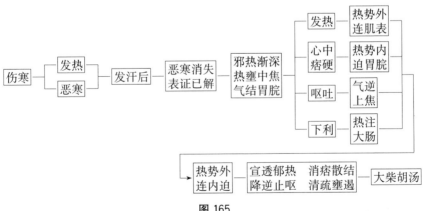

图 165

【按语】　伤寒发热恶寒,发汗后,虽恶寒已解,但发热依然。"汗出不解",是针对"发热"而言。此"发热"已不是表证发热,与心中痞硬、呕吐、下利并见,是邪热已渐深入,热壅中焦,气结胃脘,故其证外连于肌表而发热,内迫于胃脘而痞

**147**

硬,气逆于上焦而呕吐,热下注于大肠而泄利。

本证热势外连内迫,热壅中焦,已至心中痞硬的程度,故以大柴胡汤,升降清疏,开达气机,外则宣透浮游之郁热,中则消痞散结、降逆止呕,内则清疏壅遏之结热以畅秽利。

【原文】

病如桂枝证,头不痛,项不强,寸脉微浮,胸中痞硬,气上冲喉咽不得息者,此为胸有寒也,当吐之,宜瓜蒂散。方二十八。　　　　　　　　　　　[166]

瓜蒂一分,熬黄　赤小豆一分

上二味,各别捣筛,为散已,合治之,取一钱匕。以香豉一合,用热汤七合煮作稀糜,去滓。取汁和散,温顿服之。不吐者,少少加,得快吐乃止。诸亡血虚家,不可与瓜蒂散。

【提要】　寒凝胸中,寒热自汗,气冲喉咽,用瓜蒂散。

【图解】　见图166。

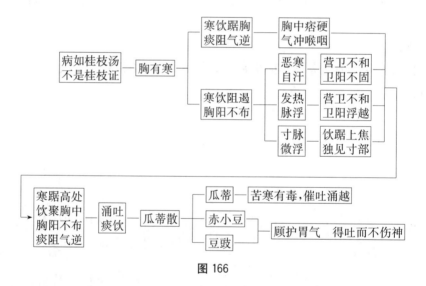

图 166

【按语】　"病如桂枝证",是言虽不是桂枝证,但却有与桂枝证相似之处。既言"头不痛,项不强",那么,所谓"如桂枝证"者,必是有发热、恶寒、自汗等症状。

从"胸中痞硬,气上冲喉咽不得息"可知,其人当是胸满痞塞,胸中有气冲逆喉咽,呼吸不利而憋气。此系寒邪深入胸中,凝津为饮,寒饮盘踞胸中。痰阻气逆,故胸中痞硬,气上冲喉咽不得息;寒饮阻遏,宗气不展,胸阳不布,则卫不与营和;卫阳不固,则恶寒、汗出;卫阳浮越,则发热、脉浮;因寒饮盘踞胸中,胸阳不布,故其脉只是略微显浮,且独见于寸部而不及于关尺。对此,仲景以"此为胸有寒也",概括出本证的病机。

寒踞高处,痰阻气逆,气上冲喉咽,故仲景选用吐法,方用瓜蒂散,酸苦涌泄,涌吐胸中寒饮,寒饮一去,胸阳布达,则营卫和而诸症悉除。

**【原文】**

病胁下素有痞,连在脐傍,痛引少腹,入阴筋者,此名脏结,死。二十九。

[167]

**【提要】** 胁下素有痞块、疼痛、入阴筋之脏结证候及预后。

**【图解】** 见图 167。

**图 167**

**【按语】** "素有痞"是宿疾,是对新感伤寒而言。痞块位在胁下,连及脐旁,其证非寒即血或阴寒结聚或血瘀癥瘕,此即所谓脏结。"痛引少腹,入阴筋者",是新感寒邪,深入引动宿疾,新旧病合,病证加剧,症见痞块疼痛而牵引少腹、入阴筋。"入阴筋"即阴茎缩入,其痛难忍。寒邪深入,激发宿疾,阴器抽缩剧痛,其状上至胁下痞块,下至少腹及阴筋,疼痛难忍,其证危重。

**【原文】**

伤寒,若吐若下后,七八日不解,热结在里,表里俱热,时时恶风,大渴,舌上干燥而烦,欲饮水数升者,白虎加人参汤主之。方三十。

[168]

知母六两　石膏一斤,碎　甘草二两,炙　人参二两　粳米六合

上五味,以水一斗,煮米熟汤成,去滓。温服一升,日三服。此方立夏后、立秋前乃可服,立秋后不可服。正月、二月、三月尚凛冷,亦不可与服之,与之则呕利而腹痛。诸亡血虚家亦不可与,得之则腹痛利者,但可温之,当愈。

**【提要】** 伤寒吐下,津伤热结,失于宣达的证治。

**【图解】** 见图 168。

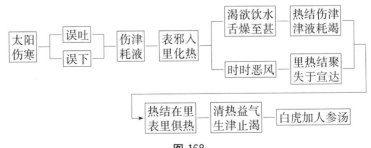

**图 168**

【按语】　伤寒表证,误用吐法或下法,伤津耗液,经过七八日之久,表邪入里逐渐化热,舌上干燥而烦。烦,不是心烦,意表口舌燥渴极为严重的程度。

时时恶风,有注家释为表邪未解,非是,因为仲景在第170条有云:"其表不解,不可与白虎汤"。本证"热结在里",虽表里俱热,但以"热结"为重,以"里"为主。其结聚之热,时时失于宣达,故其症见于外者,则是恶风时时而作。若"热结"进一步严重,则可见"无大热"、其"背微恶寒"(见第169条),若"热结"的程度更加严重,则可呈现"脉滑而厥"之热深厥深,通体皆厥之真热假寒之象(见第350条)。

本证热结于里,伤津耗液,其人大渴,仲景治以白虎加人参汤清热益气,生津止渴。

【原文】

**伤寒无大热,口燥渴,心烦,背微恶寒者,白虎加人参汤主之。三十一。用前方。**
[169]

【提要】　伤寒外邪由表入里,火势内郁,无大热,背微恶寒的证治。

【图解】　见图169。

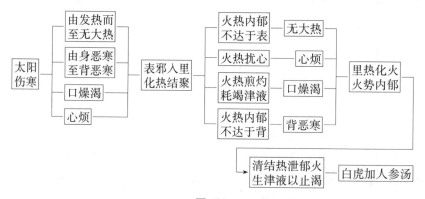

图 169

【按语】　伤寒由发热渐变为无大热,由全身恶寒渐变为背恶寒,且症见口燥渴、心烦,此属外邪由表入里,化热结聚而成内火。

证属里热化火,火势内郁,故里热虽盛,但表无大热。仲景治以白虎加人参汤,清结热,泄郁火,生津止渴。

【原文】

**伤寒脉浮,发热无汗,其表不解,不可与白虎汤。渴欲饮水,无表证者,白虎加人参汤主之。三十二。用前方。**
[170]

【提要】　伤寒表证不解,即使里热炽盛,渴欲饮水,也不可与白虎加人参汤。

**【图解】**　见图170。

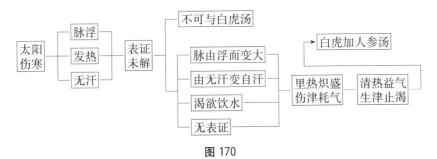

图 170

**【按语】**　"伤寒脉浮,发热无汗",属伤寒表证。白虎汤属寒凉清热重剂,若误用于表证,或表证不解而用之,轻则表闭寒郁,重则中寒伤阳。

"渴欲饮水,无表证",强调"无表证"。以"渴欲饮水"提示白虎加人参汤证的若干基本症状,而不仅仅是"渴欲饮水"一个症状。

本条强调伤寒表证不解,即使里热炽盛,渴欲饮水,也不可与白虎加人参汤。

**【原文】**

太阳少阳并病,心下硬,颈项强而眩者,当刺大椎、肺俞、肝俞,慎勿下之。三十三。

[171]

**【提要】**　本条论述太阳少阳并病心下硬,颈项强而眩的证治。

**【图解】**　见图171。

图 171

**【按语】**　"颈项强",谓太阳病未解,表证仍在;眩及心下硬,属少阳病症状;此属太阳病发病过程中,病势逐渐深入,表证尚未解,而始转属少阳,已显少阳病症状。仲景告诫,"慎勿下之",而选用刺法。

本条与第142条对比,虽然都是太阳少阳并病,但反映的是并病过程中的不同动态。前条是太阳少阳并病之初,证尚略偏于太阳,而本条可谓是太阳少阳并病之渐,证已略偏于少阳。

**【原文】**

太阳与少阳合病,自下利者,与黄芩汤;若呕者,黄芩加半夏生姜汤主之。三十四。

[172]

黄芩汤方

黄芩三两　芍药二两　甘草二两,炙　大枣十二枚,擘

上四味,以水一斗,煮取三升,去滓。温服一升,日再夜一服。

黄芩加半夏生姜汤方

黄芩三两　芍药二两　甘草二两,炙　大枣十二枚,擘　半夏半升,洗　生姜一两半,一方三两,切

上六味,以水一斗,煮取三升,去滓。温服一升,日再夜一服。

【提要】　太阳少阳合病,下利或呕的证治。

【图解】　见图172。

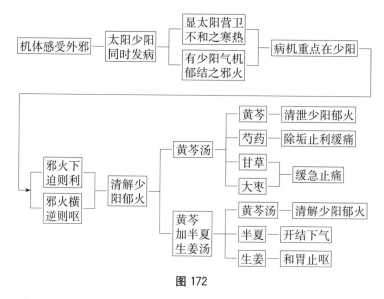

图 172

【按语】　本证太阳少阳合病,是机体感受外邪之后,太阳与少阳同时发生的相应的整体性反应,其病机重点在少阳。

本证在外可见太阳营卫不和之寒热,在内则有少阳气机郁结之邪火。黄芩汤重在清解少阳郁结之邪火,少阳郁火一清,太阳之邪无以自恋,必邪散而表和。若呕,则是少阳邪火迫胃,郁而求伸,虽呕声频频,声高气粗,但呕物不多,故加半夏、生姜,意在调气降逆止呕。

【原文】

伤寒,胸中有热,胃中有邪气,腹中痛,欲呕吐者,黄连汤主之。方三十五。

[173]

黄连三两　甘草三两,炙　干姜三两　桂枝三两,去皮　人参二两　半夏半升,洗　大枣十二枚,擘

上七味,以水一斗,煮取六升,去滓。温服,昼三夜二。疑非仲景方。

【提要】　伤寒胸中有热,胃中有邪气,上热下寒的证治。

【图解】　见图 173。

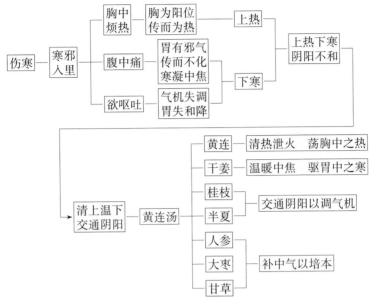

图 173

【按语】　本证伤寒,寒邪入里,其深入胸中者,传而为热,此即所谓"胸中有热",症见胸中烦热;其深入胃脘者,传而不化,寒邪凝结中焦,故其人腹中痛。外邪致病是机体在外邪的激化下,其素禀之阴阳寒热虚实之偏,由潜在或隐匿状态而具体化地显现出来。本证素禀胃中虚寒,故外邪深入,其及于胸中者传而为热,而及于胃中者则传而不化。

本证胸中有热,胃中有邪气,形成上热下寒之势。阴阳不和,气机失调,胃失和降,故其人泛泛恶心而欲呕。方用黄连汤,寒热并用,交通阴阳。

【原文】

伤寒八九日,风湿相搏,身体疼烦,不能自转侧,不呕,不渴,脉浮虚而涩者,桂枝附子汤主之。若其人大便硬,一云脐下心下硬。小便自利者,去桂加白术汤主之。三十六。　　　　　　　　　　　　　　　　　　　　　　　　　　　　[174]

桂枝附子汤方

桂枝四两,去皮　附子三枚,炮,去皮,破　生姜三两,切　大枣十二枚,擘　甘草二两,炙

上五味,以水六升,煮取二升,去滓。分温三服。

**153**

去桂加白术汤方

附子三枚,炮,去皮,破　白术四两　生姜三两,切　甘草二两,炙　大枣十二枚,擘

上五味,以水六升,煮取二升,去滓。分温三服。初一服,其人身如痹,半日许复服之,三服都尽,其人如冒状,勿怪。此以附子、术,并走皮内,逐水气未得除,故使之耳。法当加桂四两,此本一方二法,以大便硬,小便自利,去桂也;以大便不硬,小便不利,当加桂。附子三枚恐多也,虚弱家及产妇,宜减服之。

**【提要】**　伤寒八九日,风湿相搏,身痛,脉浮虚涩的证治。

**【图解】**　见图 174。

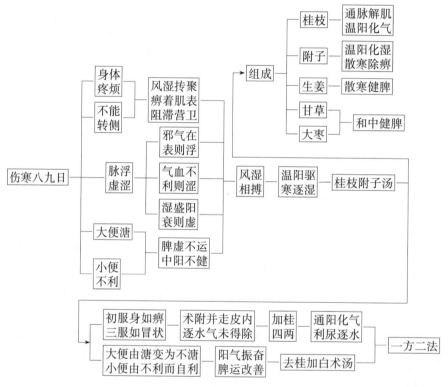

图 174

**【按语】**　伤寒八九日后,其证由身体疼痛而至疼烦;烦,表述疼痛极度难忍,且已达不能转侧的程度。其脉由浮紧而变化为浮虚而涩,此属"风湿相搏"所致。风,泛指风寒外邪;湿,或为外感之湿邪,或其人素禀湿盛。风寒与湿邪抟聚,痹着肌表,阻滞营卫,气血不利,故其人身痛难忍,转侧艰难。风寒湿邪在表,故其脉浮;湿邪弥漫肌表,气血不利,故其脉涩;脉虚则是湿盛阳虚,中气不健之象。

从"若其人大便硬,小便自利"看,本证还当有"大便溏,小便不利",此属脾虚

不运,中阳不健。本证伤寒虽已至八九日,但其人不呕,可排除少阳病(见第266条),不渴可排除阳明病(见第221条、第222条)。

桂枝附子汤重用桂枝和附子,一是振奋阳气,一是突出驱寒逐湿之力。服桂枝附子汤之后,若其人大便由溏而变化为不溏,小便由不利而变化为自利,说明服药后,阳气振奋,脾运改善,温阳化气有效。故去温阳化气之桂枝加"主风寒湿痹死肌"、"逐皮间风水"的白术,以强化其逐湿之力。初服之后,"其人身如痹",此属湿气由静始动;"其人如冒状",则属"附子、术并走皮内,逐水气未得除",故再加桂枝四两,通阳化气,利小便,以逐水气。

【原文】

风湿相搏,骨节疼烦,掣痛不得屈伸,近之则痛剧,汗出短气,小便不利,恶风不欲去衣,或身微肿者,甘草附子汤主之。方三十七。　　　　　　　　　　[175]

甘草二两,炙　附子二枚,炮,去皮,破　白术二两　桂枝四两,去皮

上四味,以水六升,煮取三升,去滓。温服一升,日三服。初服得微汗则解。能食,汗止复烦者,将服五合。恐一升多者,宜服六七合为始。

【提要】　风湿相搏,骨节疼甚,汗出短气,小便不利,恶风的证治。

【图解】　见图175。

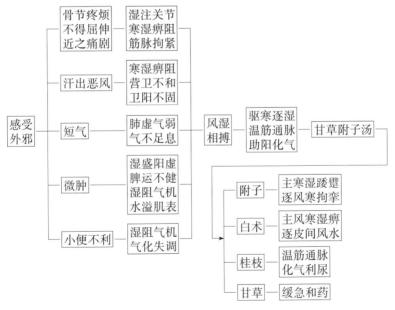

图 175

【按语】　本证风寒湿邪摩荡黏着,伤及肌表,流注关节,痹阻肌表,湿盛阳虚,方用甘草附子汤。本方术、附、桂并用。术、桂并用驱寒逐湿,温筋通脉,助阳

化气,利尿退肿。桂、附并用,温阳固表,化气逐湿。本证症状剧而急,仲景以甘草命方,一则缓急止痛,二则病势顽固,以图缓治。

【原文】

**伤寒脉浮滑,此以表有热,里有寒,白虎汤主之。方三十八。** [176]

知母六两　石膏一斤,碎　甘草二两,炙　粳米六合

上四味,以水一斗,煮米熟汤成,去滓。温服一升,日三服。臣亿等谨按,前篇云,热结在里,表里俱热者,白虎汤主之。又云,其表不解,不可与白虎汤。此云,脉浮滑,表有热,里有寒者,必表里字差矣。又,阳明一证云,脉浮迟,表热里寒,四逆汤主之。又,少阴一证云,里寒外热,通脉四逆汤主之。以此表里差,明矣。《千金翼》云白通汤。非也。

【提要】　伤寒邪入化热,不恶寒但发热、脉浮滑的证治。

【图解】　见图176。

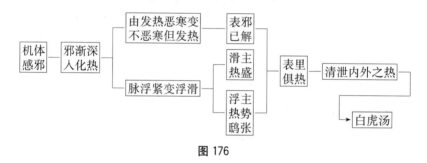

图 176

【按语】　对照第219条三阳合病用白虎汤,第350条"伤寒,脉滑而厥者,里有热,白虎汤主之",本证治以白虎汤之辛凉重剂,必是表里俱热,若里有寒,绝非白虎汤所宜。

本证伤寒随着外邪逐渐深入化热,而由发热恶寒,变化为不恶寒但发热;由脉浮紧,变化为脉浮滑。不恶寒说明表邪已解,脉滑主热盛于内,脉浮主热鸥张于外。证属表里俱热,故以辛凉清热重剂白虎汤,清泄内外弥漫之热,且兼顾胃气而不伤中阳。

本条因"里有寒"与"白虎汤主之"证治不符,故引发注家纷纭。虽各曲尽其解,但都不免牵强。

【原文】

**伤寒脉结代,心动悸,炙甘草汤主之。方三十九。** [177]

甘草四两,炙　生姜三两,切　人参二两　生地黄一斤　桂枝三两,去皮　阿胶二两　麦门冬半升,去心　麻仁半升　大枣三十枚,擘

上九味,以清酒七升,水八升,先煮八味,取三升,去滓,内胶烊消尽。温服一升,日三服。一名复脉汤。

【提要】 机体感受外邪,反应不敏,表证不显,而症见脉结代,心动悸的证治。

【图解】 见图177。

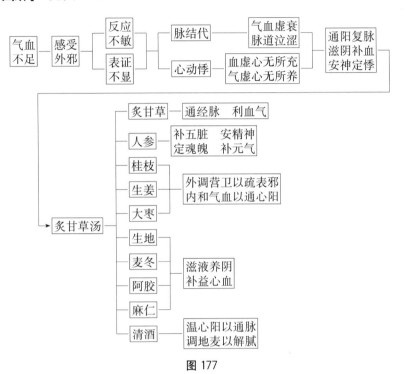

图 177

【按语】 本证由于营卫气血素虚,正气不足,鼓舞无力,故虽感受外邪,但机体反应不敏,表证不甚明显,而更突出了脉结代、心动悸等里虚不足之象。结脉与代脉都是间歇脉,第178条云:"脉按之来缓,时一止复来者,名曰结";"脉来动而中止,不能自还,因而复动者,名曰代"。本证伤寒,表邪未解,而显现结代脉,此属正虚不耐邪扰,阴阳失调,气血虚衰,脉道泣涩所致。血虚,则心无所充;气虚,则心无所养。这种气血两虚之脉结代,反映在症状上则是心动悸不安。动悸,心中空荡动惕。炙甘草汤,气阴双补,通阳复脉。

【原文】

脉按之来缓,时一止复来者,名曰结。又脉来动而中止,更来小数,中有还者反动,名曰结,阴也。脉来动而中止,不能自还,因而复动者,名曰代,阴也。得此脉者,必难治。 [178]

【提要】 补述结脉和代脉在节律和脉势上的特点。

【图解】 见图178。

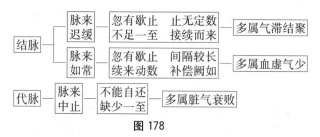

**图 178**

【按语】　从文首至"时一止复来者，名曰结"为第一节。讲述在脉来迟缓的过程中，时有突然脉搏歇止的现象，且止无定数，其歇止短暂一刹，不足一至，随即下一至脉搏接续而来，此所谓"时一止复来"。此系结脉之轻缓者，多属气滞结聚之象。

从"又脉来动而中止"至"名曰结，阴也"为第二节。讲述结脉的另一种表现，即在脉搏跳动过程中，时有中止，其中止的间隔时间比前述的结脉较长，其续来的脉搏躁动而数，从而补偿了由于中止而阙如的至数，此即所谓"中有还者反动"。此系结脉之较严重者，多属血虚气少之象。

从"脉来动而中止，不能自还"至"名曰代，阴也"为第三节。讲述代脉的脉势和特点。与结脉相比较，代脉的特点是"动而中止"，"不能自还"，重点在"不能自还"。因为脉搏中止后，脉气不续，"不能自还"，所以在脉率上缺少一至，寸口脉在指下，显得间歇时间较长才"因而复动"。代脉多属脏气衰败之象。

最后一句为第四节，指出结代脉不属伤寒发病之常脉，而是脏腑气结或衰败之象，故文曰"得此脉者，必难治"。

# 太阳病篇小结

## 一、太阳病分类概览

【图解】　见太阳病篇小结图 1。

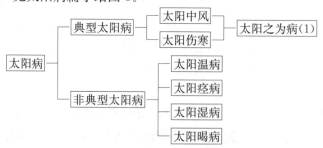

**太阳病篇小结图 1**

【按语】　"太阳之为病"是对太阳病篇重点的提示，是太阳病最典型的表现，而不是对太阳病内容的概括，是举典型的太阳病为例以比照其他，它与太阳病的其他类型比类是同中有异,异中有同。

"之为病"条文中的恶寒,是太阳病的要点,是重点强调,此在太阳病的发病过程中具有一定的普遍性,因此也具有一定的典型意义;而温病中的不恶寒,是对温病发病过程的具体表述,具有一定的特殊性,因此属不典型的太阳病。

## 二、典型太阳病自然过程之典型证候概览

【图解】　见太阳病篇小结图 2。

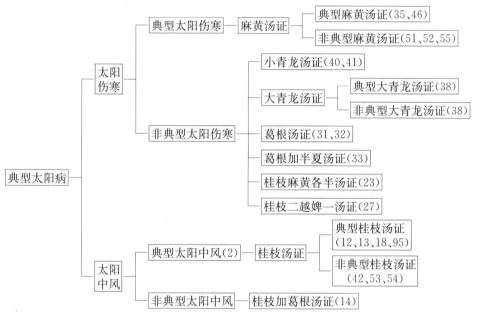

太阳病篇小结图 2

【按语】　和其他类型的太阳病比较,太阳伤寒和太阳中风属典型的太阳病。在《伤寒论》中,典型的太阳伤寒用麻黄汤治疗,第 35 条具有代表性。但是,太阳病用麻黄汤时,也并不是都如同第 35 条所述,第 51 条、第 52 条中的应用,极具启发性。

在伤寒的发病过程中,由于素体的阴阳寒热虚实以及既往的宿疾,都会影响伤寒发病的过程,因而会形成不同于麻黄汤证的其他若干证,如心下有水气的小青龙汤证、内有蕴热的大青龙汤证等。

同样的道理,太阳中风也会产生典型的过程与若干非典型过程。

## 三、典型太阳病自然过程之非典型证候概览

【图解】　见太阳病篇小结图 3。

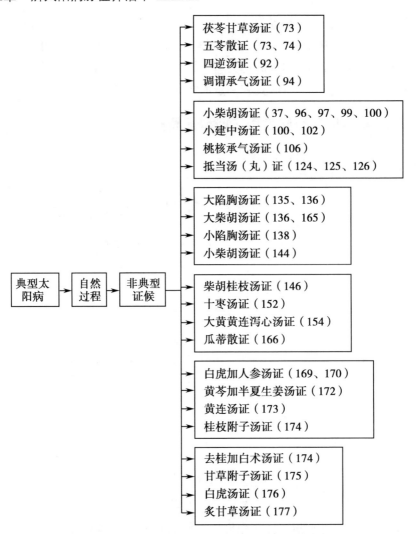

茯苓甘草汤证（73）
五苓散证（73、74）
四逆汤证（92）
调谓承气汤证（94）

小柴胡汤证（37、96、97、99、100）
小建中汤证（100、102）
桃核承气汤证（106）
抵当汤（丸）证（124、125、126）

大陷胸汤证（135、136）
大柴胡汤证（136、165）
小陷胸汤证（138）
小柴胡汤证（144）

典型太阳病　→　自然过程　→　非典型证候

柴胡桂枝汤证（146）
十枣汤证（152）
大黄黄连泻心汤证（154）
瓜蒂散证（166）

白虎加人参汤证（169、170）
黄芩加半夏生姜汤证（172）
黄连汤证（173）
桂枝附子汤证（174）

去桂加白术汤证（174）
甘草附子汤证（175）
白虎汤证（176）
炙甘草汤证（177）

**太阳病篇小结图 3**

【按语】　典型太阳病的发展趋势是论中第 8 条所述："太阳病，头痛至七日以上自愈者，以行其经尽故也。"这中间或形成伤寒麻黄汤证或形成中风桂枝汤证，虽然具有一定的不确定性，但可以肯定的是基本上都属于表证范围。

若太阳病迁延，随着表证的逐渐消散，外邪或日渐入里热结化寒，或内外合邪激发宿疾，因而可以引发若干不同的证，这些证不是汗吐下或其他误治引发的，而是太阳病发生的自然过程。

### 四、典型太阳病治疗过程引发之证候概览

【图解】　见太阳病篇小结图 4。

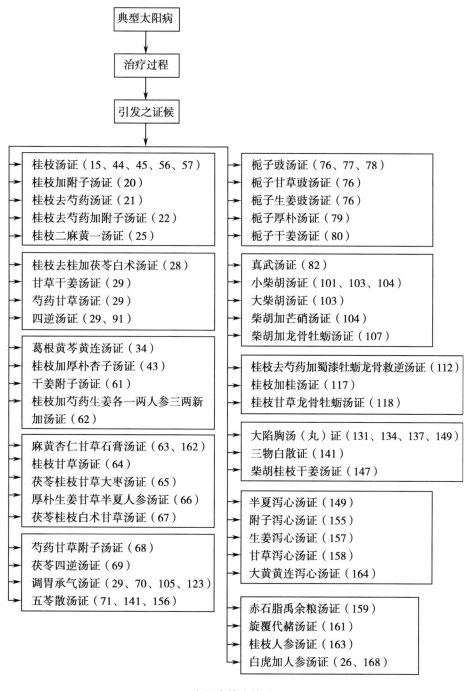

典型太阳病

↓

治疗过程

↓

引发之证候

↓

桂枝汤证（15、44、45、56、57）
桂枝加附子汤证（20）
桂枝去芍药汤证（21）
桂枝去芍药加附子汤证（22）
桂枝二麻黄一汤证（25）

桂枝去桂加茯苓白术汤证（28）
甘草干姜汤证（29）
芍药甘草汤证（29）
四逆汤证（29、91）

葛根黄芩黄连汤证（34）
桂枝加厚朴杏子汤证（43）
干姜附子汤证（61）
桂枝加芍药生姜各一两人参三两新
加汤证（62）

麻黄杏仁甘草石膏汤证（63、162）
桂枝甘草汤证（64）
茯苓桂枝甘草大枣汤证（65）
厚朴生姜甘草半夏人参汤证（66）
茯苓桂枝白术甘草汤证（67）

芍药甘草附子汤证（68）
茯苓四逆汤证（69）
调胃承气汤证（29、70、105、123）
五苓散汤证（71、141、156）

栀子豉汤证（76、77、78）
栀子甘草豉汤证（76）
栀子生姜豉汤证（76）
栀子厚朴汤证（79）
栀子干姜汤证（80）

真武汤证（82）
小柴胡汤证（101、103、104）
大柴胡汤证（103）
柴胡加芒硝汤证（104）
柴胡加龙骨牡蛎汤证（107）

桂枝去芍药加蜀漆牡蛎龙骨救逆汤证（112）
桂枝加桂汤证（117）
桂枝甘草龙骨牡蛎汤证（118）

大陷胸汤（丸）证（131、134、137、149）
三物白散证（141）
柴胡桂枝干姜汤证（147）

半夏泻心汤证（149）
附子泻心汤证（155）
生姜泻心汤证（157）
甘草泻心汤证（158）
大黄黄连泻心汤证（164）

赤石脂禹余粮汤证（159）
旋覆代赭汤证（161）
桂枝人参汤证（163）
白虎加人参汤证（26、168）

太阳病篇小结图 4

　　**【按语】**　在太阳病篇中,除了太阳病发病自然过程中产生的证之外,还有大量的在太阳病治疗过程中引发的证候,这主要是在太阳病治疗过程中,伤阳、耗阴、亡血、热陷、水停、痰结、神乱等等因素影响形成的。仲景辨证施治,不论是外感还是内伤杂病,其因证立法、遣方用药的原则,为后世医家作出示范,成为一代代医家学习的榜样。

# 第四章　辨阳明病脉证并治

合四十四法,方一十首,一方
附,并见阳明少阳合病法

【原文】

问曰:病有太阳阳明,有正阳阳明,有少阳阳明,何谓也? 答曰:太阳阳明者,脾约一云络是也;正阳阳明者,胃家实是也;少阳阳明者,发汗、利小便已,胃中燥、烦、实,大便难是也。　　　　　　　　　　　　　　　　　[179]

【提要】　阳明病分类。

【图解】　见图179。

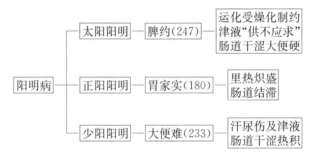

图 179

【按语】　本条把阳明病分为太阳阳明、正阳阳明与少阳阳明。太阳阳明是指脾约而言,病机是机体感受外邪,阳明燥化太过,太阴脾的运化功能受到阳明燥化功能的制约,太阴脾运化功能相对不足,津液输布"供不应求",引发肠道干涩,故以大便硬为特点(第247条)。

正阳阳明是指胃家实而言,病机是里热炽盛、肠道结滞,此属热与实俱盛的典型的阳明病(第180条)。

少阳阳明是指机体感受外邪发病之后,由于发汗、利小便等伤及津液,致使津液暂时不足,以引发肠道干涩,症见大便难,欲便而不能。其证较轻缓者,选用导法治疗(第233条);其证较急重者,可选用小承气汤以通其便(第250条)。

**【原文】**

阳明之为病,胃家实一作寒。是也。 ⌈180⌋

**【提要】** 典型的阳明病的基本病机。

**【图解】** 见图180。

图 180

**【按语】** 近世有注家提出,邪气盛则实,白虎汤证是邪气盛,故胃家实不仅是指承气汤证而且还应当包括白虎汤证。此说非是。

胃家实和邪气盛则实,虽然都是"实",但含义却不同。"邪气盛则实"是与"正气夺则虚"相对应的。胃家实所揭示的,只是里热炽盛、肠道结滞的具体病机,而白虎汤证其热虽盛,弥漫全身,但未与有形之邪相结,不具有肠道结滞这样的具体病机,所以它不属胃家实。第179条"正阳阳明者,胃家实是也",这里讲得很清楚,只有正阳阳明,才是胃家实。若把正阳阳明与太阳阳明、少阳阳明对比,从中可见,正阳阳明是指承气汤证。

正阳阳明是胃家实,胃家实是典型的阳明病。本条以"胃家实"来揭示阳明病的病机,只是对阳明病病机的重点提示,而不是概括,是举其要点而比照其他。在阳明病,不仅有热证、实证,而且还有虚证、寒证,这些都是"胃家实"所概括不了的。

**【原文】**

问曰:何缘得阳明病?答曰:太阳病,若发汗,若下,若利小便,此亡津液,胃中干燥,因转属阳明。不更衣,内实,大便难者,此名阳明也。 ⌈181⌋

**【提要】** 太阳病转属为阳明病的动因、病机及症状。

**【图解】** 见图181。

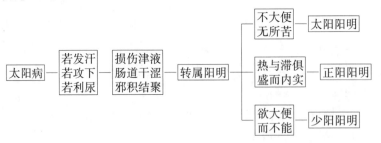

图 181

**【按语】** 太阳病发汗不当或误用下法或误利小便等,损伤津液,引致肠道干涩,邪积结聚,而由太阳病转属为阳明病。

由于津液损伤、邪积结聚以及里热盛实程度的不同,转属的阳明病可有不同的表现:可以发为不大便而无所苦之太阳阳明脾约证,古人登厕雅称更衣,不更衣,即不大便;可以发为"热"与"滞"俱盛而"内实"之正阳阳明承气汤证;也可以发为欲大便而苦于不能下之少阳阳明证,即"大便难"。

【原文】

问曰:阳明病外证云何? 答曰:身热,汗自出,不恶寒,反恶热也。 [182]

【提要】 阳明病外证的特点。

【图解】 见图182。

图 182

【按语】 典型阳明病的病机是胃家实,"阳明病外证"是与"胃家实"相对应的。其内是热实俱盛,热炽盛于内,蒸达于外,故其外证是身热灼手而不恶寒反恶热,里热迫津外越而自汗出。

【原文】

问曰:病有得之一日,不发热而恶寒者,何也? 答曰:虽得之一日,恶寒将自罢,即自汗出而恶热也。 [183]

【提要】 阳明病表证持续时间短暂,化热急速,始虽恶寒,旋即汗出而恶热。

【图解】 见图183。

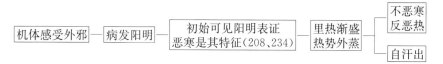

图 183

【按语】 阳明病表证可见恶寒(第208条、第234条)。典型的阳明病是化热化燥的过程,虽里热炽盛,但发病初始,其热势则是由微而渐,由渐而盛,由盛而炽。当里热炽盛时,热势外蒸而恶热,迫津外越而汗出。在这个过程中,恶寒由显而微,由微而自罢,故文曰"始虽恶寒,二日自止","即自汗出而恶热也"。

【原文】

问曰:恶寒何故自罢? 答曰:阳明居中,主土也,万物所归,无所复传,始虽恶寒,二日自止,此为阳明病也。 [184]

【提要】　承接第183条,诠释阳明病表证恶寒自罢的五行义理。

【图解】　见图184。

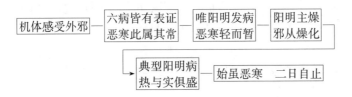

图 184

【按语】　太阳病的特点是发热恶寒,而且在太阳病表证未解之前,恶寒这个症状持续而不自罢。本条从阳明的五行属性以及五行运动变化的义理,来解释为什么阳明病恶寒能够自罢。

阳明在五行属土,在方位居中,在脏腑主胃肠,在六气主燥。伤寒发病,不论在太阳、少阳,还是在三阴,"恶寒"属其常,唯有阳明发病,"恶寒"轻微而持续时间短暂,"始虽恶寒,二日自止"。究其原因,乃缘阳明主燥,其性属热。仲景用阳明居中主土,土载万物于其上的五行之理,以比喻阳明发病;在典型过程中,不论其邪属寒、属热,皆从燥化;其过程由发病早期的"始虽恶寒,二日自止",逐渐热化、燥化而成大热大实,从而形成自身的发病规律,此所谓"无所复传",亦即阳明病"以行其经尽故也"之意。

【原文】

本太阳,初得病时,发其汗,汗先出不彻,因转属阳明也。伤寒发热,无汗,呕不能食,而反汗出濈濈然者,是转属阳明也。　　　　　　　　　　　　[185]

【提要】　分两节阐述太阳病转属阳明病的过程和症状特点。

【图解】　见图185。

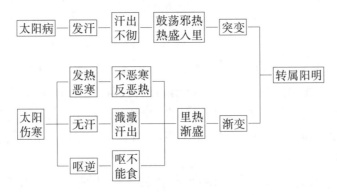

图 185

【按语】　本条从"本太阳"至"因转属阳明也"为第一节。太阳病,初得病时,发热恶寒,本当发其汗,汗出而解。由于汗不得法,汗出不透彻,故表邪不仅不解,反而鼓荡邪热,引致邪热炽盛入里,而转属阳明。

从"伤寒发热"至本条结束为第二节。表述太阳伤寒,未经发汗,以渐变的过程而转属为阳明病。

太阳伤寒原本是恶寒发热无汗,并兼见呕逆;若随着病情发展,由恶寒而至不恶寒,由无汗而至热汗频频,由呕逆而至呕不能食的程度,此反映出表邪入里化热,病势向里发展。其病机已由太阳病表邪不解而逐渐转化为里热炽盛,最终转属为阳明病。

此虽已转属为阳明病,但尚属热势弥漫;"呕不能食",一方面说明热势迫胃,另一方面也反映出其病机尚存向上向外之残势。

【原文】

伤寒三日,阳明脉大。　　　　　　　　　　　　　　　　　　　　[186]

【提要】　以"阳明脉大",揭示伤寒三日变化的病机与症状。

【图解】　见图186。

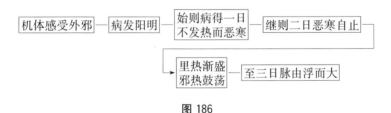

图 186

【按语】　机体感受外邪,发为阳明病是一个过程;始则"病有得之一日,不发热而恶寒"(第183条),继则"始虽恶寒,二日自止,此为阳明病也"(第184条);而至"伤寒三日"之时,则阳明里热渐盛,邪热鼓荡,其脉由"浮"而逐渐至"大"。其时其证,当如同第182条所云:"身热,汗自出,不恶寒,反恶热也"。

【原文】

伤寒脉浮而缓,手足自温者,是为系在太阴。太阴者,身当发黄;若小便自利者,不能发黄;至七八日,大便硬者,为阳明病也。　　　　　　　　[187]

【提要】　"伤寒系在太阴"可有虚实两种不同的转归。

【图解】　见图187。

【按语】　"发热恶寒者,发于阳也",三阳发病,其典型的表现,症状或轻或重,病程或长或短,都有发热恶寒的症状,其手足多热。"无热恶寒者,发于阴也",三阴发病,其典型的表现,症状或轻或重,都有无热恶寒这个症状,其手足多

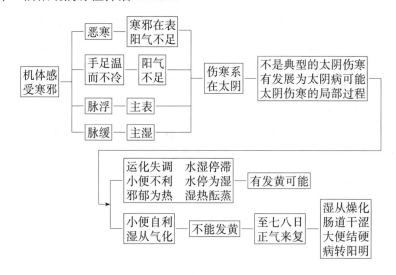

图 187

冷。本证伤寒,脉浮而缓,其脉如同太阳中风,但手足不热,故不是太阳中风。脉浮主表,脉缓主湿,手足不冷而温,虽似太阴伤寒,但却不是典型的太阴伤寒,故仲景称之为伤寒"系在太阴"。所谓"系在太阴",是说本证伤寒有发展为太阴病的可能,是太阴伤寒发病的一个局部过程。

本证若向太阴病发展,必运化失调,水湿停滞,故小便不利;水停为湿,邪郁为热,湿热酝蒸,濡染黄化,故流于肌表、面目而发黄。本证若由脾不健运而逐渐自调为脾运如常,则湿化水布,必小便自利;其证有热无湿,故不能发黄;证至七八日,湿从燥化,则肠道渐显干涩,至大便硬时,其病已从"伤寒系在太阴"而逐渐发展成为阳明病。

本条对"伤寒系在太阴"的发病趋势,进行了动态的描述。太阴主运化,阳明主燥化,若湿胜则燥从湿化发为太阴病,若燥胜则湿从燥化而发为阳明病。

【原文】

**伤寒转系阳明者,其人濈然微汗出也。** [188]

【提要】 太阳伤寒若濈然微汗出,则是转属为阳明病的征象之一。

【图解】 见图188。

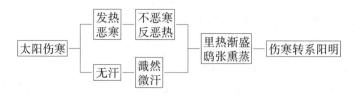

图 188

【按语】　汗自出或汗多是典型阳明病的症状特点之一（第182条、第196条），它反映出阳明病里热炽盛，迫津外越的病机。

"转系"即转属。太阳伤寒本是发热、无汗、恶寒，若由发热、无汗、恶寒发展为发热、汗出、不恶寒，此反映出表邪入里化热，里热渐盛，鸱张熏蒸之病机；其病已由太阳转属阳明，其汗出是里热迫津外越所致。

【原文】

阳明中风，口苦咽干，腹满微喘，发热恶寒，脉浮而紧，若下之，则腹满小便难也。　　　　　　　　　　　　　　　　　　　　　　　　　　　　　　　　［189］

【提要】　阳明病表证，向阳明病里证演变的过程。

【图解】　见图189。

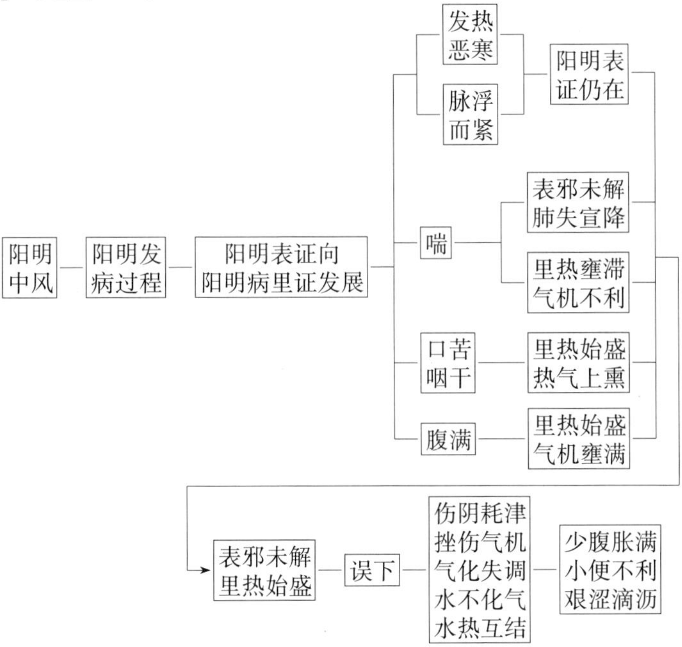

图189

【按语】　由阳明病表证发展为阳明病里证是一个过程，其特点是由表而里，由热渐而至热盛，总体趋势是向里热、里实发展，本条正是凸显这个过程，仲景把这个过程称为"阳明中风"。

阳明病表证之一，如第235条所云："阳明病，脉浮，无汗而喘者，发汗则愈，宜麻黄汤。"与此对照，本证"发热恶寒，脉浮而紧"，反映出阳明病表证未解。阳明病表证与其化热化燥的进程同在，当病势逐渐发展至里热开始炽盛时，里热必有外蒸之势；热气上熏口咽则口苦咽干，里热壅盛则腹满；喘既含有表邪未解，肺失宣降之病机,又有里热壅滞,气机不利之因素。

**【原文】**

阳明病,若能食,名中风,不能食,名中寒。　　　　　　　　　　[190]

**【提要】**　以能食与不能食,揭示阳明病化热过程之迟速,辨析阳明中风与阳明中寒。

**【图解】**　见图190。

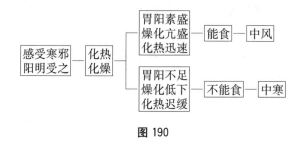

图 190

**【按语】**　阳明发病,总的趋势是化热化燥,但由于机体的潜在差异,故其化热化燥的进程和程度有所不同。胃阳素盛者,阳明燥化功能亢盛,感受外邪之后,化热化燥迅速,阳热能消食化谷,故以能食为特点。胃阳相对不足者,阳明化热化燥功能相对低下,感受外邪之后,化热化燥迟缓,故以食欲不振为特点。

所谓阳明中风,不是说阳明中了风邪,所谓阳明中寒,也不是说阳明中了寒邪。"能食"与"不能食"是相对而言的。能食是指纳食正常;不能食,即不欲食,纳食不馨。

**【原文】**

阳明病,若中寒者,不能食,小便不利,手足濈然汗出,此欲作固瘕,必大便初硬后溏。所以然者,以胃中冷,水谷不别故也。　　　　　　　　[191]

**【提要】**　阳明中寒,欲作固瘕的病机。

**【图解】**　见图191。

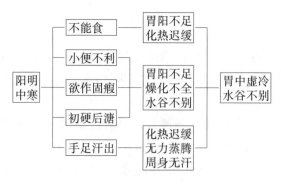

图 191

【按语】 阳明中寒,不能食,尽管化热化燥迟缓,但其燥化的进程仍在进行,表现在其大便虽欲燥化,但最终燥化不全,仅能"欲作固瘕",只能达到"初硬后溏"的程度,而达不到"大便硬"的程度。

固瘕是溏便中夹杂的干硬粪块,此属阳明燥化不足所致,如文中所云"以胃中冷,水谷不别故也"。"胃中冷"是胃阳不足,化燥迟缓,故肠道中水谷不能泌别、渗利,以致小便不利,糟粕不能燥化为硬便,而致大便初硬后溏,溏中有瘕。阳明病法多汗(第196条),但本证阳明病,化热迟缓,阳气不足,无力蒸腾、化生津液,故仅能致脾胃所主之四肢手足汗出绵绵,而达不到全身濈然汗出的程度。

【原文】

阳明病,初欲食,小便反不利,大便自调,其人骨节疼,翕翕如有热状,奄然发狂,濈然汗出而解者,此水不胜谷气,与汗共并,脉紧则愈。 [192]

【提要】 阳明病发病初期,虚实错杂,正盛邪衰的特殊过程。

【图解】 见图192。

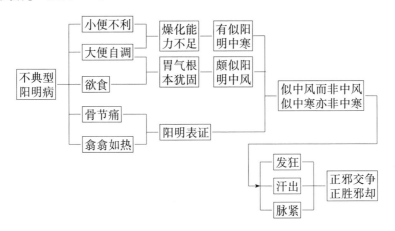

图 192

【按语】 阳明病本当小便利,大便硬。本证一方面小便"反不利",大便不硬(仅自调),反映出其燥化能力相对不足,其证有似阳明中寒;另一方面,"初欲食",亦即食欲正常,此与大便自调,不硬不溏并见,又颇似阳明中风。实际上,本证具有潜在的阳气不足的因素,故虽病发阳明,但其燥化之力却达不到阳明中风的程度;同时,虽阳气不足,化燥迟缓,但尚未至于阳明中寒的程度。因此本证阳明病似中风而非中风,似中寒亦非中寒。

"其人骨节疼,翕翕如有热状",翕翕然如有热状,说明只是微热,与骨节痛并见,此属阳明表证。本证外有阳明欲解之表证,内有虽燥化迟缓,但燥化进程连绵持续之病机;而"欲食"与"大便自调",则说明其人胃气根本犹固;故其证在其发展过程中,呈现正邪交争之势,最终正胜邪衰,症狂脉紧。紧脉,属"发狂"时正气抗争之象。狂、汗并作,汗出则邪解脉和而病愈。对狂汗的病机,仲景自注云"此水不胜谷气,与汗共并",在此,"水"泛指阴寒之邪,"谷气"泛指正气,正邪交争,相持相搏,最终正胜邪却,邪随汗出而解。狂汗,战汗之甚者。

【原文】

阳明病欲解时,从申至戌上。　　　　　　　　　　　　　　　　　　　［193］

【提要】　阳明病有欲解的时辰。

【图解】　见图193。

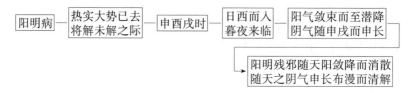

图 193

【按语】　人与天地相应,人体的阳气随天阳的升降而变化。阳气生于子时,盛于午时,阴气生于午时,而盛于子时。申时是下午三时至五时,戌时是下午七时至九时。从下午三时至九时,天阳由日中隆盛之后,随日西而渐至日入,再至暮夜来临,阳气逐渐敛束而至潜降。阴气由午时初生之后,随未时、申时、酉时、戌时而申长。阳明病,在热、实大势已去,将解未解之际,其残余邪热可随天之阳气敛束潜降而消散,随天之阴气申长、布漫而清解。

申时亦称日晡。阳明病潮热发于日晡,而阳明病欲解,亦解于日晡,其中寓含的义理是一致的。欲解是解于邪衰之时,残余之邪热随天阳敛束、潜降之势而解。潮热是发于邪盛之际,阳明病邪热极盛之时,值午时天阳隆盛,必邪热鸱张,至申时,天阳始渐敛束、沉降,其时,机体邪热鸱张之势虽受到天阳敛束之势的制约,但其鸱张之势仍求伸欲展,表现为热势自内向外,故病人自觉烘热上涌,阵阵如潮。

【原文】

阳明病,不能食,攻其热必哕。所以然者,胃中虚冷故也。以其人本虚,攻其热必哕。　　　　　　　　　　　　　　　　　　　　　　　　　　　　［194］

【提要】　阳明中寒虽有"热象",也不可攻其热。

【图解】　见图194。

【按语】　本证阳明病,"不能食"属阳明中寒,系阳明病化热化燥迟缓的过程,在本质上属"胃中虚冷",其证虽有疑似可攻之"热"象,如固瘕之类,但不可攻,此属假象。

条文最后一句,以自注文的形式,强调本证虽有"热"象,似属可攻之征,但

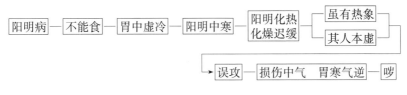

图 194

"其人本虚",故不可用承气汤攻其"热"。

【原文】

阳明病,脉迟,食难用饱,饱则微烦头眩,必小便难,此欲作谷瘅。虽下之,腹满如故,所以然者,脉迟故也。　　　　　　　　　　　　　　　　　[195]

【提要】　阳明病形成谷瘅的病机及脉症。

【图解】　见图 195。

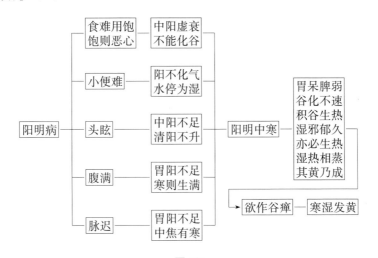

图 195

【按语】　本证阳明病,脉迟,腹满,小便涩少;虽能食,但食不能饱,食饱则微"烦",烦,恶心意;且头目昏蒙,此属阳明中寒。脉迟主阳虚,中阳不足,寒则生满;中阳虚则不能化谷,故食不能饱,饱则益满而致恶心(烦)。

本证阳明病,迁延日久;中阳不足,寒湿内生,"欲作谷瘅",瘅,热也。

但谷瘅不是单纯的虚寒证,有湿无热是不能发黄的。在本证谷瘅的形成过程中,机体虽然已具有谷气郁积生热与湿邪郁积生热之机,但由于热郁不甚,热势不张,故仅能勉强形成热郁蒸湿之势而发黄,尚不能热化为阳热实证,而只能形成寒湿发黄证。因此在本证中,湿热郁蒸只是一个相对短暂而有限的过程,而正是这个短暂有限的过程,导致了发黄的结果。

本证虽腹满,但不可下,若下之,中阳益伤,其满如故。故仲景自注云:"所以然者,脉迟故也。"脉迟,虚寒之象。

【原文】

阳明病,法多汗,反无汗,其身如虫行皮中状者,此以久虚故也。　　　　　　[196]

【提要】　不典型的阳明病,热蒸无力,可有无汗身痒的症状。

【图解】　见图196。

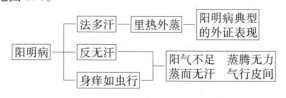

图 196

【按语】　本条突出"反无汗",是言阳明病在身热、无汗的情况下,病人出现身痒如虫行皮中状的感觉。此因为一方面阳明里热外蒸,阳气在皮腠间窜行,另一方面阳气又显不足,蒸腾无力,故虽蒸而汗不出。此亦属阳明中寒,仲景自注云"此以久虚故也"。所谓"久虚",是相比较而言,虽"虚"而"久",但其人感受外邪,仍能发为阳明病,则说明其"虚"只是表述一定程度的不足。

【原文】

阳明病,反无汗而小便利,二三日呕而咳,手足厥者,必苦头痛。若不咳不呕,手足不厥者,头不痛。一云冬阳明。　　　　　　[197]

【提要】　阳明病热化、燥化过程迟缓,病显阳明寒象诸症。

【图解】　见图197。

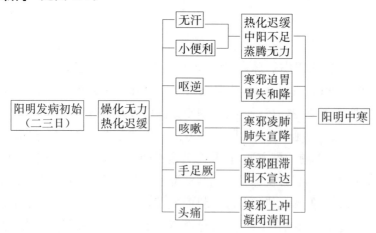

图 197

【按语】 典型的阳明病是热化燥化过程,特点之一是多汗,而本证却反无汗。典型的阳明病还应当小便利、大便硬,而本证虽"小便利",但不言大便硬,却突出了病至"二三日呕而咳,手足厥";"小便利"与"呕而咳,手足厥"并见,则其"小便利"是指小便清长而言,属热化无力、燥化进程迟缓,中阳不足,蒸腾无力的征象。

本证初始,外邪致病,机体虽已开始热化、燥化的进程且有向阳明病发展的趋势,但由于阳气不足,故未能形成典型的阳明病。阳明热化、燥化是一个动态过程,若热化、燥化迟缓、无力,当病至二三日时,阳气渐衰,阴寒始盛,则病显阳明寒象。

若热化、燥化的趋势主导发病进程,当病至二三日时,阳气始盛,阴寒渐衰,则病显阳明热象。故其时不可能出现因寒而咳、呕,因寒而肢厥、头痛等阴霾之象。

【原文】

阳明病,但头眩,不恶寒,故能食而咳,其人咽必痛。若不咳者,咽不痛。一云冬阳明。

[198]

【提要】 阳明病热化、燥化的一个具体过程,以及燥热之气上熏而引发的若干症状。

【图解】 见图 198。

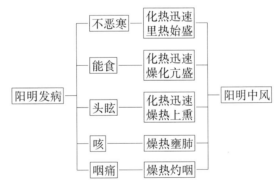

图 198

【按语】 本证阳明病,不恶寒与能食并见,此属阳明中风。其证虽亦化热化燥,但其"热"尚未至"炽"的程度,其"燥"还未达到"实"的程度,仅是燥热之气上熏而引发头眩昏蒙。若燥热之气结于上焦,壅肺则咳,灼咽则痛;若燥热之气虽上熏而未结,尚未至灼伤肺咽的程度,则其人不咳,咽不痛。

【原文】

阳明病,无汗,小便不利,心中懊憹者,身必发黄。

[199]

【提要】 阳明病,湿被热蒸,濡染黄化的过程。

【图解】 见图 199。

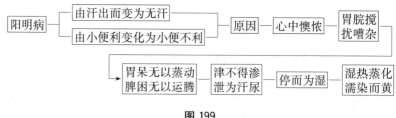

图 199

【按语】　对照第 236 条,发黄的首因是湿邪内壅。水停则为湿,湿或缘于小便不利或缘于汗不出。

　　本证阳明病由汗出而变化为无汗,由小便利而变化为小便不利,究其原因是由于心中懊恼。所谓"心中懊恼",即胃脘搅扰嘈杂(详见第 76 条)。谷与水入于胃,本应胃阳蒸动、脾阳运腾,化而为气为津,气行津布,外泄而为汗,下渗而为尿。今胃脘搅扰嘈杂,中焦蒸动、运腾无力,津不得外泄、下渗为汗为尿,停而为湿。"湿"又被阳明之"热"蒸化、酝酿、濡染,流于肌肤、面目而黄化。故文曰"无汗,小便不利,心中懊恼者,身必发黄。"

【原文】

阳明病,被火,额上微汗出,而小便不利者,必发黄。　　　　　　　　　［200］

【提要】　阳明病被火,引致瘀血与湿热熏蒸夹杂而发黄。

【图解】　见图 200。

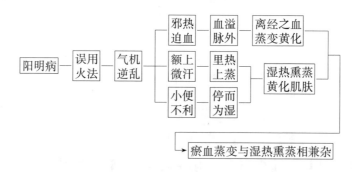

图 200

【按语】　阳明病"被火"属误治,必"两阳相熏灼",邪热亢盛,燔灼营血,迫血妄行,导致"血气流溢,失其常度"(第 111 条);血溢脉外而成离经之血,离经之血被阳热蒸变而黄化。

　　阳明病,"被火",必气机逆乱。额上微汗出,此乃里热上蒸之象;小便不利,则属气机失调;水不化气,则停而为湿;湿热熏蒸、黄化,流于肌肤,则面目发黄。本证发黄有瘀血与湿热熏蒸夹杂的两个方面的因素,故对其治疗两相兼顾。

**【原文】**

阳明病,脉浮而紧者,必潮热发作有时。但浮者,必盗汗出。　　　　[201]

**【提要】**　阳明病,热势由鸥张、弥漫向敛束、结聚且肠道干涩发展的过程。

**【图解】**　见图201。

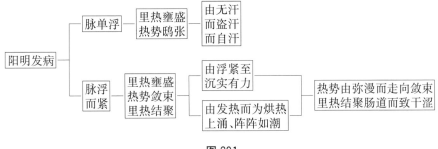

图 201

**【按语】**　阳明病,里热壅盛,若其热势鸥张、弥漫,反映在脉象上是浮大而盛;其证随热势的发展,由无汗而变化为盗汗,由盗汗而发展为自汗。

　　阳明病,里热壅盛,若其热势敛束,里热结聚,这个过程反映在脉象上则是浮紧;紧,寓敛束之象。其热势则由一般性发热而变化为日晡所烘热上涌、阵阵如潮,此所谓"潮热发作有时"。阳明病脉浮而紧,并伴"潮热发作有时",正反映出其热势由鸥张、弥漫向敛束、结聚而肠道干涩发展的进程(第104条、第208条)。此属可攻之象。

**【原文】**

阳明病,口燥,但欲漱水不欲咽者,此必衄。　　　　[202]

**【提要】**　阳明病热势内迫,蒸腾血分之征象。

**【图解】**　见图202。

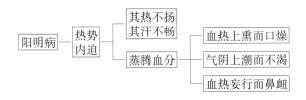

图 202

**【按语】**　本证属不典型阳明病,热势内迫,故其热不扬,其汗不畅;热势内迫,蒸腾血分,一方面血热上熏而口燥,另一方面气阴上潮而又不渴;同时血热妄行,而症见鼻衄。

**【原文】**

阳明病,本自汗出,医更重发汗,病已差,尚微烦不了了者,此必大便硬故也。

以亡津液,胃中干燥,故令大便硬。当问其小便日几行,若本小便日三四行,今日再行,故知大便不久出。今为小便数少,以津液当还入胃中,故知不久必大便也。

[203]

【提要】　在阳明病发病过程中,小便量的多少与大便硬与不硬相关联。

【图解】　见图203。

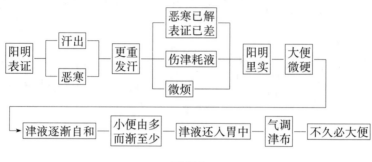

图 203

【按语】　如果汗出是阳明病"外证"(第182条),此属里热外蒸,是不可发汗的,因此,经过"医更重发汗"之误治,不可能是"病已差"。从文中"病已差,尚微烦不了了者,此必大便硬故也"可知,本证"阳明病,本自汗出"之时,其大便尚未至硬的程度,由此可见,此"阳明病,本自汗出",不是典型的阳明病外证,不属里热外蒸汗出,而是阳明病表证汗出。此如第234条"阳明病,脉迟,汗出多,微恶寒者,表未解也"。

"阳明病,本自汗出,医更重发汗"之后,"病已差","差"在"微恶寒"这个症状上。

阳明病表证,由于"更重发汗",有伤津耗液之虞,故可引致大便硬。"以亡津液,胃中干燥,故令大便硬",属仲景自注句,是对前文"此必大便硬故也"的病机作进一步的解释。

从"微烦"仅仅表现为"不了了"的程度可知,本证大便硬的程度不甚,故本证大便硬有自愈的倾向。若津液逐渐自和,则其肠道由燥化过度而趋向水液分利自调,表现在其尿由小便"日三四行"之多,而渐至"日再行"之少,此所谓"津液当还入胃中"。反映出津液由轻微的耗伤而自复,气调津布,故肠道由涩而润,其"大便硬"不治而自调。

【原文】
伤寒呕多,虽有阳明证,不可攻之。

[204]

【提要】　阳明病虽有可下之征,但若呕势突出,则不可下。

【图解】　见图204。

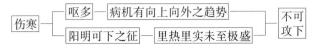

图 204

【按语】　伤寒,所谓"呕多",是以"呕"为证候特点,此反映出病机仍有向上向外趋势,因此,对其治疗只能是因势利导。在这种情况下,虽有阳明病可下之征,亦不可攻下,若误攻则可能引发变证。

【原文】
阳明病,心下硬满者,不可攻之。攻之,利遂不止者死,利止者愈。　　　［205］

【提要】　阳明病,心下硬满,属邪实结滞偏上,不可攻。

【图解】　见图 205。

图 205

【按语】　阳明病,仅仅是心下硬满,说明里热虽盛,但尚未至"里实"。"心下"系指胃脘部,胃脘部硬满,属邪实结滞仍偏于上,故不可用大承气汤攻之。若误用大承气汤攻之,轻则损伤胃气,传导失调而下利,但若俟传导自调,仍有自愈的可能;若重创中气,中气下陷,泄利不止,因泄而致阴阳俱损,阳不固阴,阴不敛阳,其泄必渐笃益甚,若至阳脱阴竭,其证则危。

【原文】
阳明病,面合色赤,不可攻之。必发热,色黄者,小便不利也。　　　［206］

【提要】　阳明病"面合色赤"不可攻,攻之则气机紊乱,有湿郁发黄之虞。

【图解】　见图 206。

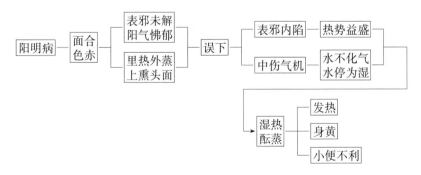

图 206

**【按语】** "面合色赤"，即面色通红,此一则属阳明病表邪未解,阳气怫郁;二则因里热外蒸,二者兼而有之,故发热是必有之症。因表邪未解,故虽有可攻之征,也不可用大承气汤。若误用则中伤气机,气机紊乱,水不化气,水停则为湿,故小便不利。阳明里热与湿相蒸酝酿黄化,流于肌肤则身必发黄。

**【原文】**

阳明病,不吐不下,心烦者,可与调胃承气汤。方一。 ［207］

甘草二两,炙　芒硝半升　大黄四两,清酒洗

上三味,切,以水三升,煮二物至一升,去滓,内芒硝,更上微火一二沸。温顿服之,以调胃气。

**【提要】** 阳明病,热壅胃脘,欲吐不吐,欲下不下,嘈杂恶心,当泻热调胃。

**【图解】** 见图207。

图 207

**【按语】** 阳明病,欲吐不吐,欲下不下,嘈杂、恶心(按,心烦,意即恶心,见第76条),此属里热壅胃。仲景在此用调胃承气汤,意在泻热调胃而不在通便。第105条云:"伤寒十三日,过经谵语者,以有热也",其证"而反下利","下利"而用调胃承气汤,可见其目的不在通便而在泄热。

**【原文】**

阳明病,脉迟,虽汗出不恶寒者,其身必重,短气,腹满而喘,有潮热者,此外欲解,可攻里也。手足濈然汗出者,此大便已硬也,大承气汤主之。若汗多,微发热恶寒者,外未解也,一法与桂枝汤。其热不潮,未可与承气汤。若腹大满不通者,可与小承气汤,微和胃气,勿令至大泄下。大承气汤。方二。 ［208］

大黄四两,酒洗　厚朴半斤,炙,去皮　枳实五枚,炙　芒硝三合

上四味,以水一斗,先煮二物,取五升,去滓,内大黄,更煮取二升,去滓,内芒硝,更上微火一两沸。分温再服,得下,余勿服。

小承气汤方

大黄四两　厚朴二两,炙,去皮　枳实三枚,大者,炙

上三味,以水四升,煮取一升二合,去滓。分温二服,初服汤当更衣,不尔者,尽饮之;若更衣者,勿服之。

**【提要】** 大承气汤的应用指征。

**【图解】** 见图208。

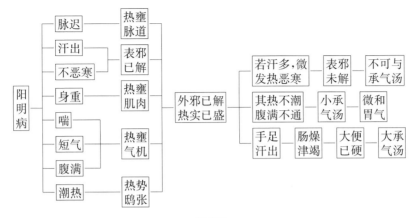

图 208

【按语】　本条从"阳明病，脉迟"至"大承气汤主之"为第一节，表述阳明病从表证向里证发展的过程。

第 234 条"阳明病，脉迟，汗出多，微恶寒者，表未解也"。本条"阳明病，脉迟，虽汗出不恶寒者……此外欲解"。阳明病表证其脉当浮（第 235 条），脉由"浮"而至"不浮"，且迟滞有力，反映出阳明病表证由"未解"而趋向"始解"，阳明里热由"初盛"而趋向"渐盛"之病势。由于里热壅滞脉道，故其脉迟滞有力。

由"汗出，恶寒"而变化为"虽汗出不恶寒"，此属阳明病表证外邪"欲解"的过程。

若证由"发热"逐渐至日晡所发"潮热"，则是阳明鸥张之热，受日晡前后天阳沉降之势的敛束，热势自内而外阵阵如潮。潮热说明表邪欲解，里热已盛，里实已成（第 104 条）。本证经过上述的过程，一则表邪欲解，二则里实已成，故文曰"可"攻里也。

"手足漐然汗出者，此大便已硬也"是自注句。用大承气汤必须是肠道干涩，大便硬。在病人不大便的情况下，怎样来确定大便硬或是不硬？条文指出"手足漐然汗出者，此大便已硬也"。阳明病本是"汗出多"，当病至热、实盛极的程度，阴津匮竭，无津作汗，故由"汗出多"而逐渐变化为仅手足心出汗。至此，说明肠道干涩已极，大便硬且坚，可放手应用大承气汤。

第二节为"若汗多，微发热恶寒者，外未解也，其热不潮，未可与承气汤"，是与第一节相对应的假设之辞。阳明病只要有恶寒这个症状，都属表证未解。由于里热未盛，里实未坚，所以不可能出现潮热症状，因此，仲景告诫，不可用通便泄热的大承气汤。

条文的第三节则表述另外一种变化而形成的非典型过程。若阳明病表证已解，虽"其热不潮"，但已有"腹大满不通"之势，此说明里热虽未炽盛，但里实已坚，而尚未至"热"与"实"俱盛结聚的程度，故不可用大承气汤攻下，可酌情服用小承气汤六合以和胃气。文中告诫"勿令至大泄下"。

大承气汤重用枳、朴，加用芒硝，大黄后下取性猛气锐，所以力峻为攻；小承气汤枳、朴量少且无芒硝，三味同煮，力缓为和。

【原文】

阳明病，潮热，大便微硬者，可与大承气汤，不硬者，不可与之。若不大便六七日，恐有燥屎，欲知之法，少与小承气汤，汤入腹中，转失气者，此有燥屎也，乃可攻之。若不转失气者，此但初头硬，后必溏，不可攻之，攻之必胀满不能食也，欲饮水者，与水则哕。其后发热者，必大便复硬而少也，以小承气汤和之。不转失气者，慎不可攻也。小承气汤。三。用前第二方。　　　　　　　　　　[209]

【提要】　表述燥屎的"欲知之法"，指出大承气汤与小承气汤在应用上的不同与互补。

【图解】　见图209。

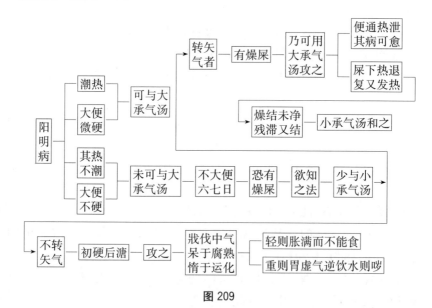

图 209

【按语】　本条阳明病，大便"微硬"与"潮热"并见，用大承气汤的主要目的不在于通便，而是泄肠道积热。阳明病，其证若既不潮热，又无手足濈然汗出的症状，但不大便已至六七日，这种情况，"'恐'有燥屎"。判断肠道是否已经形成燥屎，仲景授"欲知之法"，即少与小承气汤（常规用量是服六合，见第208条。所谓"少与"之，则是服用量低于六合）。汤入腹中，若腹中转气下趋少腹而作"失气"，则是小承气汤行气导滞,肠中气行而燥屎略有移动,说明燥屎已成,此可放手用大承气汤攻之。若汤入腹中不转气,则是肠中无滞气无燥屎。此虽不大便六七日,但由于燥化过程迟缓,尚属初头硬后必溏的阶段,因此不可用大承气汤。若误用大承气汤必戕伐中气,中气受损,轻则腹胀而不能食;重则胃虚气逆,虽欲饮水,然饮水不化,饮则呃逆。

"其后发热者"语意上承"此有燥屎也,乃可攻之"。阳明病,燥屎攻下之后,便通热泄,其病可愈。若屎下、热退之后,复又发热,此属肠道残留燥结未净,宿积虽去,而残滞又结。对此,不可再用大承气汤攻之,只能以小承气汤和之。

**【原文】**

夫实则谵语,虚则郑声。郑声者,重语也。直视、谵语、喘满者死,下利者亦死。　　　　　　　　　　　　　　　　　　　　　　　　　　　[210]

**【提要】**　在阳明病发病过程中,谵语与郑声的病机与表现不同。

**【图解】**　见图210。

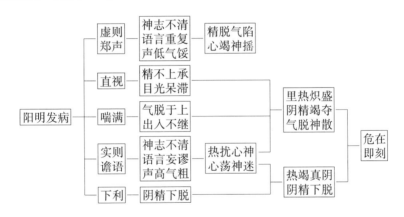

图210

**【按语】**　谵语谓神志不清之语言妄谬不次,多属热扰心神,心荡神迷。郑声谓神志不清之语言重复,多属精脱气陷,心竭神摇。实则谵语,故谵语必声高气粗。虚则郑声,故郑声必声低气馁。疾病的虚与实有相对属性,故谵语与郑声在特定的病情下,没有绝对的区别。

若谵语与直视、喘满并见,属里热炽盛、阴精竭夺。证至气脱神散,危在即刻,故曰死。若谵语与下利并见,则是热竭真阴,阴精脱于下,亦属危证。

**【原文】**

发汗多,若重发汗者,亡其阳;谵语,脉短者死,脉自和者不死。　　　[211]

**【提要】**　阳明病,发汗多,亡阳、谵语、脉短,预后不良。

【图解】　见图 211。

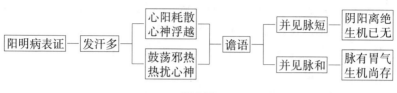

图 211

【按语】　"若重发汗者"是自注句,是对前一句"发汗多"的进一步说明。阳明病,虽表证未解,但其化热化燥进程已经开始,在仲景时代,仅只能选用发汗的常规方药,即桂枝汤与麻黄汤,重要的是怎样掌握好分寸。若发汗过量,一方面伤心阴、亡心阳,另一方面鼓荡里热,热扰心神,则心荡神迷,故其人谵语。脉短,寸关尺三部,脉来短绌。

【原文】

伤寒,若吐,若下后不解,不大便五六日,上至十余日,日晡所发潮热,不恶寒,独语如见鬼状。若剧者,发则不识人,循衣摸床,惕而不安。一云顺衣妄撮,怵惕不安。微喘直视,脉弦者生,涩者死。微者,但发热谵语者,大承气汤主之。若一服利,则止后服。四。用前第二方。　　　　　　　　　　　　　　　[212]

【提要】　太阳伤寒吐下后转属阳明,热实俱盛,热极阴竭的证治及预后。

【图解】　见图 212。

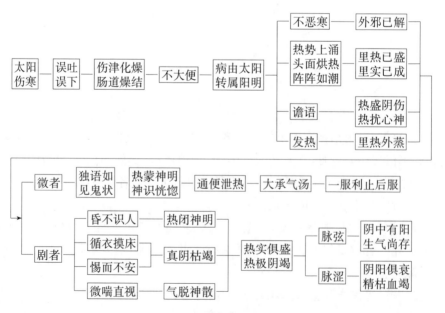

图 212

【按语】　太阳伤寒,误用吐法、下法,伤津化燥,肠道燥结,故五六日上至十余日不大便,病势由太阳病向阳明病转属。其证由发热恶寒变化为发热"不恶寒",不恶寒反映出外邪已解。由表证的发热而变化为"日晡所发潮热",此系阳明鸥张之热受天阳沉降之势的敛束,其热势自内而外,病人自觉头面肢体烘热,阵阵如潮;"潮热"反映出里热已盛,里实已成,与"不大便"并见,此属阳明里实可攻之征。

本证在发展变化的过程中,可有轻重之分:其轻缓者,热扰心神,心摇神迷则语无伦次而谵语;热蒙神明,精不养神则神识恍惚,幻觉幻视而"独语如见鬼状"。

"微者,但发热谵语者"是自注句,以与"若剧者"一句相对应。不论是"微者"还是"剧者",此等里热里实俱盛、热极阴竭之证,在仲景时代,还只能应用大承气汤通便泄热。

【原文】

阳明病,其人多汗,以津液外出,胃中燥,大便必硬,硬则谵语,小承气汤主之。若一服,谵语止者,更莫复服。五。用前第二方。　　　　　　　　　　　　[213]

【提要】　阳明病热迫津越,津亏肠燥的证治。

【图解】　见图213。

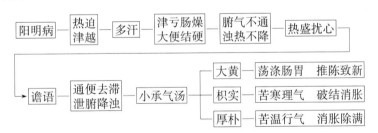

图213

【按语】　本证阳明病,大便硬的主要原因是热迫津越,津亏引起肠道干涩。津亏肠燥,大便结硬,腑气不通,浊热不降,致使阳明里热进一步加重。热盛则扰心,故"硬则谵语",此从另一个角度,表述了津亏与热盛的因果关系。本证选用小承气汤,意在通便为主,兼以顾护阴气。"一服谵语止者,更莫复服"之意,亦在顾护阴气。

【原文】

阳明病,谵语,发潮热,脉滑而疾者,小承气汤主之。因与承气汤一升,腹中转气者,更服一升,若不转气者,勿更与之。明日又不大便,脉反微涩者,里虚也,为难治,不可更与承气汤也。六。用前第二方。　　　　　　　　　　　　[214]

【提要】　阳明病脉滑而疾,属热炽阴竭阳浮之象,不可径用大承气汤。

185

【图解】 见图214。

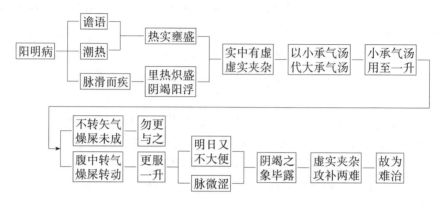

图 214

【按语】 阳明病,"谵语,发潮热",系里热里实壅盛,本属大承气汤证,但大承气汤证脉当沉实或沉迟有力,而本证是"脉滑而疾"。脉滑主热实壅盛于里;脉疾,脉来一息七八次之多,为阴竭阳浮之象。脉滑而疾凸显出里热炽盛,真阴不足。

本证属实中有虚,虚实夹杂,若径用大承气汤,必有阴竭阳脱之虞,故仲景不用大承气汤,而改用小承气汤以代之。

此用小承气汤有两个特点,一是加大其服用量至一升,以使药力能达到泄热导滞通便的目的(仲景用小承气汤的常规用法见第208条,即每服六合);二是由于本证脉滑而疾,有阴竭阳浮之象,故即使应用小承气汤也是非常审慎,需要观察服药后的变化,故仲景先"与与承气汤一升",意在试探,若腹中转气,则说明肠道中有燥屎,属燥屎转动,故可以再服小承气汤一升,以下其燥屎。若不转气者则说明肠道中燥屎尚未成实或大便初硬后溏,故小承气汤亦当禁用。

若服小承气汤一升之后,大便虽通,但次日又不大便,且脉由滑疾急数而变为微涩,此属阴竭之象毕露,故曰"里虚也"。本证实中有虚,虚实夹杂,攻补两难,故仲景叹曰"为难治"。

【原文】

阳明病,谵语,有潮热,反不能食者,胃中必有燥屎五六枚也;若能食者,但硬耳。宜大承气汤下之。七。用前第二方。　　　　　　　　　　　[215]

【提要】 阳明病谵语有潮热,能食者属大便硬,不能食者属燥屎内结。

【图解】 见图215。

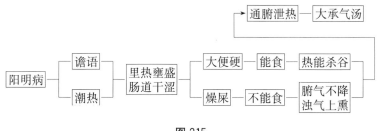

图 215

【按语】 "燥屎"与"大便硬"是两个不同的概念,燥屎是积存于肠道内非常干涩坚硬的粪块,发病急重。大便硬是与大便溏对比而言,若阳明里热已盛,症见潮热,即使是大便仅仅"微"硬,也必须用大承气汤(第 209 条)。

本条阳明病,证至谵语有潮热,属胃阳素盛,阳明燥化功能亢盛,感受外邪之后,化热化燥迅速,里热渐趋壅盛,肠道干涩,大便成硬;阳能消食杀谷,故以"能食"为特点,以大承气汤通其便。此所谓"能食"是与"不能食"相对而言。与此对比,若阳明病,谵语有潮热,"反不能食",此虽肠道干涩,但形成的不是大便硬,而是宿食、粪便积存,在阳明燥热的煎灼下,形成干涩坚硬的粪块,此属燥屎。燥屎内阻,腑气不降,浊气上熏,故其人恶闻食臭,而不能食。只要诊断为燥屎,亦用大承气汤攻之。"胃中必有燥屎五六枚",胃,与"胃家实"之"胃"同,泛指肠道。"五六枚"概指肠中燥屎量较多。

【原文】

阳明病,下血、谵语者,此为热入血室。但头汗出者,刺期门,随其实而泻之,濈然汗出则愈。 [216]

【提要】 妇人患阳明病,在其发病过程中,经水适来,热入血室的证治。

【图解】 见图 216。

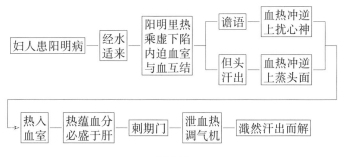

图 216

【按语】 "热入血室"见第 143 条、第 144 条、第 145 条,属妇人特有病证。本证"热入血室"是在阳明病的发病过程中形成的。冲任之脉起于胞宫,血室之热循冲任上扰心神,故谵语;上蒸头面则头汗出。热入血室,热必蕴于血分,肝藏血,其热必盛于肝。仲景选用刺期门泄热调气。期门,肝之募穴,为经气所聚之处。

**【原文】**

汗汗一作卧。出谵语者,以有燥屎在胃中,此为风也。须下者,过经乃可下之。下之若早,语言必乱,以表虚里实故也。下之愈,宜大承气汤。八。用前第二方,一云大柴胡汤。
　　　　　　　　　　　　　　　　　　　　　　　　　　　　　　　　　　　[217]

**【提要】**　阳明病表邪未解,虽有燥屎,亦不可下,下之若早,语言必乱。

**【图解】**　见图217。

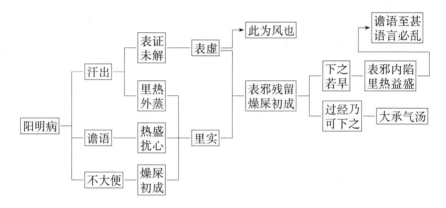

**图 217**

**【按语】**　从"须下者,过经乃可下之"一句,可以知道本证有不大便症状。"以有燥屎在胃中"的诊断依据有两点:一是谵语,二是不大便。"汗出"这个症状,可见于阳明病发展的不同过程,阳明病表证未解,可见多汗(第234条);阳明病里热弥漫,热势充斥内外(第219条),或肠道结聚,里热外蒸(第182条);若病机发展至肠道干涩,津液匮乏的程度,其证则由汗出而逐渐发展为无汗(第208条)。

本证发病虽还未"过经",时间仅在六七日,但已经"以有燥屎在胃中",故尚在表证"解"与"未解"之间,其症状在"有汗"与"无汗"之间。若已至"无汗"的程度,则反映肠道干涩,津液匮乏。而本证反见"汗出",反映出本证燥屎初成的特殊过程:一方面阳明化热化燥迅速,肠道热盛,热扰心神,症见谵语;另一方面阳明病里热外蒸,而可见汗出漐漐;同时,还可能阳明病表证未解,表邪仍有残留,汗出症状仍在。对这种病情态势,难以准确判断,为了防止表邪未解而误下,为慎重起见,仲景告诫"须下者,过经乃可下之",并指出,"此为风也"。风,一则泛指表邪,二则风性疏泄,意象前文之"汗出",又与后文"表虚"相呼应。而所谓"表虚"则是指以"汗出"为代表的残存之表邪。

尽管燥屎初成,但由于有表邪残留之虞,故"须下者,过经乃可下之"。六日为经。本证化热化燥迅速,证已至燥屎初成,随着化热化燥进程的继续发展,表证旋即消散。"下之若早",表邪内陷,与里热互结,其热益盛,谵语益甚,故文曰"语言必乱"。

**【原文】**

伤寒四五日,脉沉而喘满,沉为在里,而反发其汗,津液越出,大便为难,表虚里实,久则谵语。 [218]

**【提要】**　在太阳伤寒向阳明病转属的过程中,误用汗法,加速了燥化热化进程。

**【图解】**　见图218。

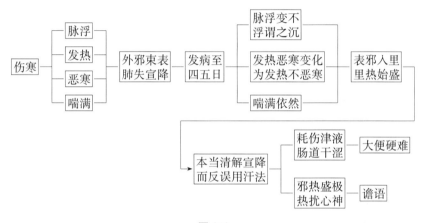

图218

**【按语】**　伤寒发病,发热恶寒,若喘满与脉浮并见,此属外邪束表,肺失宣降。若发病至四五日,喘满依然,但其脉由浮而变化为不浮,其症状由发热恶寒而变化为发热不恶寒,此属表邪入里,里热始盛。本证伤寒四五日,脉显"沉"象,不是真正意义上的"沉"脉,而是与脉"浮"对比而言,"不浮"即曰"沉"。脉由"浮"而至"不浮"反映了表邪入里化热的过程。"沉为在里","里"与"表"相对而言,其意谓脉"不浮",病不在表。

此属伤寒由表向里发展的过程,症见喘满,由发热恶寒而至发热不恶寒,脉由浮而至不浮,对其治疗,本当清解宣降,而反误用汗法,"津液越出",耗伤津液,加速了燥化热化进程,肠道迅速干涩,大便硬而难;至里热逐渐壅聚,邪热盛极之际,则必热扰心神而谵语。

"表虚里实"是对本证形成过程的概括,所谓"表虚"不是真正意义上的表虚,而是对"津液越出"而言,汗出曰"表虚",与第217条之"表虚"义同;所谓"里实"

是指"大便难"而言。

**【原文】**

三阳合病,腹满身重,难以转侧,口不仁,面垢,又作枯,一云向经。谵语,遗尿。发汗则谵语,下之则额上生汗,手足逆冷。若自汗出者,白虎汤主之。方九。

[219]

知母六两　石膏一斤,碎　甘草二两,炙　粳米六合

上四味,以水一斗,煮米熟汤成,去滓。温服一升,日三服。

**【提要】** 三阳合病,热势燎原的证治,指出不可汗下。

**【图解】** 见图219。

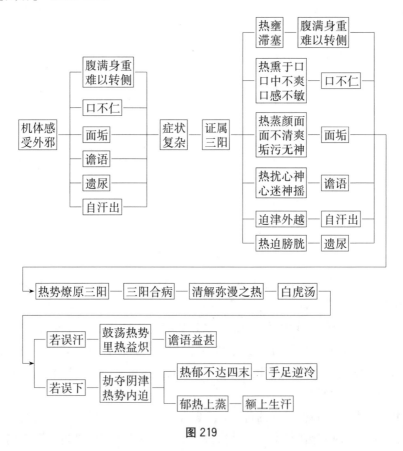

图 219

**【按语】** 一个外感病,证见"腹满身重,难以转侧,口不仁,面垢,谵语,遗尿"及"自汗出",按三阴三阳分证原则,既不是太阳病、阳明病、少阳病,也不是三阴病,根据症状分析,首先应当排除三阴病,而证属三阳。但却既不是太阳病,也不是阳明病,也不是少阳病。这是机体在外邪作用下,同时发生的整体性反应,表

现为热势燎原的三阳俱热。

热势弥漫,燎原三阳,不可发汗,若发汗,必鼓荡热势,弥漫之热益加鸱张,故其谵语益甚;不可下,若下之,一则阴津劫夺而热势愈炽,二则弥漫之热势内迫而里热愈盛。炽盛之热郁结于内,不达于四末则手足逆冷,上蒸于头面则额上热汗溱溱。唯一可行的治法是因势利导,清解阳明弥漫之热,方用白虎汤(参见第168 条、第 176 条)。

"发汗则谵语,下之则额上生汗,手足逆冷"属自注句,告诫本证当禁汗禁下。"若自汗出者"在文气上与前文"谵语、遗尿"相贯。

【原文】

二阳并病,太阳证罢,但发潮热,手足漐漐汗出,大便难而谵语者,下之则愈,宜大承气汤。十。用前第二方。　　　　　　　　　　　　　　　　　　　[220]

【提要】　太阳阳明并病,太阳证罢,转属阳明,里热里实的证治。

【图解】　见图 220。

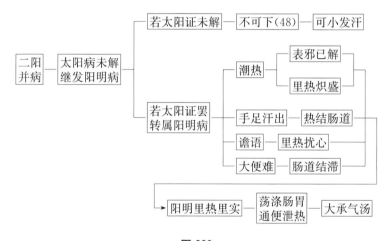

图 220

【按语】　"并病"是一个过程,太阳病未解,又继发阳明病,此属二阳并病(见第 48 条)。若在二阳并病进程中,太阳病表证已罢,则是病已转属阳明。

潮热,则标志着表邪已解,里热炽盛;手足漐漐汗出,反映出热结肠道,"大便已硬"(第 208 条);谵语则是里热扰心。谵语、潮热与手足漐漐汗出、大便难并见,显现出一派阳明里热里实之象,故文曰"下之则愈"。方用大承气汤,荡涤肠胃,通便泄热。

【原文】

阳明病,脉浮而紧,咽燥口苦,腹满而喘,发热汗出,不恶寒反恶热,身重。若发汗则躁,心愦愦公对切反谵语。若加温针,必怵惕、烦躁不得眠。若下之,则胃中空虚,客气动膈,心中懊侬,舌上苔者,栀子豉汤主之。方十一。　　　　[221]

肥栀子十四枚,擘　香豉四合,绵裹

上二味,以水四升,煮栀子取二升半,去滓,内豉,更煮取一升半,去滓。分二服,温进一服,得快吐者,止后服。

【提要】　阳明病里热渐盛的进程、出现的症状以及误治后的变证。

【图解】　见图221。

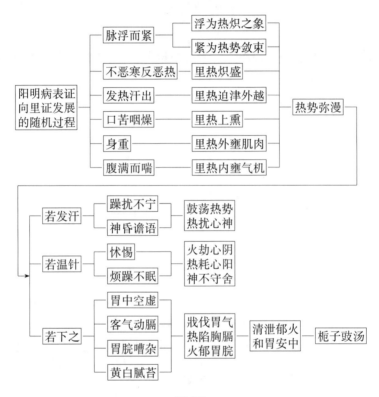

图221

【按语】　本条从"阳明病"至"身重"为第一节,表述从阳明病表证向典型的阳明病里证发展的随机过程。本证阳明病脉浮而紧、发热汗出、不恶寒、反恶热是由阳明病表证脉浮而紧、发热无汗、恶寒发展来的。条文中强调"不恶寒反恶热",恰恰突出了在此前曾有"恶寒"这个症状。

阳明病"脉浮而紧"与"恶寒"并见属阳明病表证;而与"不恶寒反恶热"并见则反映出阳明病由表入里,热势由弥漫而鸱张而结聚的动态过程。脉浮为热炽之象,脉紧为热势敛束之象。

本证阳明病里热虽逐渐炽盛,但尚未至于"热"与"实"结滞肠道的程度,故对其治疗只能清解弥漫之热。其证以发热汗出、不恶寒反恶热、腹满、身重为特点。白虎汤可参(第219条)。

从"若发汗"至"烦躁不得眠"为第二节。若误汗,必鼓荡弥漫之热势,热扰心神,神识昏蒙则神昏谵语,心神躁扰不宁。愦愦,心乱貌。小承气汤可参(第213条)。

若误加温针,必劫心阴,亡心阳;神不守舍,则怵惕不羁,烦躁不眠。怵,恐也;惕,忧惧也;怵惕,惊恐貌。桂枝甘草龙骨牡蛎汤可参(第118条)。

从"若下之"以下作第三节,其意延续至第222条、第223条。若误用下法,与第222条、第223条对看可见,由于误下的程度不同以及机体的反应不同,或戕伐胃气,热陷胸膈;或耗伤津液,津亏热炽;或挫伤气机,气化失调。

若戕伐胃气,胃中空虚,弥漫之热内陷胸膈,火郁胃脘,其证外则发热,内则心中懊恼(即胃脘灼热嘈杂,见第78条),舌苔薄黄略腻或黄白相兼,当选用栀子豉汤清泄胃脘郁火,和胃安中(第228条)。外来之气曰客气;外来之气可寒、可热,此处客气指内陷之邪热。

【原文】

**若渴欲饮水,口干舌燥者,白虎加人参汤主之。方十二。** 　　　　　　　[222]

知母六两　石膏一斤,碎　甘草二两,炙　粳米六合　人参三两

上五味,以水一斗,煮米熟汤成,去滓。温服一升,日三服。

【提要】　接续第221条,论述前证误下后,津亏热炽的证治。

【图解】　见图222。

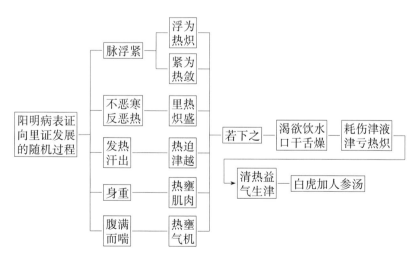

图 222

**【按语】**　第221条之阳明病,里热虽逐渐炽盛,但热势弥漫,对其治疗,只能清解弥漫之热。若误用下法,除了前条所述弥漫之热内陷胸膈之外,还可能以耗伤津液,津亏热炽为病机特点;弥漫之热,炽张益甚,热势夺气竭津,症见渴欲饮水,口干舌燥。仲景治以白虎汤,清泄阳明炽热,另加人参益气生津。

**【原文】**

若脉浮,发热,渴欲饮水,小便不利者,猪苓汤主之。方十三。　　　　　[223]

猪苓去皮　茯苓　泽泻　阿胶　滑石碎,各一两

上五味,以水四升,先煮四味,取二升,去滓,内阿胶烊消。温服七合,日三服。

**【提要】**　接续第221条,论述误下后,挫伤气机,气化失调,水热下注的证治。

**【图解】**　见图223。

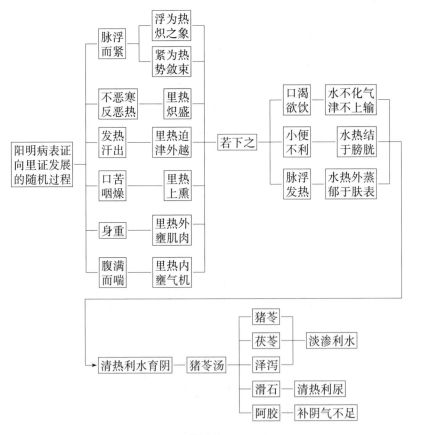

图223

**【按语】**　第221条阳明病误用下法,若其病机的变化不是热陷胸膈或津亏热炽,而是下后大便水泄,此不仅耗津伤阴,致阴气不足,而且挫伤气机,气化失调,水不化气,致水热互结。

本证误下之前亦发热,其热势虽趋向于里,但与水热互结,下注膀胱之热势相比,仍偏于外、偏于散漫。本证属阳明病弥漫之热,误下,气机逆乱,水热下注,结于膀胱,仲景治以清热利水育阴之猪苓汤。

第72条五苓散证是水停三焦,水气弥漫;症状突出消渴与小便不利,其渴难忍,小便不利的特点是小便量少;虽发热但其热不甚,故云"微热",其脉浮属表邪未解。猪苓汤证是湿与热相结,湿热下注;症状突出发热与小便不利,其热势鸱张,小便不利可见短涩热疼;虽渴,但比较而言其渴不甚,其脉浮属湿热外蒸。

**【原文】**

阳明病,汗出多而渴者,不可与猪苓汤;以汗多胃中燥,猪苓汤复利其小便故也。 　　　　　　　　　　　　　　　　　　　　　　　　　　　　　[224]

**【提要】**　阳明病汗出多,虽口渴但不可与猪苓汤。

**【图解】**　见图224。

图 224

**【按语】**　本条是对第223条而言。猪苓汤功在清热利水通窍,虽能治渴,但其渴不是热灼津液之渴,而是水热互结,津不上承之渴。阳明病口渴与汗出并见,属"汗多胃中燥",是热盛伤津,故仲景在此特别告诫"不可与猪苓汤"。

**【原文】**

脉浮而迟,表热里寒,下利清谷者,四逆汤主之。方十四。 　　　　　[225]

甘草二两,炙　干姜一两半　附子一枚,生用,去皮,破八片

上三味,以水三升,煮取一升二合,去滓。分温二服。强人可大附子一枚、干姜三两。

**【提要】**　阳虚里寒,下利清谷,虚阳外浮的证治。

**【图解】**　见图225。

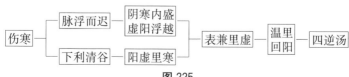

图 225

【按语】　本证"脉浮而迟"、"下利清谷",仲景断定为"表热里寒",方用四逆汤。从中可见,在仲景看来,本证之"下利清谷"属阳虚里寒无疑。证至阳虚里寒的程度,以至于仲景选用四逆汤,那么其脉只能是沉迟而不可能浮,因为正气已虚,脉是浮不起来的。因此,其"脉浮"已不可能是表证之脉浮,而只能是虚阳外越之脉浮;其"表热里寒"之"表热",已不可能是表证之发热,而只能是虚阳外浮之发热。

【原文】

若胃中虚冷,不能食者,饮水则哕。　　　　　　　　　　　　　　　　　［226］

【提要】　承接第225条,简述阳明中寒,胃中虚冷的表现。

【图解】　见图226。

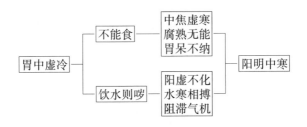

图 226

【按语】　第225条所言是阳虚里寒,下利清谷,属全身性虚寒;本条又补充若中焦局部虚寒,腐熟无能,胃呆不纳,则其人不欲食。饮入于胃,阳虚不化,不能游溢为精气,则水寒相搏,阻滞气机,气逆而呃忒频作。哕即呃忒。本证属阳明中寒。

【原文】

脉浮发热,口干鼻燥,能食者则衄。　　　　　　　　　　　　　　　　　［227］

【提要】　记叙阳明病发病的一个具体过程,并对衄的病机进行分析。

【图解】　见图227。

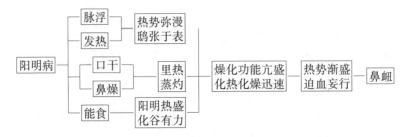

图 227

【按语】 阳明病初始，化热化燥迅速，可见鼻衄。本条对衄的机制进行了分析。在"脉浮发热，口干鼻燥，能食者则衄"的底面是一派里热鸱张之象，从而对产生衄的病机进行了概括。

所谓"若能食，名中风"（第190条），属阳明燥化功能亢盛，化热化燥迅速。本证阳明病虽尚属发病初始，但发病急骤，里热由渐而盛，由盛而炽，热势迫血，血热上逆，故离经外溢而鼻衄。本条是对已发生的鼻衄进行病机分析。

【原文】

阳明病，下之，其外有热，手足温，不结胸，心中懊憹，饥不能食，但头汗出者，栀子豉汤主之。十五。用前第十一方。 [228]

【提要】 阳明弥漫之热误下，邪热内陷，火郁胃脘的证治。

【图解】 见图228。

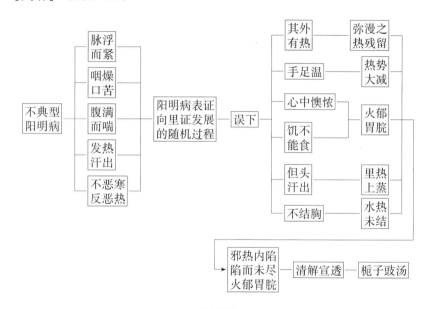

图228

【按语】 本证阳明病，里热虽逐渐炽盛，但尚未至于"热"与"实"结滞肠道的程度，对其治疗，只能清解弥漫之热，不能攻下，此正如第221条所言。

下后若症见"膈内拒痛"、"心下因硬"则为结胸。而本证明言"不结胸"，此说明无"膈内拒痛"、"心下因硬"之症，虽"心中懊憹"、"但头汗出"，但却不是结胸证（参见第134条）。"其外有热"反映出误下之后，弥漫之热仍残留于外。"手足温"是与"其外有热"对举而言，即阳明病经过误下之后，手足由"热"而变为"温"，说明在外之热势大减。

心中懊恼,即胃脘部灼热嘈杂感,与饥不能食并见,系误下邪热内陷,火郁胃脘。此所谓饥不能食,不是不欲食,而是食后胃脘部灼热嘈杂更甚。但头汗出,是由于邪热内陷,火郁胃脘,里热上蒸所致。栀子豉汤,外能宣透阳明浮游之热,内能清泄阳明胃脘郁积之火,安中和胃;仲景用其调治胃脘搅扰纠结、灼热嘈杂之证。

**【原文】**

阳明病,发潮热,大便溏,小便自可,胸胁满不去者,与小柴胡汤。方十六。

[229]

柴胡半斤　黄芩三两　人参三两　半夏半升,洗　甘草三两,炙　生姜三两,切
大枣十二枚,擘

上七味,以水一斗二升,煮取六升,去滓,再煎取三升。温服一升,日三服。

**【提要】**　太阳病小柴胡汤证向阳明病转属的过程。

**【图解】**　见图229。

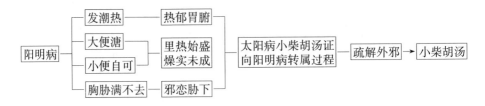

图 229

**【按语】**　本证阳明病虽然已发潮热,但尚未至手足漐漐汗出的程度,说明其证虽已至阳明里热渐盛,但尚未至炽盛、肠道干涩的程度,故其大便溏而未硬、小便自可。第220条是"二阳并病,太阳证罢",证已转属阳明,故治以大承气汤。而本证虽已"发潮热",但"胸胁满不去",说明外邪仍留恋胁下,此属太阳与阳明并病,太阳病小柴胡汤证未罢,阳明里热始盛,故仍治以小柴胡汤以解外,俟柴胡证罢,再清泄阳明里热。

**【原文】**

阳明病,胁下硬满,不大便而呕,舌上白苔者,可与小柴胡汤,上焦得通,津液得下,胃气因和,身濈然汗出而解。十七。用上方。

[230]

**【提要】**　阳明病里热始盛,舌上白苔,邪仍结胁下,气机不利者,仍当用小柴胡汤。

**【图解】**　见图230。

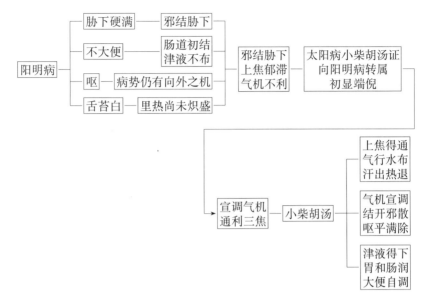

图 230

【按语】　本证阳明病，身热，不大便，兼太阳病小柴胡证之胁下硬满而呕，舌上白苔。如果把第 104 条"伤寒，十三日不解，胸胁满而呕，日晡所发潮热"，"先宜服小柴胡汤以解外"看成是太阳病小柴胡汤证向阳明病转属之初始；如果把第 229 条"阳明病，发潮热，大便溏，小便自可，胸胁满不去者，与小柴胡汤"看成是太阳病小柴胡汤证向阳明病转属之渐深，那么，本条所言"阳明病，胁下硬满，不大便而呕，舌上白苔者"，只能算是太阳病小柴胡汤证向阳明病转属刚刚显露端倪。

典型的阳明病是热盛结实，舌苔必是黄燥，本条阳明病，虽身热、不大便，但"舌上白苔"，说明本证之里热尚未炽盛。尽管其证已由典型的太阳病小柴胡证之"胸胁苦满"发展为更偏于里的"胁下硬满"，尽管其证已发展至"不大便"的程度，但其证仍突出"呕"这个症状，第 204 条云"伤寒呕多，虽有阳明证，不可攻之"，说明本证病机的重点仍是邪结胁下，上焦郁滞，气机不利，故仲景云"可与小柴胡汤"。

"三焦者，水谷之道路，气之所终始也。"若上焦郁结不通，水不行则津不布，津液不能畅达于胃肠以济肠燥，则大便涩而不下。气不行则气机益加郁结，故由"胸胁苦满"而发展为"胁下硬满"。小柴胡汤意在宣调气机，通利三焦。

【原文】

阳明中风，脉弦浮大而短气，腹都满，胁下及心痛，久按之气不通，鼻干，不得汗，嗜卧，一身及目悉黄，小便难，有潮热，时时哕，耳前后肿，刺之小差。外不解，

病过十日,脉续浮者,与小柴胡汤。十八。用上方。　　　　　　　　　　　　[231]

**【原文】**

脉但浮,无余症者,与麻黄汤。若不尿,腹满加哕者,不治。麻黄汤。方十九。　　　　　　　　　　　　　　　　　　　　　　　　　　　　　　[232]

麻黄三两,去节　桂枝二两,去皮甘草一两,炙　杏仁七十个,去皮尖

上四味,以水九升,煮麻黄,减二升,去白沫,内诸药,煮取二升半,去滓。温服八合,覆取微似汗。

**【提要】**　记叙太阳阳明并病,太阳病小柴胡汤证向阳明病转属的具体随机过程。论述黄从汗泄之法,指出湿热与瘀血错杂之发黄,属难治危证。

**【图解】**　见图231、图232(合)。

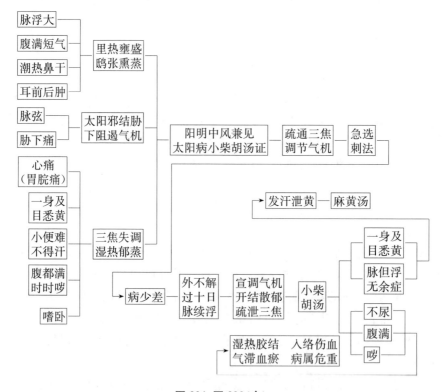

图231、图232(合)

**【按语】**　本证阳明中风系由太阳病转属而来,阳明热象虽已有显露,但太阳病若干表现依然存在。脉浮大、腹满、短气、潮热、鼻干、耳前后肿,属里热壅盛,热势鸥张、熏蒸,其证虽不言发热,而身热自在其中。脉弦、胁下痛,属邪结胁下,阻遇气机。心痛(胃脘痛)、久按之气不通、一身及目悉黄、小便难、不得汗、时时

哕、腹都满、嗜卧,属三焦失调,湿热郁蒸。

上焦不通,不能如雾则无汗;下焦不通,不能如渎则小便难;汗尿不畅,水停为湿,湿郁毛窍,进退不能,则蒸变黄染而身目色黄;中焦不通,不能如沤则气机壅滞,故腹满嗜卧、时时哕逆。本证虽属阳明中风,但却症见胁下痛、脉弦,故仍属阳明病兼太阳病小柴胡汤证,更突出三焦失调、湿热郁蒸之发黄腹满。选用刺法,意在疏通三焦,调节气机以救其急。本证急在短气、腹都满、久按之气不通,急在小便难。刺之小差,病情略缓。

“外不解”是对“病过十日,脉续浮者”而言。一身及目悉黄,虽病过十日,但仍未愈,其外未解,“脉续浮”,“胁下及心痛”,“时时哕”。《金匮要略·黄疸病脉证并治》云:“诸黄,腹痛而呕者,宜柴胡汤。”本证仲景选用小柴胡汤,意在宣调气机,开结散郁,疏泄三焦,以期“上焦得通,津液得下,胃气因和,身濈然汗出而解”。

本条中仲景又指出:若“一身及目悉黄”并见于脉浮,则当选用麻黄汤发汗,使黄从汗泄。“以汗解之”,是“诸病黄家”的治疗大法之一(见《金匮要略》)。所谓“余症”,是指“不尿,腹满加哕者”而言,对于“一身及目悉黄”来说,腹满、不尿、哕等属于“余症”。“若不尿,腹满加哕者,不治”是自注句。即若身目发黄、脉浮与不尿、腹满、哕并见,病属危象,系三焦滞塞,气机壅闭,湿热胶结。尤其“腹满”,见于发黄,属难治之证,《金匮要略·黄疸病脉证并治》中有云:“腹满者,难治。”发黄与腹满并见,属发黄重证,系湿热胶结难解,一方面湿性黏滞缠绵,病不得速解,久则入络伤血;另一方面,湿热闭阻气机,气滞至甚则血瘀;湿热与瘀血错杂,致使邪气凌虐,正气消残,故文曰“不治”。

**【原文】**

阳明病,自汗出,若发汗,小便自利者,此为津液内竭,虽硬不可攻之,当须自欲大便,宜蜜煎导而通之。若土瓜根及大猪胆汁,皆可为导。二十。　　　[233]

蜜煎方

食蜜七合

上一味,于铜器内,微火煎,当须凝如饴状,搅之勿令焦著,欲可丸,并手捻作挺,令头锐,大如指,长二寸许。当热时急作,冷则硬。以内谷道中,以手急抱,欲大便时乃去之。疑非仲景意,已试甚良。

又,大猪胆一枚,泻汁,和少许法醋,以灌谷道内,如一食顷,当大便出宿食恶物,甚效。

**【提要】**　阳明病,大便硬,属津液内竭的证治。

**【图解】**　见图233。

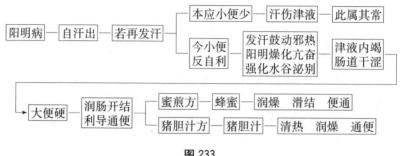

图233

【按语】　典型的阳明病，本自多汗（第196条），若再发汗，必耗伤津液而小便少。本证阳明病发汗后，小便不仅不少，反小便自利，此属发汗鼓动邪热，阳明燥化功能亢奋，强化水谷泌别，小便利者，大便当硬，从而加速了阳明燥化进程。

本证"大便硬"的主要原因，是汗、尿伤津，津液暂时告匮，引发肠道局部干、涩、热、滞；所谓大便难，是欲便而不能，故云"此为津液内竭"。与第179条对照，此属少阳阳明。

本证大便硬的特点是虽有便意，但排便困难，其证既无谵语潮热，亦无手足濈然汗出，故仲景告诫"虽硬不可攻之"，而是运用导法以通便，选用蜜煎导之。

猪胆汁苦寒凉润，和醋少许，以管连通肛肠与猪胆，囊中之液汁，徐徐而被吸入，既清凉肛肠中之热气，又滑润燥结之硬便。

【原文】

阳明病，脉迟，汗出多，微恶寒者，表未解也，可发汗，宜桂枝汤。二十一。

[234]

桂枝三两，去皮　芍药三两　生姜三两　甘草二两，炙　大枣十二枚，擘

上五味，以水七升，煮取三升，去滓。温服一升，须臾，啜热稀粥一升，以助药力取汗。

【提要】　阳明病表证未解，汗出、恶寒的证治。

【图解】　见图234。

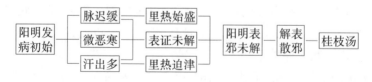

图234

【按语】　本证是阳明病由发病之初始，向阳明里证发展的一个过程。在这个过程中，"汗出多"，既有阳明病表证未解的因素，又寓含"恶寒将自罢，即自汗

出而恶热"(第183条)的病机。在阳明病发病的早期过程中,"汗出"这个症状可兼有表证未解与里热迫津两个方面的因素。在本条中,"汗出多"恰反映出本证动态变化的过程。

恶寒是本证阳明病表邪未解的典型表现,脉迟缓,既反映出阳明病里热始盛,与恶寒并见也说明阳明病表证仍未解(第208条)。本证阳明病脉迟、汗出多与恶寒并存,反映出表邪未解的病机。在仲景的治则中,汗出与恶寒并见,解表只能选用桂枝汤,而不可用麻黄汤。阳明病选用桂枝汤治疗,从一个侧面说明了桂枝汤证与太阳中风是两个不同的概念。

【原文】

阳明病,脉浮,无汗而喘者,发汗则愈,宜麻黄汤。二十二。用前第十九方。

[235]

【提要】 阳明病表证未解,无汗而喘的证治。

【图解】 见图235。

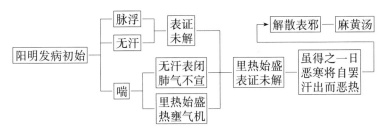

图235

【按语】 本证阳明病也是由发病之始向里证发展的一个过程。所不同的是其表证另有特点。从仲景选用麻黄汤可知,恶寒是必有症状。第183条云:"虽得之一日,恶寒将自罢,即自汗出而恶热也",此恰到好处地点出了本证的动态过程和病机。

本证属阳明病初始,恶寒虽将自罢但仍未罢;虽即将汗出但仍无汗;脉虽浮,而浮中见盛,必由浮而大。

病发阳明,虽里热始盛,但表证未解,故当先解表。表邪未解,要点是恶寒;选用麻黄汤而不用桂枝汤,要点在无汗。

【原文】

阳明病,发热汗出者,此为热越,不能发黄也。但头汗出,身无汗,剂颈而还,小便不利,渴引水浆者,此为瘀热在里,身必发黄,茵陈蒿汤主之。方二十三。

[236]

茵陈蒿六两　栀子十四枚,擘　大黄二两,去皮

上三味,以水一斗二升,先煮茵陈,减六升;内二味,煮取三升,去滓。分三

服。小便当利,尿如皂荚汁状,色正赤,一宿腹减,黄从小便去也。

【提要】　阳明病湿热互结,酝酿熏蒸,濡染黄化的证治。

【图解】　见图 236。

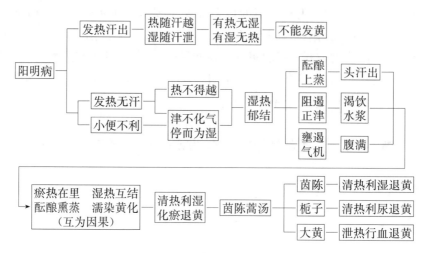

图 236

【按语】　发黄必有热,发黄必有湿,湿热酝蒸才有可能发黄。阳明病若发热汗出,热随汗越,湿随汗泄,有热无湿或有湿无热都不能发黄,故文曰"发热汗出者,此为热越,不能发黄也"。阳明病,若身无汗,则不仅热不得越,而且津不得化气,必停而为湿。若小便不利,则说明气化失调,水停亦为湿。有热有湿,湿热互结,酝酿熏蒸,才有可能濡染黄化,流于肤表,则一身及目悉黄。湿热郁结的病机一旦形成,其与无汗与小便不利互为因果,循环加剧。

湿热郁结,热为湿恋,热不得宣越而酝酿上蒸,故症见"但头汗出,身无汗,剂颈而还"。湿与热结,阻遏正津不布,上不得滋润则"渴引水浆",下不得输布则"小便不利"。湿热酝蒸,壅遏气机则腹满。无汗与小便不利则更进一步加剧湿热酝蒸的进程。

本证外在症状是"身必发黄",内在病机是"瘀热在里","瘀热"与"热越"相对应。"瘀热"另见于第 124 条。茵陈蒿汤在清热利湿退黄之中,且寓有活血化瘀之意。

【原文】

阳明证,其人喜忘者,必有畜血。所以然者,本有久瘀血,故令喜忘。屎虽硬,大便反易,其色必黑者,宜抵当汤下之。方二十四。　　　　　　　　　　[237]

水蛭熬　虻虫去翅足,熬,各三十个　大黄三两,酒洗　桃仁二十个,去皮尖及两人者

上四味,以水五升,煮取三升,去滓。温服一升,不下更服。

【提要】　阳明病本有久瘀血,其人善忘的病机与证治。

【图解】　见图 237。

204

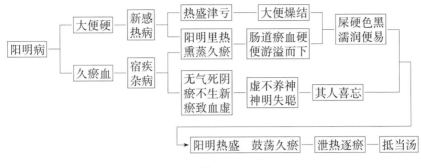

图 237

【按语】 阳明病是新感热病,而"本有久瘀血"是宿疾,故本条所述是新病与宿疾夹杂。机体感受外邪,发为阳明病,症见大便硬,说明其证已至热盛津亏。阳明病症见"喜忘",这是因为"必有畜血"。文曰"本有久瘀血",原来,其人血瘀已久。瘀血属无气之死阴,已无化生濡养之功。血"瘀"而不能生新,故由"瘀"而致血虚,血虚不能养神,神明失聪,故其人喜忘。

其人虽"本有久瘀血",但既往却未见大便色黑。本证大便"其色必黑",缘"本有"之"久瘀血"受阳明里热的熏灼、鼓荡,随大便游移而下之故。瘀血能随大便而下,且大便色黑,说明瘀血蓄在胃肠道。由于本证阳明病,硬屎与瘀血混杂,瘀血性濡软,"屎虽硬"而"大便反易",故仲景不治以通便,而是祛瘀兼以泄热,重点在攻蓄血之"瘀"。方用抵当汤,意在去瘀生新。

【原文】

阳明病,下之,心中懊憹而烦;胃中有燥屎者,可攻;腹微满,初头硬,后必溏,不可攻之。若有燥屎者,宜大承气汤。二十五。用前第二方。 [238]

【提要】 阳明病热势弥漫,下之必邪陷扰胸;指出有燥屎可攻,告诫初硬后溏不可攻。

【图解】 见图 238。

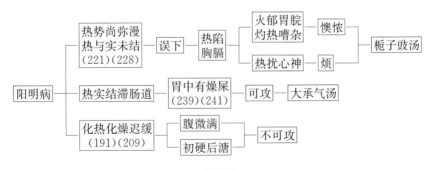

图 238

205

【按语】　"阳明病,下之,心中懊侬而烦"一句为第一节。从阳明病下之能够出现"心中懊侬而烦"的症状可知,这不是典型的里热里实俱在的阳明病,此同第221条、第228条。下后能够形成"心中懊侬"症状的阳明病,属于里热虽逐渐炽盛热势弥漫,但尚未至于"热"与"实"结滞肠道的阳明病。若阳明病因燥屎内结而下之,即使燥屎未尽,也不可能形成热扰胸膈而"心中懊侬而烦"的病机。本节表述热势弥漫之阳明病,因误下而出现热陷胸膈,火郁胃脘,胃脘灼热嘈杂并伴烦躁,此属栀子豉汤证。

第二节是"胃中有燥屎者,可攻"。条文最后一句"若有燥屎者,宜大承气汤",一个"若"字,一方面反证了前一节阳明病(若胃中没有燥屎),下之,必"心中懊侬而烦",同时又强调了燥屎的诊断过程。

第三节"腹微满,初头硬,后必溏,不可攻之",属仲景自注句,与前一节"胃中有燥屎者,可攻"对举而诫之。此系阳明病化热、化燥迟缓或阳明中寒,文义如同第191条、第209条、第251条等所述,在文义上与前文"心中懊侬而烦"无涉。"初头硬,后必溏",即使"腹满"或"腹微满",若用栀子豉汤或栀子厚朴汤,都属误治。最后一句"若有燥屎者,宜大承气汤,"与第二节"胃中有燥屎者,可攻"相贯。

【原文】

**病人不大便五六日,绕脐痛,烦躁发作有时者,此有燥屎,故使不大便也。**

[239]

【提要】　不大便五六日,绕脐痛,烦躁发作有时,属燥屎内结。

【图解】　见图239。

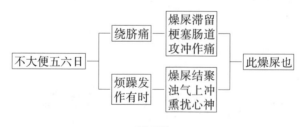

图239

【按语】　燥屎不同于一般的大便硬,它是肠道的宿食粪便经过阳明燥热的煎灼而形成的坚硬干涩的粪块,具有梗塞肠道,滞留难下的特点。由于燥屎滞留,梗塞肠道,气机不畅,故肠中虽有转气,但燥屎却不下趋,而是在滞气的推动下阵阵攻冲,症见绕脐疼痛,阵阵发作。由于燥屎结聚,腑气不降,浊气上冲,熏扰心神,故轻则心神不宁而烦躁,重则神不守舍而谵妄。

**【原文】**

病人烦热，汗出则解。又如疟状，日晡所发热者，属阳明也。脉实者，宜下之；脉浮虚者，宜发汗。下之与大承气汤，发汗宜桂枝汤。二十六。大承气汤用前第二方。桂枝汤用前第二十一方。

[240]

**【提要】**　太阳病转属阳明病的不同过程，及其治疗原则和方药。

**【图解】**　见图240。

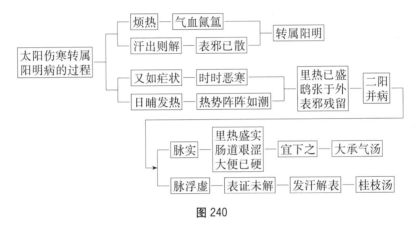

图 240

**【按语】**　本条"病人烦热，汗出则解"为第一节，论述太阳伤寒转属阳明病的表现之一。

"病人烦热，汗出则解"与第185条、第188条对照，其"烦热"实属发热恶寒之太阳伤寒转系阳明病，其人濈然微汗出之前，气血氤氲所致。"汗出则解"是言太阳伤寒转系阳明"续自微汗出，不恶寒"（第48条），表证已解。太阳伤寒在转属阳明病的过程中，汗出，表邪已解，不恶寒反恶热。

"又如疟状，日晡所发热者，属阳明也"为第二节，是太阳伤寒转属阳明病的另一种表现。"日晡所发热"，即申时（下午3时至5时）热势阵阵如潮，反映出里热已盛，鸥张于外，故文曰"属阳明也"。"如疟状"，是表述在"日晡所发热"的同时，仍时时恶寒，此属太阳表邪仍有残留。本证虽"日晡所"热势阵阵如潮，但"又如疟状"，时时恶寒，此与第48条、第185条对照，本证尚属太阳病向阳明转属的过程，即二阳并病阶段。

从"脉实者，宜下之"至本条结束为第三节，论述在太阳病转属阳明病的过程中，太阳病表证仍在，阳明病里热盛实的治疗原则及方药。"脉实者，宜下之"，此仅提出一个原则，"脉实"反映里热盛实、肠道艰涩、大便已硬，可用大承气汤。"脉浮虚者，宜发汗"，脉浮主表，所谓"虚"，是相比较而言，是指脉浮而不大、不盛、不迟涩有力，此属表证未解之象。

潮热与脉浮虚、恶寒"如疟状"并见,反映出本证仍属二阳并病,尚未完全转属为阳明病,故仍当先发汗解表。与第234条对照,本证表未解,脉浮虚,只能选用桂枝汤。

**【原文】**

大下后,六七日不大便,烦不解,腹满痛者,此有燥屎也。所以然者,本有宿食故也,宜大承气汤。二十七。用前第二方。 　　　　　　　　　　[241]

**【提要】** 六七日不大便,烦不解,腹满痛者,治以大承气汤。

**【图解】** 见图241。

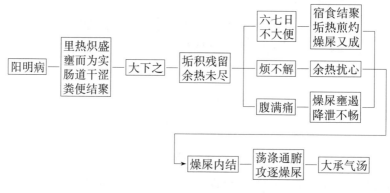

图 241

**【按语】** 阳明病,里热炽盛,热与宿食粪便结聚,壅而为实,症见大便硬而"大下"之。但由于本证热结尤甚,肠枯津燥,故虽经大下,大便似通,但肠中垢积仍有残留,余热仍未尽除,其证仍"烦不解";下后六七日之间,气仍不得上下,气滞而郁,食停为积,垢热煎灼,宿食粪便复又结为燥屎;燥屎壅遏肠道,降泄不畅,故腹满而痛。

本证虽经大下,但六七日又不大便,"腹满痛"与"烦"并见,此仍属燥屎内结。"本有宿食故也"是与"燥屎"对比而言,意即"燥屎"是由"宿食"燥化而来。而宿食所以能壅聚燥化为燥屎,是因为余热未尽。余热未尽,熏扰心神,则"烦不解"。

**【原文】**

病人小便不利,大便乍难乍易,时有微热,喘冒一作怫郁。不能卧者,有燥屎也,宜大承气汤。二十八。用前第二方。 　　　　　　　　　　[242]

**【提要】** 小便不利,大便乍难乍易,喘冒不能卧,属燥屎内结。

**【图解】** 见图242。

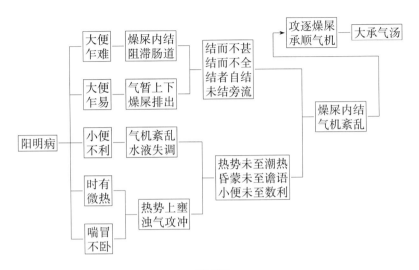

图242

【按语】　典型阳明病燥屎的形成,必是宿食停积,热灼津液,煎炼而成,其小便必多或数。本证燥屎内结,既不同于第215条之"谵语,有潮热",也不同于第239条、第209条、第241条之"病人不大便五六日"或"不大便六七日",而仅仅是"时有微热,喘冒不能卧",说明其热势相对而言还未至潮热的程度,其热势上壅只能致"喘冒不能卧",而未至扰乱神明而谵语。

本证大便燥结的特点为间断性地难易交替,"大便乍难"是由于燥屎内结,阻滞肠道;"大便乍易",或是气暂得上下,燥屎粪块得以间断排出,或是气机紊乱,结者自结,未结者旁流而下。

燥屎内结本当小便多,但由于结而不甚,结而不全,肠道粪便间有不结之隙,大便尚有乍易之时,故其小便状况既不同于典型的燥屎过程中常见的小便"数"和"多",也不同于第191条阳明中寒之"小便不利"及第223条水热下注之"小便不利",此仅是相对而言,若是真正意义上的小便不利,则是不可能形成燥屎的。

【原文】

食谷欲呕,属阳明也,吴茱萸汤主之。得汤反剧者,属上焦也。吴茱萸汤。方二十九。　　　　　　　　　　　　　　　　　　　　　　　　　［243］

吴茱萸一升,洗　人参三两　生姜六两,切　大枣十二枚,擘

上四味,以水七升,煮取二升,去滓。温服七合,日三服。

【提要】　胃寒气逆,食谷欲呕的证治。

209

【图解】　见图243。

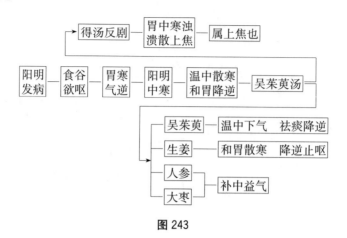

图 243

【按语】　从"食谷欲呕"选用吴茱萸汤可见本证的病机是胃寒气逆。"食谷欲呕",病人突出的感觉是泛泛恶心。

"阳明之为病,胃家实是也",讲的是典型的阳明病,但却不能概括阳明病的全部。本证胃寒气逆、恶心欲呕,属阳明病的另一种类型,即阳明中寒,故仲景文曰"属阳明也",方用吴茱萸汤。吴茱萸,辛温大热,配生姜温中散寒,降逆下气以止呕恶。

"得汤反剧者,属上焦也",是仲景自注句,言本证原本恶心欲呕,食"谷"尚且"欲呕",故得"汤"而呕更剧,此非常符合病情、病机;然而,此剧呕已不仅仅是胃寒气逆所致,而更突出胃中寒浊溃散于上焦之势,故仲景文曰"属上焦也"。

【原文】

太阳病,寸缓、关浮、尺弱,其人发热汗出,复恶寒,不呕,但心下痞者,此以医下之也。如其不下者,病人不恶寒而渴者,此转属阳明也;小便数者,大便必硬,不更衣十日,无所苦也。渴欲饮水,少少与之,但以法救之。渴者,宜五苓散。方三十。　　　　　　　　　　　　　　　　　　　　　　　　　　　　　　[244]

猪苓去皮　白术　茯苓各十八铢　泽泻一两六铢　桂枝半两,去皮

上五味,为散。白饮和服方寸匕,日三服。

【提要】　太阳中风误下,气机紊乱,水停中焦宜五苓散;不下,转属阳明,大便硬。

【图解】　见图244。

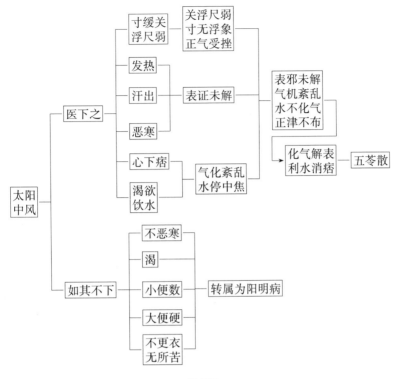

图 244

**【按语】** 太阳病,发热、汗出、恶寒,其脉当是阳浮而阴弱,此属太阳中风。本证虽曰"太阳病",但其脉"寸缓、关浮、尺弱",且与"心下痞"并见,此不是典型的太阳中风,仲景指出"此以医下之也"。因为误下,正气受挫,所以脉由阳浮阴弱变化为关浮尺弱,寸脉已无浮象,惟单见脉缓。

"不呕"不是症状,强调"不呕",是对"心下痞"而言,意即心下虽痞但不属湿热壅滞之痞(如半夏泻心汤证)。"心下痞"与"渴欲饮水"并见属误下挫伤气机,气化紊乱,水不化气,水停中焦所致。渴欲饮水,只能少少与之,不可大饮无度。"但以法救之",方用五苓散,外以化气解表,内以利水消痞(第156条)。

"如其不下者"至"无所苦也"属自注句,是对"但心下痞者,此以医下之也"一句的注文,意在阐释本条所述之太阳中风若不经误下,有转属为阳明病脾约证的可能(第247条)。

**【原文】**

脉阳微,而汗出少者,为自和一作如。也;汗出多者,为太过。阳脉实,因发其汗,出多者,亦为太过。太过者,为阳绝于里,亡津液,大便因硬也。 [245]

**【提要】** 不论太阳中风自汗,还是太阳伤寒发汗,汗多伤津,都可引发大便硬。

**211**

【图解】　见图 245。

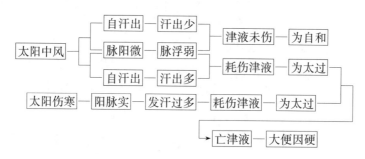

图 245

【按语】　本条通过"脉阳微"与"阳脉实"，"汗出少"与"汗出多"对比，论述汗多伤津大便硬的病机。脉浮取为阳，"脉阳微"即脉浮弱。在太阳中风，自汗出与脉浮弱并见，其"汗出少"与脉浮弱在病机上是同步相应的；虽汗出，但津液未伤，故"为自和也"。"自和"，不是说不治自愈，而是与后文之"太过"相比较而言，是指汗出而津液未伤的状态。太阳中风，若"汗出多"，耗伤津液，此与"脉浮弱"所反映出的病机不相对应，故为"太过"而不属"自和"。

"阳脉实"是指脉浮而有力，从"因发其汗"一句可见，本证原本无汗，此属太阳伤寒。太阳伤寒，发汗也必须"取微似汗"（第 35 条），若大汗淋漓，必耗伤津液，此"亦为太过"。

不论是太阳中风"脉阳微"，"汗出多"而"太过"，还是太阳伤寒"阳脉实"，发汗过多而"太过"，只要是耗伤津液，都可能引发肠道干涩而大便硬。

最后一句"太过者，为阳绝于里，亡津液，大便因硬也"是对本条的总结，强调大便硬的原因是"阳绝于里"、"亡津液"。何谓"阳绝于里"？"太过者，为阳绝于里"；何为"太过"？"汗出多者，为太过"。"亡津液"亦即是"阳绝于里"，因为津液为阳气所化。

【原文】

脉浮而芤，浮为阳，芤为阴，浮芤相搏，胃气生热，其阳则绝。　　　　　　　[246]

【提要】　阳明病发病过程中，津伤肠燥的脉象变化及特点。

【图解】　见图 246。

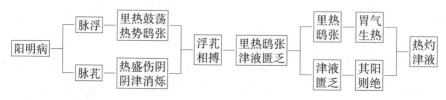

图 246

**【按语】** 阳明病由于里热鼓荡,故其脉显浮象,浮反映了里热鸱张之势,有余为阳,故文曰"浮为阳"。阳明病热盛伤阴,阴津匮乏,故其脉显芤象,芤反映了津液消烁之势,不足为阴,故文曰"芤为阴"。"浮芤相搏",反映里热鸱张与津液匮乏互为因果之病机变化;里热鸱张益盛,即所谓"胃气生热";津液匮乏至甚,即所谓"其阳则绝";最终是肠道干涩,气不得上下而大便难。

**【原文】**

跌阳脉浮而涩,浮则胃气强,涩则小便数,浮涩相搏,大便则硬,其脾为约,麻子仁丸主之。方三十一。　　　　　　　　　　　　　　　　　　　　[247]

麻子仁二升　芍药半斤　枳实半斤,炙　大黄一斤,去皮　厚朴一尺,炙,去皮　杏仁一升,去皮尖,熬,别作脂

上六味,蜜和丸如梧桐子大。饮服十丸,日三服,渐加,以知为度。

**【提要】** 阳明燥化太过,制约太阴运化而成脾约的证治。

**【图解】** 见图247。

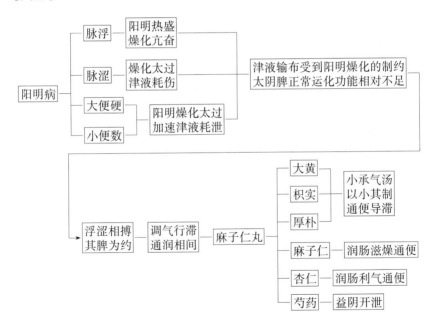

图 247

**【按语】** 跌阳脉指足背动脉处,属足阳明胃经。古人诊跌阳脉以候脾胃之气。本证主要症状是大便硬、小便数,其脉象是跌阳脉浮而涩,仲景释曰:"浮则胃气强","涩则小便数"。所谓"胃气强",是言阳明热盛,燥化功能亢奋;而跌阳脉涩则是小便量多,津液耗伤的外在反映。

太阴主湿,功在运化,运化主要是津液输布的过程;阳明主燥,功在燥化,燥化主要是津液调节、消耗的过程。运化与燥化若处于动态稳定,则其人小便利,大便调。若脾的运化功能正常,津液虽得以输布,但由于阳明燥化太过,加速了津液的消耗和排泄,故反映在症状上是小便数,大便硬,反映在脉象上则是趺阳脉浮而涩。与阳明燥化亢奋对比,太阴脾的正常运化功能却显得相对不足,脾的运化、津液的输布受到阳明燥化功能的制约。"浮涩相搏",即是反映这种制约与被制约的动态过程,仲景把这个过程或病机概括为"其脾为约"。脾约不是脾弱,更不是脾阴虚。

麻子仁丸即小承气汤量少其剂,再配以麻子仁、杏仁、芍药变汤为丸。方后注云"渐加,以知为度",恰到好处地体现出仲景用麻子仁丸的调气行滞、通润相间的微调思路。本方既不能"补脾",亦不能治"脾弱"。

**【原文】**

太阳病三日,发汗不解,蒸蒸发热者,属胃也,调胃承气汤主之。三十二。用前第一方。　　　　　　　　　　　　　　　　　　　　　　　　　　　　[248]

**【提要】**　太阳病发汗,伤津化燥,蒸蒸发热的证治。

**【图解】**　见图248。

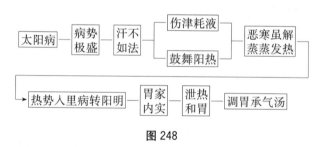

图248

**【按语】**　太阳病三日,发汗不解,此"不解"不是表证不解而是其病未愈。本证太阳病发汗后,恶寒虽解,但其发热却呈"蒸蒸"之势。其热势由内而外,宛若蒸笼热气之腾隆。此属阳气偏盛机体患太阳病,汗不如法,病由太阳转属阳明。虽胃家已实,但却更偏重于热盛,仲景选用调胃承气汤以泄热为主,意在调和胃气。

**【原文】**

伤寒吐后,腹胀满者,与调胃承气汤。三十三。用前第一方。　　　　　[249]

**【提要】**　伤寒吐后,伤津化燥,腹胀满的证治。

**【图解】**　见图249。

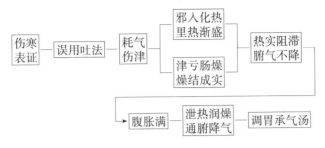

图 249

**【按语】** 伤寒表证用吐法,虽意在解表祛邪,但吐法耗气伤津,一方面表邪入里化热,里热渐盛;另一方面津亏肠燥,燥结成实;热实阻滞,腑气不降,故症见腹胀满。本证属里热渐盛,津亏肠燥,故仲景选用调胃承气汤。

**【原文】**

太阳病,若吐,若下,若发汗后,微烦,小便数,大便因硬者,与小承气汤和之愈。三十四。用前第二方。　　　　　　　　　　　　　　　　　　　　[250]

**【提要】** 太阳病汗、吐、下失治,津伤燥盛,便硬心烦的证治。

**【图解】** 见图 250。

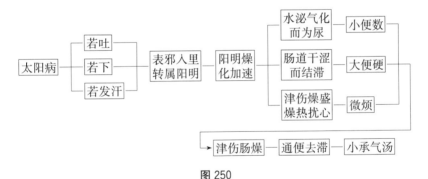

图 250

**【按语】** 太阳病,或吐或下或发汗不当,伤津耗液,表邪入里化热,开始了燥化的进程,其病向阳明转属。阳明燥化,加速了肠道水谷泌别的过程,水泌气化而为尿,肠道干涩而结滞,故一方面小便量多而数,一方面大便干结而硬,反映出一个过程的两个侧面。

本证津伤燥盛,燥热扰心,故症见微烦,治以小承气汤意在通便去滞和胃。

**【原文】**

得病二三日,脉弱,无太阳柴胡证,烦躁,心下硬,至四五日,虽能食,以小承气汤,少少与,微和之,令小安,至六日,与承气汤一升。若不大便六七日,小便少者,虽不受食,一云不大便。但初头硬,后必溏,未定成硬,攻之必溏;须小便利,屎

**215**

定硬,乃可攻之,宜大承气汤。三十五。用前第二方。　　　　　　　[251]

**【提要】**　小承气汤的灵活运用及对大承气汤的替代作用,强调大承气汤的应用指征。

**【图解】**　见图251。

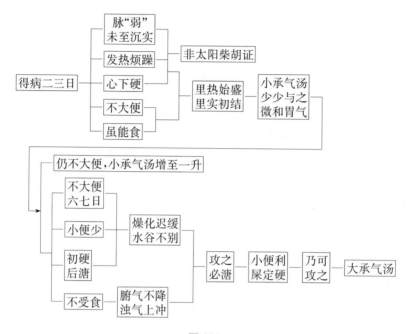

**图 251**

**【按语】**　本证得病二三日,虽症见烦躁、心下硬,但却不是太阳病柴胡汤证;从后文"若不大便六七日"可知,其人在"得病二三日"、"至四五日"之间已不大便。纵观烦躁、心下硬,与不大便四五日并见,本证实属阳明病里热始盛、里实初结。

"虽能食"说明里热熏灼尚未至不能食的程度,"心下硬"说明其"硬"的范围还比较局限,其证尚未至腹大满不通的程度;"脉弱"说明里热里实刚刚形成,尚未至盛实,其脉搏尚未至沉实有力的程度,"弱",属比较之辞。故本证不能用峻猛之大承气汤攻下,即使用小承气汤,也只能少少与之,以低于六合之常规量(见第208条)少量服用,以达微和小安之目的。若服后仍不大便,也不能用大承气汤,而是在此前小承气汤服用六合的基础上,再加大服用量至一升,以达通便导滞的目的。

若虽然不大便六七日,但小便量少,说明其证燥化迟缓乏力,仍有水谷不别之势,故其大便初硬后溏。此虽不能食,但不是里热熏灼所致,而是六七日不大便,腑气不降,浊气上冲使然。故不可用大承气汤攻下,若攻之必重挫中气而溏泄。本证只有阳明热化燥化加速,水泌气化而为尿,小便量由少而多,肠道逐渐干涩,阳明热盛里实俱甚,方可用大承气汤攻下。

**【原文】**

伤寒六七日,目中不了了,睛不和,无表里证,大便难,身微热者,此为实也,急下之,宜大承气汤。三十六。用前第二方。　　　　　　　　　　　　[252]

**【提要】**　阳明病真阴欲竭,燥屎阻遏,虽虚实夹杂,当急下之。

**【图解】**　见图252。

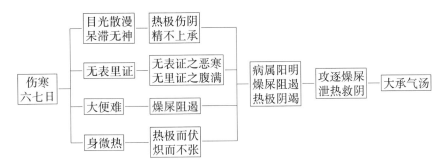

图 252

**【按语】**　伤寒六七日,症见目光散漫混浊、呆滞无神且与大便难并见,此是病已转属阳明,热极伤阴,阴精不能上注于目;"目中不了了,睛不和",了了,爽慧之意。证已至危,病人已不能视物,即使能视物亦难以表达"清楚"与"不清楚",故释"目中不了了"为视物不清,非是。此属医生望诊,是对病人"神"的判断。"睛不和"与"睛和"相对应,"睛不和"谓目睛无神。

无表里证,意指既无太阳伤寒表证之恶寒,亦无阳明病腹满而喘、烦躁谵语之里证。

本证一方面热极而伏,炽而不张,另一方面真阴欲竭,正气有不支之势,故仅见"身微热"。此属虚实夹杂难治之证,仲景唯能选用大承气汤,急泄其热,急下其实,攻其燥屎,以救欲竭之真阴。

**【原文】**

阳明病,发热汗多者,急下之,宜大承气汤。三十七。用前第二方,一云大柴胡汤。　　　　　　　　　　　　[253]

**【提要】**　阳明病燥屎内阻,汗出不止,属热极煎迫已竭之阴津外越,当急下之。

**【图解】**　见图253。

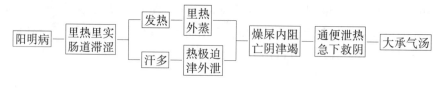

图 253

**【按语】**　本证虽有燥屎,强调"急下之",但其"急",主要不是急在燥屎不下,而是急在"汗多"。

本证热极阴竭,燥屎结聚,不大便,本当周身干涩无汗,而今反"汗多",此"汗多"是汗出不止,属热极煎迫已竭之阴津外泄,大有亡阴之虞,故仲景用急下之法,通便泄热,企救已竭之阴以治本。

**【原文】**

发汗不解,腹满痛者,急下之,宜大承气汤。三十八。用前第二方。　　　　　[254]

**【提要】**　阳明病表证,发汗不当,热势鸱张,燥屎结聚,腹满痛剧,当急下之。

**【图解】**　见图 254。

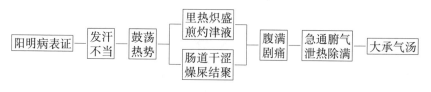

图 254

**【按语】**　阳明病表证本当汗出而解(第 234 条、第 235 条),本条"发汗不解",不是表证不解,而是发汗不当,其病未愈。发汗不彻或大汗淋漓都能鼓荡热势深入,里热急速炽盛,煎灼津液,肠道旋即干涩,燥屎结聚。本证发病急,病势重,其证以腹大满、急痛为特点,故治以急下之法,其"急",急在"腹满痛"剧烈难忍。

**【原文】**

腹满不减,减不足言,当下之,宜大承气汤。三十九。用前第二方。　　　　　[255]

**【提要】**　阳明病大便硬或有燥屎,下之,虽腹满已减,但腹满仍在,当再下之。

**【图解】**　见图 255。

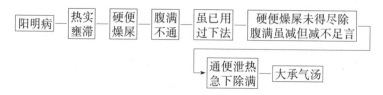

图 255

**【按语】** 本证"腹满"不是一个孤立的症状,而是阳明病的腹满。文曰"减不足言",说明尽管"不足言",但其腹满却曾缓解过。阳明病热实壅滞之腹满,不存在自行减缓的趋势,而只有用过下法,因病重药轻,其腹满才有可能减而不除。本条强调,阳明病,大便硬或有燥屎,虽已用过小承气汤或调胃承气汤或大承气汤,若硬便或燥屎未净,虽腹满已减,但减不足言,腹满仍在者,仍当放手再用大承气汤。

**【原文】**

阳明少阳合病,必下利,其脉不负者,为顺也。负者,失也,互相克贼,名为负也。脉滑而数者,有宿食也,当下之,宜大承气汤。四十。用前第二方。 [256]

**【提要】** 阳明少阳合病,证偏阳明,虽少火内迫而下利,但燥屎已成,当攻燥屎为急。

**【图解】** 见图256。

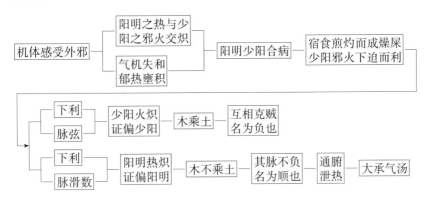

图 256

**【按语】** 本条用五行克制理论判断脉症的逆顺。本证阳明少阳合病,是阳明之热与少阳之邪火交炽,气机失于和顺,郁热壅积所致。一方面,其人本有宿食,经阳明里热煎灼而成燥屎;另一方面,少阳邪火下迫而下利,从而形成结者自结、利者自利之热结旁流;同时,阳明热势鼓荡于外,症见发热、脉滑数。

在五行关系上,阳明属土,少阳属木。本证阳明少阳合病,若下利与弦脉并见,说明少阳气盛火炽,证偏少阳,反映在五行关系上属木乘土,仲景把这种关系称之为"负"。而本证虽下利,但其脉不弦而是滑数,此属阳明气盛热炽,证偏阳明。因其脉不弦,故反映在五行上则不存在克贼关系,仲景把这种关系概括为"其脉不负",故"为顺也"。"负者,失也,互相克贼,名为负也"一句,系自注句,是对前文"其脉不负者"之"负"进行解释。

本证虽是阳明少阳合病,但"其脉不负","为顺也",故证偏阳明;虽少火内迫而下利,但燥屎已成,故仲景以攻燥屎为急,方用大承气汤。

**【原文】**

病人无表里证,发热七八日,虽脉浮数者,可下之。假令已下,脉数不解,合热则消谷喜饥。至六七日不大便者,有瘀血,宜抵当汤。四十一。用前第二十四方。

[257]

**【提要】** 热盛于血分而蒸于外,"有瘀血"的证治。

**【图解】** 见图257。

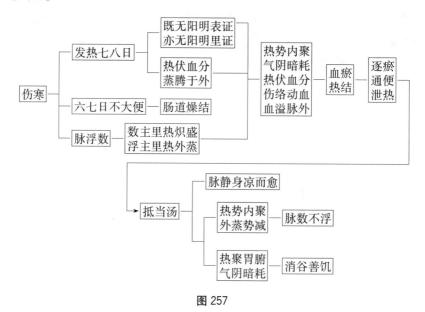

图 257

**【按语】** 本证病人,发热七八日,却"无表里证",既不是阳明病表证,也不是典型的阳明病里证。

脉浮数,数主里热炽盛而未结实(数则为热,数则为虚),浮主里热外蒸,此本不当用下法,但仲景指出"'虽'脉浮数者,可下之",原来本证病人,发热七八日,"至六七日不大便者,有瘀血";若仅仅六七日"不大便",而无谵语、潮热等症状,按例依然不可用大承气汤,本证之所以选用下法是因为"有瘀血",是热盛于血分而蒸于外,故虽发热,而"无表里证"。"有瘀血"三字不仅是言病机,而且也是言症状,意即病人出现若干瘀血症状,当治以逐瘀通便泄热,方用抵当汤。

病人发热七八日之久,热势内聚,气阴暗耗,继则深入内伏,伏热盛于血分,伤络则动血,血溢脉外则为瘀。关于瘀血,《金匮要略》云:"病者如热状,烦满,口干燥而渴,其脉反无热,此为阴伏,是瘀血也,当下之。"所谓"阴伏"道明了热伏于血分,瘀血发热的病机。"是瘀血也,当下之",反映出仲景及那个时代对后世所谓"热入血分"及其治法的认识。

"假令已下,脉数不解,合热则消谷喜饥",是仲景自注句。若下后,不是脉静身凉,而是脉由浮变为不浮,且脉数不解,此是下后血分伏热外蒸之势虽减,但热势内聚,客热干胃,与阳明热相合,此即所谓"合热"。合,聚也。热聚胃腑,气阴暗耗,故其人消谷喜饥。所谓"消谷喜饥"不是说纳食量多,而是言其人有饥饿感。

**【原文】**

若脉数不解,而下不止,必协热便脓血也。 [258]

**【提要】** 下后利不止,血分伏热内聚,乘势下注,热、血、脓、滞并作而成利。

**【图解】** 见图258。

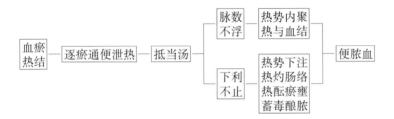

图258

**【按语】** 本条承接第257条,论述"假令已下","脉数不解"。下后,血分伏热内聚,不是与阳明热相合,消谷善饥,而是下后利下不止,血分伏热内聚,乘势下注,虽利下不止,但又滞而不爽,故血、脓、热、滞并作而成利。

**【原文】**

伤寒发汗已,身目为黄,所以然者,以寒湿—作温在里不解故也。以为不可下也,于寒湿中求之。 [259]

**【提要】** 寒湿发黄的病机及治疗原则。

**【图解】** 见图259。

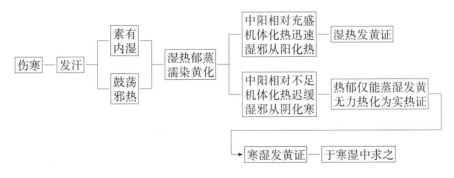

图259

【按语】　"伤寒发汗已",能够"身目为黄"者,不是一般意义的发热恶寒之伤寒,与第187条对照,当属"伤寒脉浮而缓,手足自温者"。

本证伤寒,发汗能引发身目为黄,原因有二:一是素有内湿,发汗更伤脾阳,内湿益甚;二是发汗鼓荡邪热,造成湿与热酝酿之机,湿热郁蒸,濡染黄化,流于肌表,则身目发黄。

发黄必有湿,无湿之酿,即使有热也不能发黄;发黄必有热,无热之蒸,即使有湿亦不能发黄。无论是湿热发黄还是寒湿发黄,均缘于湿热的酝酿、蒸化。单就"发黄"这一具体症状来说,寒湿发黄与湿热发黄在发生机理上没有本质的区别。"证"不同于"症状",寒湿发黄证与湿热发黄证有阴阳属性的不同。在发黄证中,湿邪作为主要因素,随机体阳气的盛衰,可产生从阳化热或从阴化寒两种不同的变化趋势,从而形成两种不同的过程:外感寒湿较盛,或误治后损伤阳气,中阳相对不足者,机体化热迟缓或无力化热,湿邪从阴化寒可形成寒湿发黄证;若中阳相对充盛者,机体化热迅速,湿邪从阳化热可形成湿热发黄证。

寒湿发黄证的形成是一个比较复杂的过程,机体虽然有邪热,但热郁不甚,热势不张,仅能勉强形成热郁蒸湿之势而发黄,却不能热化为阳热实证。在寒湿发黄证中,邪热蒸湿发黄仅是一个局部的、短暂的过程,而证的总体演变趋势仍是从阴化寒,故寒湿发黄证的总的病机则是"寒湿在里不解故也"。

寒湿发黄,后世称之为"阴黄"。近人张山雷云:"阴黄一证,虽曰虚寒,然其始亦内有蕴热,故能发见黄色。"

【原文】

**伤寒七八日,身黄如橘子色,小便不利,腹微满者,茵陈蒿汤主之。四十二。用前第二十三方。** 　　　　　　　　　　　　　　　　　　　　　　　　　　　[260]

【提要】　伤寒邪热蒸湿,湿热酝酿,濡染黄化的证治。

【图解】　见图260。

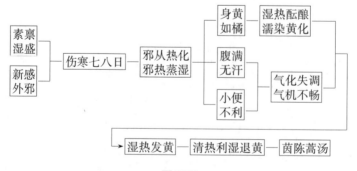

图260

**【按语】** 发热恶寒之伤寒,经过七八日,显现"身黄如橘子色",反映其人素禀湿盛。新感外邪之后,邪从热化,邪热蒸湿,湿热酝酿,濡染黄化而流于肌肤。由于无汗和小便不利,故热不得越,湿不得泄,此又加重了湿热郁结、酝酿的过程,从而形成了无汗、小便不利与湿热蕴结之间的因果关系。故纠正湿热蕴结之不良因果循环,是本证治疗的根本;仲景治以茵陈蒿汤,意在清热利湿退黄以治其本。

**【原文】**

**伤寒,身黄发热,栀子柏皮汤主之。方四十三。** [261]

肥栀子十五个,擘　甘草一两,炙　黄柏二两

上三味,以水四升,煮取一升半,去滓。分温再服。

**【提要】** 伤寒,身黄与发热并见的证治。

**【图解】** 见图 261

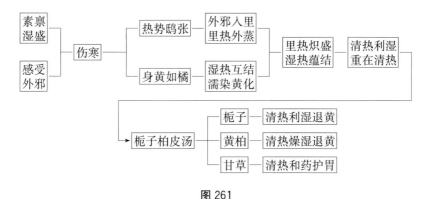

图 261

**【按语】** 本证伤寒,发热不恶寒且症见身黄,此系素禀湿盛,其发热已不是表热,而是外邪由表入里,里热外蒸,故其热势鸱张,高热不退。里热与里湿互结,邪热蒸湿而黄化,故症见身目发黄。

**【原文】**

**伤寒,瘀热在里,身必黄,麻黄连轺赤小豆汤主之。方四十四。** [262]

麻黄二两,去节　连轺二两,连翘根是　杏仁四十个,去皮尖　赤小豆一升　大枣十二枚,擘　生梓白皮切,一升　生姜二两,切　甘草二两,炙

上八味,以潦水一斗,先煮麻黄再沸,去上沫,内诸药,煮取三升,去滓。分温三服,半日服尽。

**【提要】** 伤寒发热恶寒,无汗,热不得越,瘀热在里,身黄的证治。

**【图解】** 见图 262。

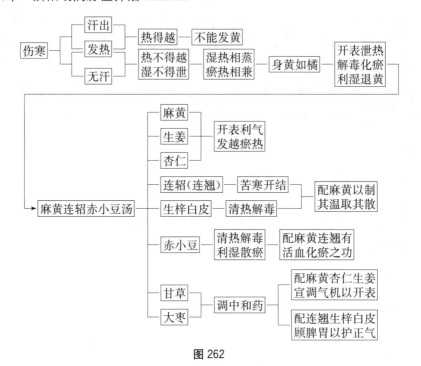

图 262

【按语】　瘀热见第 124 条"太阳随经，瘀热在里故也"；又见第 236 条"此为瘀热在里，身必发黄"。在此，"瘀热"与"热越"相对应，"热越"则不能发黄，"瘀热"则身必发黄。所谓"热越"，即发热汗出，而"瘀热"则必发热无汗，无汗则热不得越。伤寒发热无汗，热不得越湿不得泄，"瘀热在里"，症见身黄。本证发黄的病机还含有血"瘀"的因素。

本证伤寒"瘀热"发黄，仲景治以麻黄连轺赤小豆汤开表泄热，解毒化瘀，利湿退黄。

# 阳明病篇小结

## 一、典型阳明病病机分类概览

【图解】　见阳明病篇小结图 1。

阳明病篇小结图 1

【按语】　《伤寒论》第 180 条"阳明之为病,胃家实是也"所揭示的是里热炽盛,肠道结滞这样的病机,并不包括白虎汤证和其他的证,这从第 179 条的论述"正阳阳明者,胃家实是也"中可见。如果把正阳阳明与本条所言之太阳阳明、少阳阳明对比,可见,正阳阳明者,是指承气汤证而言。所以"胃家实"概括的是典型的阳明病的病机。

## 二、典型阳明病发病与证候概览

【图解】　见阳明病篇小结图 2。

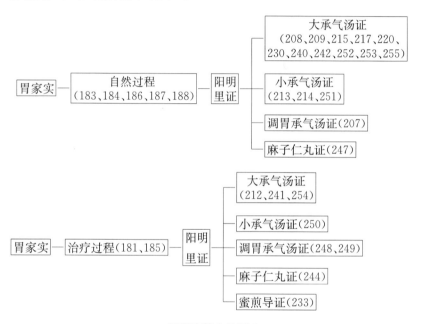

**阳明病篇小结图 2**

【按语】　阳明病"胃家实"病机形成的过程,可以从两个方面概括:一是由于机体素蕴内热,在阳明病发病的自然过程中逐渐形成胃家实,二是在阳明病的治疗过程中,汗、吐、下伤津化燥,引发肠道干涩所致。不论是自然过程,还是治疗过程,所引发的热盛津亏与肠道结滞会有程度的不同,症状表现会有缓急的不同,所以可形成不同的证,选用不同的治法与不同的方药。

## 三、阳明病非胃家实证候概览

【图解】　见阳明病篇小结图 3。

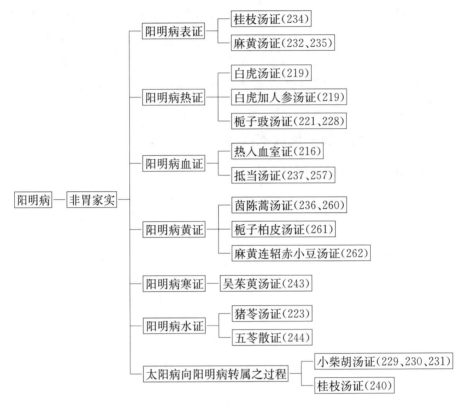

阳明病篇小结图3

【按语】 如前所述,胃家实是指里热炽盛,肠道结滞这样的病机,而白虎汤证热虽盛但弥漫全身,未与有形之邪相结,所以不具有"胃家实"的病机。在阳明病篇中,阳明病的表现是多样的。

胃家实是典型的阳明病,但却不是阳明病的唯一表现,更不能概括全部阳明病。以白虎汤证、栀子豉汤证、吴茱萸汤证为代表的其他若干证虽不是胃家实,但却是阳明病,与胃家实相比较,属于非典型的阳明病,这些证反映出阳明病发病的不同过程。

# 第五章 辨少阳病脉证并治

## 方一首,并见三阳合病法

【原文】

少阳之为病,口苦,咽干,目眩也。 [263]

【提要】 少阳病郁火上窜空窍的典型症状。

【图解】 见图263。

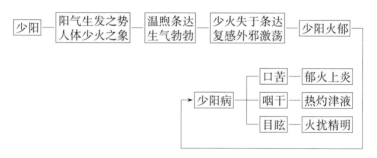

图263

【按语】 少阳,在天有如旭日初升,意象阳气生发之势;在人体寓少火之象,意蕴阳气蓬勃、长养之势。人体少火温煦条达。若少火郁而失于条达,复感外邪以激荡,则郁而火壮,上窜空窍。

后世注家把本条作为少阳病提纲,意欲概括少阳病之全部而又难以概括,从而引发所谓少阳病提纲之争纷,且混淆了少阳病与柴胡证之不同(见第96条)。小柴胡汤虽然能治疗少阳病,但在《伤寒论》中,小柴胡汤却不仅仅只用于治疗少阳病。清代张志聪曾诘问道:"前人何据,谓小柴胡为少阳之主方也?"

【原文】

少阳中风,两耳无所闻,目赤,胸中满而烦者,不可吐下,吐下则悸而惊。 [264]

【提要】　少阳中风不可吐下。

【图解】　见图264。

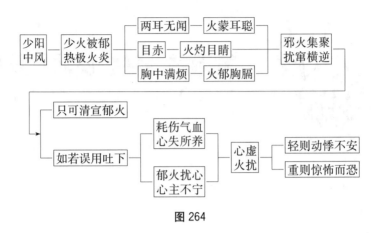

图264

【按语】　本证称为少阳中风,并不是因为本证因感受了风邪而发,少阳中风属少阳发病的分类之一。

伤寒中风是仲景的疾病分类方法,它是以比较为基础,相对比而言。在《伤寒论》中,不仅仅指称太阳病篇中的麻黄汤证和桂枝汤证,而且在阳明病篇中还有阳明中风、阳明中寒(伤寒),在太阴病篇中有太阴中风、太阴伤寒等等。这种疾病分类方法如《内经》中的阴阳一样,是古代的两分法辩证逻辑在医学领域中的应用。它是以疾病整体属性的"象"为基础的,即热者(热极者)、动者属阳,属中风,寒者(热微者)、静者属阴,属伤寒。本证目赤、胸中满而烦,属热极,属动,故称之曰"中风"。

典型的少阳病病机是少火被郁,本证少阳病特点是热极火炎,邪火集聚,扰窜空窍,表现为清窍局部的火象。对此,仲景特别指出,只宜清宣郁火,不可吐下。

若误用吐下,则伤津耗气,一方面心阴心气不足,心失所养;另一方面郁火乘势扰心,心主不宁,故轻则症见动悸不安,重则惊怖而恐。

【原文】

伤寒,脉弦细,头痛发热者,属少阳。少阳不可发汗,发汗则谵语,此属胃。胃和则愈,胃不和,烦而悸。一云躁。　　　　　　　　　　　　　　[265]

【提要】　少阳伤寒不可发汗。

【图解】　见图265。

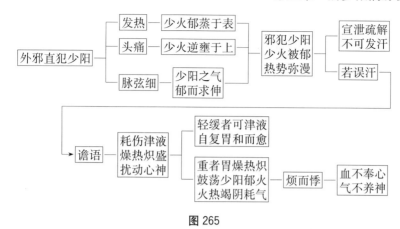

图 265

【按语】　本证是外邪直犯少阳,少阳自受寒邪所致。少阳之气,温煦长养,疏泄条达。寒伤少阳之气,少火郁蒸于表,逆壅于上。弦脉本为少阳常脉,其来若草木初生,指下软弱轻虚而滑,端直以长,此属阳气生发之象。本证少火被郁,脉显弦细,则属少阳之气郁而求伸之象。"郁而求伸"属变异的生发之势。细脉与弦脉并见,其细为郁滞之象。

少阳中风属热极火炎,邪火集聚,其热有鸥张之势;而本证则属少火郁而求伸,其热处于弥漫之势,故名之曰少阳伤寒。

对本证治疗只宜因势利导,宣泄疏解,不可发汗。若误汗,则耗伤津液而胃燥,燥热炽盛,扰动心神则谵语,且火热竭阴耗气,证由"实"而逐渐转"虚",成虚实夹杂之势。

【原文】

本太阳病不解,转入少阳者,胁下硬满,干呕不能食,往来寒热,尚未吐下,脉沉紧者,与小柴胡汤。方一。

[266]

柴胡八两　人参三两　黄芩三两　甘草三两,炙　半夏半升,洗　生姜三两,切大枣十二枚,擘

上七味,以水一斗二升,煮取六升,去滓,再煎取三升。温服一升,日三服。

【提要】　由太阳病转属少阳病的证治。

【图解】　见图 266。

【按语】　邪在太阳,其病在营卫,证以发热恶寒、头痛为特点。转入少阳,转属为少阳病,少火失于条达,则郁而化火。少阳火郁,郁火内敛,结聚于里,失于布达则阵有寒意;郁而求伸,郁火外蒸,热势达于表则阵有烘热,此即所谓往来寒热。往来寒热,是指虽然医生切其肌肤而觉发热,但"病人自己感觉"却是身体寒冷,不感觉发热,此时属发热恶寒阶段;而当病人自己感觉身体发热时,则又不觉寒冷,此属不恶寒反发热阶段,这种(发热)恶寒与不恶寒、反发热的交替,则形成往来寒热。

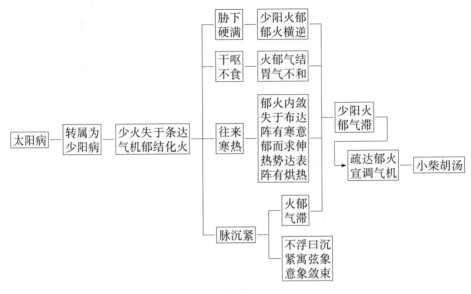

图 266

"尚未吐下"属自注句，说明后文"脉沉紧"是自然形成的而不是吐下后所致。太阳病，其脉当浮，今转属为少阳病，其脉必由"浮"而变化为"不浮"，对比而言，不浮曰"沉"。紧脉，意象敛束、邪结。本条脉沉紧与胁下硬满、往来寒热并见，其脉紧则主火郁气滞，此"紧"寓涵"弦"象。

本证属少阳火郁气滞，仲景治以小柴胡汤，意在疏达郁火、宣调气机。气机顺畅谓之疏泄。

第 264 条少阳中风和第 265 条少阳伤寒，都属少阳自受寒邪，是原发少阳病，而本条之少阳病则是由太阳病转属的少阳病。

**【原文】**

若已吐下、发汗、温针，谵语，柴胡汤证罢，此为坏病。知犯何逆，以法治之。

[267]

**【提要】** 少阳病误用吐、下、汗法，若成坏病，当观其脉症，以法治之。

**【图解】** 见图 267。

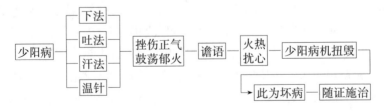

图 267

【按语】　本条指出少阳病误用吐、下、发汗、温针等治法,或挫伤正气,或鼓荡郁火,并以出现谵语为例,指出少阳邪结气滞病机已不复存在,从而导致小柴胡汤证被扭毁而成为坏病。对于坏病,仲景遵循其一贯的思想和方法,即"观其脉症,知犯何逆,随证治之"。

【原文】

三阳合病,脉浮大,上关上,但欲眠睡,目合则汗。　　　　　　　　［268］

【提要】　三阳合病,其势向内,脉端直而长,热势有郁闭之象,当施以少阳之法。

【图解】　见图268。

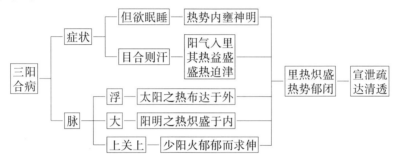

图268

【按语】　本证三阳合病的特点是脉浮而大,"上关上"。太阳之热布达于外,故其脉浮;阳明之热炽盛于内,故其脉大;少阳火郁气滞,郁而求伸,故其脉端直以长,以呈"上关上"之势。

本证三阳合病,以热势郁滞为特点,比较而言,其势向内;热势内壅,热象外露并不明显。"但欲眠睡",昏昏然迷糊貌,此系热势内壅神明所致。"目合则汗",即后世所谓"盗汗"。本证热势有郁闭之象,故当施以少阳之法,以宣泄疏达清透为治。

【原文】

伤寒六七日,无大热,其人躁烦者,此为阳去入阴故也。　　　　　［269］

【提要】　伤寒发病,阳气日渐不支,可显无热恶寒,而发展为少阴病。

【图解】　见图269。

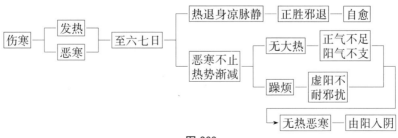

图269

【按语】　本证伤寒经过六七日，虽恶寒不止，但热势渐减，而显"无大热"之势，此属正气不足，阳气日渐不支，抗邪无力。若阳气渐虚，病情继续发展，可显无热恶寒，而终于由阳入阴发展为少阴病。其人躁烦是虚阳不耐邪扰之象。躁烦与烦躁义同。

【原文】

伤寒三日，三阳为尽，三阴当受邪。其人反能食而不呕，此为三阴不受邪也。

[270]

【提要】　机体感受寒邪，即使未发展为三阳病，若胃和脾旺，亦不能发展为三阴病。

【图解】　见图270。

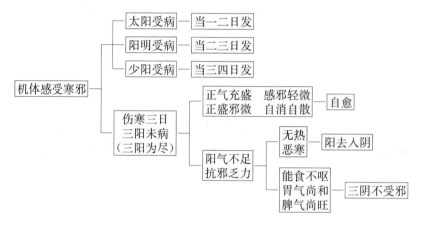

图 270

【按语】　第4条曰"伤寒一日，太阳受之"，是言机体感受寒邪，太阳发病当在一日。《伤寒例》云："尺寸俱浮者，太阳受病也，当一二日发。""尺寸俱长者，阳明受病也，当二三日发。""尺寸俱弦者，少阳受病也，当三四日发。"机体感受了寒邪，阳明发病当在二日，少阳发病当在三日。若机体感受寒邪，一日未发展为太阳病，二日未发展为阳明病，三日未发展为少阳病，伤寒三日，三阳未发病，此即所谓"三阳为尽"。

三阳未发病，可有两种可能：一是机体正气充盛，感邪轻微，故虽感邪，而未能罹患典型伤寒，其邪自消自散，此亦属机体自愈机制。二是机体阳气不足，正气抗邪乏力，故发不起热来。至三日之后，若三阴受邪，其证只能是无热恶寒。但是，三日之后，虽因阳气不足，三阳未能发病，然而，若其人食欲尚可，能食而不呕，则说明其胃气尚和，脾气尚旺，阳气虽然不足，但尚未至虚衰的程度，故还不至于发为太阴病或少阴病、厥阴病。

**【原文】**

伤寒三日,少阳脉小者,欲已也。　　　　　　　　　　　　　　　［271］

**【提要】**　伤寒三日,邪衰而微,不能发为少阳病而微邪自消自散。

**【图解】**　见图271。

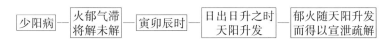

**图271**

**【按语】**　《伤寒例》曰:"尺寸俱弦者,少阳受病也,当三四日发。"伤寒三日,本当少阳发病,今其脉当弦而不弦反小,"小"是与"端直而长"对比而言。此与第5条所言伤寒三日少阳证不见者为不传也同义。系机体感邪之后,三日则邪衰而微,故不能发为少阳病。

**【原文】**

少阳病欲解时,从寅至辰上。　　　　　　　　　　　　　　　　［272］

**【提要】**　少阳病在将解未解之际,少阳郁火随天阳舒展、升发之势而解于三至九时。

**【图解】**　见图272。

少阳病 — 火郁气滞将解未解 — 寅卯辰时 — 日出日升之时天阳升发 — 郁火随天阳升发而得以宣泄疏解

**图272**

**【按语】**　寅时是三时至五时,辰时是七时至九时。从三时至九时正是日出日升之际,天之阳气正具舒展、升发之势。少阳病属少阳火郁气滞,在其将解未解之时,少阳郁火随天阳的舒展、升发之势,而得以宣泄疏解,故少阳病解于此时。

# 少阳病篇小结

## 一、典型少阳病病机概览

**【图解】**　见少阳病篇小结图1。

典型少阳病 — 少火被郁 — 少阳之为病(263)

少阳病篇小结图1

【按语】　典型少阳病是外邪直接中于少阳,少阳之气被外邪郁闭而成,是少阳气化之为病。少火被郁,则会出现口苦、咽干、目眩。

## 二、少阳病分类概览

【图解】　见少阳病篇小结图 2。

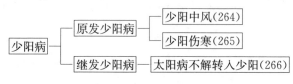

少阳病篇小结图 2

【按语】　外邪直中少阳,少火被郁,因人而异,各有特点。若郁火上炎,上窜空窍,可发为少阳中风,以热象为主。若郁火郁而求伸,热势弥漫则可发为少阳伤寒,以脉弦细为特点。

小柴胡汤能治疗少阳病,但小柴胡汤证不都属于少阳病。把小柴胡汤证都归于少阳病更是错误的。第 266 条小柴胡汤证是由太阳病不解转入少阳的,其发生的主要机制是邪结胁下,阳气出入枢机不利,是少阳分野之为病,以往来寒热为特点,不属于典型的少阳病,是继发的少阳病。

# 第六章 辨太阴病脉证并治

合三法,方三首

**【原文】**

太阴之为病,腹满而吐,食不下,自利益甚,时腹自痛。若下之,必胸下结硬。

[273]

**【提要】** 典型太阴病的发病、病机与症状。

**【图解】** 见图273。

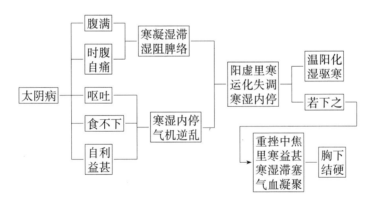

图 273

**【按语】** 太阴主脾,主运化,若素体太阴阳气不足,运化无能,复感外邪,机体最常见的反应是腹满、腹痛、吐利,从而发展为典型的太阴病。

本证属太阴虚寒,故治当温阳化湿驱寒。若误用下法,必重挫中焦阳气,致太阴阳虚里寒益甚,寒湿滞塞,气血凝聚而胸下结硬。胸下,即胃脘。

**【原文】**

太阴中风,四肢烦疼,阳微阴涩而长者,为欲愈。

[274]

**【提要】** 太阴中风,脉由微涩向迟长变化,属正胜邪退,其病欲愈。

**【图解】** 见图274。

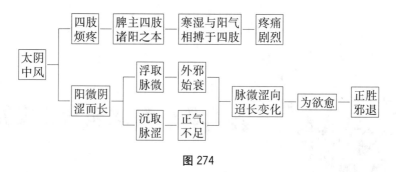

图 274

【按语】　并不是因为中了风邪而被称之为太阴中风。太阴中风与太阴伤寒是相对比而言。本证太阴病，烦疼在四肢，是太阴寒湿之邪与阳气相搏于四肢。"烦"，在此是表述疼的程度严重，其特点是疼痛剧烈。比较而言，本条属实证、轻证，属动，故称为中风；第277条"以其脏有寒故也"，属虚证、重证，属静，故称之为太阴伤寒。

本证太阴中风，浮取脉微说明外邪始衰；沉取脉涩说明正气尚有不足。脉由微涩而向迢长变化则反映了正胜邪退的过程，故其病为欲愈。欲愈谓将愈而尚未愈，表述了正胜邪退的动态进程。

【原文】

太阴病欲解时，从亥至丑上。 [275]

【提要】　太阴病在将解未解之际，随天阳萌动之势而解于夜间九时至凌晨三时。

【图解】　见图275。

图 275

【按语】　亥时从夜间九时至十一时，子时从夜间十一时至次日凌晨一时，丑时从凌晨一时至三时。从夜间九时至凌晨三时正是夜半前后，此属阴极阳生之际。太阴病是太阴脾局部虚寒，太阴病在邪衰而将解未解之际，机体阳气随天阳萌动之势而显现活力，得以驱逐残留之阴霾，故太阴病在欲解之际，当解于此时。

【原文】

太阴病，脉浮者，可发汗，宜桂枝汤。方一。 [276]

桂枝三两，去皮　芍药三两　甘草二两，炙　生姜三两，切　大枣十二枚，擘

上五味，以水七升，煮取三升，去滓。温服一升，须臾，啜热稀粥一升，以助药力，温覆取汗。

【提要】　太阴病表证可发汗。

【图解】　见图276。

图 276

【按语】　太阴病,其脉浮,此属太阴病表证。机体素禀阳虚,感受外邪,发为太阴病,其典型表现,必是无热恶寒,腹满而吐,手足冷,其脉当沉。而本证无热恶寒,或虽恶寒却稍有发热,热势不扬(此所谓低热),且手足不冷而温,其脉不沉而浮。病虽属太阴,但阴中有阳,故其证属表,仲景选用桂枝汤以温散表邪,助阳驱寒。

桂枝汤仲景不仅用于太阳中风,而且还用于阳明病表证和太阴病表证,可见,把桂枝汤证等同于太阳病或太阳中风,非是。

【原文】

**自利不渴者,属太阴,以其脏有寒故也,当温之,宜服四逆辈。二。**　　[277]

【提要】　太阴病,自利不渴的病机、症状与治则。

【图解】　见图277。

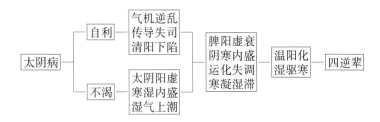

图 277

【按语】　仲景把太阴病的病机,概括为"以其脏有寒故也"。此系典型太阴病里证。

本证特点是自利不渴,"自利"是症状,"不渴"不是症状,之所以突出"不渴",是因为与少阴病"自利而渴"(见第282条)有可比性。渴与不渴是相对而言,太阴病口不渴,是因为太阴阳虚,寒湿内盛,阴寒之气上潮;少阴病口渴,是因为少阴阳虚,阴寒内盛,阳不化气。太阴病属局部虚寒,而少阴病则属全身性虚寒,其阳虚与寒盛的程度有轻重之不同。

太阴病,属脾阳虚,阴寒内盛,治当温阳化湿驱寒。"四逆辈",意在强调当用姜附一类的辛热温阳之剂。辈,类也。

【原文】

伤寒脉浮而缓,手足自温者,系在太阴。太阴当发身黄,若小便自利者,不能发黄。至七八日,虽暴烦下利,日十余行,必自止,以脾家实,腐秽当去故也。

[278]

【提要】　伤寒系在太阴有发黄与不发黄且脾阳勃盛,驱邪外出两种转归。

【图解】　见图278。

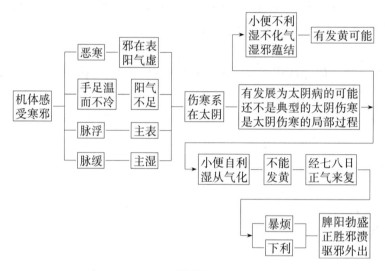

图 278

【按语】　典型的三阳发病都有发热恶寒这个症状,手足当发热,若手足不热曰"温"。典型的三阴发病都有无热恶寒这个症状,手足当逆冷,若手足不冷亦曰"温"。本证虽脉浮而缓但不是太阳中风。脉浮主表,脉缓主湿,虽症见恶寒,但手足温,尚未达到无热恶寒的程度。

本证虽似太阴伤寒,但却不是典型的太阴伤寒,故称之为伤寒"系在太阴"。所谓"系在太阴",是说本证伤寒之发病,在病机上有发展为太阴病的可能,但其现证还不是典型的太阴病,而只是太阴伤寒发病的一个局部过程。

发黄必有湿。"太阴当发身黄"并不是说太阴病一定身黄,而是太阴病湿邪内停,在病机上具备了发黄的基本要素。

本证发黄还是不发黄,主要决定于湿邪蕴结的程度。若小便不利,反映湿不化气,必湿郁益甚,故有发黄的可能。若小便自利,则湿从气化,湿虽停而不郁,故不能发黄。若经过七八日,不仅小便利,不发黄,而且随着湿从气化的进程,太阴蕴结之湿邪逐渐从尿而泄;随着正气日渐来复,症见"暴烦",反映出脾阳从衰困中争搏而盛,此即所谓"脾家实";由于"脾家实",脾阳勃盛,故正胜邪溃,驱邪外出,其寒湿腐秽之邪,随"日十余行"之下利而被摒除于外。

**【原文】**

本太阳病,医反下之,因尔腹满时痛者,属太阴也,桂枝加芍药汤主之;大实痛者,桂枝加大黄汤主之。三。

[279]

桂枝加芍药汤方

桂枝三两,去皮　芍药六两　甘草二两,炙　大枣十二枚,擘　生姜三两,切

上五味,以水七升,煮取三升,去滓。温分三服。本云,桂枝汤今加芍药。

桂枝加大黄汤方

桂枝三两,去皮　大黄二两　芍药六两　生姜三两,切　甘草二两,炙　大枣十二枚,擘

上六味,以水七升,煮取三升,去滓。温服一升,日三服。

**【提要】**　太阴病腹痛属气血凝滞、脾络不通的证治。

**【图解】**　见图279。

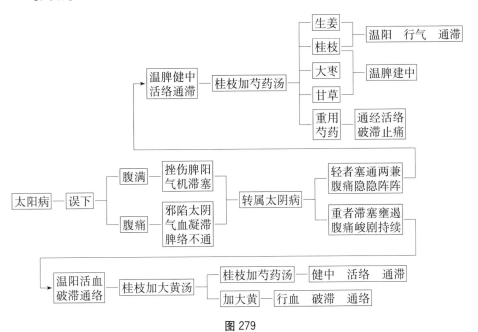

图 279

**【按语】**　本条表述的是太阳病误下而转属为太阴病。太阳病误用下法,一方面误下挫伤脾阳,气机滞塞而腹满,另一方面误下邪陷太阴,气血凝滞,脾络不通而腹痛。其轻缓者,塞通两兼,故腹痛阵阵;其急重者,滞塞壅遏,故其腹痛峻剧而持续,仲景称之为"大实痛"。

脾络不通而轻缓者,治以桂枝加芍药汤,温脾建中,行气通滞。本方重用芍

药至六两,意在通经活络破滞止痛。

脾络不通而急重者,治以桂枝加大黄汤,在前桂枝加芍药汤的基础上,再加大黄行血破滞通络以治大腹痛。

本方用大黄,注家多以表里双解而讲成通大便,非是。本证系"太阳病,医反下之",而致"大实痛",其"大实痛","属太阴也",与阳明病无涉,本无大便可通,故其说背离原文经旨。至于后世人用其表里双解,则属后世之发明,此在方剂学的发展中,亦属多见,但"源"和"流"是有区别的,不当混淆。

**【原文】**

太阴为病,脉弱,其人续自便利,设当行大黄、芍药者,宜减之,以其人胃气弱,易动故也。下利者,先煎芍药二沸。 [280]

**【提要】** 承接上条,指出太阴病自利者,若用大黄、芍药应当审慎。

**【图解】** 见图280。

图 280

**【按语】** 太阳病医反下之,一方面误下挫伤脾阳,阳虚里寒,气机滞塞而腹满、下利、脉弱;另一方面误下邪陷太阴,气血凝滞,脾络不通而腹痛,此属虚中夹实。治其证若因气血凝滞脾络不通而需用大黄、芍药行滞通络时,当顾及胃气弱、腹泻、脉弱之虚寒。仲景告诫,具开破之性的大黄、芍药的用量当酌减之。

本证"续自便利"也"当行大黄",佐证了第279条桂枝加大黄汤用大黄的目的不是通大便,而是行滞活血通络。

# 太阴病篇小结

## 一、典型太阴病病机概览

**【图解】** 见太阴病篇小结图1。

太阴病篇小结图1

【按语】　第 273 条表述的是典型的太阴病,其病机是阳虚里寒,运化失调,寒凝湿聚,但此不是太阴病的全部。

## 二、太阴病发病与证候概览

【图解】　见太阴病篇小结图 2。

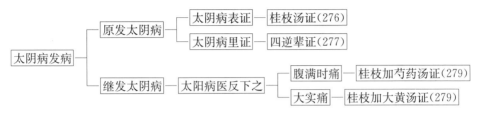

太阴病篇小结图 2

【按语】　《伤寒论》中典型的太阴病是指原发的自然过程。太阴病另外的类型是太阳病误治后转属来的,此属太阴病实证。

# 第七章 辨少阴病脉证并治

合二十三法,方一十九首

【原文】

少阴之为病,脉微细,但欲寐也。 [281]

【提要】 典型的少阴病脉症。

【图解】 见图281。

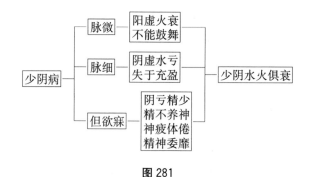

图281

【按语】 本条是少阴病典型的脉症,是举其典型以比照其他,而不是包罗少阴病的全部,因此不是对少阴病脉症的概括。

在生理上少阴主水火二气,若少阴水火虚衰,会出现全身性的虚弱,当外邪侵袭时,机体反应为脉微细、但欲寐等一派虚寒衰惫之象的少阴病。

少阴病脉微,反映了其病机中阳虚火衰的一面,阳虚不能鼓舞,其脉则微;少阴病脉细,反映了病机中阴虚水亏的一面,阴虚则失于充盈,其脉则细。脉微细,揭示出少阴病水火二气衰惫之基本病机。阴亏则精少,精不养神则神疲;阳衰则气虚,气不充身则体倦。神疲体倦,故其人精神委靡。但欲寐,精神委靡的样子。

【原文】

少阴病,欲吐不吐,心烦,但欲寐,五六日自利而渴者,属少阴也。虚故引水自救。若小便色白者,少阴病形悉具。小便白者,以下焦虚,有寒,不能制水,故令色白也。　　　　　　　　　　　　　　　　　　　　　　　　　　　　　　[282]

**【提要】**　少阴病发病过程及其病形、病机。

**【图解】**　见图282。

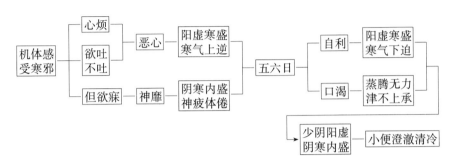

图 282

**【按语】**　机体感受寒邪,症见无热恶寒,恶心欲呕,精神委靡,反映出其阳虚里寒之病机,虽属少阴病,但病证初发,尚不典型。而至五六日,若症见自利而渴,则发展为典型的少阴病,故文曰"属少阴也"。欲吐不吐与"心烦"并见,此"心烦"是恶心之意。心,指胃脘;烦,搅扰、纠结貌(详见第76条、第96条)。少阴阳虚,阴寒内盛,神疲体倦,故精神委靡。阳虚寒盛,阴寒之气上逆,故其人恶心欲呕;阴寒之气下迫,故症见自利清冷。少阴阳虚,不能蒸腾化气、布津上承,故其人口渴。

"虚故引水自救"是自注句,以对渴的病机作进一步的阐释。其渴的特点是口干乏润,不欲多饮且喜热饮。水,水浆。此与第277条"自利不渴者,属太阴"相对应。阳虚寒盛,阴寒之气上潮则不渴,此属其常;阳虚不能蒸化,气不化津则渴,此属其变。

小便澄澈清冷,与恶心欲呕、自利而渴、精神委靡并见,则少阴阳虚,阴寒内盛之病机毕露,故文曰"少阴病形悉具"。"小便白者"以下,亦是仲景自注句,是对小便色白的病机作进一步分析。"下焦虚,有寒",即少阴阳虚寒盛。所谓"不能制水",即阳虚不能蒸腾,水不能化气,故小便澄长清冷。

**【原文】**

病人脉阴阳俱紧,反汗出者,亡阳也,此属少阴,法当咽痛而复吐利。　[283]

**【提要】**　少阴病阴寒内盛,虚阳外越的病机与脉症。

**【图解】**　见图283。

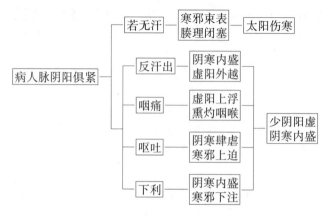

图 283

【按语】　病人寸、关、尺三部脉俱紧,若是寒邪束表,腠理闭塞,必当无汗,此属太阳伤寒。本证虽脉阴阳俱紧,但反见汗出,不是腠理闭塞,而是阴寒内盛,虚阳外越,故文曰"亡阳也"。其证虽属虚阳外越,但证情尚属轻缓,故其脉仍显"阴阳俱紧"之象,若"亡阳"之势急重,则其脉必从"阴阳俱紧"而变化为脉微欲绝或浮大中空。

本证脉阴阳俱紧,无热恶寒,而反汗出,其"汗出",当是额头冷汗,此属少阴阳虚,阴寒内盛,故文曰"此属少阴"。

少阴为病,阳虚里寒,若虚阳上浮,客于咽则咽痛隐隐。若阴寒肆虐,寒邪上迫则吐逆,寒邪下注则泄利。治当回阳救逆。

【原文】

少阴病,咳而下利。谵语者,被火气劫故也,小便必难,以强责少阴汗也。

[284]

【提要】　少阴病阴寒内盛,咳而下利,误用火法的变证。

【图解】　见图 284。

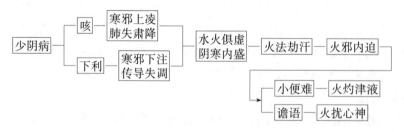

图 284

【按语】　典型的少阴病,水火俱虚,阴寒内盛,无热恶寒。若症见咳而下利,其咳系寒邪上凌,肺失肃降所致;其利则由寒邪下注,传导失调所因。本可选用真武汤,却误以火法劫汗,引致火邪内迫,劫持津液。火扰心神则谵语,火灼津液则小便短少、涩痛,故仲景自注文曰"以强责少阴汗也"。此属误治。

**【原文】**

少阴病,脉细沉数,病为在里,不可发汗。 [285]

**【提要】**　少阴病脉细沉数,属阴亏有热、虚火在里之象。

**【图解】**　见图285。

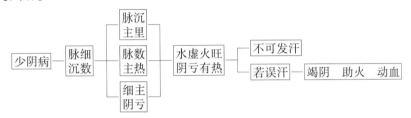

图285

**【按语】**　本证少阴病"脉细沉数",仲景明言是"病为在里",故可以肯定此非少阴病表证。少阴病,虽水火俱虚,但水火之间却有偏胜之差。本证脉沉主里,脉数主热,而脉细则为少阴阴亏水虚之象,此属少阴病水虚火旺、阴亏有热之征。故仲景告诫,"不可发汗",若误汗,则竭阴助火,有动血之虞。

数脉亦可见于阳虚寒盛,但其数必是浮大无根,脉数而散,此属亡阳危象。本证脉数与"细沉"并见,属阴虚有热之象。

**【原文】**

少阴病,脉微,不可发汗,亡阳故也。阳已虚,尺脉弱涩者,复不可下之。 [286]

**【提要】**　少阴病脉微,属阳气大虚,不可用汗法,亦不可用下法。

**【图解】**　见图286。

图286

**【按语】**　"脉微"言其脉极细极软,若有若无,似绝非绝,此必阳气大虚,故仲景告诫"不可发汗"。发汗,"亡阳故也"。

"阳已虚,尺脉弱涩者"以下是自注句,以对前一句进行补充。"阳已虚"是对"脉微"的阐释,即少阴病脉微而尺脉弱涩者,不仅不能发汗,而且由于尺脉主里主少阴,脉迟涩无力反映少阴水虚精亏,故即使其人不大便,也不可以用下法。

**【原文】**

少阴病，脉紧，至七八日，自下利，脉暴微，手足反温，脉紧反去者，为欲解也。虽烦，下利必自愈。　　　　　　　　　　　　　　　　　　　　　　　　　　　[287]

**【提要】**　少阴病阳气来复，寒邪退逸的过程与脉症。

**【图解】**　见图 287。

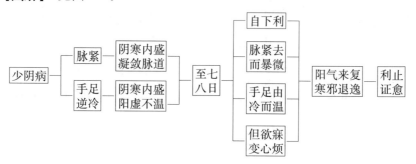

图 287

**【按语】**　少阴病，无热恶寒，但欲寐，其脉紧，紧主阴寒内盛，必手足厥冷。第 282 条"五六日自利而渴者，属少阴也"，表述了少阴病初发，其病由始而渐，其证由轻而重，阳气日衰，阴寒之气日盛的过程。本证"至七八日，自下利"，与"脉紧反去"、"脉暴微"、"手足反温"、"烦"并见，则是其病由渐而微，其证由重而轻，阳气日复，阴寒之气渐退的过程。伴随着"自下利"，其脉由"紧"而变为"不紧"，由"不紧"而直至脉"微"，此所谓"脉紧反去"；其"脉紧反去"而直至脉"微"的过程，短暂、急疾，故文曰"暴微"。暴，急也，疾也。

在"自下利"、"脉暴微"的同时，由手足厥冷逐渐变为手足温，由但欲寐变为"烦"，此属少阴病阳气来复，寒邪退逸的过程，故其下利必自止，证必自愈。

**【原文】**

少阴病，下利，若利自止，恶寒而蜷卧，手足温者，可治。　　　　　　[288]

**【提要】**　少阴病阳气来复，利止、手足温者预后良好。

**【图解】**　见图 288。

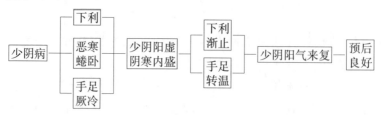

图 288

【按语】　少阴病,无热恶寒而蜷卧、下利、手足厥冷,此属少阴阳虚,阴寒内盛。若其证由下利而逐渐利止,手足由厥冷而逐渐变化为手足温,此属少阴阳气来复之象;其证虽仍恶寒而蜷卧,但其病预后良好,故仲景云"可治"。治当温阳祛寒。

【原文】

少阴病,恶寒而蜷,时自烦,欲去衣被者,可治。　　　　　　　　　　　　　[289]

【提要】　少阴病虽恶寒而蜷,但若其人阵阵自烦,欲去衣被,此属少阴阳气来复之征。

【图解】　见图289。

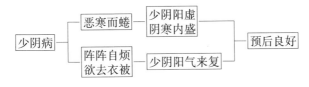

图 289

【按语】　少阴病无热恶寒而蜷,此属少阴阳虚,阴寒内盛,必手足厥冷。若伴见阵阵自烦,烦自内生,欲去衣被,其"烦"寓含热象,此属少阴阳气来复之征,预后良好,治当温阳散寒。

少阴病,恶寒而蜷,手足厥冷,若其人暴烦,欲去衣被,脉浮大无根,此属亡阳之象,预后不良(第296条可参)。

【原文】

少阴中风,脉阳微阴浮者,为欲愈。　　　　　　　　　　　　　　　　　[290]

【提要】　少阴中风,寸脉由不微而变化为微,尺脉由不浮而变化为浮,此属少阴阴气来复之象。

【图解】　见图290。

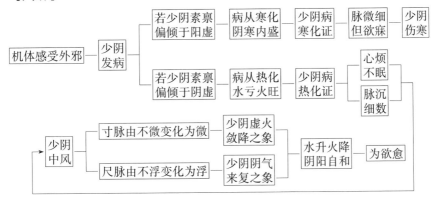

图 290

247

【按语】　少阴发病,其证有向寒热两极从化之势,若少阴素禀偏倾于阳虚,则病从寒化,形成少阴病阴寒内盛证,表现为脉微细,但欲寐,恶寒蜷卧,下利清谷,这就是后世所谓的少阴寒化证,在仲景书中属少阴伤寒。

若少阴素禀偏倾于阴虚,则病从热化,形成少阴病水亏火旺证,表现为心烦,不得眠,口燥,咽痛,舌红少苔,尿赤,脉沉细数等,这就是后世所谓的少阴热化证,在仲景书中属少阴中风。

本证少阴中风,脉阳微阴浮,即寸脉微尺脉浮。寸微尺浮"为欲愈",间接地说明了在尚未至"欲愈"阶段之前,原来的脉象不是"寸微尺浮",而是寸脉由不微而变为微,尺脉由不浮而变为浮。

少阴中风,寸脉由不微变化为微,属少阴虚火敛降之象。尺脉由不浮而变化为浮,此属少阴阴气来复之象。少阴中风,通过阴阳自我调节,"水"升"火"降,阴阳自和,故"为欲愈"。

【原文】

少阴病欲解时,从子至寅上。　　　　　　　　　　　　　　　　　［291］

【提要】　少阴病在将解未解之际,解于阳气由萌动而伸展,由始生而初长之子至寅时。

【图解】　见图291。

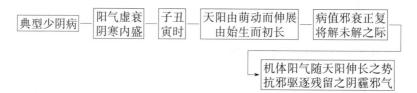

图 291

【按语】　从夜间十一时至凌晨一时,属子时;从凌晨三时至五时,属寅时。在昼夜之间,阳气生于子时夜半,故子时阳气萌动。子时以后,经丑时至寅时,天阳由萌动而伸展,由始生而初长。人体阳气随天阳之升隆敛降而出入。典型的少阴病,阳气虚衰,阴寒内盛,属全身性虚寒。当少阴病在邪衰正复、将解未解之际,机体阳气随天阳伸展、初长之势,驱逐残留之阴霾邪气,故少阴病解于此时。

【原文】

少阴病,吐利,手足不逆冷,反发热者,不死。脉不至者,至一作足。灸少阴七壮。　　　　　　　　　　　　　　　　　　　　　　　　　　　　　　［292］

【提要】　少阴病虽吐利交作,但手足温、"反发热",此属少阴阳气来复。

【图解】　见图292。

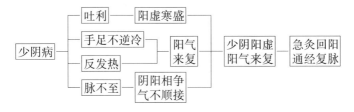

图 292

**【按语】**　所谓"手足不逆冷"即为"手足温",虽症见吐利,但与手足温、"反发热"并见,此属少阴阳气来复。虽吐利并作,证属危重,但预后尚有可望,故文曰"不死"。

既吐且利,反映阳虚寒盛;反发热,手足温,反映阳气来复。诸症并见,反映出机体正值阴阳进退、交争相搏的过程;阴阳相争,其气不相顺接,脉气不续,故可见"脉不至"。此时当急灸少阴经的穴位以温阳抑阴,通经复脉,此属救急之举。俟脉复之后,仍当治以回阳救逆之剂。

**【原文】**

少阴病,八九日,一身手足尽热者,以热在膀胱,必便血也。　　　　　　[293]

**【提要】**　少阴病阴虚火旺,身热便血之病机与症状。

**【图解】**　见图 293。

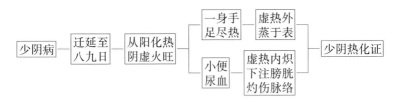

图 293

**【按语】**　本证少阴病,病情迁延至八九日之久,证由无热恶寒逐渐变化为一身手足尽热,由小便色白而转化为小便黄赤、尿血,此因其人虽素禀阴阳俱虚,但阴虚更为突出,经过八九日,阴阳进退,其证最终从阳化热,而发展为少阴热化证。

阴虚火旺,一方面虚热内炽,下注膀胱,灼伤脉络而小便短赤尿血;另一方面虚热外蒸于表,而一身手足尽热。尽,极也,悉也。根据条文表述,本证少阴病,八九日,一身手足尽热之时,已经出现了"便血"症状,文中未提便血是省文。后文"以热在膀胱,必便血也",不是根据"热在膀胱"来判断必出现便血这个症状,而是对已出现的便血症状,进行病机分析。

**【原文】**

少阴病,但厥无汗,而强发之,必动其血。未知从何道出,或从口鼻,或从目出者,是名下厥上竭,为难治。　　　　　　　　　　　　　　　　　　　　　[294]

**249**

【提要】 少阴病阴阳俱虚,误用汗法,阳亡于下,血竭于上,属难治之证。

【图解】 见图294。

图 294

【按语】 本证少阴病,手足厥冷,无汗属其常。医强发其汗,一方面误用辛散发越之剂,阳虚不耐辛散鼓动而浮越,致使少阴生阳拔根于下;另一方面辛散激荡,阴虚不耐劫迫而动血,气血逆乱,妄窜空窍,故血从口鼻目等虚处而出,是为血竭于上。本证阴阳俱虚,阳浮血逆,阴阳有离决之势,故为难治。

【原文】

少阴病,恶寒,身蜷而利,手足逆冷者,不治。 [295]

【提要】 少阴病,手足逆冷,恶寒而至"身蜷下利"的程度,证属阳气欲脱。

【图解】 见图295。

图 295

【按语】 少阴病,下利,手足逆冷,属少阴阳虚,阴寒内盛。其恶寒而至于"身蜷",反映出其阳虚严重。此乃一派阴寒之象,证属纯阴无阳,故称"不治"。

【原文】

少阴病,吐利,躁烦,四逆者,死。 [296]

【提要】 少阴病吐利,手足逆冷,突然出现躁动不宁,此是病情逆转,预后不良。

【图解】 见图296。

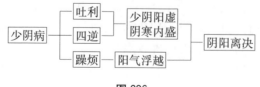

图 296

【按语】 少阴病,吐利,手足逆冷,证属少阴阳虚,阴寒内盛。突然出现躁动不宁,此是病情逆转,阳气浮越,属濒死之象,证已至阴阳离决之势,故预后不良。

在《伤寒论》中,烦躁与躁烦是混用的,本条在《金匮玉函经》中,躁烦作烦躁。又,论中第4条、第48条、第110条、第134条、第269条中之躁烦都是烦躁之意。其中第48条原文在《辨发汗后病脉证并治》中复出时,"其人躁烦"作"其人烦躁"。第239条之"烦躁发作有时",在《金匮玉函经》中,作"躁烦发作有时"。从中可见,在仲景书中,躁烦与烦躁义同。

【原文】

少阴病,下利止而头眩,时时自冒者,死。　　　　　　　　　　　　［297］

【提要】　少阴病下利虽止,但头目昏蒙,此属阳衰阴竭之危证。

【图解】　见图297。

图 297

【按语】　少阴病,无热恶寒,下利,属少阴阳虚,阴寒内盛。若利止,手足自温者,预后良好。本证少阴病,虽下利止,但其人头目昏眩,阵阵厥蒙,此为精气下夺,清阳不升,阳衰阴竭,故属危证。冒,在此意为昏厥神蒙。

【原文】

少阴病,四逆,恶寒而身蜷,脉不至,不烦而躁者,死。一作吐利而躁逆者死。

　　　　　　　　　　　　　　　　　　　　　　　　　　　　　　　［298］

【提要】　少阴病阳虚寒盛,"脉不至"、"不烦而躁",属有阴无阳之危证。

【图解】　见图298。

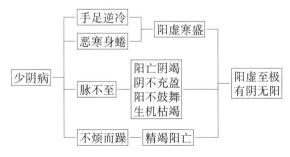

图 298

【按语】　少阴病,症见手足逆冷,恶寒而身蜷,此属阳虚阴寒内盛。若兼见"脉不至"、"不烦而躁",则是阳虚至极,有阴无阳。"脉不至"即脉气断续,指下似有似无,时有时无。

"烦"与"躁"并用,是对人的烦乱、躁动情志表现的总体概括。在少阴病阴阳俱虚的状态下,单烦不躁与脉症合参多属阳回,如第 287 条。本证单躁不烦与脉症合参则属精竭阳亡,此系病人濒危之际,手足撮空理线、循衣摸床之象。

在上述病状下的"脉不至",是阳虚寒盛,阳亡阴竭,阴不充盈,阳不鼓舞,生机枯竭,脉气不续,故曰"死"。

**【原文】**

少阴病六七日,息高者,死。　　　　　　　　　　　　　　　　　　　　[299]

**【提要】**　少阴病阴竭阳亡,真气脱散,气息浅表,属危证。

**【图解】**　见图 299。

图 299

**【按语】**　少阴病迁延六七日之久,至症见"息高",已属阴竭阳亡。所谓"息高",即气息浅表,此属真气亡脱之象,系病人濒危之际,引颈张口"吃"气之状,俗谓"倒气"。

**【原文】**

少阴病,脉微细沉,但欲卧,汗出不烦,自欲吐,至五六日自利,复烦躁不得卧寐者,死。　　　　　　　　　　　　　　　　　　　　　　　　　　　　[300]

**【提要】**　少阴病阳虚寒盛,阴不恋阳,阳不固阴,阴阳离决之危证。

**【图解】**　见图 300。

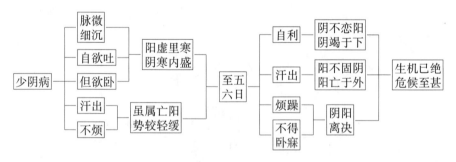

图 300

**【按语】**　少阴病,其脉微细沉,但欲寐,自欲吐,与第 281 条、第 282 条对照,此属少阴阳虚里寒,阴寒内盛。少阴阳虚里寒,本不当汗出,"阴不得有汗"。本证少阴病汗出,属亡阳之象。若"汗出"与"烦"并见,则是亡阳重证,其烦,属阳气外亡之象。

本证初起,病虽重,但尚不属危候,故仲景特别指出"汗出不烦"。"不烦",本不是症状,仲景之所以强调"不烦",意在表述"亡阳"的过程有轻重缓急之别,本证并非亡阳即死。

少阴病,至五六日,自利与汗出、烦躁并见,其证由"但欲寐"变为"不得卧寐",此属阴不恋阳,阴竭于下而自利;阳不固阴,阳亡于外而汗出。其"烦躁"达到"不得卧寐"的程度,此属阴阳离决之象,病情急转直下,生机已绝,故为死证。

【原文】

少阴病,始得之,反发热,脉沉者,麻黄细辛附子汤主之。方一。　　　　［301］

麻黄二两,去节　细辛二两　附子一枚,炮,去皮,破八片

上三味,以水一斗,先煮麻黄,减二升,去上沫,内诸药,煮取三升,去滓。温服一升,日三服。

【提要】　少阴病表证,发热、脉沉,当温阳解表以发散少阴表邪。

【图解】　见图301。

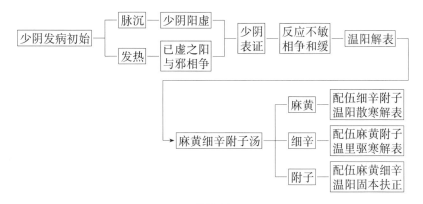

图 301

【按语】　典型的少阴病,本当无热恶寒。今少阴发病初始,脉沉,发热,此属少阴病表证。系机体感邪之后,虽少阴阳虚,但仍能集已虚之阳气与邪相争,故其脉虽沉,但尚能发起热来。脉沉,反映出少阴阳虚的本质;发热,则反映出少阴虽阳虚,但仍有与邪相争之势,显现出机体对外邪反应不敏,正邪相争之态势"和缓"之象。治当温阳解表。麻黄细辛附子汤,温阳、散寒、解表,微发少阴表证之汗。

【原文】

少阴病,得之二三日,麻黄附子甘草汤微发汗。以二三日无证,故微发汗也。方二。　　　　［302］

麻黄二两,去节　甘草二两,炙　附子一枚,炮,去皮,破八片

上三味,以水七升,先煮麻黄一两沸,去上沫,内诸药,煮取三升,去滓。温服一升,日三服。

【提要】 少阴病表证之轻缓者,当温阳解表,微发其汗。

【图解】 见图302。

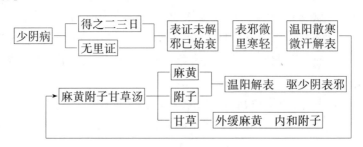

图302

【按语】 本条病虽已至"二三日",但尚未出现里证。按,"无证",《金匮玉函经》作"无里证",义胜。从"微发汗"可知,前一条证的发汗力度比本证发汗力度似大一些,本证之所以"微发汗",是因为本证发病已至二三日,表邪始衰。

"以二三日无证,故微发汗也"是自注句,以对二三日的病情进行补述,一是表证虽在但邪已始衰;二是虽已至二三日但仍无里证,故用麻黄附子甘草汤微发汗。本证与前一条证对比,表邪微里寒轻,故去辛散大热之细辛,加甘缓平和之甘草,微汗解表。

【原文】

少阴病,得之二三日以上,心中烦,不得卧,黄连阿胶汤主之。方三。 [303]

黄连四两　黄芩二两　芍药二两　鸡子黄二枚　阿胶三两,一云三挺

上五味,以水六升,先煮三物,取二升,去滓,内胶烊尽,小冷,内鸡子黄,搅令相得。温服七合,日三服。

【提要】 少阴病阴精不足,水亏火旺的证治。

【图解】 见图303。

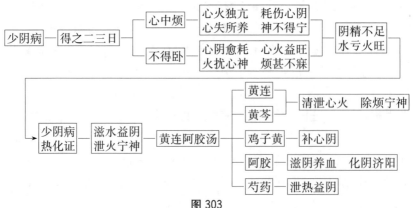

图303

【按语】　本证少阴病,更偏重于阴精不足,此系机体感邪之后,在二三日之间,从阳化热,形成阴虚火旺之证。阴精不足,水亏火旺,心火独亢于上,耗伤心阴,心失所养,神不得宁,故心中烦。心阴愈耗,心火益旺,故逐渐至烦甚而不得卧寐。仲景治以滋水益阴,泄火宁神的黄连阿胶汤。

【原文】

少阴病,得之一二日,口中和,其背恶寒者,当灸之,附子汤主之。方四。

[304]

附子二枚,炮,去皮,破八片　茯苓三两　人参二两　白术四两　芍药三两

上五味,以水八升,煮取三升,去滓。温服一升,日三服。

【提要】　少阴病阳衰气虚,寒湿内盛,背恶寒的证治。

【图解】　见图304。

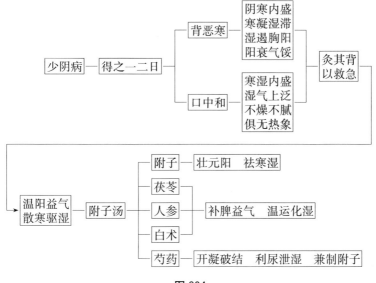

图 304

【按语】　少阴病,得之一二日,即以背恶寒为特点,反映出其人素禀寒湿,此不仅少阴阳虚,阴寒内盛,而且寒凝湿滞,阳衰气馁不能温达于背部。其人口中和,谓口中不干、不燥、不腻,口中清爽,俱无热象;和,平也,常也;此在常人属其常,此在恶寒、手足厥冷者,则属寒湿之气上泛。本证阳衰气虚,寒湿内盛,"其背恶寒",故仲景灸其背部腧穴,温阳散寒以救急,治以附子汤温阳益气,散寒驱湿以治本。

【原文】

少阴病,身体痛,手足寒,骨节痛,脉沉者,附子汤主之。五。用前第四方。

[305]

【提要】　少阴病,阳衰寒盛,寒凝湿滞,流注肢节的证治。

【图解】　见图305。

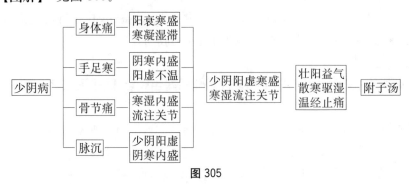

图 305

【按语】　少阴病,无热恶寒,手足厥冷,脉沉,此属少阴阳虚,阴寒内盛。阳虚不达于表,故无热恶寒;阳虚失温于四末,故手足厥寒;阳衰里寒,故脉沉而微,或脉沉而紧。阳衰寒盛,不能化湿,则寒凝湿滞,故身体痛、手足寒;寒湿流注关节,故骨节掣痛。方用附子汤。

【原文】

少阴病,下利便脓血者,桃花汤主之。方六。　　　　　　　　　　　　［306］

赤石脂一斤,一半全用,一半筛末　干姜一两　粳米一升

上三味,以水七升,煮米令熟,去滓。温服七合,内赤石脂末方寸匕,日三服。若一服愈,余勿服。

【提要】　少阴病阳虚不化,寒湿阻滞肠道,便脓血的证治。

【图解】　见图306。

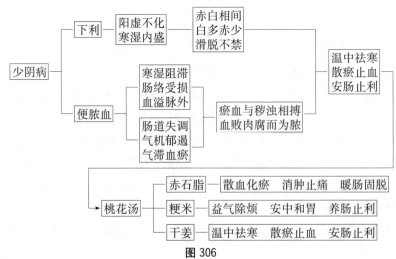

图 306

【按语】　本证少阴病下利便脓血,不仅阳虚不化,寒湿阻滞肠道,肠道脉络受伤,血溢脉外;而更重要的是肠道气机失调,气滞血瘀,瘀血与肠道中秽浊之气相搏,血败肉腐而化为脓。故其证不仅泄利下血,而且便脓,赤白相间,白多赤少,滑脱不禁,其人腹痛隐隐,手足厥冷。治以桃花汤。

【原文】

少阴病,二三日至四五日,腹痛,小便不利,下利不止,便脓血者,桃花汤主之。七。用前第六方。　　　　　　　　　　　　　　　　　　　　　　　［307］

【提要】　少阴病阳虚里寒,寒湿阻滞,气滞血瘀,腐化脓血的证治。

【图解】　见图307。

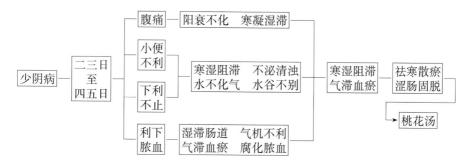

图 307

【按语】　本证少阴病,阳虚里寒,发病后,二三日至四五日,阳衰不化,寒凝湿滞,故腹痛;寒湿阻滞肠道,不泌清浊,水不化气,故小便不利;水谷不别,故下利不止;肠道气机不利,气滞血瘀,故腐化而为秽脓败血。仲景治以温中祛寒、散瘀止血、安肠止利、涩肠固脱之桃花汤。

【原文】

少阴病,下利便脓血者,可刺。　　　　　　　　　　　　　　　　　　　［308］

【提要】　少阴病,下利便脓血,可用刺法。

【图解】　见图308。

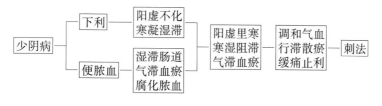

图 308

【按语】　少阴病,下利便脓血,既可服用第 307 条之桃花汤,也可用刺法以调阴阳,和气血,行滞散瘀,缓痛止利;同时也可以针药并用。

【原文】

少阴病,吐利,手足逆冷,烦躁欲死者,吴茱萸汤主之。方八。　　　　　[309]

吴茱萸一升　　人参二两　　生姜六两,切　　大枣十二枚,擘

上四味,以水七升,煮取二升,去滓。温服七合,日三服。

【提要】　少阴病胃虚寒凝,恶心呕吐,窘迫难忍,烦躁至极,呼号欲死的证治。

【图解】　见图 309。

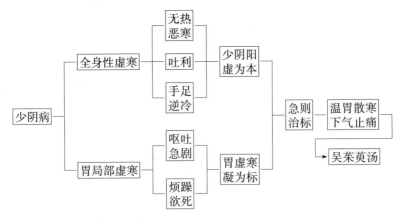

图 309

【按语】　典型的少阴病是无热恶寒、吐利、手足逆冷。由于少阴病是全身性虚寒,故在少阴病发病的总体过程中,可以存在某些局部过程,如附子汤证、桃花汤证、真武汤证、四逆散证等,而本条所述的则是胃虚寒凝的局部过程。从标本关系上讲,少阴病的基本病机为本,胃虚寒凝为标;少阴病的基本症状下利、手足厥冷为本,呕吐、烦躁为标。

呕吐是本证最主要的症状,以急迫剧烈为特点,由于气机逆乱,故其人烦躁呼号欲死。其病机不仅仅是少阴阳虚,阴寒之邪上逆迫胃,更重要的是在少阴病全身性虚寒的发病过程中,存在着突出的胃虚寒凝的局部过程。由于呕吐急迫,烦躁欲死,故在治疗上,遵循急则治标的原则,先以吴茱萸汤温胃散寒,下气止痛,待呕吐平降之后,再以四逆汤驱寒、回阳、救逆以治其本。

本证虽是"欲死",但毕竟没有死。"欲死"是表述"痛苦难忍"的程度。本证具有少阴病的一般特征,如下利、四肢逆冷等;但更突出的是泛泛恶心不能自持,阵阵呕吐,窘迫难忍,气机逆乱,心神不胜扰动而烦躁至极,痛苦无以言表,呼号

欲死。病机是少阴病阳虚阴寒内盛为本,胃虚寒凝气逆为标,是虚中夹实。

本证应用吴茱萸汤意在治标,俟标急缓解后再治本,治本可用四逆汤。吴茱萸汤的应用,论中凡三见,都是以"呕吐"为主要症状,都是以胃虚寒凝气逆为主要病机。

【原文】

少阴病,下利,咽痛,胸满,心烦,猪肤汤主之。方九。　　　　　　　[310]

猪肤一斤

上一味,以水一斗,煮取五升,去滓,加白蜜一升;白粉五合,熬香;和令相得。温分六服。

【提要】　少阴病下利日久,阴津亏耗,虚火上浮,灼咽扰心的证治。

【图解】　见图310。

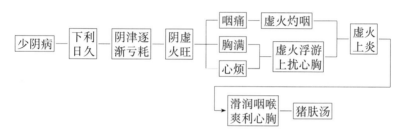

图 310

【按语】　本证少阴病,下利日久,阴津逐渐亏耗,其病机虽原本属阴阳俱虚,但却逐渐呈显阴虚火旺之势;此虚火浮游于上,熏灼咽喉则咽痛;上扰心胸,则心烦胸满。

咽痛属整体病机的局部反映。咽痛是在原本的少阴病下利过程中出现的,且症状突出,故仲景以猪肤汤治其标。按条文要求制作的猪肤汤似呈粥状半流体,甘润滑爽,不热不燥,不寒不凝,意在滑润咽喉,爽利心胸,此乃治标之法。

【原文】

少阴病二三日,咽痛者,可与甘草汤,不差,与桔梗汤。十。　　　　[311]

甘草汤方

甘草二两

上一味,以水三升,煮取一升半,去滓。温服七合,日二服。

桔梗汤方

桔梗一两　甘草二两

上二味,以水三升,煮取一升,去滓。温分再服。

【提要】　少阴阳虚,外邪初感,结于咽部的证治。

【图解】　见图311。

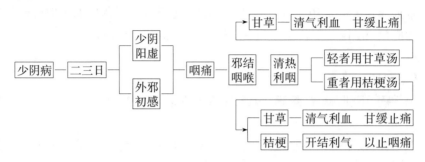

图311

【按语】　本证少阴病，二三日，无吐利之里证，仅仅咽痛，其证比第301条、第302条之少阴病表证还要轻浅。此属少阴阳虚，外邪初感，结于咽部所致。治此咽痛不宜苦寒，轻者用生甘草利血气，清热而不伤正，甘缓以止急痛；重者再配以桔梗，开结利气，以止咽痛。此二方属治标之法。

【原文】

**少阴病，咽中伤，生疮，不能语言，声不出者，苦酒汤主之。方十一。　[312]**

半夏洗，破如枣核，十四枚　　鸡子一枚，去黄，内上苦酒，着鸡子壳中

上二味，内半夏著苦酒中，以鸡子壳置刀环中，安火上，令三沸，去滓。少少含咽之，不差，更作三剂。

【提要】　少阴病阴虚火旺，虚火上浮，结于咽部，肿疡溃破的证治。

【图解】　见图312。

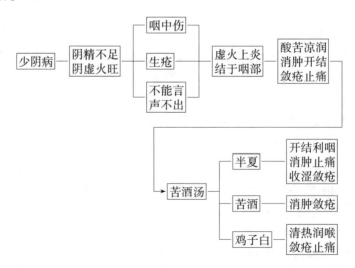

图312

【按语】　典型少阴病属阴阳俱衰,本证少阴病,更偏于阴精不足,故形成阴虚火旺之证。少阴虚火浮游于上,结于咽部,局部肿疡溃破,吞咽疼痛,声音嘶哑,不能语言。苦酒即今之醋,味酸,主消痈肿。上四味相合,成酸苦涩之半流体或糊状;"少少含咽",意在附着喉咽局部,酸苦凉润,消肿开结,敛疮止痛。

【原文】

少阴病,咽中痛,半夏散及汤主之。方十二。　　　　　　　　　　　　[313]

半夏<sub>洗</sub>　桂枝<sub>去皮</sub>　甘草<sub>炙</sub>

上三味,等分,各别捣筛已,合治之。白饮和服方寸匕,日三服。若不能散服者,以水一升,煎七沸,内散两方寸匕,更煮三沸,下火令小冷,少少咽之。半夏有毒,不当散服。

【提要】　少阴阳虚,寒凝咽部,气血结滞,咽喉不利的证治。

【图解】　见图313。

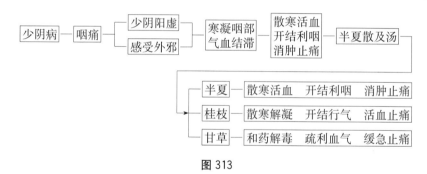

图 313

【按语】　本证少阴病,属少阴阳虚,感受外邪,寒凝咽部,气血结滞,咽喉不利而疼痛。仲景治以半夏散及汤,散寒活血,开结利咽,消肿止痛。"半夏有毒,不当散服",系后世人语,是言半夏麻辣燥涩之味。仲景时代之用半夏仅洗而已,故其麻辣味犹甚,仲景治渴,每去半夏,即缘于此,而咽痛之用半夏亦缘于此,即用其开结利咽的同时,以其麻辣燥涩之味敛疮止痛。

【原文】

少阴病,下利,白通汤主之。方十三。　　　　　　　　　　　　　　[314]

葱白四茎　干姜一两　附子一枚,生,去皮,破八片

上三味,以水三升,煮取一升,去滓。分温再服。

【提要】　少阴病阴寒内盛,衰阳被阴寒之邪凝闭,以下利为主症的证治。

【图解】　见图314。

【按语】　与第315条对照,本条少阴病下利,虽未言脉微,其脉微当在不言之中,属少阴阳虚、阴寒内盛。

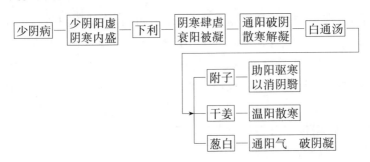

图 314

本证少阴病,虽阳虚寒凝诸症俱在,然以下利最为突出,此属阴寒肆虐,衰阳被阴寒之邪凝闭所致。仲景治以白通汤。

**【原文】**

少阴病,下利,脉微者,与白通汤。利不止,厥逆无脉,干呕烦者,白通加猪胆汁汤主之。服汤,脉暴出者,死,微续者,生。白通加猪胆汤。方十四。白通汤用上方。　　　　　　　　　　　　　　　　　　　　　　　　　　　　　［315］

葱白四茎　干姜一两　附子一枚,生,去皮,破八片　人尿五合　猪胆汁一合

上五味,以水三升,煮取一升,去滓,内胆汁、人尿,和令相得。分温再服。若无胆,亦可用。

**【提要】**　少阴病衰阳被阴寒凝闭,服白通汤后,寒热格拒的证治。

**【图解】**　见图 315。

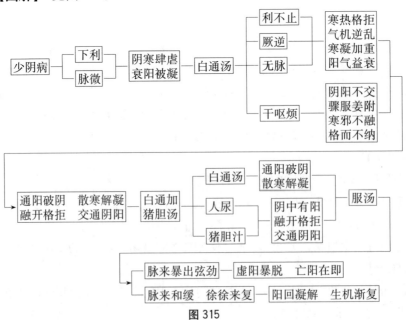

图 315

**【按语】**　少阴病,下利,脉微,此属阴寒肆虐,衰阳被阴寒之邪凝闭所致,治以白通汤,意在通阳破阴,散寒解凝。服白通汤后,本应阴寒凝闭破除,阳通阴退,气和利止而脉旺。但本证服用白通汤后,不仅利不止,反而病情逆转急下,由手足逆冷,变化为通体厥寒;脉由"微"而变为沉伏难寻,指下"无脉";由"欲吐不吐"变化为更严重的"干呕烦"。按,"干呕烦",烦,搅扰、纠结貌,恶心意。干呕与"烦"并见,即恶心欲呕其状严重。

其证原本服白通汤虽然方药对证,但由于衰阳被阴寒之邪凝闭,阴阳不能交通,故骤然服下姜、附辛热烈剂,机体凝闭之寒邪,拒而不融,格而不纳,症见干呕恶心,欲吐频频。由于寒热格拒,引致气机逆乱,致使寒邪凝闭更加严重,阳气更加虚衰,脉气不续,通体厥寒,脉伏指下难寻。为此仲景在原白通汤的基础上,加人尿、猪胆汁反佐辛热,开格拒以交通阴阳。服白通加猪胆汁汤后,转归有二,一是脉由指下难寻,而骤然暴出,脉来弦劲,此为虚阳暴脱,亡阳在即,此属危证,故文曰"死"。一是脉由指下难寻,而徐徐来复,脉来和缓,此为阳回,生机渐复,比较而言,预后良好,故文曰"生"。

**【原文】**

少阴病,二三日不已,至四五日,腹痛,小便不利,四肢沉重疼痛,自下利者,此为有水气。其人或咳,或小便利,或下利,或呕者,真武汤主之。方十五。

[316]

茯苓三两　芍药三两　白术二两　生姜三两,切　附子一枚,炮,去皮,破八片

上五味,以水八升,煮取三升,去滓。温服七合,日三服。若咳者,加五味子半升、细辛一两、干姜一两;若小便利者,去茯苓;若下利者,去芍药,加干姜二两;若呕者,去附子,加生姜,足前为半斤。

**【提要】**　少阴病阴寒凝聚,阳虚水泛,水气窜动的证治。

**【图解】**　见图316。

**【按语】**　少阴病二三日之后,至四五日间,随着病情的发展,少阴阳气日衰,阴寒日盛,阳虚不化,水气内停,故小便不利;水寒内聚,下迫大肠,故下利不止;水寒凝重,阻滞脾络,故脾络不通而腹痛;水寒阻滞,衰阳不能外达、温煦四肢,故不仅手足逆冷,而且由于寒凝湿滞,故四肢沉重疼痛。仲景把病机概括为"此为有水气"。

本证阳虚水泛,水气窜动不居,若水气犯肺则肺失宣降,症见咳逆上气;若水气犯胃则胃寒气逆而呕吐;若水气凝聚大肠则水泄下注;若水寒肆虐,少阴阳衰不固,衰阳不能制水,则少便量多而清长。证属少阴阳虚、阴寒凝聚、水气窜动,故仲景治以真武汤扶阳祛寒镇水。本方重在温阳制水。

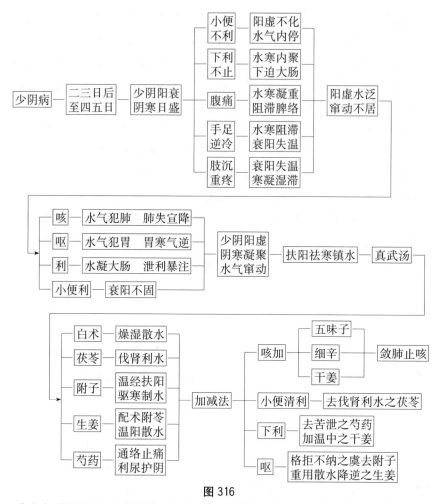

图 316

本方与附子汤对比,附子汤重用生附子二枚、白术四两,意在温阳祛湿止痛,配以人参,重在壮元阳、补元气。本方用炮附子一枚、白术二两、生姜三两,重在扶阳制水。

【原文】

少阴病,下利清谷,里寒外热,手足厥逆,脉微欲绝,身反不恶寒,其人面色赤,或腹痛,或干呕,或咽痛,或利止脉不出者,通脉四逆汤主之。方十六。[317]

甘草二两,炙　附子大者一枚,生用,去皮,破八片　干姜三两,强人可四两

上三味,以水三升,煮取一升二合,去滓。分温再服。其脉即出者愈。面色赤者,加葱九茎;腹中痛者,去葱,加芍药二两;呕者,加生姜二两;咽痛者,去芍药,加桔梗一两;利止脉不出者,去桔梗,加人参二两。病皆与方相应者,乃服之。

【提要】　少阴病阳衰至甚,虚阳浮越,真寒假热的证治。

【图解】　见图 317。

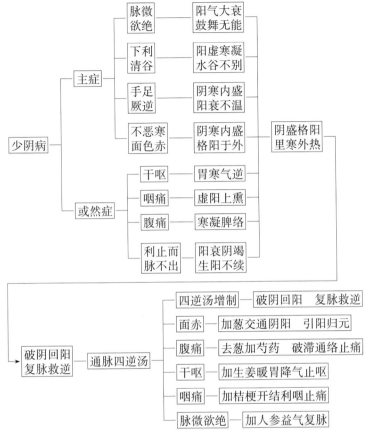

图 317

【按语】　本证少阴病,下利清谷,手足厥逆,脉微欲绝,此属少阴阳虚,阴寒内盛。阳衰不足以温达四肢,故手足厥逆;阳衰不能鼓舞脉气,故脉微欲绝;阳虚寒凝,水谷不别,故下利清谷。清,同圊。少阴病,阳虚里寒,本当无热恶寒。而本证"身反不恶寒",虽"里寒",但"外热","其人面色赤",此属少阴阳衰至甚,无根虚阳浮越于外之真寒假热之象。仲景治以通脉四逆汤,以通脉回阳救逆。本方即四逆汤增其制,附子大者一枚,干姜三两,强人可四两,以振少阴之衰阳,破阴回阳,复脉救逆。

若其人面色赤,此属虚阳上浮,加葱九茎。若其人面色不赤,而腹中痛,则属寒凝脾络,脾络不通则腹痛。干呕,属胃寒气逆,故加生姜;咽痛,属阳虚,浮游之火上熏,故去具开破性之芍药,加桔梗。若服汤后,利虽止,而脉仍沉微欲绝,此属阳衰阴竭,生阳不续,故加人参,振奋阳气,鼓舞脉气。

本证里寒外热,其人面色赤,有注家称其为"戴阳",非是。戴阳,见于第366条,属表有微邪,系正虚邪微,虽"其人面少赤",但"必郁冒汗出而解"。而本证

"里寒外热"之"面色赤",属虚阳浮越,若汗出则必亡阳,危在旋踵。

【原文】

少阴病,四逆,其人或咳,或悸,或小便不利,或腹中痛,或泄利下重者,四逆散主之。方十七　　　　　　　　　　　　　　　　　　　　　　　　　[318]

甘草炙　枳实破,水渍,炙干　柴胡　芍药

上四味,各十分,捣筛。白饮和服方寸匕,日三服。咳者,加五味子、干姜各五分,并主下利;悸者,加桂枝五分;小便不利者,加茯苓五分;腹中痛者,加附子一枚,炮令坼;泄利下重者,先以水五升,煮薤白三升,煮取三升,去滓,以散三方寸匕,内汤中,煮取一升半。分温再服。

【提要】　少阴病阴遏阳郁,阳气被阴寒水湿所阻的证治。

【图解】　见图318。

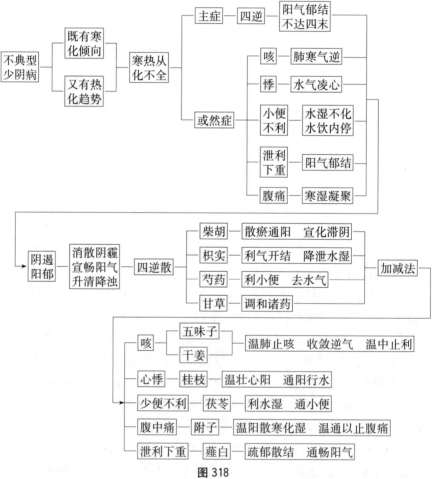

图 318

【按语】　少阴是水火之脏,机体感邪之后,可以形成若干个类型,这是由少阴水火阴阳的盛衰以及它们之间的关系而决定的。少阴发病依少阴水火两虚的偏重不同,病势向寒热两极从化,形成少阴病的寒化证与热化证。但是少阴寒热两极从化只是少阴病寒热对立的两个方面,由于寒化和热化是少阴发病的动态过程,所以除了寒热两极从化之外,还有第三个方面,即寒热从化不全。当机体少阴水火偏虚,处于低于正常水平的异态平衡时,在这种状态下,少阴发病病势的寒热从化,虽有倾向和趋势,但比较起来不甚明显,此即所谓的寒热从化不全。这种类型,既不是典型的少阴寒化证,也不是典型的少阴热化证,但是在某些方面,既表现出寒化的倾向,又可见其热化的趋势,症状以寒热并见为特点,"固非热证,亦非寒深"。其病机可以概括为阴遏阳郁,这是少阴病中比较复杂的一个类型。

本证以四逆为主要症状,而以咳、悸、小便不利、腹痛、泄利下重为或然症。此说明四逆这个症状与各或然症状相比,是一个更常见的症状。但是仅以四逆这个症状,不足以揭示本证的病机。证是病的一个过程,或然症和主症,虽各有其病机根据,但是在总的病机方面,它们却是不能间断、不可分离的。因此本证尽管就某个具体症状来说,可能出现,可能不出现,然而这些或然症状作为病机上的一个关联整体,与主要症状四逆的关系却不是或然的,存在着内在的必然联系。仲景治以四逆散并加减之法,意在消阴霾,畅阳气,升清降浊。

"柴胡既以升阳为用","则能达阴中之阳者,何止举阳透阴而出哉？即举阴之包阳而藏者,悉皆托出矣。"本证四逆用柴胡,说明在病机上有阳郁之势。枳实苦寒,除寒热结,逐停水,破结实,消胀满,与柴胡配伍一升一降,升发郁遏难伸之阳,降泄阴寒水湿之邪。芍药主邪气腹痛,除血痹,破坚积,利小便,益气,通顺血脉,缓中。仲景书对芍药的认识和应用大致有二,一是益阴气,二是具有开破之性。本方中用其利小便,"破阴凝,布阳气"。

咳加干姜,意在温通宣发生阳之气。五味子酸温,主咳逆上气,虽五味俱全然以酸为胜。本证肺寒气逆而咳,故加五味子配干姜,散收并用,意在收逆气,安肺止咳,并温中止利。本证心悸与厥并见,此属水气凌心,故加桂枝以通阳行水,壮心阳以定心悸。小便不行属水饮内停、水湿不化,故加茯苓利水湿而通小便。附子温阳逐阴,主心腹冷痛。本证腹痛加附子,意在温阳散寒化湿,配芍药以破阴结、温通而止腹痛。"附子、芍药得真武汤之半,抑少阴方兴之水气"。薤白,主金疮疮败,疏郁散结,通行阳气。本证泄利下重加薤白,意亦在通阳。

纵观本方用芍药、枳实,咳加干姜、五味子,腹痛加附子,小便不利加茯苓,心悸加桂枝,可见本证病机中有阴寒水湿的一面。其用柴胡,泄利下重加薤白,可见本证病机中,还有阳气郁结的一面。本证四逆是阳气郁结不能外达四末所致。其基本病机是阴遏阳郁,阳气被阴寒水湿所阻。

【原文】

少阴病,下利六七日,咳而呕渴,心烦,不得眠者,猪苓汤主之。方十八。

[319]

猪苓去皮　茯苓　阿胶　泽泻　滑石各一两

上五味,以水四升,先煮四物,取二升,去滓,内阿胶烊尽。温服七合,日三服。

【提要】　少阴病下利日久,阴虚生热,虚热与水气互结的证治。

【图解】　见图319。

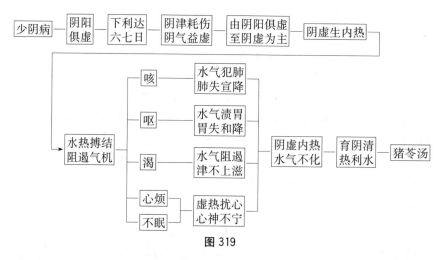

图 319

【按语】　本证少阴病,原本阴阳俱虚,由于下利已达六七日之久,致使阴津耗伤,阴气益虚,故病机逐渐发生变化,由发病初始的阴阳俱虚,而逐渐转化为阴虚为主;随着下利不止,伤津耗液,致使阴虚日甚。阴虚则生内热,虚热与水湿搏结,阻遏气机,故变生阴虚内热、水气不化之证。

阴虚内热,虚热扰动心神,心神不宁,故症见心烦、不眠;虚热与水湿互结,水不化气,故小便短涩而不利;水不化气,水气犯肺,肺失宣降,故症见咳逆上气;水气阻遏,津液不得上滋,故口渴;水气渍胃,胃失和降则呕逆。

猪苓汤以二苓、泽泻淡渗利尿,分消水气以止下利;滑石利小便,通九窍六腑津液,清虚热以宁心神;阿胶育阴养血以滋阴气。

本方在第223条"若脉浮,发热,渴欲饮水,小便不利者"用之,意在利小便以分利水热,在本证则重在分利水热以止下利。

**【原文】**

少阴病,得之二三日,口燥咽干者,急下之,宜大承气汤。方十九。 [320]

枳实五枚,炙 厚朴半斤,去皮,炙 大黄四两,酒洗 芒硝三合

上四味,以水一斗,先煮二味,取五升,去滓,内大黄,更煮取二升,去滓,内芒硝,更上火,令一两沸。分温再服,一服得利,止后服。

**【提要】** 少阴病素禀阴气不足,急速化热,热炽竭阴,口燥咽干之急下证。

**【图解】** 见图320。

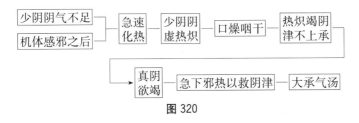

图 320

**【按语】** 本证少阴病初发,得之才二三日,即见口燥咽干,且仲景告诫须"急下之",此属少阴阴虚热炽。其发病系素禀少阴阴气不足,机体感邪后,急速化热,热炽竭阴,津不上承,故其发病之后,在较短的时间内,即症见口燥咽干。此"口燥咽干"当并见"齿黑唇裂"等真阴欲竭之象。

本证"急下之",其急,不是急在不大便,即使不大便,也仅仅是二三日间,非急下之列。本证急在"口燥咽干","齿黑唇裂",此属真阴欲竭之象,故仲景用大承气汤,急下邪热以救阴,此乃仲景无奈之举,以求一线生机。

**【原文】**

少阴病,自利清水,色纯青,心下必痛,口干燥者,可下之,宜大承气汤。二十。用前第十九方。一法用大柴胡汤。 [321]

**【提要】** 少阴病素禀阴气不足,急速化热,热伤真阴,燥热成实,热结旁流的证治。

**【图解】** 见图321。

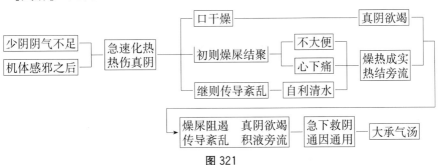

图 321

【按语】 本证少阴病系素禀少阴阴气不足,机体感邪后,急速化热,热伤真阴。一方面肠道燥热成实,另一方面真阴欲竭。燥热成实,故初则燥屎结聚,其人不大便数日,心下疼痛绕脐。继则肠道传导紊乱,肠中积液,旁流而下,腐恶秽臭。"清水"之"清"同圊,释为清浊之清非是。后世温病学家称其"纯利稀水无粪者,为之热结旁流"。吴又可云:"热结旁流者,以胃家实,内热壅闭,先大便秘结,续得下利,纯臭水,全然无粪,日三四次,或十数度,宜大承气汤,得结粪而利止。"

本证下利水泻,其人口干燥渴,并见舌赤苔老齿黑,此属真阴欲竭之象,仲景果断下之,以釜底抽薪。阴竭而下之,实属无奈之举,反映出那个时代对温病瘟疫治疗的局限。

【原文】

少阴病,六七日,腹胀,不大便者,急下之,宜大承气汤。二十一。用前第十九方。

[322]

【提要】 少阴病阴气素虚,急速化热,热炽阴竭,肠道气滞壅塞,不大便的证治。

【图解】 见图322。

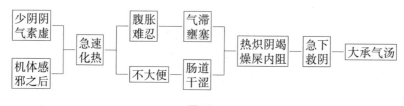

图322

【按语】 本证系少阴阴气素虚,机体感邪后,急速化热,经过六七日,热炽阴竭,肠道干涩,不大便。肠道气滞壅塞,故腹胀难忍,其证必舌赤苔黑、口燥唇裂。仲景以急下之法,通便缓急,以消腹胀;泄热救阴,以顾其本。阳明病急下证属实中有虚,阳明热盛,热炽灼阴,阴津有竭涸之势,其急下,意在泄实以护阴气,重在祛邪。此少阴急下证属虚中有实,少阴水竭,火热炽盛,肠道干涩,其急下,意在救阴以求生机,重在挽救正气。

【原文】

少阴病,脉沉者,急温之,宜四逆汤。方二十二。

[323]

甘草二两,炙　干姜一两半　附子一枚,生用,去皮,破八片

上三味,以水三升,煮取一升二合,去滓。分温再服。强人可大附子一枚、干姜三两。

【提要】 少阴发病,无热恶寒,但欲寐,只要见到"脉沉",急当以四逆汤温之。

【图解】　见图 323。

少阴病—脉沉—少阴阳虚寒盛—急温之—四逆汤

图 323

【按语】　第 282 条"少阴病，欲吐不吐，心烦，但欲寐"，尚属少阴病早期表现，而"五六日"之后，出现"自利不渴者"，才"属少阴也"。从发病至其证候典型化是一个过程，因此早期治疗为重要原则。

本条谓少阴发病，无热恶寒、但欲寐，只要见到"脉沉"即属少阴阳虚寒盛，当在"五六日自利而渴"症状出现之前，即急以四逆汤温之，以避免阳虚里寒之势急剧进展。

【原文】

少阴病，饮食入口则吐，心中温温欲吐，复不能吐。始得之，手足寒，脉弦迟者，此胸中实，不可下也，当吐之。若膈上有寒饮，干呕者，不可吐也，当温之，宜四逆汤。二十三。方依上法。　　　　　　　　　　　　　　　　　　　　　　　[324]

【提要】　少阴病阳虚不化，饮邪停居膈上，当温之；痰滞胸阳，当吐之。

【图解】　见图 324。

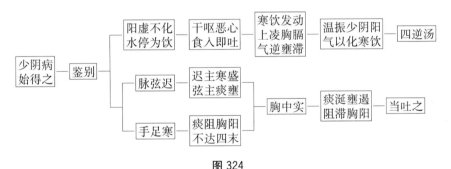

图 324

【按语】　对照第 282 条"少阴病，欲吐不吐，心烦（恶心），但欲寐，五六日自利而渴者，属少阴也"，本条"少阴病，饮食入口则吐，心中温温欲吐，复不能吐"，当属少阴病发病早期。

自"始得之，手足寒"至"不可下也，当吐之"属仲景自注句。少阴病，"始得之"，虽手足不热，但尚未至于"手足寒"即手足厥冷的程度，而且在第 301 条中有云少阴病"始得之"尚可"反发热"，而在本自注句中，仲景特别强调"始得之"即出现"手足寒"，其脉不沉，不微细，而是弦迟。脉弦迟与恶心欲吐、手足厥冷并见，其脉迟必主寒盛，其脉弦当主痰壅，故此不属少阴病，仲景诊断为"此胸中实"。"实"，在此指有形之物，此属痰涎壅遏，阻滞胸阳。

由于痰滞胸阳,胸阳不布,阳不达于四肢,故"始得之,手足寒";由于痰阻气逆,故亦可见"饮食入口则吐,心中温温欲吐,复不能吐"。胸居高位,对于胸中"实",仲景指出当因势利导,取"其高者,因而越之"之法,以"吐"而去其"实"。因证属"胸"中实,故又特别告诫"不可下也"。

"若膈上有寒饮"语意上接"复不可吐"。少阴病属全身性虚寒,少阴感邪,阳虚不化,水停为饮;寒饮发动,窜动不居,其势上凌胸膈,则气逆壅滞而干呕,饮食入口则吐。此属少阴阳虚,虽饮邪停居膈上,症见干呕,温温欲吐,然其治则不可误用吐法,当温振少阴阳气以化饮,方用四逆汤。

**【原文】**

少阴病,下利,脉微涩,呕而汗出,必数更衣反少者,当温其上,灸之。《脉经》云,灸厥阴可五十壮。　　　　　　　　　　　　　　　　　　　　　　　　[325]

**【提要】**　少阴病,阳虚气陷,阴津匮竭,汗出下利,数更衣反少的证治。

**【图解】**　见图325。

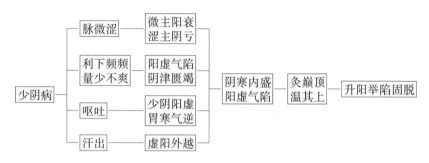

图 325

**【按语】**　本证少阴病,"脉微涩",微主阳气虚衰,涩主阴血不足,故证属阴阳俱虚。少阴阳虚,胃寒气逆,故症见呕吐;虚阳外越,故症见汗出;阳虚寒盛,故无热恶寒而自利。其人虽便意频频、肛门下坠而屡屡登厕,但利下量少,颇似"里急后重"之感,此属阳虚气陷,阴津匮竭。

本证虽阴阳俱虚,但从"下利"、"数更衣反少"中可见,其证重在阳虚气陷,故选用灸法"温其上",意在升阳举陷以固脱。上,巅上,《针灸甲乙经》称百会穴。

# 少阴病篇小结

## 一、典型少阴病病机概览

**【图解】**　见少阴病篇小结图1。

典型少阴病 — 全身性虚寒衰惫 — 少阴之为病(281、282、283)

**少阴病篇小结图 1**

【按语】　典型的少阴病是水火两虚,全身性衰惫。《伤寒论》少阴病寒热两极,表现多样。第 281 条脉症,只是举其典型以比照其他,并不能包罗少阴病的全部。

## 二、少阴病分类与证候概览

【图解】　见少阴病篇小结图 2。

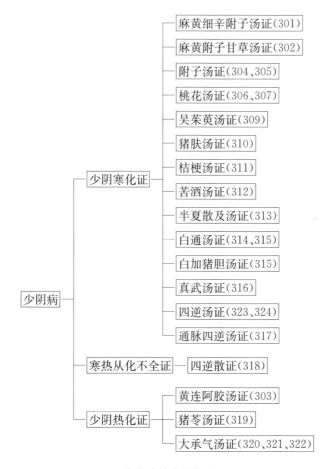

少阴病
- 少阴寒化证
  - 麻黄细辛附子汤证(301)
  - 麻黄附子甘草汤证(302)
  - 附子汤证(304、305)
  - 桃花汤证(306、307)
  - 吴茱萸汤证(309)
  - 猪肤汤证(310)
  - 桔梗汤证(311)
  - 苦酒汤证(312)
  - 半夏散及汤证(313)
  - 白通汤证(314、315)
  - 白加猪胆汤证(315)
  - 真武汤证(316)
  - 四逆汤证(323、324)
  - 通脉四逆汤证(317)
- 寒热从化不全证
  - 四逆散证(318)
- 少阴热化证
  - 黄连阿胶汤证(303)
  - 猪苓汤证(319)
  - 大承气汤证(320、321、322)

**少阴病篇小结图 2**

【按语】　今人一提及少阴病,首先想到的是第 281 条"脉微细,但欲寐",以及真武汤证、附子汤证等。其实这只能算是典型的少阴病,而不能概括少阴病的全部。

　　机体感邪以后，之所以能发为少阴病，是因为少阴水火素有虚的因素。少阴发病，机体可呈现不同的反应。这是由少阴水火盛衰决定的。若少阴素禀阳虚，则病势从寒化，形成少阴病的阴寒内盛证，表现为脉微细，但欲寐，恶寒蜷卧，下利清谷等，这就是前面所说的典型的少阴病，它的基本病机可概括为阴盛阳衰。

　　若少阴素禀阴虚，则病势从热化，形成少阴水亏火旺，表现为心烦，不得眠，口燥，咽痛，舌红少苔，尿赤，脉沉细数等，这就是后世所言的典型少阴热化证。少阴寒热从化的不同过程与不同程度，使少阴病呈现多样的表现。

# 第八章　辨厥阴病脉证并治

厥利呕哕附

合一十九法，方一十六首

【原文】

厥阴之为病，消渴，气上撞心，心中疼热，饥而不欲食，食则吐蛔，下之利不止。 ［326］

【提要】　典型厥阴病的病机与证候。

【图解】　见图326。

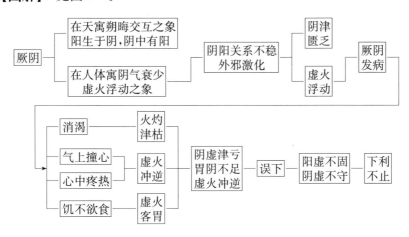

图 326

【按语】　厥阴又称一阴，《素问·阴阳类论》云："一阴至绝作朔晦。"张景岳释之曰："阴阳消长之道，阴之尽也如月之晦，阳之生也如月之朔，既晦而朔，则绝而复生。"太阴、少阴是阴气多少之两极，而交尽之后，便成为多、少、衰变三极。

两阴交尽而衰变之厥阴，在天寓朔晦交互之象，含阴气主退，物极必反，阳生于阴，阴中有阳之意；在人体则寓阴气衰少，虚火浮动之象。厥阴发病，阴阳之间的关系处于不稳定状态，在外邪激化下，一方面阴津匮乏，一方面虚火浮动；火灼阴津,阴津枯竭,故症见消渴。所谓消渴,是指口干思饮,饮不解渴,故饮后仍思饮,是一种严重的口渴。消渴的本意是表述渴与饮之间的关系和过程。因渴而思饮,饮水以消除口渴,但由于饮后渴仍不除,故再饮以求消除口渴,从而形成随渴随消,随消随渴的过程。消是解除的意思,渴是状态,消是解除这样一个状态的过程。

"心中疼热",心,指胃脘部,谓胃脘部热辣感、灼热疼痛。"气上撞心",表述病人感觉胃脘部的热辣、疼痛,自下而上顶撞翻腾,阵阵发作;此属阴虚津亏,虚火冲逆。由于虚火客胃,故其人有饥饿感;但由于胃阴不足,失于濡养,故虽饥而不欲食。胃津匮亏,肠道失润,故其人大便干结。此大便干结,只宜润,不能攻下,若下之,阳虚不固,阴虚不守,故下利不止。

本证消渴,胃脘灼热、疼痛、顶撞翻腾,饥不能食,其病机属阴虚津亏,胃阴不足、虚火冲逆;其证必舌红少苔,便干尿赤,或偶有干呕吐逆。若其人素有蛔虫寄生,因饥不欲食,蛔必扰动,蛔闻食臭,窜动不居,可随呕逆而出,故可偶见食则吐蛔。

【原文】

厥阴中风,脉微浮为欲愈,不浮为未愈。　　　　　　　　　　　　　［327］

【提要】　厥阴中风,阴气自调,正气驱邪出表,其病有向愈之机。

【图解】　见图 327。

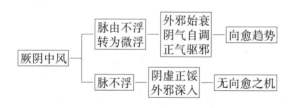

图 327

【按语】　厥阴寓阴气衰少之象,机体素禀阴虚,感受外邪,厥阴发病,突出表现为典型的阴虚之象。厥阴中风属虚属热。厥阴发病,阴气不足,正气虚衰,故其脉原本浮不起来。本证厥阴中风,其脉由不浮而转为微浮,此属外邪始衰,阴气自调,正气驱邪出表,故其病有向愈趋势。若其人脉不浮,则说明阴虚正馁,外邪深入,故其病无向愈之机。

【原文】

厥阴病欲解时,从丑至卯上。　　　　　　　　　　　　　　　　　［328］

【提要】　厥阴病在邪衰正复,将解未解之际,随阴布阳和之势,解于丑至卯上。

**【图解】** 见图328。

```
┌────┐  ┌──────┐  ┌──┐  ┌────────┐  ┌────────┐  ┌────┐
│厥阴病│─│邪衰正复│─│丑寅│─│天阳萌生布达│  │机体生机勃然│─│恶寒息│
└────┘  │将解未解│  │卯时│  │阳气生阴气长│  │阴气濡阳气温│  │消渴愈│
        └──────┘  └──┘  └────────┘  └────────┘  └────┘
```

图 328

**【按语】** 丑时是从凌晨一时至三时,寅时是从晨三时至五时,卯时是从晨五时至七时,从丑时经寅时至卯时这一段时间,正值天阳由萌生而布达;伴随天阳之萌生布达,机体生机勃然,阳生阴长,阴阳之气由委顿不振之态势而趋向阴布阳和,故在厥阴病处于邪衰正复,将解未解之际,随阴濡阳温之势,恶寒息而消渴愈,故厥阴病解于此时。

**【原文】**

厥阴病,渴欲饮水者,少少与之愈。 ［329］

**【提要】** 厥阴病将愈之时,阳通阴达,虽渴,少少与之以冲和,必自愈。

**【图解】** 见图329。

```
┌────┐  ┌──────────┐  ┌────────┐  ┌──────┐  ┌──────┐
│厥阴病│─│由消渴转为轻微│─│阳气已通  │─│少少与饮│─│滋润冲和│
└────┘  │之渴欲饮水    │  │阴气始达  │  └──────┘  └──────┘
        └──────────┘  └────────┘
```

图 329

**【按语】** 厥阴病将愈之时,由严重之消渴而转为轻微之渴欲饮水,发病动因大势已去,阳气已通,阴气始达,必津液滋润而渴止。少少与饮,意在冲和、诱导。

★:赵开美翻刻的宋本《伤寒论》,在《辨厥阴病脉证并治》后有"呕利厥哕附"五个小字,意即本篇中以下所列之呕、利、厥、哕诸证是附在厥阴病篇,亦即并非是厥阴病。而在《伤寒论》另一传本《金匮玉函经》中,本条以下之"呕利厥哕"则是单列为《辨厥利呕哕病形证治第十》。

由于林亿等校定的宋本《伤寒论》至明代万历年间已极少见,此后注家中很少有人见过真正宋版的《伤寒论》。由于赵开美翻刻的宋本《伤寒论》至清初已很少见,至今已绝少于世,所以,此后的注家们也很少见到真正的赵开美翻刻的宋本《伤寒论》。近几百年,注家们注释、诠解《伤寒论》,多是依据不同于宋本版本系统(或对宋本经过删节)的成无己《注解伤寒论》,而近50年来,更多地则是依据1955年4月重庆人民出版社出版的《新辑宋本伤寒论》。恰恰在成无己《注解伤寒论》与《新辑宋本伤寒论》中,缺少了对于理解厥阴病篇至关紧要的这一行五个小字。

从《金匮玉函经》的"厥利呕哕"单独列为一篇,到赵开美翻刻的宋本《伤寒论》的"厥利呕哕"附在厥阴病篇之后,又至成无己注解本未见这关键的五个小字,再至今人所习见的《新辑宋本伤寒论》和《伤寒论讲义》等,从未提及过这五个小字,此经历了一个漫长的疏忽和误解过程,从而引发了《伤寒论》学术界迄今数百年来的关于厥阴病的无端争纷。

**【原文】**

诸四逆厥者,不可下之,虚家亦然。　　　　　　　　　　　　　　　　[330]

**【提要】**　四肢寒冷属阳虚者,不可下。

**【图解】**　见图330。

**图 330**

**【按语】**　四逆是指四肢寒冷,"厥者,手足逆冷者是也"(第337条)。诸四逆厥者,诸,众多,系泛言多数四肢厥冷者。在《伤寒论》中,四肢厥冷虽有寒热虚实之别,但以寒证为多,多属阳虚不能温达四末所致,故仲景告诫"不可下"。"虚家亦然"是自注句。家,流别,意即厥证而属虚者一类,也不可以误用下法。

**【原文】**

伤寒,先厥后发热而利者,必自止,见厥复利。　　　　　　　　　　　[331]

**【提要】**　厥利与阳气盛衰的关系。

**【图解】**　见图331。

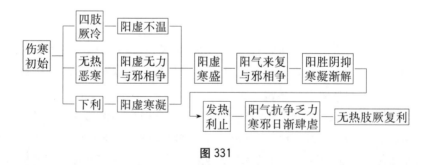

**图 331**

**【按语】**　感受外邪,初始即见无热恶寒,四肢厥冷,自下利者,此属阳虚寒凝。若随着机体的阴阳自稳调节,阳气逐渐来复,当阳气达到与邪抗争之势,其证由不发热而逐渐发热;阳胜则阴抑,寒凝日渐自解,故可由自下利而逐渐利止,其病预后良好。

若其证由发热逆转为四肢厥冷,则是阳气抗争无力,阳退阴胜,寒邪肆虐,故下利复作。

**【原文】**

伤寒,始发热六日,厥反九日而利。凡厥利者,当不能食,今反能食者,恐为除中。一云消中。食以索饼,不发热者,知胃气尚在,必愈,恐暴热来出而复去也。后日脉之,其热续在者,期之旦日夜半愈。所以然者,本发热六日,厥反九日,复发热三日,并前六日,亦为九日,与厥相应,故期之旦日夜半愈。后三日脉之而脉数,其热不罢者,此为热气有余,必发痈脓也。

[332]

**【提要】** 厥热时间的长短,反映邪正进退之势;"反能食"恐为"除中"。

**【图解】** 见图332。

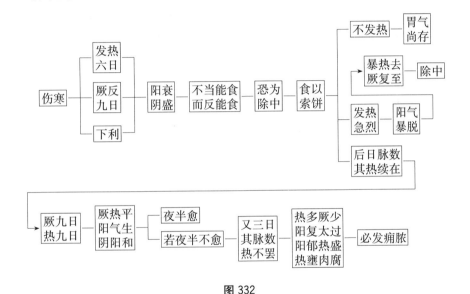

图 332

**【按语】** 本条从"伤寒,始发热"至"恐为除中"为第一节,表述本证从发病初始,虽发热六日,但终因阳衰阴盛,而逐渐变化为四肢厥冷且与下利并见。与前发热六日比较,厥冷"反"持续九日,厥冷的时间比发热的时间较长,即阳衰阴盛,预后不良。

厥与利并见,阳衰阴盛,本当不能食,而本证病人"反能食",恐属胃气将绝之象,仲景称之为"除中"。"恐为除中"包含两层意思,或不除中,或除中。不除中是胃气尚存;除中,是胃气败绝。除中,除,驱逐;中,中气;除中,中气衰败之意。

"食以索饼"至"恐暴热来出而复去也"为第二节。本证病人"能食",是不是除中? 仲景以试探之法辨之:给病人食"索饼"(索饼是仲景时代的条索状面食,疑类似今之面条),食"索饼"之后,病人不发热,可知"胃气尚在",预后良好。若食"索饼"之后，病人暴热，即发热急而烈，此是阳气暴脱、回光返照现象，旋即暴热去而厥寒复至，此属"除中"，危象毕露。

"后日脉之"至"期之旦日夜半愈"为第三节。后日脉之，与下文"后三日脉之而脉数"对照，此"脉之"后无"脉数"二字，属省文。后日，《金匮玉函经》《千金翼方》作后三日。食索饼后，只要不是"暴热来出而复去"，即使发热至三日，其热仍在者，也是阳气来复，等到旦日夜半则愈。旦日，次日，即三日的次日，谓食索饼后之第四天。夜半阳气生，机体乘天阳萌生之势而阳复阴却，故其病可愈。

"所以然者"至"故期之旦日夜半愈"为第四节。进一步阐述前文所言"期之旦日夜半愈"的病机。因为发病初始曾发热六日，加上食索饼后之发热三日，其发热共为九日，与病人原本的厥冷九日相对应，此属"厥热平"，仲景以此现象说明本证阴阳自和的道理，所以其病当愈。

"后三日脉之而脉数"至"必发痈脓也"为第五节。言旦日夜半若不愈，又至三日，其人脉数，发热不罢，与前一节发热九日、厥九日之厥热平对比，此热多厥少，属阳复太过，阳郁热盛，热壅肉腐，故有发痈脓的可能。

**【原文】**

伤寒脉迟六七日，而反与黄芩汤彻其热，脉迟为寒，今与黄芩汤复除其热，腹中应冷，当不能食，今反能食，此名除中，必死。 ［333］

**【提要】** 伤寒阳虚里寒，当禁用苦寒，若误用之必戕伐阳气，有"除中"之虞。

**【图解】** 见图333。

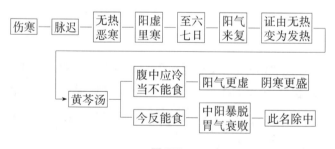

**图333**

**【按语】** 本证伤寒脉迟，属阳虚里寒，其人必无热恶寒。病至六七日，阳气有来复之势，故在其证由无热而变为有热之际，医见发热，误认为是热证，而与黄芩汤撤其热。

"脉迟为寒，今与黄芩汤复除其热"一句对"脉迟"的病机进一步解释，指出用黄芩汤之误。阳虚里寒误与黄芩汤撤其热，使阳气更虚，阴寒更盛，其人腹中应冷，此本当不欲食，而今反欲食，此属中阳暴脱，胃气衰败之象，此名"除中"，属危证。

**【原文】**

伤寒,先厥后发热,下利必自止,而反汗出,咽中痛者,其喉为痹。发热无汗,而利必自止,若不止,必便脓血,便脓血者,其喉不痹。　　　　　　　　　　　[334]

**【提要】**　先厥后热,阳复利止以及阳复太过的变证。

**【图解】**　见图334。

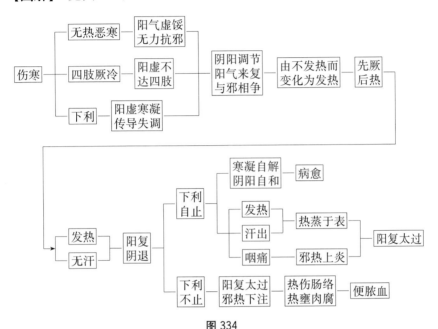

图 334

**【按语】**　机体感邪,初始即见无热恶寒,四肢厥冷,自下利者,此属阳虚里寒。若随着阴阳自稳调节,阳气逐渐来复,当阳气达到与邪抗争之势时,则由不发热而变化为发热,此所谓"先厥后发热";阳胜则阴抑,寒凝渐趋自解,阴阳自和,故下利自止。

本证由于阳气初复,阴阳之间关系不稳定,当阳复达到热盛之势,则属阳复太过,新的自稳状态再被打破,故其证有变。

若下利虽止,但发热,"反汗出",且咽中疼痛,吞咽不利,声喑不扬,此属"阳复太过"。邪热外蒸于表,上结于咽,文中称之"其喉为痹"。

若下利不止,发热无汗,此下利,已不是阳虚寒凝,而是"阳复太过",邪热下注于肠;热伤肠络则便血,热壅肉腐则化脓,故其人便脓血。邪热下注而不上炎,故其证但便脓血,而咽中不痛,其喉不痹。

**【原文】**

伤寒,一二日至四五日,厥者必发热。前热者后必厥,厥深者热亦深,厥微者

热亦微。厥应下之，而反发汗者，必口伤烂赤。　　　　　　　　　　　[335]

【提要】　机体阳气郁闭，不能达于四末或体表时，则阳郁与厥冷同步进退。

【图解】　见图335。

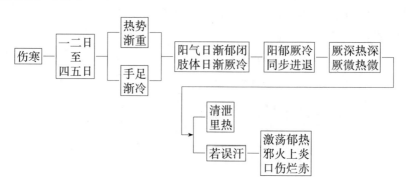

**图335**

【按语】　本证伤寒，系感邪后，在一二日至四五日之间，在四肢厥冷的同时，其人发热，此所谓"厥者必发热"。后一句"前热者后必厥"至"厥微者热亦微"属仲景自注句，是对前文"厥者必发热"之"厥"与"热"的关系进行诠释。

本证特点是机体感邪后，随着发热症状由轻而重的发展，手足厥冷由无到有，厥冷的程度由轻而重、由浅而深，此是机体阳气日渐郁闭；至阳气郁伏不能达于四末或体表时，则逐渐可见四肢厥冷，严重时，则可见通体厥冷。病机中的阳郁与症状表现之厥冷，在程度上同步进退，此即所谓"前热者后必厥，厥深者热亦深，厥微者热亦微"。

由于本证之四肢厥冷属阳气郁伏于里，不能外达四末与体表所致，故只可用下法以清泄里热，而不可误用汗法。若误汗，必激荡郁热，郁热化火，邪火上炎，灼伤口舌而赤疡糜烂。

【原文】

伤寒病，厥五日，热亦五日，设六日当复厥，不厥者自愈。厥终不过五日，以热五日，故知自愈。　　　　　　　　　　　　　　　　　　　　　　[336]

【提要】　厥热平自愈的道理。

【图解】　见图336。

**图336**

【按语】　第332条曰:"本发热六日,厥反九日,复发热三日,并前六日,亦为九日,与厥相应,故期之旦日夜半愈。"此言厥九日,热亦九日,热与厥相应,故其病为愈。实际上,厥与热不一定是各九日而愈,其要点是热"与厥相应"(第332条)。本条以"厥五日,热亦五日"举例,说明四肢厥冷与发热只要在日数上相等,就是热"与厥相应",它反映出机体阳气来复,阳复阴退,阴阳平和之势。

【原文】

凡厥者,阴阳气不相顺接,便为厥。厥者,手足逆冷者是也。　　　　[337]

【提要】　厥的病机与症状。

【图解】　见图337。

图 337

【按语】　手足寒冷不温,是因为阳气未能温达于四肢,此一是由于阳气虚馁,无力布达,二是阳气郁遏或受到阻遏,不能布达。在《伤寒论》论中,不论寒厥还是热厥,或者诸如水饮、痰湿、瘀血、气滞以及蛔虫等引发的手足逆冷,其病机变化都是阴阳运行失序,阴阳气不相顺接。

【原文】

伤寒脉微而厥,至七八日肤冷,其人躁无暂安时者,此为脏厥,非蛔厥也。蛔厥者,其人当吐蛔。今病者静,而复时烦者,此为脏寒,蛔上入其膈,故烦,须臾复止,得食而呕,又烦者,蛔闻食臭出,其人常自吐蛔。蛔厥者,乌梅丸主之。又主久利。方一。　　　　[338]

乌梅三百枚　细辛六两　干姜十两　黄连十六两　当归四两　附子六两,炮,去皮　蜀椒四两,出汗　桂枝去皮,六两　人参六两　黄柏六两

上十味,异捣筛,合治之,以苦酒渍乌梅一宿,去核,蒸之五斗米下,饭熟捣成泥,和药令相得,内臼中,与蜜杵二千下,丸如梧桐子大。先食饮服十丸,日三服,稍加至二十丸。禁生冷、滑物、臭食等。

【提要】　脏厥的脉症特点及蛔厥的病机、症状和治疗。

【图解】　见图338。

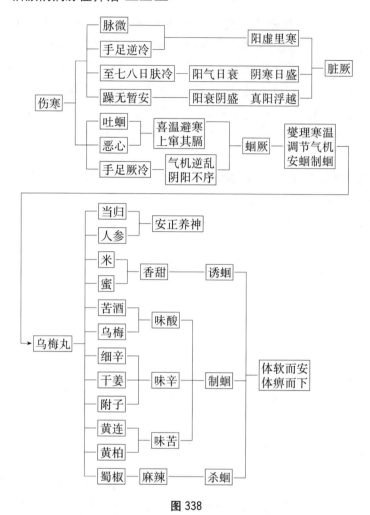

图 338

【按语】　本条从"伤寒脉微而厥"至"此为脏厥,非蛔厥也"为第一节,指出脏厥的脉症特点。机体感受寒邪之后,症见脉微而手足逆冷,此属阳虚里寒。阳虚不能鼓舞则脉微,阳虚不能温达于四末则手足逆冷。病发七八日,阳气日衰,阴寒日盛,其证从手足逆冷发展为四肢厥寒,进而"肤冷",所谓"肤冷"即通体厥冷;其神由精神委靡发展为躁扰不宁,所谓"躁无暂安时者",此系阳衰阴盛,真阳浮越之象;仲景指出"此为脏厥",亡阳在即,不得混淆为"蛔厥"。

从"蛔厥者,其人当吐蛔"至"又主久利"为第二节,论述蛔厥的病机、症状及治疗。"蛔厥",一则其人手足厥冷,二则其人吐蛔,三则在吐蛔的过程中并见阵阵恶心(条文中称之为"烦")。因其人"脏寒",蛔虫喜温避寒,上窜其膈,扰乱气机,气机逆乱,阴阳气不相顺接,故一方面症见手足厥冷、脉微等全身性症状;另一方面更突出蛔虫窜扰而引发的恶心、吐蛔等局部症状。

蛔厥的特点，表现为病人有时安静，有时"恶心"。烦，在此是指恶心。此因其人脏寒，蛔虫窜动搅扰无时，故其"恶心"时作时止；当病人不恶心而进食时，蛔虫闻食臭味而上窜搅扰，故又引发恶心、呕吐，此所谓"令病者静，而复时烦者"。这样反反复复的恶心，蛔虫可随呕吐之势而被涌吐出口。

只要诊断为蛔厥，治当燮理寒温，调节气机，安蛔制蛔，方用乌梅丸。又，本方寒热并用，交通阴阳，益气养血，且重用乌梅之酸涩收敛，故又可用于体虚久利，寒热夹杂之证。

【原文】

伤寒，热少微厥，指一作稍。头寒，嘿嘿不欲食，烦躁，数日小便利，色白者，此热除也，欲得食，其病为愈。若厥而呕，胸胁烦满者，其后必便血。　[339]

【提要】　阳气郁闭的三种发展趋势，阐述厥微者热亦微，厥深者热亦深的道理。

【图解】　见图339。

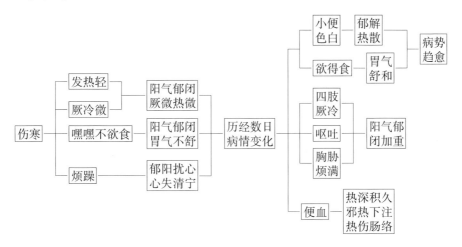

图 339

【按语】　"热少"是说虽发热但不是大热，"微厥"是说厥冷轻微，仅仅手足指（趾）头寒，而未至四肢厥寒的程度。此正合"厥微者热亦微"之象。"嘿嘿不欲食"与"烦躁"并见，此属阳气郁闭，郁阳扰胃，胃气不舒，胃呆不纳。嘿嘿是形容病人食欲淡漠，没有食欲的样子；郁阳扰心，心失清宁，故症见烦躁。

本证历经数日之后，依据病机的变化，病情可有三种发展趋势：一是小便由黄赤短涩变化为清长，此属郁解热散；郁解热散，"微厥"愈而指头温，胃气舒和，故食欲逐渐恢复，由"嘿嘿不欲食"而变化为"欲得食"，其病趋向痊愈。二是其证由指头寒发展为四肢厥冷,由嘿嘿不欲食而发展为呕吐,由"烦躁"而发展为"胸胁烦满",此系阳气郁闭逐渐加重,正合"厥深者,热亦深"之象。三是厥深热亦深,"其后"热郁更加严重,热深积久,而至邪热下注,热伤肠络时,则必便血。

**【原文】**

病者手足厥冷,言我不结胸,小腹满,按之痛者,此冷结在膀胱关元也。

[340]

**【提要】**　手足厥寒与小腹满,按之痛并见,属阳气虚衰,阴寒凝结下焦。

**【图解】**　见图340。

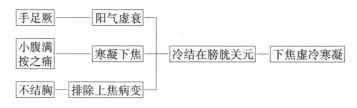

图 340

**【按语】**　病人手足厥冷,仲景通过问诊,病人言"我不结胸",此"结胸"出自病人之口,是言表症状,即言胸胁不疼、不硬、不满、不结、不塞,故可以排除上焦病变。"小腹满"且"按之痛",与"手足厥冷"并见,其满痛属阴寒凝结下焦,其厥冷则属阳气虚衰。仲景把本证的病机概括为"此冷结在膀胱关元也",此以膀胱、关元概指下焦部位。

**【原文】**

伤寒,发热四日,厥反三日,复热四日,厥少热多者,其病当愈。四日至七日,热不除者,必便脓血。

[341]

**【提要】**　"厥"与"热"随阴阳进退而交互往复;阳复太过,络伤肉腐则便血。

**【图解】**　见图341。

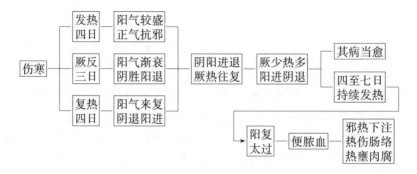

图 341

【按语】　伤寒发病,若发热与手足厥寒交替出现,此反映出机体阴阳进退之势。机体感受寒邪,若先发热,说明了机体阳气较盛,阳胜则阴退。若随着病机的变化,阳气渐衰,阴寒日盛,阴胜则阳退,阴盛则手足厥寒;若阳气由衰而来复,则又阴退阳进。如此,阴阳在动态中进退变化,反映在症状上则是"厥"与"热"交互往复(见第 336 条)。

条文以热四日、厥三日、复热四日为例,用"发热"与"厥冷"的时间长短来表达"阳"与"阴"的进退之势。若厥少热多,则反映阳进阴退,故其病当愈。若阳进至极,四日之后至七日间,其人仍发热,则属阳复太过。太过之热则为邪热,邪热下注,热伤肠络则便血,热壅肉腐则化脓;络伤肉腐,故症见便脓血。

【原文】

伤寒,厥四日,热反三日,复厥五日,其病为进。寒多热少,阳气退,故为进也。　　　　　　　　　　　　　　　　　　　　　　　　　　　　　[342]

【提要】　补述"厥"与"热"随阴阳进退,交互往复;指出厥多热少,阳气退,其病为进。

【图解】　见图 342。

图 342

【按语】　伤寒若先厥四日,后发热四日,此为厥热平,其病当愈。而本证是先厥四日,后发热仅三日,且又复厥五日,此厥多热少,反映出阳气虽曾来复,但终因来复无力而衰退。其病机以阴寒肆虐为主导,故其病为进。

【原文】

伤寒六七日,脉微,手足厥冷,烦躁,灸厥阴。厥不还者,死。　　　　[343]

【提要】　阳衰寒盛之脏厥,症见脉微、肢厥、烦躁,当急灸巅上穴以回阳救逆。

【图解】　见图 343。

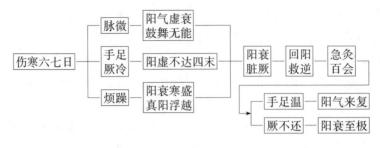

图 343

**【按语】** 与第 338 条对照,本证伤寒六七日,脉微、手足厥冷、烦躁,当属脏厥。阳气虚衰,不能鼓舞脉气则脉微;阳气不能温达于四肢则手足厥冷;阳衰寒盛,真阳浮越,故其人烦躁不宁,此属亡阳之象。仲景急用灸法,灸"厥阴",以回阳救逆。

厥阴,当指巅顶,又称巅上,《针灸甲乙经》称百会。灸巅上穴后,若厥还,即手足由厥冷而变为手足温,则说明阳气有来复之势;若手足仍厥逆不温,则说明阳衰至极,其病危重,故文曰"死"。

**【原文】**

**伤寒,发热,下利,厥逆,躁不得卧者,死。** 〔344〕

**【提要】** 厥利并作,躁不得卧,属阳衰寒盛,虚阳浮越,亡阳在即。

**【图解】** 见图 344。

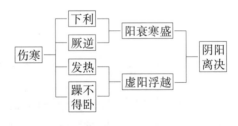

图 344

**【按语】** 本证伤寒发热与厥利并见,若属阳复发热,则其利必止。今厥利并作且躁不得卧,此属阳衰寒盛,虚阳浮越。阳衰寒盛,则手足厥冷,下利不止;虚阳浮越则发热,躁不得卧。证已至躁不得卧,则亡阳在即,此属阴阳离决之象,故为死证。

**【原文】**

**伤寒,发热,下利至甚,厥不止者,死。** 〔345〕

**【提要】** 阳衰阴竭,阳无以恋阴,孤阳离散之死证。

【图解】 见图 345。

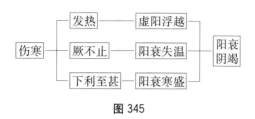

图 345

【按语】 虚阳浮越则发热,阳衰失温则厥不止;"下利至甚",则突出了下利不止的严重性,其最直接的后果是伤津亡阴,故本证从始发之初的阳虚寒盛,进而发展为阳衰阴竭。

阴阳互不依恋,故有离散之势,亡阳在即,故为死证。前一条的证死于阴盛格阳,虚阳浮越而亡;本条的证死于阴竭,阳无以恋阴,孤阳离散而亡。

【原文】

伤寒,六七日不利,便发热而利,其人汗出不止者,死。有阴无阳故也。

[346]

【提要】 阳虚寒凝,虚阳外越,有阴无阳者属危证。

【图解】 见图 346。

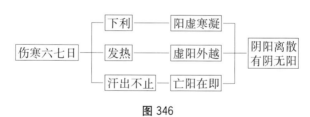

图 346

【按语】 从"伤寒,六七日不利,便发热而利"可知,本证伤寒虽发病已六七日,但并不下利,六七日后,突发发热而利,由不汗出而变化为汗出不止。阳虚寒盛,本不当汗出,汗出为亡阳;今下利与汗出不止并见,其下利属阳虚寒凝,汗出则属虚阳外越;虚阳浮于表,故其人发热。本证阳虚寒盛,其汗出"不止",必是额头冷汗频频,此亡阳在即,故曰"死"。

【原文】

伤寒五六日,不结胸,腹濡,脉虚,复厥者,不可下,此亡血,下之死。 [347]

【提要】 伤寒腹濡、脉虚、肢厥,虽不大便,不可下。

【图解】 见图 347。

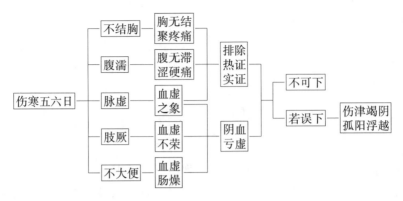

图 347

【按语】 本证伤寒五六日之前,发热不厥,至六日"复厥"。从"不可下"可知,本证有"不大便"可下之征。

文曰"不结胸"是说胸无结聚之疼痛,"腹濡"是说虽不大便,但腹无滞涩之硬痛,"脉虚"是说指下按之无力,此属阴血不足之象。纵观脉症,可知本证既非热证亦非实证。

证至五六日后,四肢厥冷与脉虚并见,虚象毕显。虽不大便,此属血虚肠燥,故不可下。若误下,必伤津竭阴,孤阳浮越,亡阳则死。

【原文】

发热而厥,七日下利者,为难治。 [348]

【提要】 里热郁闭,发热与四肢厥冷并见,热滞肠道下利者,属难治之证。

【图解】 见图 348。

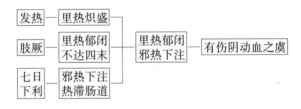

图 348

【按语】 本证特点是发热与四肢厥冷并见,此属里热郁闭,不得布达于四末,证系真热假寒。里热郁闭,至七日之久,邪热下注,热滞肠道,则利下滞重。郁热内结,久则有伤阴动血之虞,故仲景称其"为难治"。

【原文】

伤寒脉促,手足厥逆,可灸之。促,一作纵。 [349]

【提要】 机体感受外邪,虽手足厥寒,但其脉势仍上壅两寸,可用灸法温阳救逆。

【图解】　见图 349。

图 349

【按语】　机体感受外邪，虽手足厥逆，证属阳虚里寒，但其脉势仍上壅两寸而有促象，反映机体正气尚有抗邪之机；虽手足厥逆，但预后良好，故仲景运用灸法温阳，鼓舞正气以救逆。

【原文】

伤寒，脉滑而厥者，里有热，白虎汤主之。方二。　　　　　　　　　　［350］

知母六两　石膏一斤，碎，绵裹　甘草二两，炙　粳米六合

上四味，以水一斗，煮米熟汤成，去滓。温服一升，日三服。

【提要】　伤寒脉滑而厥，热深厥亦深的证治。

【图解】　见图 350。

图 350

【按语】　本证虽症见四肢厥冷或通体皆冷，但其脉显滑象，滑主热、主实，故仲景诊断为"里有热"。证属真热假寒，故用白虎汤清疏里热。本证若继续发展，可由四肢厥逆变化为通体皆厥，此属热深厥亦深之象。

【原文】

手足厥寒，脉细欲绝者，当归四逆汤主之。方三。　　　　　　　　　　［351］

当归三两　桂枝三两，去皮　芍药三两　细辛三两　甘草二两，炙　通草二两

大枣二十五枚，擘。一法，十二枚

上七味，以水八升，煮取三升，去滓。温服一升，日三服。

【提要】　脉细而厥，血虚寒凝的证治。

【图解】　见图 351。

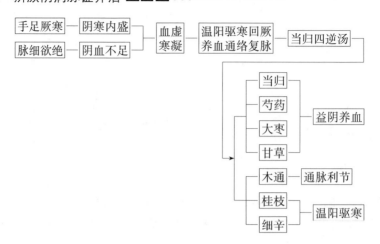

图 351

**【按语】** 本证手足厥寒,脉细欲绝者,可概括为"脉细而厥"。脉细主阴血不足,与手足厥寒并见,此属血虚寒凝。仲景治以当归四逆汤,意在温阳驱寒回厥,养血通络复脉。"通草",即今之木通。本方功在养血复脉,温阳回厥。

**【原文】**

**若其人内有久寒者,宜当归四逆加吴茱萸生姜汤。方四。** 　　　　　　[352]

当归三两　芍药三两　甘草二两,炙　通草二两　桂枝三两,去皮　细辛三两

生姜半斤,切　吴茱萸二升　大枣二十五枚,擘

上九味,以水六升,清酒六升和,煮取五升,去滓。温分五服。一方,水酒各四升。

**【提要】** 血虚寒凝,手足厥冷,脉细欲绝兼有沉寒痼冷的证治。

**【图解】** 见图 352。

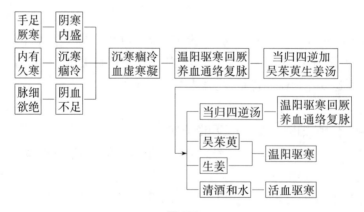

图 352

**【按语】** 若血虚寒凝,手足厥冷,脉细欲绝的同时又有沉寒痼冷之宿疾,如

冷结在膀胱关元等,治以当归四逆汤加吴茱萸、生姜,以清酒和水煎药。

**【原文】**

大汗出,热不去,内拘急,四肢疼,又下利、厥逆而恶寒者,四逆汤主之。方五。　　　　　　　　　　　　　　　　　　　　　　　　　　　　[353]

甘草二两,炙　　干姜一两半　　附子一枚,生用,去皮,破八片

上三味,以水三升,煮取一升二合,去滓。分温再服。若强人,可用大附子一枚、干姜三两。

**【提要】**　汗不得法,大汗淋漓,表证未解,中阳骤虚,阴寒遽凝的证治。

**【图解】**　见图353。

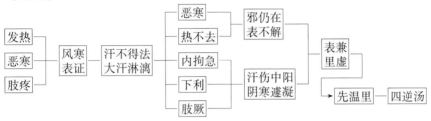

图353

**【按语】**　从"大汗出,热不去"一句可知,本证发汗,意在去其热,说明本证原本有发热症状。从发热与恶寒、四肢疼并见可知,本证初始,原本是风寒表证。

"大汗出"谓汗不得法,指出其误所在。大汗淋漓,一则气血营卫不得氤氲,虽汗出而邪仍在,其表仍不解,故"热不去",仍四肢疼、恶寒;二则大汗挫伤中阳,中阳骤虚,阴寒遽凝,故症见"内拘急"。"内"指脘腹之"内";拘急,痉挛疼痛。脘腹内痉挛疼痛与下利、四肢厥冷并见,此属太阴阳衰寒凝,虚阳不温所致。本证表兼里虚,当先温里,温里宜四逆汤,解表宜桂枝汤。

**【原文】**

大汗,若大下,利而厥冷者,四逆汤主之。六。用前第五方。　　　[354]

**【提要】**　汗、下损伤阳气,阳衰寒凝,下利肢冷的证治。

**【图解】**　见图354。

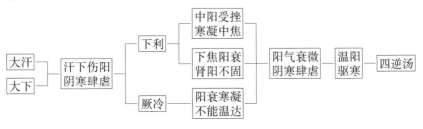

图354

【按语】　大汗或大下之后,下利与厥冷并见,此是汗、下损伤了阳气,阴寒肆虐。轻则中阳受挫,寒凝中焦脾胃而下利;重则下焦阳衰,肾阳不固,大肠虚寒而滑泄。阳衰寒凝,阳气不能温达于四肢,则肢厥逆冷。治当温阳驱寒,方用四逆汤。

【原文】

病人手足厥冷,脉乍紧者,邪结在胸中,心下满而烦,饥不能食者,病在胸中,当须吐之,宜瓜蒂散。方七。　　　　　　　　　　　　　　　　　　　　　[355]

瓜蒂　赤小豆

上二味,各等分,异捣筛,合内臼中,更治之。别以香豉一合,用热汤七合,煮作稀糜,去滓取汁。和散一钱匕,温顿服之。不吐者,少少加,得快吐乃止。诸亡血虚家,不可与瓜蒂散。

【提要】　痰涎结于胸中,胸阳不布,气机不畅的证治。

【图解】　见图355。

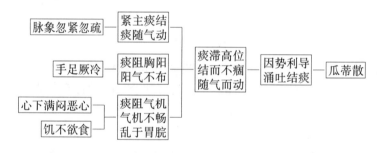

图 355

【按语】　病人手足厥冷,与脉象忽紧忽疏并见,紧主邪结。邪,痰涎之属,虽结滞但尚未至痼实,故其结滞,一方面,能够阻遏胸阳,胸阳不布则手足厥冷,阻遏气机,气机不畅,乱于胃脘,则心下满闷而恶心(烦,恶心之谓),虽饥而不欲食;另一方面,其结滞又能随气而动,故其脉可见乍紧乍疏。

病在胸中,邪滞高位,且其邪尚能够随气而动,故仲景选用吐法,方用瓜蒂散,涌吐痰涎之结,以治其本。

《金匮要略·腹满寒疝宿食病脉证治》云:"脉紧如转索无常者,有宿食也。""宿食在上脘,当吐之,宜瓜蒂散"。可参。

【原文】

伤寒,厥而心下悸,宜先治水,当服茯苓甘草汤,却治其厥。不尔,水渍入胃,必作利也。茯苓甘草汤。方八。　　　　　　　　　　　　　　　　　　[356]

茯苓二两　甘草一两,炙　生姜三两,切　桂枝二两,去皮上四味,以水四升,煮取二升,去滓。分温三服。

【提要】　心阳虚,不能化水,水气凌心,阻遏阳气的证治。

【图解】　见图356。

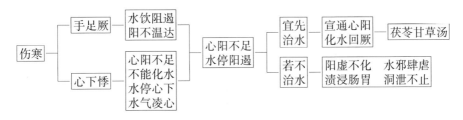

图 356

【按语】　手足厥冷,心下悸,此属心阳素虚,感受外邪之后,阳虚不耐邪扰,致使心阳更虚。心阳虚,不能化水,水停心下,水气凌心,故症见心下悸。手足厥冷与心下悸并见,其厥冷,属心阳虚,水饮阻遏,阳气不能温达于四肢所致。仲景指出应"先治水",选用茯苓甘草汤(前见于第73条),宣通心阳,化水以治其本。俟阳通水化,厥当自回。

若不"先治水"而是先治其厥,则本末倒置,延误病机;阳虚不化,水停益甚,水邪肆虐,渍浸肠胃则洞泄不止。

【原文】

**伤寒六七日,大下后,寸脉沉而迟,手足厥逆,下部脉不至,喉咽不利,唾脓血,泄利不止者,为难治,麻黄升麻汤主之。方九。** 　　　　　　　　　　[357]

麻黄二两半,去节　升麻一两一分　当归一两一分　知母十八铢　黄芩十八铢
葳蕤十八铢。一作菖蒲　芍药六铢　天门冬六铢,去心　桂枝六铢,去皮　茯苓六铢
甘草六铢,炙　石膏六铢,碎,绵裹　白术六铢　干姜六铢

上十四味,以水一斗,先煮麻黄一两沸,去上沫,内诸药,煮取三升,去滓。分温三服,相去如炊三斗米顷,令尽,汗出愈。

【提要】　伤寒表证未解,大下,邪陷热郁,挫伤中阳,表邪残留,寒热错杂的证治。

【图解】　见图357。

【按语】　伤寒六七日,若是表证未解,里实初结,此当先解表后攻里,而医误用"大下"之法,一则致使邪陷热郁,二则挫伤中阳,三则有表邪残留之虞。大下后,其脉由阴阳俱浮,变化为寸脉沉迟,下部脉不至。沉主里,迟,滞涩之意,寸脉沉迟属邪陷阳郁之象;下部脉不至,谓尺脉微弱,指下难寻,此反映出大下后阳虚之势。邪陷阳郁于上,中阳受挫于下,阳气不达于四末,故其人手足厥冷。大下

伤津,咽喉失润,且郁热熏灼,故轻则咽喉不利而疼痛,重则咽干喉燥,不仅疼痛且热壅肉腐而吐脓血。中阳受挫,脾胃虚寒,故其人泄利不止。本证上热下寒,寒热错杂,其脉症错综,故仲景叹为"难治"。方拟寒热并用、补泄兼施之麻黄升麻汤。

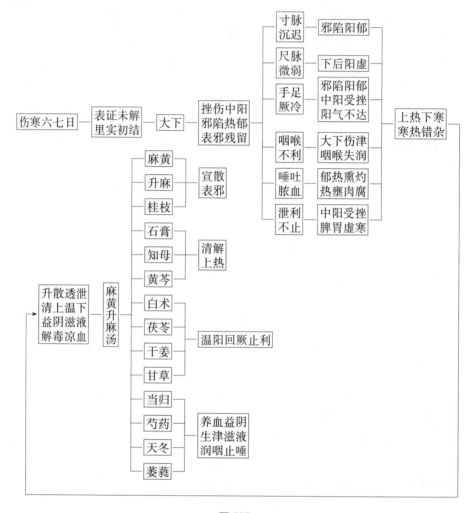

图 357

本方升散透泄,清上温下,益阴滋液,解毒凉血,虽药味较多,但用量较小。其总体趋势突出了升散宣透之力,故方后注云"令尽,汗出愈"。

**【原文】**

伤寒四五日,腹中痛,若转气下趋少腹者,此欲自利也。 ［358］

**【提要】** 伤寒四五日腹痛与下利并见,此有阳虚寒凝,无热恶寒之势。

**【图解】**　见图 358。

图 358

**【按语】**　机体感受外邪,若是阳气充盛,必正气抗邪于外,必发热恶寒,其病尚在四五日间,不可能出现阳虚寒凝之腹痛泄利。而本证伤寒仅在四五日间,即出现腹中痛与下利并见,此属素禀阳虚,机体抗邪无力,寒邪日渐深入,先则腹痛,继则腹中肠鸣转气,自觉有气下趋,随即窘迫欲利,从而形成无热恶寒,阳虚寒凝之太阴病。

**【原文】**

**伤寒本自寒下,医复吐下之,寒格,更逆吐下,若食入口即吐,干姜黄芩黄连人参汤主之。方十。**

[359]

干姜　黄芩　黄连　人参各三两

上四味,以水六升,煮取二升,去滓。分温再服。

**【提要】**　伤寒误下,虚寒下利,医复吐下,郁热与寒利并见,上热被下寒格拒的证治。

**【图解】**　见图 359。

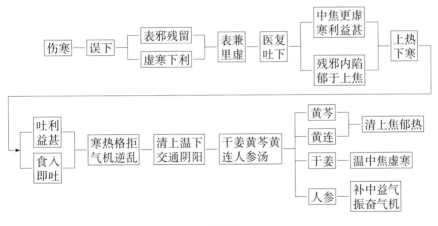

图 359

**【按语】**　伤寒,医反下之,一方面表邪仍有残留,身热不去,另一方面误伤中阳,"续得下利清谷"。本证"伤寒本自寒下",既有残留未解之表热,又有误下虚寒之泄利,故对其治疗,应当先温里后解表,而"医复吐下之",再次误治,一方面致使中焦虚寒之利,更加虚寒而利益甚;另一方面致使残留未解之表热,内陷而郁于上焦胸膈,从而在病机上形成上热下寒之势。上热被下寒格拒,气机逆乱,故吐利益甚,此所谓"更逆吐下",仲景名之曰"寒格"。

"食入口即吐",谓热食纳入,为下寒格拒,故热食随气逆而即吐。干姜黄芩黄连人参汤,清上温下,交通阴阳以缓格拒。

**【原文】**

下利,有微热而渴,脉弱者,今自愈。　　　　　　　　　　　　　　[360]

**【提要】**　虽下利,但身有微热与口渴并见,此属阳气来复之象。

**【图解】**　见图360。

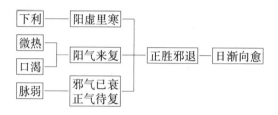

图 360

**【按语】**　本证虽下利,但身有微热且与口渴并见,此属阳气来复之象。此脉弱由脉紧或脉沉迟变化而来,反映出邪气已衰、正气待复之势。故虽仍下利,必日渐向愈。

**【原文】**

下利,脉数,有微热汗出,今自愈。设复紧,为未解。一云,设脉浮复紧。[361]

**【提要】**　下利脉数,身有微热,属阳气来复,病有自愈倾向。

**【图解】**　见图361。

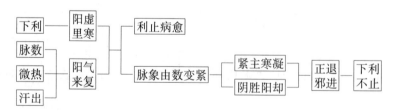

图 361

**【按语】**　今虽下利,但其脉已由紧或沉迟变为脉数,其证由手足厥逆变为身有微热,且伴有汗出,此属阳气来复之象,故其病趋向自愈。

若其证由脉数变为脉紧,紧主寒凝,则属病机逆转,阴胜阳却,其病有正退邪进之势,故下利不止。

【原文】

下利,手足厥冷,无脉者,灸之不温,若脉不还,反微喘者,死。少阴负趺阳者,为顺也。

[362]

【提要】 下利、无脉与手足厥冷并见,属濒死之象,灸法虽可挽回生机,但危象丛生。

【图解】 见图 362。

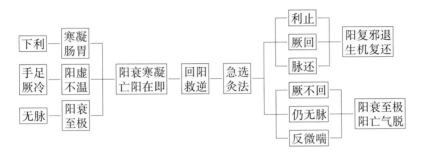

图 362

【按语】 下利与手足厥冷并见,此属阳衰寒凝。寒凝肠胃则下利,阳虚不能温达于四肢则手足厥冷。阳衰至极,不能鼓舞气血则脉微欲绝,指下难寻,此即所谓"无脉"。阳衰寒凝,下利、无脉与手足厥冷并见,此属濒死之危象,急当回阳救逆,急选便捷之灸法,以挽生机,参照第 343 条所论,当灸厥阴。若利止、脉还、厥回,手足温,则阳复邪退,生机复还,其病尚有向愈的可能。若灸后,厥不回,四肢仍不温,指下仍无脉,则是阳衰至极,生机已无;若兼见微喘,属阳亡气脱,故曰"死"。

"少阴负趺阳",阳明主土,少阴主水,本证阳衰寒凝,若阳明趺阳之脉势胜于少阴太溪之脉势,则土胜水,胃气犹存,故为顺,其病预后良好。

【原文】

下利,寸脉反浮数,尺中自涩者,必清脓血。

[363]

【提要】 久利阴虚生热,脉浮数而涩,大便赤白脓血。

【图解】 见图 363。

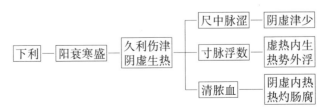

图 363

【按语】　本证原是虚寒下利,脉当沉迟,今不当浮数而浮数,故曰"反"。虚寒下利,其脉由沉迟而变化为浮数,且与尺脉涩并见,此不是阳气来复,而是久利阴虚生热。因为阴虚津少,故尺脉显涩;因为虚热内生,热势外浮,故脉显浮象,其浮必是浮而无力;其脉象当是浮数而涩。阴虚内热,热灼肠络,络伤则便血,肠腐则化脓,其证必大便赤白脓血。清,通圊。

【原文】

下利清谷,不可攻表,汗出必胀满。　　　　　　　　　　　　　　　　　［364］

【提要】　虚寒下利,即使有表证,也不得发汗,若径发其汗,必寒凝腹满。

【图解】　见图364。

图364

【按语】　清,同圊。机体感受外邪,症见泄利并夹杂不消化食物,此属虚寒下利,即使有表证,也不得发汗,当先温里,后解表。若径发其汗,必伤阳气,阳益虚,寒益盛,其下利必更甚。寒凝则气滞,故症见腹胀满。(第91条可参)

【原文】

下利,脉沉弦者,下重也;脉大者,为未止;脉微弱数者,为欲自止,虽发热,不死。　　　　　　　　　　　　　　　　　　　　　　　　　　　　　　　　　　［365］

【提要】　从脉象论述下利的变化趋势和预后。

【图解】　见图365。

图365

【按语】　泄利下重与脉沉弦并见,沉主里,弦主痛主急,主气机滞涩。证属寒湿下注,气机郁结之滞下。"脉大者"是与后文"脉微弱"对比而言,"大则病进",意在表述脉势沉弦有力,凸显邪气盛实之病机,故下利不止,下重依然。

若脉由沉弦有力变化为"微弱",微弱在此属对比之辞,示邪气始衰;其脉由不数变化为微弱中见数,其证由不热而变化为有微热,则显示有阳复阴却之势,其下利有自愈倾向,故预后良好。

**【原文】**

下利,脉沉而迟,其人面少赤,身有微热,下利清谷者,必郁冒汗出而解,病人必微厥。所以然者,其面戴阳,下虚故也。　　　　　　　　　　　　　　　　[366]

**【提要】**　下焦阳虚,微邪郁表,面少赤,戴阳的证治。

**【图解】**　见图366。

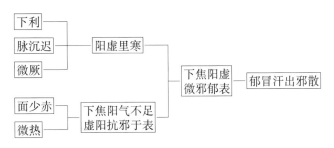

图 366

**【按语】**　本证下利、微厥与脉沉迟并见,属阳虚里寒。所谓"戴阳"是指"面少赤"而言。仲景一方面指出"戴阳"是因为"下虚",即下焦阳气虚,同时又指出,"戴阳"与"身有微热"并见,能够"郁冒汗出而解"。在仲景书中,能够汗出而解的证只能是表证而不可能是其他。从"必郁冒汗出而解"和"下虚故也"可见,本证一方面下焦阳虚,另一方面微邪郁表。第93条曾有云"冒家汗出自愈。"

本证是机体素禀下焦阳气不足,感受外邪,虽有虚的因素,但还不到阴盛格阳的程度,所以尚能郁冒汗出而解,反映正虚抗邪之象。若属阴盛格阳,是绝不可能汗出而解的,如果汗出则必导致亡阳。本条所言之"面少赤"、身有微热,属戴阳,是阴中有阳,虚阳抗邪于表,故汗出而邪散。此"戴阳"不同于后世的格阳。

**【原文】**

下利,脉数而渴者,今自愈;设不差,必清脓血,以有热故也。　　　　　　[367]

**【提要】**　虚寒下利,若阳复阴却,其证可愈;若阳复太过,热郁下利,则便脓血。

**【图解】**　见图367。

图 367

【按语】　虚寒下利,脉当沉迟。若由脉沉迟变化为脉数,由口中和变化为口渴,其下利必渐轻而止,此属阳复阴却,正胜邪退,其证向愈。若下利不止,且由下利清(圊)谷变化为下利脓血,此属阳复太过,其证已由寒利转化为热利,故曰"以有热故也"。阳复热郁,邪热下注,热伤肠络则便血,热壅肉腐则便脓。

【原文】

下利后,脉绝,手足厥冷,晬时脉还,手足温者生,脉不还者死。　　　　　　　［368］

【提要】　下利遽作,阴津暴脱,阳气骤伤,脉绝肢冷可有两种不同的转归。

【图解】　见图368。

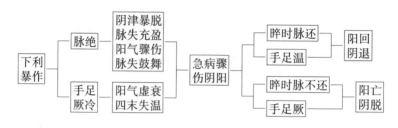

图 368

【按语】　本证下利之"后",其病情能达到"脉绝"、指下无脉或似有似无的程度,说明本证下利发病急骤,其下利属新病暴发。下利遽作,阴津暴脱,脉失充盈;阳气骤伤,脉失鼓舞,故指下无脉。阳气虚衰,不能温达于四肢,故手足厥冷。

由于本证属急病暴作,下利突发,阴阳骤伤,而不是久病耗竭,故虽症见脉绝、肢冷,危象丛生,但仍有可能生机未息。有生机还是没有生机,其预后如何,当须进一步观察。若在较短的时间内,比如在晬时即一昼夜的时间内,手足由厥冷转温,脉由指下难寻转化为指下脉来徐徐,此属阴阳虽衰,但生机仍在,其病可治。

若经过一昼夜的时间,其证仍手足厥,脉仍不还,则是阴阳离散,阳亡阴脱,故属死证。

【原文】

伤寒,下利日十余行,脉反实者,死。　　　　　　　　　　　　　　　　　　［369］

【提要】　阳虚寒凝,下利滑脱,反见劲急不柔之实脉,此属真脏脉显。

【图解】　见图369。

图 369

【按语】 伤寒下利,已达"日十余行"的严重程度,必是竭阴伤阳,阴阳俱衰。其脉本当是微、细、弱、涩,而今其脉反显弦、紧、长、大等劲急不柔之实象,此属异常,故文曰"反"。本证阳虚寒凝,下利滑脱,其脉不弱而实,不缓而劲,证属脏气衰败,真脏脉显。

【原文】

下利清谷,里寒外热,汗出而厥者,通脉四逆汤主之。方十一。 [370]

甘草二两,炙 附子大者一枚,生,去皮,破八片 干姜三两,强人可四两

上三味,以水三升,煮取一升二合,去滓。分温再服,其脉即出者愈。

【提要】 下利清谷,虚阳外脱,汗出而厥的证治。

【图解】 见图370。

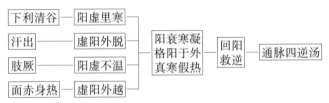

图 370

【按语】 下利清谷,汗出而厥,属阳衰寒凝,虚阳外脱。阳虚里寒,则下利清谷;阳虚不能温达于四肢,故手足厥冷;寒凝于里,格阳于外,虚阳脱散,故症见冷汗频出。

"里寒外热"不是症状,而是仲景对本证的症状与病机的概括。虚阳脱散,其脉或"脉微欲绝",或浮大而虚散,证已濒危,死亡在即。方用通脉四逆汤,回阳救逆。

【原文】

热利下重者,白头翁汤主之。方十二。 [371]

白头翁二两 黄柏三两 黄连三两 秦皮三两

上四味,以水七升,煮取二升,去滓。温服一升,不愈,更服一升。

【提要】 湿热壅聚,气血凝结,热利下重的证治。

【图解】 见图371。

图 371

【按语】　本证下利,仲景称之为"热利",既概括了病机,又突出了主要症状。既称之为热利,其利必伴有发热、口渴、舌红、尿赤。"下重"更突出了本证下利的特点,必是赤白脓血夹杂,肛门灼热疼痛,里急窘迫,后重下坠。热利而下重者,属肠道湿热壅聚、气血凝结,故仲景治以白头翁汤清热化湿,解毒止利。

【原文】

下利,腹胀满,身体疼痛者,先温其里,乃攻其表。温里宜四逆汤,攻表宜桂枝汤。十三。四逆汤,用前第五方。　　　　　　　　　　　　　　　　　　［372］

桂枝汤方

桂枝三两,去皮　　芍药三两　　甘草二两,炙　　生姜三两,切　　大枣十二枚,擘

上五味,以水七升,煮取三升,去滓。温服一升,须臾,啜热稀粥一升,以助药力。

【提要】　下利腹胀满,身体疼痛,属表兼里寒者,当先温里,后解表。

【图解】　见图372。

图 372

【按语】　本证下利与腹胀满并见,属阳虚里寒,此所谓"脏寒生满病"。此与第91条对照,二者虽有误下与始发的不同,但其"身体疼痛"都含有表邪未解的因素,都属表证兼有里虚,故治疗原则是相同的,即"先温里,后解表"。若先攻表,发汗则更伤阳气,"汗出必胀满"(第364条),若大汗重伤阳气,则有亡阳之虞。故仲景强调,"先温其里,乃攻其表",温里选用回阳救逆的四逆汤,解表选用温阳解表的桂枝汤,都是以顾护阳气为本。

【原文】

下利,欲饮水者,以有热故也,白头翁汤主之。十四。用前第十二方。　　［373］

【提要】　补述湿热壅聚,热利下重的证治。

【图解】　见图373。

图 373

**【按语】** "下利"与口渴"欲饮水"并见,仲景诊断为"以有热故也",其下利与口渴都不是孤立的症状,其利必是下重赤白,肛门灼热;其渴必是渴欲饮水,舌红尿赤。故"下利"与渴"欲饮水",仅仅是湿热壅聚之病机形诸于外的若干症状中的两个主要具体症状。本条是对前第371条的补充和进一步阐述。

**【原文】**

下利,谵语者,有燥屎也,宜小承气汤。方十五。　　　　　　　　　　[374]

大黄四两,酒洗　枳实三枚,炙　厚朴二两,去皮,炙

上三味,以水四升,煮取一升二合,去滓。分二服,初一服,谵语止,若更衣者,停后服,不尔,尽服之。

**【提要】** 肠道结而未塞,通而不畅之"热结旁流",下利谵语的证治。

**【图解】** 见图374。

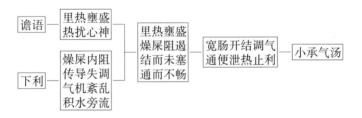

图374

**【按语】** 下利与谵语并见,其证必是高热,若里热不盛,热不扰心,其谵语何来!文中不言腹痛,属省文。本证系里热与宿食粪便互结形成坚硬粪块,不完全阻塞肠道,使肠道结而未塞,通而不畅,从而使肠道传导失调,气机紊乱,肠道气滞水停。于是,一方面坚硬粪块阻滞肠道而腹痛腹满,攻冲疼痛;另一方面又因肠道不完全阻滞,故时时水泄而利下。后世把此病机与证候概括为"热结旁流"。仲景治以小承气汤,意在宽肠开结调气,通便泄热止利,随着燥屎被攻下,其利自止。此属通因通用之法。

**【原文】**

下利后更烦,按之心下濡者,为虚烦也,宜栀子豉汤。方十六。　　　　[375]

肥栀子十四个,擘　香豉四合,绵裹

上二味,以水四升,先煮栀子,取二升半,内豉,更煮取一升半,去滓。分再服,一服得吐,止后服。

**【提要】** 下利后余热未净,胃气不和,胃脘搅扰纠结,恶心欲吐的证治。

**【图解】** 见图375。

图 375

【按语】 本证病人下利后"更烦",更,续也。下利后,接续出现"烦",此"烦",不是心烦,而是胃脘搅扰之恶心(见第 76 条),此属热利后,利虽止,而热未净,余热郁胃,胃气不和所致。如果是"心中"烦躁,是神志症状,那么仲景为什么要按诊病人的心下呢?仲景之所以要按诊本证病人的心下,且"按之心下濡",是因为病人自述心下不适,并伴有恶心,病在胃脘,故仲景才特意按诊心下。

虚烦,既不是虚,也不是烦,不是神志症状,而是"恶心"伴有"按之心下濡"。"心下濡",是指胃脘部不硬,与"心下痞硬"对比,胃脘部按之有空虚感,从而排除了有形之水饮、积食、湿浊等,此属无形之热郁于胃脘,胃气不和。仲景治以栀子豉汤,意在清透胃脘郁热,和胃以止恶心。

【原文】

呕家有痈脓者,不可治呕,脓尽自愈。 [376]

【提要】 "呕"寓涵病机向外之势,故呕家有痈脓者,首当消肿排脓,不可治呕。

【图解】 见图 376。

图 376

【按语】 家,流别之意,呕家,即指具有呕吐证候一类的病人。呕吐的病因、病机各有不同,而对于病发痈脓如肺痈、肠痈等而引起的呕吐者,则不可以止其呕,应当先治其痈。因为"呕"寓涵正气抗邪,病势向外之机,有助于排脓。故痈消脓尽,其呕必不治自愈。"呕家有痈脓者",注家多讲成呕吐痈脓,此说悖于临床。呕血可见,呕脓则不可见。故呕脓非是。

【原文】

呕而脉弱,小便复利,身有微热,见厥者,难治,四逆汤主之。十七。用前第五方。 [377]

【提要】 阳虚里寒,虚阳浮越,呕而脉弱,微热肢厥的证治。

【图解】 见图 377。

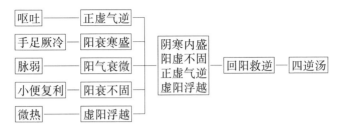

**图 377**

【按语】 呕吐与脉弱、手足厥冷并见,属正虚邪盛,其呕势必是气馁无力。此呕必不是新病,而是伤寒日久,阳气日虚,阴寒日盛,正气已有不支之势。本证原本呕势急迫之时,由于气机逆上,故其小便是短涩不利;今呕而脉弱,气馁无力,故其小便由原本不利而复利,且清长而量多,此属正气不支,阳虚不固。

身有微热、脉弱、小便清长与手足厥冷并见,其热是阳虚里寒,虚阳浮越。本证已至虚阳浮越的程度,故虽呕,却急不得治呕,故文曰"难治"。只能从本求治,以四逆汤回阳救逆为急。

【原文】

干呕,吐涎沫,头痛者,吴茱萸汤主之。方十八。　　　　　　　[378]

吴茱萸一升,汤洗七遍　人参三两　大枣十二枚,擘　生姜六两,切

上四味,以水七升,煮取二升,去滓。温服七合,日三服。

【提要】 胃寒生浊,浊涎泛涌欲呕,头痛的证治。

【图解】 见图 378。

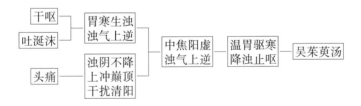

**图 378**

【按语】 呕之无物为干呕。干呕是因为恶心,心中泛泛欲呕而不能自持。涎沫,是指清长透明,连绵之黏涎。恶心、干呕兼见口中不自主地流淌出清长连绵之黏涎,此属中焦阳虚,胃寒生浊,浊气上逆,浊涎泛涌。由于浊涎泛涌,浊阴不降,浊气上冲巅顶,干扰清阳,故症见头痛。仲景治以温胃驱寒,降浊止呕的吴茱萸汤。

吴茱萸汤,本论凡三见,虽证候表现各有所不同,但基本病机胃寒生浊、浊气

上逆则是一致的。从中亦可见,吴茱萸汤实属仲景治胃寒气逆之专方。

【原文】

**呕而发热者,小柴胡汤主之。方十九。** [379]

柴胡八两 黄芩三两 人参三两 甘草三两,炙 生姜三两,切 半夏半升,洗
大枣十二枚,擘

上七味,以水一斗二升,煮取六升,去滓,更煎取三升。温服一升,日三服。

【提要】 气机郁结,外连内迫,呕而发热的证治。

【图解】 见图379。

图 379

【按语】 本证以"呕"为突出的症状,且与发热并见,其"呕而发热"属伤寒气机郁结,外连内迫。邪郁于表,则发热;胃气不和,气逆则呕。故仲景选用小柴胡汤,意在宣调气机,发散郁热,和胃止呕。

【原文】

**伤寒,大吐大下之,极虚。复极汗者,其人外气怫郁,复与之水,以发其汗,因得哕。所以然者,胃中寒冷故也。** [380]

【提要】 伤寒大吐、大下、复极发汗,重伤阳气,胃寒气逆而哕的证治。

【图解】 见图380。

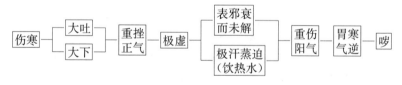

图 380

【按语】 本条"其人外气怫郁,复与之水,以发其汗"属仲景自注句,是对"复极汗者"进行阐释,说明"复极汗者"的原因及发汗的方法。其句读当是"伤寒,大吐、大下之,极虚。复极汗者——其人外气怫郁,复与之水,以发其汗——因得哕。所以然者,胃中寒冷故也。"

伤寒用大吐之法,已属误治,又再用大下之法,则属一误再误,必重挫正气,故其人"极虚"。本证虽经大吐大下,其人极虚,但表邪衰而未陷,表证残留未解,故"其人外气怫郁",怫亦郁也,郁滞、不畅之意,前见第48条,意即阳气郁滞于

表,不得宣透。

本证"外气怫郁",外邪郁滞于表,医复与饮热水,鼓荡蒸迫以"复极汗",汗出虽怫郁之邪得解,但在"极虚"病情下,蒸迫"极汗",再一次重伤阳气,故其人继发哕逆。哕,呃逆,后世亦称呃忒。此属大吐、大下后,又大发其汗,胃阳虚,胃寒气逆所致,故文曰"胃中寒冷故也"。

【原文】
伤寒,哕而腹满,视其前后,知何部不利,利之即愈。 [381]

【提要】　伤寒哕而腹满属实证者,或化饮利尿,或通腑驱积,当调气机以除满降逆。

【图解】　见图381。

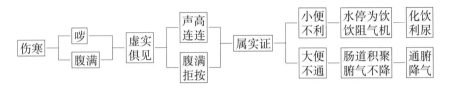

图381

【按语】　本证哕而腹满是在伤寒发病过程中出现的,仲景以通利之法治之,说明其哕必是哕声高亢而连连,其腹满不是虚证而是实证。文曰"视其前后,知何部不利",若小便不利,则证属水停为饮,饮阻气机,气逆而哕,故当化饮利小便,饮散气调,其哕可愈;若大便不通,则属肠道积聚内阻,腑气不降,气逆为哕,故当通腑降气,积除气调,其哕可愈。

# 厥阴病篇小结

## 一、厥阴病四条概览

【图解】　见厥阴病篇小结图1。

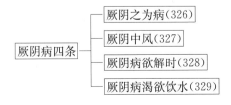

厥阴病篇小结图1

【按语】　现今的《伤寒论》教科书编书人，多数并没有见到过真正的宋本《伤寒论》，但却都自称是按"赵开美复刻本《伤寒论》"编写的，这话有些不真实。

赵开美复刻本《伤寒论》厥阴病篇虽然总共55条，但在赵刻宋版《伤寒论》卷六"辨厥阴病脉证并治第十二"标题之下，有"厥利呕哕附"5个小字。这5个小字对研究厥阴病篇有极重要的意义。这5个小字决定了"厥利呕哕"4证只是附在厥阴病篇的内容，而不是厥阴病。这就是说，赵刻宋版《伤寒论》卷六《辨厥阴病脉证并治第十二》中，还包括本不属于厥阴病的"厥利呕哕"的内容，而属于厥阴病的内容只有4条。

在赵刻宋版《伤寒论》卷六《辨厥阴病脉证并治第十二》中，厥阴病只有4条。这在《伤寒论》的另一个重要古老传本《金匮玉函经》中，得到印证。《金匮玉函经·卷四·辨厥阴病形证治第九》仅列厥阴病4条。

在赵开美复刻的宋本《伤寒论》中，上述4条之后的"厥利呕哕"诸条文，在《金匮玉函经》中，另单列为《辨厥利呕哕病形证治第十》。

现今编书人，挖空心思，在这55条中徘徊，总想以己之见，以臆测仲景，所以终不得其法。研究经典，文本是唯一的依据，文本中没有的东西不可妄加，文本中固有的东西不能篡改或遗漏。

## 二、厥阴病篇之厥、利、呕、哕证概览

【图解】　见厥阴病篇小结图2。

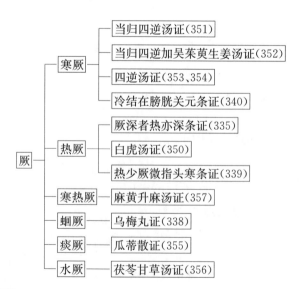

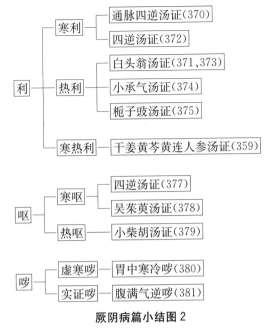

**厥阴病篇小结图 2**

【按语】　对厥阴病篇中的"厥利呕哕"内容,宜对具体条文进行具体分析,不论外感内伤,应当就厥而论厥,就利而论利,就呕哕而论呕哕,依据条文,分析寒热与虚实。

# 第九章　辨霍乱病脉证并治

## 合六法,方六首

**【原文】**

问曰:病有霍乱者何? 答曰:呕吐而利,此名霍乱。　　　　　　　　　[382]

**【提要】**　霍乱的主要症状及发病特点。

**【图解】**　见图382。

图 382

**【按语】**　霍乱,语出《灵枢·五乱》篇,又见于《素问·气交变大论》。本条表述了霍乱的主要症状及发病特点,其证以吐利暴作,上吐下泻,发病急骤为特点。

**【原文】**

问曰:病发热头痛,身疼恶寒,吐利者,此属何病? 答曰:此名霍乱。霍乱自吐下,又利止,复更发热也。　　　　　　　　　[383]

**【提要】**　霍乱不仅吐利交作,而且还有表证;霍乱利止,可有阳气来复之势。

**【图解】**　见图383。

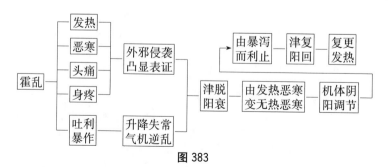

图 383

**【按语】**　霍乱不仅吐利交作、发病急骤,而且还有发热、头痛、身疼、恶寒等表证,此说明霍乱虽以发病急暴,气机逆乱,吐利交作为特点,但却缘于外邪侵袭。

霍乱由于吐利骤作,来势凶猛、急迫,以至于在吐利骤作之时,津脱阳衰,其证由发热恶寒而变化为无热恶寒,突出了恶寒、肤冷、神靡等阴阳俱虚之象。而当其证由暴泻变化为"又利止"时,津液得以恢复之机,阳气日渐来复,此时,证从肤冷、厥寒又变化为发热,故文曰"复更发热也",所以霍乱有自愈机制。

"霍乱自吐下,又利止,复更发热也"是仲景自注句。

【原文】

伤寒,其脉微涩者,本是霍乱,今是伤寒。却四五日,至阴经上,转入阴必利,本呕下利者,不可治也。欲似大便,而反失气,仍不利者,此属阳明也,便必硬,十三日愈,所以然者,经尽故也。下利后,当便硬,硬则能食者愈,今反不能食,到后经中,颇能食,复过一经能食,过之一日当愈。不愈者,不属阳明也。　　　　[384]

【提要】　霍乱初愈,复感伤寒的病机、脉症特点及预后。

【图解】　见图384。

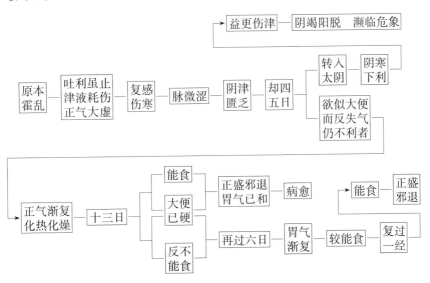

图 384

【按语】　本条可分五节理解。自首至"今是伤寒"为一节。"伤寒,其脉微涩者",是言伤寒发病,本当脉浮紧,今见"脉微涩",是因为本证病人此前患霍乱,吐利交作,现吐利虽止,但津液大量耗伤,阴津匮乏,正气大虚,故复感伤寒,其脉不浮紧而是微涩。

自"却四五日"至"不可治也"为一节。上述"其脉微涩"之虚证伤寒,经过四五日,有转入阴经的可能,若转入阴经则必下利,此所谓"阴经",是指太阴而言(见第 358 条)。伤寒发病之前,原本是霍乱,故"本呕下利",已重伤阴津;今伤寒又"转入阴"经自利,所以更伤阴津,其证阴竭阳脱,危象濒临,故文曰"不可治也"。

第三节自"欲似大便"至"经尽故也"。本证伤寒如果是"欲似大便,而反失气,仍不利者",这是"其脉微涩"之虚证伤寒,正气日渐恢复,阴复阳和,机体趋向化热化燥过程,虽"欲似大便",但仅肠中转气,有失气而无大便,说明其下利已止。随着机体燥化进程的发展,大便由不硬而逐渐转化为硬,此"属阳明也"。这个转化过程大约是十三日。六日为一经,本证已过两经,故十三日为"经尽故也"。

第四节自"下利后"至"过之一日当愈"。本节是自注句,对上文"十三日愈,所以然者,经尽故也"一句进行阐释。霍乱吐利已止,复感伤寒,机体趋向热化燥化过程,胃气日渐恢复,大便日益变硬。此时本当能食,而"今反不能食",说明本证由"脉微涩"之虚性伤寒表证,向阳明里实转化过程之艰难费力,"反不能食",反映出胃气虽日渐恢复,但还仍不充盛。

六日为一经,故六日后即所谓"到后经中"。六日之后,胃气继续恢复,当胃气已达较充盛的程度时,其证由不能食而逐渐变化为较能食,此又经过了六天即又过一经。本证经过两个六天,累计已十二天,当病情进入第三个六天即"复过一经"时,其人已经从"颇能食"变化为"能食",预示正盛邪退,胃气已和。故"复过一经"仅一天的时间,即在第十三日,其病当愈。

本证虽属阳明,但由于历经霍乱之吐利,正气大伤,故即使转属为阳明病,也不至于发展为大满大实之证,而仅是正胜邪却,大便由不硬而至硬,其病为愈。

第五节为"不愈者,不属阳明也"一句,在语意上与"所以然者,经尽故也"相贯。即"欲似大便,而反失气,仍不利者,此属阳明也,便必硬,十三日愈",若虽历经十三日,但表证仍在,大便不硬或下利,此为不愈,故"不属阳明也"。

【原文】

**恶寒,脉微**一作缓**而复利,利止,亡血也,四逆加人参汤主之。方一。** [385]

甘草二两,炙　　附子一枚,生,去皮,破八片　　干姜一两半　　人参一两

上四味,以水三升,煮取一升二合,去滓。分温再服。

【提要】　霍乱脉微、利止,属气衰津竭、阴阳俱亡的证治。

【图解】　见图 385。

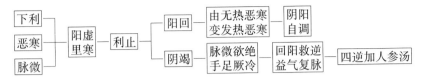

图 385

**【按语】**　典型的霍乱如同第 383 条所述。本证霍乱，下利与恶寒、脉微并见，属阳虚里寒。其"利止"，既可能是阳回，亦可能是阴竭；若是阳回，则必是由无热恶寒转化为发热恶寒，其脉由微而出现数象。今仲景对其"利止"诊断为"亡血也"，其证必是无热恶寒，脉微欲绝，手足厥冷。

"中焦受气取汁，变化而赤是为血"，血为阴阳所化，在此以"亡血也"泛指气津俱伤，阴阳俱亡。四逆加人参汤，意在用四逆汤回阳救逆，加人参益气养阴复脉。

**【原文】**

霍乱，**头痛发热**，**身疼痛**，热多欲饮水者，五苓散主之；寒多不用水者，理中丸主之。二。　　　　　　　　　　　　　　　　　　　　　　[386]

五苓散方

猪苓去皮　白术　茯苓各十八铢　桂枝半两，去皮　泽泻一两六铢

上五味，为散，更治之。白饮和服方寸匕，日三服。多饮暖水，汗出愈。

**理中丸方**下有作汤加减法。

人参　干姜　甘草炙　白术各三两

上四味，捣筛，蜜和为丸，如鸡子黄许大。以沸汤数合，和一丸，研碎，温服之，日三四、夜二服；腹中未热，益至三四丸。然不及汤。汤法，以四物依两数切，用水八升，煮取三升，去滓，温服一升，日三服。若脐上筑者，肾气动也，去术加桂四两；吐多者，去术，加生姜三两；下多者，还用术；悸者，加茯苓二两；渴欲得水者，加术，足前成四两半；腹中痛者，加人参，足前成四两半；寒者，加干姜，足前成四两半；腹满者，去术，加附子一枚。服汤后如食顷，饮热粥一升许，微自温，勿发揭衣被。

**【提要】**　以热多欲饮水和寒多不用水对霍乱之虚实进行辨证，并提出不同的治疗方法。

**【图解】**　见图 386。

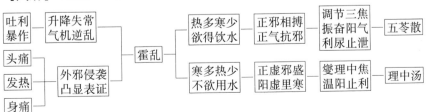

图 386

**【按语】**　霍乱既有突出的里证"呕吐而利"，又有典型的表证"发热恶寒"。仲景对霍乱的辨治，主要是依据发热恶寒的不同表现。条文中的"热多"与"寒多"是对"发热"与"恶寒"不同状态的表述，所谓"热多"是与"寒少"对比而言；所谓"寒多"是与"热少"对比而言。

霍乱的特点是"呕吐而利"，其发热恶寒的表证，有热多寒少与寒多热少的不同。热多寒少、欲饮水，反映的是正邪相搏，正气抗邪有力的状态；寒多热少、不用水，反映出正虚邪盛，阳虚里寒之势。霍乱不论是热多欲饮水还是寒多不用水，其共同的症状都是"呕吐而利"，因此，当务之急是治利。从仲景运用五苓散与理中丸可见，仲景治霍乱之"利"仍未脱离第159条的治利思路，即"利不止，医以理中与之"，"复不止者，当利其小便"。理中止利与利小便止利是仲景治利的基本方法。若对其辨治霍乱进行分析，则热多欲饮水者，正气抗邪有力，用五苓散意在调节三焦气机，振奋三焦阳气，分利小便而止水泄；寒多不用水者，有阳虚里寒之势，用理中丸燮理中焦，温中阳以止利。

由于霍乱发病急变化快，所以仲景用理中丸不是直接服用丸药，而是以丸煮汤。此汤法与丸剂相比有两个特点，一是昼夜连续服用；二是根据病情变化，增加每次服用量，可"益至三四丸"。

尽管以丸煮汤比直接服用丸药药效快捷，但仲景仍然认为，其药效"然不及汤"，并明示汤法。汤方比丸法有两个方面的优点，一是急病急治，药效迅捷；二是可据病情特点，随证加减，从而显示出更大的灵活性和应变性。若脐上筑动而悸，此属阳衰及肾，肾阳虚，肾水有上凌之势，故去升散走表之白术，加桂枝以平冲降逆。吐多者，谓霍乱"吐"与"利"两个主要症状比较，吐更为突出，属气机逆上尤重，故去升散之白术，加和胃降逆止呕之生姜。下多者，谓泄利比呕吐更为突出，属气机下脱尤重，故用白术升散固脱以止泻。悸者，指心下悸，此属气机逆乱，气滞水阻，水停心下所致，加茯苓开胸腑，调脏气，降逆利水，安神定悸。渴欲得水，此属气机逆乱，气滞水阻，津不上达，故重用白术四两半，意在助脾散精，布达津液。腹中痛，属吐泻骤作，气津重伤，脏气失调，故重用人参四两半补五脏，安精神，以疗腹中虚痛。寒者，是指恶寒尤甚，此属阳气虚衰，故重用干姜四两半以温阳祛寒。腹满，此属阳虚寒凝，故去壅滞之白术，加破凝祛寒、温阳驱湿的附子以除腹满。服汤后，饮热粥，病人自觉温热，此属阳和阴复，气津运行，吐利有将止之势，故勿揭衣被，谨慎将息之。

**【原文】**

吐利止，而身痛不休者，当消息和解其外，宜桂枝汤小和之。方三。　　［387］

桂枝三两，去皮　　芍药三两　　生姜三两　　甘草二两，炙　　大枣十二枚，擘上五味,以水七升,煮取三升,去滓,温服一升。

【提要】　霍乱虽吐利止,但仍身痛不休的证治。

【图解】　见图387。

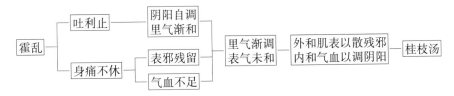

**图 387**

【按语】　本证霍乱吐利虽止,但身痛仍在,此身痛寓有酸楚、倦怠、疲劳之感,属霍乱里气虽渐调畅,然表气仍然未和。此含有表邪残留与气血营卫不足两个方面的因素,故仲景斟酌选用桂枝汤"小和之",既不温覆,也不啜粥,顺其自然;外则和表以散残邪,内则和气血以调阴阳。

【原文】

**吐利汗出,发热恶寒,四肢拘急,手足厥冷者,四逆汤主之。方四。**　　　　[388]

甘草二两,炙　干姜一两半　附子一枚,生,去皮,破八片

上三味,以水三升,煮取一升二合,去滓,分温再服。强人可大附子一枚、干姜三两。

【提要】　霍乱吐利交作,亡阳的证治。

【图解】　见图388。

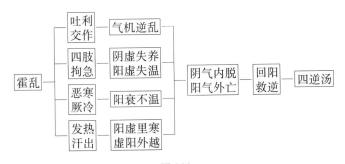

**图 388**

【按语】　霍乱吐利交作,耗伤阴津则筋脉失于濡养,损伤阳气则筋脉失于温煦,故症见四肢拘急不舒。阳衰不能温煦于表则恶寒,不能温达于四肢则手足厥冷。发热、汗出与四肢拘急、手足厥冷并见属阳虚里寒,虚阳外越。本证属霍乱吐利,阴气脱于里,阳气亡于外,虚阳浮越,故治以回阳救逆,阳回则阴固,方用四逆汤。

**【原文】**

既吐且利,小便复利,而大汗出,下利清谷,内寒外热,脉微欲绝者,四逆汤主之。五。用前第四方。

[389]

**【提要】**　霍乱吐利交作,下利清谷,脉微欲绝属阴盛格阳的证治。

**【图解】**　见图389。

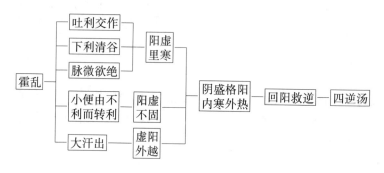

图389

**【按语】**　本证霍乱,吐利交作,下利清谷,脉微欲绝,此属阳虚里寒。其小便由不利而转为利,与下利清谷并见则是阳虚不能固摄。大汗出与脉微欲绝并见则是虚阳外越。仲景把本证概括为"内寒外热",从中可以领悟,本证不仅有上述这些"里寒"症状,而且还有所谓的"外热"症状,诸如发热、面赤等,证属阴盛格阳,故仲景治以四逆汤以回阳救逆。

把本条与第386条对照,可见治霍乱吐利交作,热多欲饮水者,用五苓散调节三焦气机,分利小便而止泄;寒多不用水者,用理中丸燮理中焦,温中阳以止泄利;若小便由不利转利,内寒外热,脉微欲绝,则是虚阳外脱,亡阳于顷刻之间,治当急救回阳,方用四逆汤或通脉四逆汤。从中可以清晰地凸显出仲景关于霍乱的轻则分利,重则理中,危则回阳的治疗思路。

**【原文】**

吐已下断,汗出而厥,四肢拘急不解,脉微欲绝者,通脉四逆加猪胆汤主之。方六。

[390]

甘草二两,炙　干姜三两,强人可四两　附子大者一枚,生,去皮,破八片　猪胆汁半合

上四味,以水三升,煮取一升二合,去滓,内猪胆汁。分温再服,其脉即来。无猪胆,以羊胆代之。

**【提要】**　霍乱吐利,阴竭津枯已至无物可吐,无物可下的证治。

**【图解】**　见图390。

【按语】　霍乱由吐利交作而转变为呕吐停息、下利自止,此有两种可能:一是并见手足由厥冷转温,脉来徐徐和缓,此属阳气来复,正胜邪退之象;二是并见手足厥冷、挛急、冷汗频频、脉微欲绝,此属阴竭津枯,其证已至无物可吐、无物可下的程度,病已濒危。其脉微欲绝与汗出、手足厥冷并见,属亡阳之象。本证阳亡阴竭,危在旋踵,故仲景治以通脉四逆汤急回其阳,且又加猪胆汁交通阴阳,以防格拒。

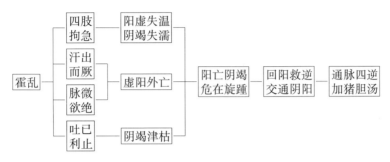

图 390

【原文】

吐利发汗,脉平,小烦者,以新虚不胜谷气故也。　　　　　　　　　　　　　　　[391]

【提要】　霍乱大病初愈,胃气尚弱,食后,可有轻微恶心,当将息调养。

【图解】　见图 391。

图 391

【按语】　霍乱而至"脉平",即脉象由病脉恢复到平和徐缓的程度,说明其吐利、汗出已止;此属霍乱大势已去,正气渐复,脏气尚弱。其证亟需调养胃气,以待康复。

本证病人虽脉平,但从"新虚不胜谷气"一句看,其人食后胃中不适。按小烦,烦,指恶心而言(见前文)。大病初愈,其人食后,有轻微恶心,此属胃气尚弱,消谷乏力,不耐食物所致。本条强调大病初愈,胃气待复,还须调养。

# 霍乱病篇小结

## 一、典型霍乱病证候特征概览

【图解】　见霍乱病篇小结图 1。

**霍乱病篇小结图 1**

【按语】　霍,疾速;乱,紊乱。霍乱,挥霍缭乱;摇手曰挥,反手曰霍,言变化急骤;此处言"乱于肠胃","清浊相干",下利与呕吐症状发生突然,病势急骤、剧烈。

霍乱病在《伤寒论》中,虽未列入六病范围,但却是感受外邪所致,系"今夫热病者,皆伤寒之类也"之属,属广义伤寒。

## 二、典型霍乱病自然过程证候概览

【图解】　见霍乱病篇小结图 2。

**霍乱病篇小结图 2**

【按语】　霍乱发病因人而异,因病势而异,但早期都会出现表证,只是持续时间比较短暂。根据病人的素体特点,其上吐下利可表现出"热多"或"寒多"不同倾向,这里的"热多"与"寒多"只是相比较而言。

霍乱发病,病势急重,大有阴竭亡阳之虞,急切回阳救逆保津是治疗第一要义。

# 第十章 辨阴阳易差后劳复病脉证并治

合六法, 方六首

【原文】

伤寒, 阴易之为病, 其人身体重, 少气, 少腹里急, 或引阴中拘挛, 热上冲胸, 头重不欲举, 眼中生花, 花, 一作眵。膝胫拘急者, 烧裈散主之。方一。 [392]

妇人中裈, 近隐处, 取烧作灰。

上一味, 水服方寸匕, 日三服, 小便即利, 阴头微肿, 此为愈矣。妇人病, 取男子裈烧服。

【提要】 伤寒未愈或虽愈而气血未平, 恣情纵欲, 引致肾精亏虚, 气血逆乱的证治。

【图解】 见图392。

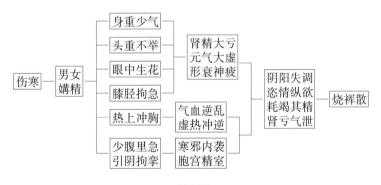

图 392

【按语】 阴阳, 在此隐指"男女交媾"。易, 变也。阴阳易是指男女病人在罹患伤寒期间或伤寒病后, 因性交耗伤精气, 而变易出的证候。伤寒发病其间或伤寒病后, 邪气或盛或衰, 其人阴阳失调, 气血失养, 其时若病人不知慎养, 务快其心, 逆于生乐, 恣情纵欲, 以致竭其精, 耗其真, 形与神俱损, 从而病情变易, 由原本的外感伤寒转化为内伤劳倦。纵情房劳之后, 气力衰退, 病人身体沉重, 乏力困倦，头重不举，眼中生花，少气懒言，底气不足，胫膝拘急，此属肾精大亏、元气大虚、形衰神疲之象。

"少腹里急，或引阴中拘挛"，谓少腹挛痛牵掣阴茎或阴户挛缩，此系寒邪乘交媾精亏之隙，内袭胞宫或精室所致。男女媾精，必气血奔腾，神志荡漾。无奈伤寒未愈或虽愈气血未复，令已衰惫之气血奔腾，令已困怯之神志荡漾，必致气血逆乱，神志溃散，引发虚热冲逆，故病人自觉热上冲胸，胸中烦热。

本证属伤寒未愈或虽愈而气血未平之际，男女媾精，引致肾亏气泄，病由外感伤寒转易内伤劳倦。仲景限于历史与实践的制约，方用烧裈散。按裈，满裆裤；中裈，内裤。烧裈散，当是仲景时代民间习用之方，系仲景博采而来。

**【原文】**

**大病差后，劳复者，枳实栀子汤主之。方二。**　　　　　　　　　　　　[393]

枳实三枚，炙　栀子十四个，擘　豉一升，绵裹

上三味，以清浆水七升，空煮取四升，内枳实、栀子，煮取二升，下豉，更煮五六沸，去滓。温分再服，覆令微似汗。若有宿食者，内大黄如博棋子五六枚，服之愈。

**【提要】**　大病差后，阴阳初调，过劳阳气浮散的证治。

**【图解】**　见图393。

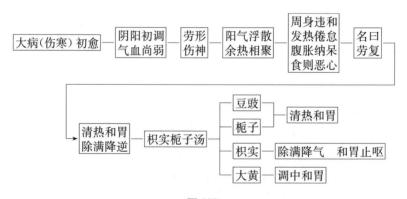

图 393

**【按语】**　大病必耗伤气血，差后病虽似愈，但阴阳初调，气血尚弱，故将养不慎，劳作用力、久坐、久立、久视、过饱、房劳等耗力伤神之举，都能使阳气浮散，且与病后未了了之浮游余热相聚，使阴阳之间脆弱的平秘初调关系重新失调。从而病人由差后的初适而复觉周身违和不舒，最常见的症状是发热倦怠，腹胀不欲食，食则恶心。仲景名之曰劳复，治以枳实栀子汤。

本方用浆水七升浓缩为四升煮药，清浆水，在汉代以前当是一种人工制作的

带酸味的可饮用水液。浆水浓缩,其酸度增大,可强化本方和胃消食止恶心之效。

若有宿食,加大黄如博棋子大,调中化食。博棋,博采而后行棋;孙思邈云:"博棋,长二寸,方一寸"。可参。

**【原文】**

伤寒差以后,更发热,小柴胡汤主之。脉浮者,以汗解之;脉沉实一作紧者,以下解之。方三。 ［394］

柴胡八两　人参二两　黄芩二两　甘草二两,炙　生姜二两　半夏半升,洗　大枣十二枚,擘

上七味,以水一斗二升,煮取六升,去滓,再煎取三升。温服一升,日三服。

**【提要】**　伤寒差后,劳作、复感,更发热的证治;指出伤寒劳复的治疗原则。

**【图解】**　见图394。

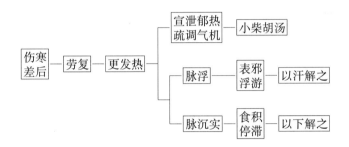

**图 394**

**【按语】**　伤寒愈后,阴阳虽和,但气血尚弱,故劳作过力,复感风寒,阳气张,阴气泄,都能引发"更发热"。因其病愈新虚,故虽发热但不可能是大热,仅见周身违和、倦怠,故治当宣泄郁热,疏调气机为本,方用小柴胡汤。此仅属一法,举例以示,故仲景又加自注句曰:"脉浮者,以汗解之;脉沉实者,以下解之";仲景在此指出,对于"伤寒差以后,更发热"者,或汗、或下、或疏解之,当"观其脉症,知犯何逆,随证治之"。

**【原文】**

大病差后,从腰以下有水气者,牡蛎泽泻散主之。方四。 ［395］

牡蛎熬　泽泻　蜀漆暖水洗,去腥　葶苈子熬　商陆根熬　海藻洗,去咸　栝楼根各等分

上七味,异捣,下筛为散,更于臼中治之。白饮和服方寸匕,日三服。小便利,止后服。

**【提要】**　热病差后,少腹、阴囊、胫股、足跗水肿的病机与证治。

【图解】　见图 395。

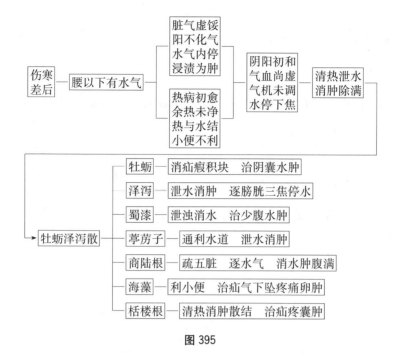

图 395

【按语】　此所谓大病，即热病。热病初愈，阴阳初和，气血尚虚，气机未调，此时正气不足，极易继发多种病证。本证属热病后，气机未调，水停下焦，浸渍皮间为肿而引发的"腰以下有水气"之证。"腰以下有水气"，主要是指少腹、阴囊、胫股、足跗水肿，此属内伤，虚实夹杂。一方面脏气虚，阳不化气，气不化水，水气内停，浸渍为肿；另一方面热病初愈，余热未净，热与水结，其证小便不利，短涩赤黄。

仲景治以牡蛎泽泻散，此属治标之法，意在清热泄水，消肿除满以治其急；俟水气一开，水肿始消，则当继以扶正治本之法。

牡蛎泽泻散用诸多逐水消肿、清热散结之品，意在清泄少腹阴囊水肿，治胫股足跗肿胀沉重。

【原文】

大病差后，喜唾，久不了了，胸上有寒，当以丸药温之，宜理中丸。方五。

[396]

人参　白术　甘草炙　干姜各三两

上四味，捣筛，蜜和为丸，如鸡子黄许大。以沸汤数合，和一丸，研碎，温服之，日三服。

【提要】　大病初愈，唾沫频频的病机与证治。

【图解】　见图396。

图 396

【按语】　大病初愈,气血方平,其人唾沫频频,所谓"久不了了"者,即连绵不绝之意,此属病后胸阳不振,脾阳虚馁,肺脾阳虚,不能化气,气虚不能摄津所致,故文曰"胸上有寒"。

仲景治以理中丸,方中干姜、甘草配伍,名曰甘草干姜汤,本方用其振奋胸阳以温散胸上之寒;配白术温运脾阳以散水津,加人参温阳益气以布化水津,水津得布则喜唾自了。

【原文】

**伤寒解后,虚羸少气,气逆欲吐,竹叶石膏汤主之。方六。**　　　　　　　[397]

竹叶二把　石膏一斤　半夏半升,洗　麦门冬一升,去心　人参二两　甘草二两,炙　粳米半升

上七味,以水一斗,煮取六升,去滓,内粳米,煮米熟汤成,去米。温服一升,日三服。

【提要】　伤寒初愈,气阴不足,虚热内生,胃气不和的证治。

【图解】　见图397。

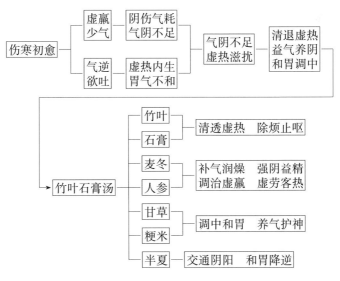

图 397

【按语】　羸,弱也。少气,气不足以言,语无后音,底气不足。伤寒虽病愈,但仍体虚气弱,此属热病伤阴耗气,气阴不足所致。其证并见气逆、恶心欲吐,属气阴两虚,虚热内生,胃气不和。此系热病愈后,气阴不足,虚热滋扰之证,故仲景治以清退虚热、益气养阴、和胃调中的竹叶石膏汤。

本方甘凉除热,益阴滋液,养气护神,和中止呕,正合热病愈后,气阴不足,虚热内生诸症。

【原文】

病人脉已解,而日暮微烦,以病新差,人强与谷,脾胃气尚弱,不能消谷,故令微烦,损谷则愈。 　　　　　　　　　　　　　　　　　　　　　　　　　　　[398]

【提要】　大病初愈,虽邪解正复,但脾胃之气尚弱,纳食不慎,胃失和降的证治。

【图解】　见图398。

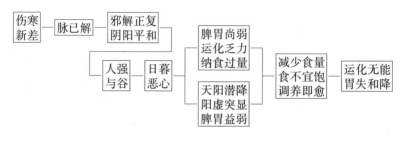

图 398

【按语】　本条以脉示证,"脉已解"即其脉已由病脉变化为常脉,其时原本的症状也同步消解,故后文曰"病新差"。

大病初愈,虽邪解正复,阴阳平和,但脾胃之气尚弱,运化乏力,故食不宜饱。今调护不善,"人强与谷",故致日暮时刻,值机体随天阳潜降,阳虚气弱更加突显,脾胃气弱加重,运化无能,消谷乏力,胃失和降,故症见"微烦"。烦,恶心之谓。对本证因饱食引致的胃失和降,恶心欲呕,仲景指出,"损谷则愈",意即减少食量,食不宜饱,调养即愈。

# 阴阳易差后劳复病篇小结

## 一、阴阳易发病与证候特征概览

【图解】　见阴阳易差后劳复病篇小结图1。

阴阳易 — 烧裈散证(392)

**阴阳易差后劳复病篇小结图 1**

【按语】　"阴阳"原本是名词,在这里动词化,表述动态,意指男女性行为。易,意指性行为后病情变易。伤寒病差后,阴阳波动,正气待复,若恋情色欲,动精伤元,必竭其精,损其形神。

## 二、差后劳复发病与证候概览

【图解】　见阴阳易差后劳复病篇小结图 2。

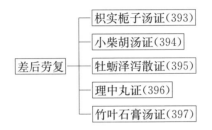

差后劳复 —
- 枳实栀子汤证(393)
- 小柴胡汤证(394)
- 牡蛎泽泻散证(395)
- 理中丸证(396)
- 竹叶石膏汤证(397)

**阴阳易差后劳复病篇小结图 2**

【按语】　大病差后,阴阳虽趋向平秘但尚未至平秘,正气尚待复原,此时不慎将养,过劳、饱餐、房劳均可诱发旧疴,亦可促生新病,常见的是虚热浮动,或寒水停滞。本篇差后劳复仅是仲景临证病例记载,尚未至概全。

# 附 录

## 一、《伤寒论》方剂所出条文序号检索

（本检索依据方名首字的首笔笔形以横、竖、撇、点、折的顺序排列；首笔笔形相同时，再结合首字的笔画数排序。方名后的数字均为该方所出《伤寒论》条文的序号）

### 【一】

## 二、《伤寒论》条文索引